CW01337368

Cormac McCarthy (1933-2023) est l'un des écrivains américains les plus importants de sa génération. Dès ses premiers livres (*L'Obscurité du dehors, Un enfant de Dieu, Méridien de sang*), il est comparé à Herman Melville, James Joyce et William Faulkner. En France, on découvre en 1993 *De si jolis chevaux*, premier volume de « La Trilogie des confins » (le livre a remporté le National Book Award en 1992) ; les deux autres volumes sont *Le Grand Passage* et *Des villes dans la plaine*. Cormac McCarthy a également publié *Suttree* et *Le Gardien du verger* (prix Faulkner 1965).

No Country for Old Men a été adapté au cinéma par les frères Cohen en 2007 et couronné de quatre oscars.

Chef-d'œuvre unanimement salué, *La Route* a remporté le prix Pulitzer 2007 et a été adapté au cinéma par John Hillcoat, avec Viggo Mortensen, en 2009.

La publication de ses deux derniers romans, *Le Passager* et *Stella Maris*, a confirmé son statut de légende de la littérature américaine.

Cormac McCarthy

LE PASSAGER

*Traduit de l'anglais (États-Unis)
par Serge Chauvin*

Éditions de l'Olivier

Les personnages, lieux et situations décrits dans ce livre sont imaginaires ou utilisés de manière fictive : toute ressemblance avec des personnages ou des événements existants ou ayant existé ne serait que pure coïncidence.

TITRE ORIGINAL
The Passenger

ÉDITEUR ORIGINAL
Alfred A. Knopf, 2022

© Cormac McCarthy, 2022

ISBN 978-2-7578-9712-6

© Éditions de l'Olivier, 2023, pour l'édition en langue française

Le Code de la propriété intellectuelle interdit les copies ou reproductions destinées à une utilisation collective. Toute représentation ou reproduction intégrale ou partielle faite par quelque procédé que ce soit, sans le consentement de l'auteur ou de ses ayants cause, est illicite et constitue une contrefaçon sanctionnée par les articles L. 335-2 et suivants du Code de la propriété intellectuelle.

Il avait un peu neigé dans la nuit et ses cheveux gelés étaient d'or et de cristal et ses yeux glacés et durs comme pierre. Une de ses bottes jaunes avait glissé et se dressait dans la neige en dessous d'elle. Son manteau se dessinait saupoudré de neige là où elle l'avait abandonné et elle ne portait plus qu'une robe blanche et elle pendait parmi les arbres de l'hiver, poteaux nus et gris, la tête inclinée et les paumes légèrement ouvertes comme ces statues œcuméniques qui réclament par leur attitude qu'on prenne en compte leur histoire. Qu'on prenne en compte les fondations du monde qui puise son essence dans le chagrin de ses créatures. Le chasseur s'agenouilla et ficha son fusil bien droit dans la neige et retira ses gants et les laissa tomber au sol et joignit les mains l'une sur l'autre. Il se dit qu'il devrait prier mais il n'avait pas de prière pour une chose pareille. Il inclina la tête. Tour d'Ivoire, dit-il. Maison d'Or. Longtemps il resta à genoux. Quand il rouvrit les yeux il vit une forme toute fine à demi enfouie dans la neige et il se pencha et la dégagea et découvrit une chaînette d'or à laquelle pendaient une clé d'acier et une bague d'or blanc. Il les glissa dans la poche de sa veste de chasse. Dans la nuit il avait entendu le vent. Le vent à l'ouvrage. Le fracas d'une poubelle sur les briques derrière sa maison.

La neige qui soufflait dans le noir de la forêt. Il regarda au fond de ces yeux d'émail froids qui brillaient d'un éclat bleu dans la maigre lumière de l'hiver. Elle avait ceint sa robe d'un large ruban rouge pour qu'on la repère. Un brin de couleur dans cette désolation zélée. En ce jour de Noël. Ce Noël froid et presque tu.

I

On serait donc à Chicago au dernier hiver de sa vie. Dans une semaine, elle retournerait à Stella Maris et de là irait se perdre dans les mornes forêts du Wisconsin. Le Thalidomide Kid la dénicha dans un meublé de Clark Street. Près du North Side. Il frappa à la porte. Pas dans ses habitudes. Elle savait qui c'était, bien sûr. Elle s'attendait à le voir. D'ailleurs ce n'étaient pas vraiment des coups à la porte. Plutôt de vagues gifles.

Il se mit à faire les cent pas au pied du lit. Il s'arrêta pour parler puis se ravisa et reprit ses va-et-vient en se pétrissant les mains comme un méchant de film muet. Sauf que bien sûr ce n'étaient pas vraiment des mains. Plutôt des nageoires. Un peu comme un phoque. Et dans la gauche il blottit son menton en se figeant pour la dévisager. Me revoilà à la demande générale, dit-il. En chair et en os.

Tu as mis le temps.

Ouais. On s'est tapé tous les feux rouges.

Comment tu as su dans quelle chambre j'étais ?

Fastoche. La chambre 2-20. J'ai deviné. Comment tu te débrouilles pour le fric ?

Il m'en reste.

Le Kid regarda autour de lui. J'aime bien la déco,

bravo. Tu pourras peut-être me montrer le jardin quand on aura pris le thé. Quels sont tes projets ?

Mes projets, je crois que tu les connais.

Mouais. Pas très prometteurs, hein ?

Rien n'est éternel.

Tu vas laisser un mot ?

J'écris une lettre à mon frère.

Une chronique hivernale, je parie.

Le Kid regardait par la fenêtre le froid mordant. Le parc enneigé et le lac gelé au-delà. Bref, fit-il. C'est la vie. Qu'est-ce qu'on peut dire de plus ? C'est pas fait pour tout le monde. Dieu que les hivers vous confinent.

C'est tout ?

Tout quoi ?

Tout ce que tu as à me dire.

Laisse-moi réfléchir.

Il s'était remis à faire les cent pas. Puis il s'arrêta. Et si on prenait la poudre d'escampette ?

Ça ne changerait rien.

Et si on restait ?

Pour me fader encore huit ans avec toi et tes amis à quatre sous ?

Neuf ans, madame la matheuse...

Soit, neuf ans.

Et pourquoi pas ?

Non, merci, sans façons.

Il reprit ses va-et-vient. En frottant lentement sa petite tête couturée de cicatrices. À croire qu'on l'avait mis au monde avec une pince à glaçons. De nouveau il s'arrêta à la fenêtre. On va te manquer, dit-il. On en a fait, du chemin ensemble.

C'est sûr. Un vrai bonheur. Écoute. Tout ça n'est pas la question. Personne ne va manquer à personne.

On n'était pas obligés de venir, tu sais.

Je ne sais pas ce que vous étiez censés faire ou ne pas faire. Je ne suis pas et je n'ai jamais été au fait de vos missions. Et maintenant ça m'est égal.

Ouais. T'as toujours vu le mal partout.

Et j'ai rarement été déçue.

Ce n'est pas parce qu'une hallucination ectromélique se pointe dans ton boudoir le jour de ton anniversaire qu'elle veut ta peau. On voulait juste répandre un peu de soleil dans ce monde troublé. Où est le mal ?

Ce n'est pas mon anniversaire. Et je crois qu'on sait tous les deux ce que tu répands. De toute façon, tu ne seras jamais dans mes bonnes grâces, alors laisse tomber.

Tu n'as pas de bonnes grâces. T'es en rupture de stock.

Tant mieux.

Le Kid examinait la chambre. Merde, fît-il. Ça craint, ici. T'as vu ce qui vient de courir sur le plancher ? On est à court de Zyklon B ou quoi ? T'as jamais été vraiment une fée du logis, mais là, je crois que tu t'es surpassée. Il fut un temps où t'aurais jamais supporté un taudis pareil. Est-ce que tu as une bonne hygiène ?

Ça ne te regarde pas.

T'as toujours mal tenu tes piaules et tes promesses. Enfin, bref. Tu ne sais pas ce qui te pend au nez, hein ? Si j'ose employer ce verbe. T'as jamais pensé à rentrer dans les ordres ? Bon, d'accord. Je demandais ça comme ça.

Écoute, pourquoi on ne s'excuserait pas du mieux qu'on peut, et après on en reste là ? Ne rends pas les choses plus difficiles.

Ouais, c'est ça, bien sûr.

Tu savais bien que ça allait arriver. Tu adores faire comme si je te cachais des secrets.

Tu en as. Des secrets. Putain, ça caille ici. Une vraie chambre froide, on pourrait y garder de la bidoche. Tu m'as traité d'agent spectral.

Je t'ai quoi ?

Tu m'as traité d'agent spectral.

Jamais de la vie. Opérateur spectral, c'est un terme de mathématiques.

Mouais. Que tu dis.

Tu peux vérifier.

Tu dis toujours ça.

Tu ne fais jamais ça.

Enfin, bref. C'est de l'histoire ancienne.

Vraiment ? Tu as peur d'avoir une mauvaise note à ton rapport d'activité ou quoi ?

Appelle ça comme tu veux, princesse. On a fait de notre mieux. Le mal persiste.

C'est pas grave. Il ne persistera plus très longtemps.

C'est vrai, j'oublie toujours. T'es en route vers la borne inconnue que nul n'a repassée gnagnagna.

Tu oublies toujours ?

Façon de parler. J'oublie pas grand-chose. Toi-même, cela dit, tu n'as pas l'air d'avoir gardé en mémoire l'état dans lequel tu étais là première fois qu'on s'est pointés.

Pas besoin de mémoire. Je suis toujours dans le même état.

Ben voyons. Corrige-moi si je me trompe, mais moi je crois me souvenir d'une jeune fille dressée sur la pointe des pieds pour jeter un coup d'œil par une haute meurtrière rarement mentionnée dans les archives. Qu'a-t-elle donc vu ? Une créature montant la garde ? Mais là n'est pas la question, hein ? La question, c'est plutôt : est-ce que la créature l'a vue ? Une minuscule trouée de lumière. Qui l'aurait remarquée ? Mais les chiens de l'enfer peuvent se nicher dans le chaton d'une bague pour mieux en déferler. J'ai pas raison ?

J'allais très bien avant que tu arrives.

Merde, t'es vraiment un sacré numéro, tu le sais, ça ? N'empêche, je dois rendre à César ce qu'il a dans le falzar. Les chiens de l'enfer sont face à toi, bavant, tous crocs dehors, et tu essaies quand même de voir par-dessus leur épaule. Qui va là ? J'en sais rien. Un vieil atavisme, une psychose résiduelle héritée d'un lointain ancêtre et venue se mettre à l'abri chez toi. Blottie dans un recoin, toute fumante. Oh et puis merde. Attends, je vais lancer le film. Mauvaise idée. Éteins le projecteur. Qui est-ce qui a réclamé cette séance, d'ailleurs ? On remonte l'écran, et ces putains de créatures se retrouvent sur le mur. Ah oui, tu m'as aussi traité d'agent pathogène.

Mais tu es un agent pathogène.

Tu vois ?

Est-ce qu'ils vont entrer ou pas ?

Qui ça ?

Arrête. Je sais très bien qu'ils attendent dehors.

Les hortes, j'imagine.

Tu imagines bien.

Ça viendra en temps voulu.

J'aperçois leurs pieds sous la porte. L'ombre de leurs pieds.

Des pieds et des ombres de pieds. Comme dans la vraie vie.

Qu'est-ce qu'ils attendent ?

Qui sait ? Peut-être qu'ils ne se sentent pas les bienvenus.

Ce n'est pas ça qui les arrête, d'habitude.

Le Kid haussa un sourcil rongé aux mites. Ah ouais ? fit-il.

Ouais, répéta-t-elle en remontant la couverture sur ses épaules. Personne ne t'a invité. Tu as débarqué comme ça.

D'accord, dit le Kid. Y a quelqu'un dans le couloir, c'est ça ? Eh bien, on va vérifier.

Il glissa jusqu'à la porte tel un patineur et s'arrêta et releva sa manche et saisit la poignée avec sa nageoire. Prête ? lança-t-il. Il ouvrit d'un coup. Le couloir était désert. Il la regarda par-dessus son épaule. Les oisillons ont quitté le nid, on dirait. À moins que... comment formuler ça... à moins qu'ils soient le fruit de ton imagination ?

Je sais très bien qu'ils étaient là. Je les sens. Je sens encore le parfum de Miss Vivian. Sans parler de l'odeur de Grogan.

Ah ouais ? C'est peut-être juste un voisin qui fait cuire des choux. Autre chose ? Une odeur de soufre ?

Il referma la porte. Aussitôt le groupe resurgit au-dehors. Piétinant et toussant. Il se frotta les nageoires. Comme pour les réchauffer. Bien. Où en étais-je ? On devrait peut-être te faire un topo sur l'avancement de nos projets. Il se pourrait que tu te stabilises un peu en constatant les progrès accomplis.

Que je me stabilise ?

On a épluché ce que tu nous as transmis et jusqu'ici tout baigne.

De quoi tu parles ? Je ne vous ai rien transmis.

Ben voyons. Un lepton multiplié par cent ça fait toujours une drachme, ce qui n'est pas vraiment une erreur donc ça peut aller, mais on espère que toutes ces saletés classiques partiront au lavage et qu'on pourra revenir à la renormale. Forcément, on voit toujours des trucs différents quand on regarde à la lumière. On fait la différence, c'est tout. Il n'y a pas d'ombres à cette échelle, bien sûr. On se retrouve face à ces interstices noirs. On sait maintenant que le continuum n'est pas vraiment continu. Que rien n'est linéaire, Linda. On aura beau tourner ça dans tous les sens, on en revient toujours à la périodicité. Évidemment, à ce niveau, la lumière ne sous-tend plus l'arc. Elle n'enjambe pas les deux rives, si j'ose dire. Alors qu'est-ce qu'il y a, dans l'intervalle, qu'on aimerait triturer mais qu'on n'arrive pas à voir à cause des problèmes susmentionnés ? J'en sais rien. Tu dis quoi, là ? Que ça ne nous avance pas beaucoup ? Et pourquoi ci et pourquoi ça ? Je ne sais pas. Pourquoi les moutons ne rétrécissent pas sous la pluie ? On travaille sans filet, là. Il n'y a aucun espace qu'on ne puisse extrapoler. Tu irais où, toi ? On envoie des sondes, mais quand on les récupère on ne sait pas où elles se sont baladées. Tant pis. Pas la peine de se faire des nœuds au slip. Faut juste se mettre au boulot et calculer religieusement. Et c'est là que tu interviens. Tu as des trucs, toi, des données qui sont peut-être juste virtuelles mais peut-être pas, et de toute façon la règle doit bien s'y trouver parce que sinon, dis-moi, elle serait où, cette putain de règle ? Et bien sûr c'est elle qu'on cherche, Alice. Cette sacrée nom de Dieu de règle. On enferme tout dans un bocal qu'on étiquette et on part de là façon Gödel et Church et pendant ce temps-là de vraies données qui sont sans doute un substrat du substrat se carapatent à des vitesses déformables avec pour postulat que ce qui n'a pas de masse n'a pas de volume variable ou non et donc pas de forme et que ce qui ne peut pas s'aplatir ne peut pas se gonfler et vice versa dans la meilleure tradition commutative et arrivés là, comme dit l'expression, on est bloqués. J'ai pas raison ?

Tu ne sais même pas de quoi tu parles. Tout ça, c'est du charabia.

Ah ouais ? N'oublie pas qui a la main sur la porte logique, mon poussin. Parce que c'est pas la main maternelle guidant le monde, et c'est pas non plus le mec en tunique runique. Si tu vois ce que je veux dire. Attends. J'ai un appel. Il fourragea dans ses poches et en extirpa un énorme téléphone qu'il plaqua contre son oreille minuscule et noueuse. Fais-la-moi courte, Kurt. On est en conférence. Ouais. Une semi-hostile. OK. Base Deux. Putain, on est en apnée ici. Non. Non. Ah, ça craint. Pas de bol. Moins par moins, ça fait pluche. Tu pourras leur dire de ma part que c'est vraiment une bande de chiards lobotomisés. Rappelle-moi.

Il raccrocha et rabattit l'antenne du plat de sa nageoire et fourra le téléphone dans sa poche et la regarda. Y a toujours quelqu'un pour pas piger au message.

Pour pas piger le message.

Soit. Revenons-en à nos tableaux. Je sais bien ce que tu penses. Mais parfois, il faut juste chercher l'équivalence. Faire une simulation de Monte-Carlo sur tout ce foutoir et en finir. Pour le meilleur et pour le pire. On n'a pas jusqu'à Noël.

C'est déjà Noël. Presque.

Mouais. Enfin, bref. J'en étais où ?

Ça change quelque chose ?

L'outil numéro un, ce sera le servomécanisme. Maître et esclave. On raccorde un pantographe. On pose le saphir sur le dilemme et on tourne. On compte jusqu'à quatre. D'un signe à l'autre. Et on recommence jusqu'à faire apparaître la lemniscate.

Le Kid effectua un petit numéro de claquettes puis une nouvelle glissade sur le linoléum avant de se remettre à faire les cent pas. Ils visent le grand manitou. Ça tambourine dans la savane, Marianne. Et y a plein de gonzesses dans le coup, quoi qu'en geignent les sciento-féministes. J'ai fait faire des recherches. On a Marie Curry. On a Pamela Dirac.

PAM, ce sont des initiales, pas un diminutif.

Sans compter toutes celles dont nous respecterons l'anonymat. Mais déride-toi, merde ! Tu devrais sortir plus souvent. C'est quoi, ton expression, déjà ? Après les maths, les stigmates. Tiens, tu sais quoi ? Intermède comique. D'accord ? Arrête-moi si tu la connais déjà. C'est Mickey qui réclame le divorce. Le juge lui dit : Si je comprends bien, vous affirmez que votre femme Minnie est en train de perdre la raison. Est-ce exact ? Et Mickey répond : Non, Votre Honneur, ça n'est pas ce que j'ai dit. J'ai dit qu'elle se faisait barjot.

Le Kid se mit à trépigner en se tenant le ventre et en vomissant son rire de hyène.

Tu comprends toujours tout de travers. Pourquoi tu ris ?

Oufff, haleta-t-il. Où est le problème ?

Tu comprends toujours tout de travers. C'est Dingo. Pas barjot.

Qu'est-ce que ça change ?

Minnie se faisait Dingo. Tu n'as même pas compris.

Ouais, bref. C'est noté. En tout cas, ce qui compte, c'est qu'il faut que tu te secoues. Qu'est-ce que tu crois ? Qu'à la dernière minute le petit Bobby la Bourlingue va se réveiller d'entre les morts pour voler à ton secours ? Avec ses éperons d'argent et tout le bastringue ? Il est hors du coup, Marie Lou. Depuis qu'il s'est enrubanné la tête dans son bolide.

Elle détourna les yeux. Le Kid mit une nageoire en visière. Tiens donc, fit-il. Cette fois, elle m'écoute.

Tu racontes n'importe quoi.

Ah ouais ? Ça fait combien de temps qu'il roupille ? Deux mois, trois mois ?

Il est toujours en vie.

Toujours en vie. Ben merde alors. Puisqu'il est toujours en vie, pourquoi s'en faire ? Redescends un peu. On sait très bien, toi et moi, pourquoi t'es pas disposée à poireauter, en ce qui concerne l'ange terrassé. Pas vrai ? Qu'est-ce qu'il y a ? T'as perdu ta langue ?

Je vais me coucher.

C'est parce qu'on ne sait pas ce qui va se réveiller. Si jamais ça se réveille. On sait très bien, toi et moi, quelles sont ses chances de s'en sortir avec ses pleines facultés mentales, et t'as beau en avoir dans le froc, je ne t'imagine pas follement éprise des quelques vestiges qui pourraient subsister sous l'œil vitreux et la lèvre baveuse. Enfin, bref. On ne sait jamais ce que les cartes nous réservent, pas vrai ? De toute façon, vous seriez sûrement retournés dans le trou du cul du Sud. Rien que vous deux. À vous nourrir de lard et de beignets de tripes, enfin, les saloperies qu'ils bouffent dans ce pays de consanguins. C'est pas tout à fait la dolce vita sur les routes d'Europe, mais au moins c'est tranquille.

Ça ne risque pas d'arriver.

Oh, je sais bien.

Tant mieux.

Alors qu'est-ce qu'on fait ?

Je t'enverrai une carte postale.

Ce serait une première.

Cette fois c'est différent.

Tu m'étonnes. Tu vas appeler ta grand-mère ?

Pour quoi faire ?

Je sais pas. Lui parler. Merde alors, Eleonore. Il reste tellement de trucs à faire, tu sais.

Peut-être. Mais ce n'est pas moi qui les ferai.

Et les portes de la nuit, et l'antre des innommables ? Ça te fait pas peur ?

Je risquerai le coup. J'imagine que quand je couperai le disjoncteur tout le tableau virera au noir.

On s'est vraiment donné du mal pour toi, tu sais.

Je suis désolée.

Et si je te racontais des trucs que je ne suis pas censé te dire ?

Ça ne m'intéresse pas.

Des trucs que t'aimerais vraiment savoir.

Tu ne sais rien. Tu racontes des histoires.

Ouais. Mais certaines sont vraiment cool.

Certaines.

Tiens, j'en ai une : Qu'est-ce qui est noir et blanc et tout rouge ?

Aucune idée.

Trotski en smoking.

Bravo.

OK, en voilà une autre : C'est un explorateur qui trouve deux chameaux dans le désert.

Tu me l'as déjà racontée.

Pas possible.

Des deux chameaux, il choisit le moindre.

Bon. D'accord. Écoute, je prépare un nouveau spectacle. J'ai remis à l'honneur des vieux numéros du répertoire forain. T'as toujours eu un faible pour les classiques. Le temps de retoucher les costumes. Deux semaines de répétitions.

Bonne nuit.

J'ai même une piste pour d'autres films en huit millimètres. Sans parler d'une boîte à chaussures bourrée de photos des années quarante. De l'époque de Los Alamos. Et puis des lettres.

Comment ça, des lettres ?

Des lettres personnelles. Des lettres de ta mère.

Tu me fais marcher. Toutes les lettres ont été volées.

Ah ouais ? Peut-être. Tu vas faire quoi ?
Dormir.
Je veux dire à long terme.
Je parle du long terme.
OK, très bien. Tu gardes le meilleur pour la fin. Forcément.
Ne te donne pas tant de peine.
C'est bon, c'est bon. On peut pas dire que j'ai rien vu venir. Mais qui sait ? Tu as peut-être envie de voir à quoi tu vas passer ton temps. Le passé, c'est l'avenir. Ferme les yeux.
Et si je n'ai pas envie de fermer les yeux ?
Fais-moi plaisir.
Et puis quoi encore ?
Bon, d'accord. On va faire ça à l'ancienne. Qu'est-ce que j'en sais ? On devrait pas être déçus.

Il sortit un grand foulard en soie des replis de sa personne et le fit voleter et le rattrapa et le déploya et lui en montra les deux faces. Il le tendit et le secoua. Puis il le fit disparaître. Dans un fauteuil en rotin trônait un vieil homme en queue-de-pie noir poussiéreux. Gilet gris et pantalon rayé. Bottines en chevreau noir et guêtres en moleskine à boutons de nacre. Le Kid s'inclina pour le saluer et recula d'un pas et l'examina de la tête aux pieds. Alors. D'où est-ce qu'on l'a déterré, celui-là ? Niac niac niac.

Il gratifia le vieil homme d'une grande claque dans le dos qui souleva un nuage de poussière. L'homme se pencha en avant, pris d'une quinte de toux. Le Kid s'écarta et agita sa nageoire pour dissiper la poussière. Merde. Ça fait un bail qu'il a pas vu la lumière du jour, on dirait. Alors, Papy, quesse tu penses du monde d'aujourd'hui ? On a besoin d'un regard extérieur.

Le vieil homme redressa la tête et regarda autour de

lui. De ses yeux pâles et enfoncés. Il rajusta sa cravate en remontant sèchement le nœud et plissa les yeux et scruta la pièce.

Classe, le costume, hein ? fit le Kid. Bon, certes, un peu gâté par le sol humide. C'était sa tenue de mariage. La petite femme avait seize ans. Cela dit, ça faisait deux ans qu'il la tringlait donc on va dire quatorze. Il a fini par la mettre en cloque, et voilà le résultat. Il était plus vieux que son père à elle, le salopard. Bref, les cloches nuptiales ont sonné pour le principe. En l'an de grâce dix-huit cent quatre-vingt-dix-sept, si je me souviens bien. Une cérémonie solennelle. Avec un bouquet de fleurs et le couteau sous la gorge. Bref, c'est à peu près tout. Je pensais que ce vieux croûton aurait quelque chose à dire, mais il a l'air un tantinet paumé. T'as pas l'impression qu'il gîte légèrement à tribord ?

Le Kid redressa le vieil homme dans son fauteuil et recula et ferma un œil pour évaluer sa verticalité. En tendant sa nageoire comme une rame. Il nous faudrait peut-être un niveau à bulle, tu crois pas ? Ou un spectrographe, niac niac niac. Oh, et puis merde. D'accord, il est pas à mourir de rire. Attends un peu. C'est ses dents. Il a plus ses dents, nom de Dieu.

Le vieil homme avait ouvert sa bouche parcheminée et extirpait de ses joues des morceaux de coton souillé qu'il fourrait dans la poche de son habit. Il se racla la gorge et regarda autour de lui d'un air morne.

Qu'est-ce qu'il fout, maintenant ? demanda le Kid. Un truc dans son gousset. C'est quoi ? Sa montre ? Oh merde. Me dis pas qu'il la remonte ! Et voilà qu'il l'écoute ! Impossible qu'elle marche encore. Non, non. Il la secoue. Pas vilaine d'ailleurs. Une demi-chasseur. Avec échappement à repos, pas de doute. Allez, vas-y. Secoue-la un bon coup. Ben non. Rien à faire.

Le vieil homme fit claquer ses gencives. Attends un peu, dit le Kid. Ça vient. Des nouvelles de l'au-delà de je ne sais quoi. Bon Dieu, j'ai pas droit à beaucoup de remerciements alors que je me décarcasse pour toi.

Où sont, chuinta le vieil homme, les toilettes ?

Le Kid se redressa. Putain de merde. Où sont les toilettes ? C'est tout ce que t'as à dire ? Oh misère ! Je te suggère de bouger ton cul moisi. Où sont les toilettes ? Nom de Dieu de merde. Elles sont sur le palier. Allez, casse-toi, putain.

Le vieil homme se souleva du fauteuil et gagna la porte d'un pas traînant. Une fine poussière se déposait dans son sillage. Une bestiole tomba de ses vêtements et fila se réfugier sous le lit. Il tâtonna pour ouvrir la porte, sortit en chancelant et disparut. Non mais, fit le Kid. Il referma la porte avec fracas et se retourna pour s'y adosser. Il secoua la tête. Bref. Quesse tu veux y faire ? OK, c'était pas une bonne idée. On oublie. Y en a parfois qui déclarent forfait. Et si on rameutait plutôt la vieille bande ? Ça nous déridera peut-être un peu.

Je n'ai pas envie de rameuter la vieille bande. Je vais me coucher.

Tu l'as déjà dit.

Tant mieux. Je vais joindre le geste à la parole.

Écoute, poussin. Je voudrais pas être lourd, mais là t'es en avance rapide vers que dalle.

Et toi tu es venu me persécuter.

Ça va ? T'as pas de fièvre ? Tu veux un verre d'eau ?

Elle se recroquevilla dans le lit et s'enfouit sous les couvertures. N'oublie pas d'éteindre quand tu partiras.

Le Kid se remit à faire les cent pas. On n'a pas sorti ton nom d'un chapeau, tu comprends. Moi je suis pas au courant de ce que t'es censée savoir ou non. Je ne suis qu'un employé. Un agent ? Soit, un agent. Et si quelqu'un sait ce qui nous attend au tournant, ce n'est pas ton humble serviteur. Allez, quoi. Je peux pas te parler si t'as la tête fourrée au fond du lit. Tu veux même pas me dire au revoir ?

Elle rabattit les couvertures. Ouvre la porte et je te ferai coucou.

Il alla ouvrir la porte. Ils étaient tous là. À agiter la main, à lorgner dans la chambre, parfois sur la pointe des pieds. Au revoir, lança-t-elle. Au revoir. Le Kid les congédia d'un geste impatient. Comme une bonne sœur avec des écoliers. Il referma la porte. OK, fit-il.

C'est bon, on a fini ?

Je sais pas, mon chou. Tu rends pas les choses faciles. Pas question que je t'accompagne chez les fous, tu sais.

Tant mieux.

Les concentrations de populations aliénées s'arrogent certains pouvoirs. L'effet est déstabilisant. Si tu passes du temps dans un asile, tu comprendras.

Je sais. Je connais. J'ai connu.

Le choix, c'est le nom qu'on donne à ce qui nous arrive.

Arrête de me citer.

Tu ne veux pas me parler.

Non.

Autre chose peut-être ? Un ultime conseil pour les vivants ?

Oui. Arrêtez.

Merde. C'est raide.

Allez, rideau, extinction du souffle.

Tu vas nous manquer.

Et toi, tu vas te manquer ?

On reste dans les parages. Y a toujours du pain sur la planche.

Il semblait un peu affaissé, mais il se redressa.

D'accord, fit-il. Puisque c'est comme ça. Message bien reçu.

Il posa une nageoire sur sa petite bedaine et fit une vague révérence et disparut. Elle remonta les couvertures sur sa tête. Puis elle entendit la porte se rouvrir. Quand elle osa regarder, le Kid était revenu et il s'avança à pas de loup jusqu'au centre de la pièce et souleva le fauteuil en rotin par une de ses lattes et le hissa sur son épaule et fit demi-tour et sortit et referma la porte derrière lui.

Elle dormit et dans son sommeil elle rêva qu'elle poursuivait un train avec son frère en courant le long de la voie sur la piste cendrée et au matin elle raconta cela dans sa lettre. On courait après le train, Bobby, et il s'éloignait de nous dans la nuit et ses lumières s'estompaient dans les ténèbres et on trébuchait et je voulais m'arrêter mais tu m'as pris la main et dans le rêve on savait qu'on ne devait pas perdre de vue le train sinon on ne le reverrait jamais. Que suivre la voie ne servirait à rien. On se tenait par la main et on courait et puis je me suis réveillée et il faisait jour.

Emmitouflé dans une couverture de survie grise qu'il avait sortie du sac de secours il buvait du thé brûlant. La mer sombre clapotait autour de lui. Le bateau des gardecôtes ancré à cent mètres ballottait dans la houle feux de mouillage allumés et au-delà à dix milles au nord on voyait les phares des camions progresser vers l'est sur la route 90 en quittant La Nouvelle-Orléans pour rejoindre Pass Christian, Biloxi, Mobile. Le concerto pour violon n° 2 de Mozart résonnait dans le magnéto. Il faisait six degrés et il était trois heures dix-sept du matin.

L'assistant en appui sur les coudes et casque sur les oreilles observait l'eau noire en dessous d'eux. De temps en temps la mer s'embrasait d'une lueur de soufre à quinze mètres de profondeur là où Oiler s'affairait avec le chalumeau. Western regarda l'assistant et souffla sur son thé et le sirota puis il contempla les lumières qui progressaient sur la route telle la lente reptation cellulaire de gouttes d'eau sur un fil électrique. Elles clignotaient vaguement quand elles passaient derrière les parapets de béton. Un vent de mer se levait de la pointe ouest de Cat Island et l'eau s'agitait légèrement. Une odeur de pétrole et les relents capiteux de la mangrove et des prés salés apportés des îles par la marée. L'assistant se redressa et ôta son casque et se mit à fourrager dans la boîte à outils.

Il s'en sort ?

Ça va.

Qu'est-ce qu'il veut ?

La grosse pince coupante.

Il attacha une paire de cisailles à un mousqueton et fixa le mousqueton au câble et regarda les cisailles s'enfoncer dans les eaux. Il se tourna vers Western.

Jusqu'à quelle profondeur on peut travailler à l'acétylène ?

Dix, douze mètres.

Et ensuite il faut l'oxy-arc.

Oui.

L'assistant acquiesça et remit son casque.

Western finit son thé et secoua sa tasse et la rangea dans son sac et en sortit ses palmes et les enfila. Il se dégagea de sa couverture et se releva et ferma sa combinaison et se pencha pour prendre ses bouteilles et les souleva par les sangles et les ajusta sur son dos. Il resserra les sangles et mit son masque.

L'assistant fit glisser son casque sur sa nuque. Ça t'embête si je mets une autre radio ?

Western souleva son masque. C'est une cassette.

Ça t'embête si je mets une autre cassette ?

Non.

L'assistant secoua la tête. On nous largue ici par hélico tout ça pour se geler le cul à une heure du mat'. Je vois pas où était l'urgence.

Tu veux dire qu'ils sont tous morts.

Ouais.

Et comment tu le sais ?

Question de bon sens.

Western contempla le bateau des garde-côtes. Le

dessin des lumières découpé par le clapotis des eaux noires. Il regarda l'assistant. Du bon sens, dit-il. C'est ça.

Il enfila ses gants. Le faisceau blanc du projecteur balaya l'eau dans un sens et dans l'autre puis s'éteignit. Il passa sa ceinture autour de sa taille et la boucla et ajusta sur sa bouche l'embout du détendeur et rabattit son masque et entra dans l'eau.

Lente descente dans le noir vers l'éclat intermittent du chalumeau. Il atteignit l'empennage et se laissa glisser et se retourna et nagea lentement le long du fuselage, en promenant sa main gantée sur l'aluminium lisse. Le collier des rivets. Nouveau flamboiement du chalumeau. La silhouette du fuselage s'étirait en un tunnel obscur. D'un coup de palme il passa les imposantes nacelles qui abritaient les turboréacteurs et s'enfonça vers la flaque de lumière.

Oiler avait découpé le système de verrouillage et la porte était béante. Il était de l'autre côté du seuil, recroquevillé contre la cloison. Il fit un signe de tête à Western qui se hissa à l'entrée et il braqua sa torche sur le couloir central. Les passagers assis à leurs places, cheveux flottants. La bouche ouverte, les yeux vidés de toute réflexion. Le panier à outils était posé près de la porte et Western en sortit l'autre torche avant de s'aventurer plus loin dans l'avion.

En battant des pieds il remonta lentement l'allée au-dessus des sièges, ses bouteilles raclant la paroi. À quelques centimètres du visage des morts. Tout ce qui pouvait flotter était collé au plafond. Stylos, coussins, gobelets en plastique. Des feuilles de papier dont l'encre dégoulinait en traînées hiéroglyphiques. Accès de claustrophobie. Il se plia en deux et pivota sur lui-même et gagna la sortie.

Oiler longeait le fuselage muni de sa torche. La lumière formait un halo dans la lame d'air du double vitrage. Western avança et se fraya un passage jusqu'au cockpit.

Le copilote était toujours attaché sur son siège mais le pilote était en suspension contre le plafond, bras et jambes ballants, telle une énorme marionnette. Western braqua sa lampe sur les commandes de l'appareil. Les manettes des gaz étaient bloquées à zéro. Quand l'eau de mer avait provoqué un court-circuit, les instruments analogiques s'étaient remis en position neutre. Un carré béant dans le tableau de bord marquait l'emplacement d'un panneau avionique manquant. Six boulons l'avaient maintenu en place, à en juger par les trous visibles, et trois jacks débranchés pendouillaient au bout de leur cordon spiralé. Western cala ses genoux contre le dossier des sièges. Une belle montre Heuer en inox au poignet du copilote. Il examina le tableau de bord. Qu'est-ce qui manque ? Altimètres Kollsman et variomètres. Jauge de kérosène en kilos. Vitesse air à zéro. Pour le reste, de l'avionique Collins. C'était le panneau de navigation. Il recula vers la sortie. Les bulles du détendeur s'alignaient régulièrement le long du plafond en coupole. Après avoir cherché dans les moindres recoins la mallette de vol du pilote il était presque sûr qu'il ne la trouverait nulle part. En s'extrayant de l'appareil il chercha Oiler. Il nageait au-dessus de l'aile. Il dessina un cercle et pointa le doigt vers la surface et battit des palmes pour remonter.

Une fois assis dans l'étroit canot pneumatique ils ôtèrent leur masque et recrachèrent l'embout de leur détendeur et se penchèrent en arrière pour desserrer leurs bouteilles. Le magnéto passait Creedence Clearwater Revival. Western sortit son thermos.

Il est quelle heure ? demanda Oiler.

Quatre heures douze.

Il cracha et s'essuya le nez sur son poignet. Il se pencha en frôlant Western pour refermer les valves des bouteilles d'oxygène. J'ai horreur de ces machins-là, dit-il.

Quoi, les cadavres ?

Euh. Ça aussi. Mais non. Les machins qui n'ont aucun sens. À quoi on ne trouve pas de sens.

Ouais.

Personne ne va venir avant au moins deux heures. Voire trois. Qu'est-ce que tu veux faire ?

Qu'est-ce que je veux faire, ou qu'est-ce que je crois qu'il faut faire ?

J'en sais rien. Qu'est-ce que tu penses de tout ça ?

Je ne pense rien.

Oiler retira ses gants et ouvrit son sac de plongée et sortit son thermos. Il détacha du flacon le gobelet de plastique et dévissa le bouchon et remplit le gobelet et souffla dessus. L'assistant remontait le câble et le panier.

On l'aperçoit même pas, ce foutu zinc. Et c'est soi-disant un pêcheur qui l'aurait repéré ? Foutaises.

Tu ne crois pas que ses feux auraient pu rester allumés un moment ?

Non.

Tu as sans doute raison.

Oiler se sécha les mains sur une serviette qu'il avait dans son sac et en sortit ses cigarettes et son briquet et extirpa une cigarette du paquet et l'alluma et resta à contempler l'eau noire et clapotante. Et ils sont tous restés assis sur leurs sièges ? C'est quoi ce bordel ?

Je dirais qu'ils devaient être déjà morts quand l'avion a coulé.

Oiler tira sur sa clope en secouant la tête. Mouais. Et y a aucune fuite de carburant.

Il manque un panneau au tableau de bord. Et la mallette de vol du pilote.

Ah ouais ?

Tu sais ce que ça veut dire, non ?

Non. Toi, si ?

Les Martiens.

T'es con, Western.

Western sourit.

D'après toi, ça a quelle autonomie, cet engin ?

Le JetStar ?

Oui.

Je dirais quatre ou cinq mille kilomètres. Pourquoi ?

Parce qu'il faut bien se demander d'où il venait.

Ouais. Et quoi d'autre ?

Je crois que ça fait quelques jours qu'ils sont là-dessous.

La vache.

Ils n'ont pas l'air très bien conservés. Il faut combien de temps pour qu'un corps remonte ?

Je sais pas. Deux ou trois jours. Ça dépend de la température de l'eau. Ils sont combien ?

Sept. Plus le pilote et le copilote. Neuf en tout.

Qu'est-ce que tu veux faire ?

Rentrer chez moi et me coucher.

Oiler souffla sur son gobelet et but une gorgée de café. Oh ouais, fit-il.

L'assistant s'appelait Campbell. Il scruta Western et posa les yeux sur Oiler. Ça doit franchement pas être beau à voir, là-dessous, dit-il. Ça vous gêne pas ?

Tu veux descendre jeter un coup d'œil ?

Non.

Sans déconner. Je peux veiller à ta place. Et Western peut t'accompagner si tu veux.

Tu te fous de ma gueule.

Non, je me fous pas de ta gueule.

Ben en tout cas, je plongerai pas.

Je sais très bien que tu plongeras pas. Mais puisque t'as pas vu ce qu'on a vu, tu devrais peut-être tenir ta langue au lieu de nous dire ce qu'on doit en penser.

Campbell regarda Western. Western remua les feuilles de thé au fond de son gobelet. Allez, Oiler, te braque pas. Il pensait pas à mal.

Désolé. Le problème, c'est que je comprends pas comment cet avion a pu se retrouver là-dessous. Et chaque fois que je pense à tous les trucs pas normaux la liste s'allonge.

Je suis d'accord.

Peut-être que notre bon professeur Western a un semblant d'explication à nous offrir.

Western secoua la tête. Le bon professeur Western est complètement paumé.

Je sais même pas ce qu'on fout ici.

Je sais bien. Y a rien là-dedans qui sonne juste.

Bon, il nous reste quoi, deux heures avant le lever du jour ?

Ouais. Ou peut-être une heure et demie.

Pas question que je les remonte.

Moi non plus.

Des survivants. C'est quoi ces conneries ?

Ils se turent, la lampe creusant d'ombres leur visage, le canot ballotté par la houle. Oiler tendit le thermos. T'en veux un peu, Gary ?

Non, c'est bon.

Vas-y. Il est bien chaud.

Bon, d'accord.

J'ai constaté aucun dégât.

Moi non plus. On aurait dit qu'il sortait de l'usine.

Qui c'est qui le fabrique ? C'est quoi le modèle déjà, JetStar ?

Ouais, JetStar. C'est Lockheed.

En tout cas, c'est un putain d'avion. Quatre réacteurs ? Ça peut faire du combien, Bobby ?

Western fit tomber les feuilles de thé et reboucha son thermos. Je dirais bien mille kilomètres à l'heure.

Merde alors.

Oiler aspira une dernière taffe et balança sa cigarette qui tournoya dans les ténèbres. T'as jamais repêché des corps, si ?

Non. Mais je me dis que si t'as pas envie de faire un truc, y a peu de chances que ça me plaise.

On les remonte avec une corde et un harnais mais il faut quand même les sortir de l'avion. Et ils veulent tout le temps te prendre dans les bras. Un jour, on en a sorti cinquante-trois d'un avion de ligne, un Douglas, au large de la Floride, et ce jour-là j'ai eu mon compte. C'était avant que je vienne travailler pour Taylor. Ça faisait déjà plusieurs jours qu'ils étaient au fond et on n'avait franchement pas envie de boire la tasse à cet endroit-là. Ils étaient complètement boursouflés dans leurs vêtements et il fallait trancher les ceintures de sécurité pour les dégager. Et dès que c'était fait ils commençaient à remonter, les bras écartés. Un peu comme des ballons de fête foraine.

Les mecs là-dessous n'ont pas des looks de cadres de multinationale.

Ah bon ? Pourtant ils sont en costard.

Je sais. Mais c'est pas les bons costards. Et leurs chaussures font plutôt made in Europe.

Ça, je saurais pas dire. Ça fait dix ans que j'ai pas porté de vraies chaussures.

Qu'est-ce que tu veux faire ?

Foutre le camp d'ici. Faut qu'on prenne une douche.

OK.

Il est quelle heure ?

Quatre heures vingt-six.

On voit pas le temps passer quand on s'amuse.

On pourra se rincer sur le quai quand on arrivera. Rincer nos combinaisons au tuyau.

Moi, Bobby, je vais me faire discret. Pas question que je revienne ici.

OK.

Tu penses que quelqu'un d'autre est passé avant nous, pas vrai ?

Je ne sais pas.

D'accord. Mais c'est pas une réponse. Comment ils seraient entrés dans l'avion ? Il aurait fallu qu'ils découpent la carlingue comme on l'a fait.

Peut-être que quelqu'un leur a ouvert.

Oiler secoua la tête. Putain, Western. C'est même pas la peine de te parler. T'es juste bon à me faire flipper. Gary, t'es prêt à démarrer ce rafiot ?

Affirmatif.

Western fourra son thermos dans son sac. Il y a autre chose ? demanda-t-il.

Je vais te dire ce qu'il y a. Je crois que mon désir d'en savoir le moins possible sur tout ce qui ne peut m'apporter que des emmerdes est à la fois profond et durable. J'irai jusqu'à dire que ça s'apparente à une religion.

Gary s'était posté à la poupe. Western et Oiler relevèrent les deux ancres et Gary posa le pied sur le tableau arrière et tira sur la corde de démarrage.

Le gros moteur hors-bord Johnson réagit aussitôt et ils progressèrent en gargouillant jusqu'à bonne distance des bouées orange et alors Gary mit les gaz et ils fendirent les eaux noires en direction de Pass Christian.

———

À l'approche vers l'aval, une antique goélette qui filait à sec de toile. Coque noire, ligne de flottaison dorée. Glissant sous le pont, longeant la berge grise. Fantôme tout de grâce. Dépassant dock et hangar, et les hautes grues à portique. Les cargos libériens rouillés amarrés le long de la rive d'Algiers. Sur la promenade, quelques personnes s'étaient immobilisées pour la contempler. Une vision d'un autre temps. Il traversa les voies ferrées et prit Decatur Street jusqu'à St Louis et remonta Charles Street. Au Napoleon House, la vieille bande le salua, installée aux petites tables en terrasse. Des figures familières surgies d'une autre vie. Combien de contes débutent ainsi ?

Messire Western, lança Long John l'efflanqué. Remonté des fangeux abysses, j'imagine ? Viens donc te joindre à nous pour une libation. Le soleil a dépassé la vergue, si je ne m'abuse.

Bobby tira l'une des petites chaises en bois courbé et posa son sac de plongée vert sur le dallage. Bianca Pharaoh se pencha et sourit. Qu'est-ce que tu as donc dans ton sac, mon trésor ?

Il part en expédition, dit Darling Dave.

Ridicule. Messire ne va pas nous abandonner ainsi. Garçon.

C'est juste mon matos.

C'est juste son matos, dit le Mioche à la cantonade.

Le comte Seals se retourna l'air endormi. C'est son matos de plongée. Il est plongeur.

Ouh, fit Bianca. Voilà qui me plaît. Laisse-moi regarder ça. Il y a des trucs coquins ?

Qu'est-ce que tu crois ? Cet homme va au travail en tenue de latex. Ah, mon brave. Apportez à mon ami un cruchon de votre plus belle brune.

Le serveur repartit. Les touristes défilaient sur le trottoir. Des lambeaux de leurs conversations ineptes flottaient dans l'air comme des bribes de code. On sentait régulièrement sous les pieds le lent battement sourd d'un enfonce-pieux quelque part sur la berge. Western considéra son hôte. Qu'est-ce que tu deviens, John ?

Je vais bien, Messire. J'ai été absent quelque temps. Un léger différend avec les autorités quant à la légitimité d'une prescription médicale.

Il relata ses aventures sur un ton désinvolte. Des blocs d'ordonnances factices sortis d'une imprimerie de Morristown, dans le Tennessee. Les médecins existaient, mais les numéros de téléphone étaient ceux de cabines publiques sur des parkings de supermarché. La copine à quelques mètres, dans une voiture garée. Oui, c'est bien lui. Sa mère est en phase terminale. Oui. Du Dilaudid. Seize milligrammes. En boîte de cent. Trois semaines comme ça dans les petites villes du sud des Appalaches, avant de faire les cent pas dans une chambre du Hilltop Motel de Knoxville, sur la bretelle de Kingston. Une chambre payée avec une carte de crédit volée. À attendre le revendeur. Avec une boîte à chaussures à moitié pleine de barbituriques catégorie II d'une valeur marchande d'au moins cent mille dollars. Il faisait tellement chaud qu'il s'était déshabillé et piaffait tout nu hormis une paire de bottes en autruche et un borsalino noir à large bord. En fumant son dernier Montecristo. Cinq heures sonnèrent. Puis six. Enfin des coups à la porte. Il l'ouvrit brusquement. Mais qu'est-ce que vous foutiez ? dit-il. Sauf qu'il avait face à lui le canon d'une arme de service calibre 38 et voyait du coin de l'œil un homme en renfort équipé d'un fusil à pompe. L'agent des stups locaux brandissait son insigne. Il levait les yeux vers ce délinquant longiligne et nu comme un ver. Désolé, mon pote, dit-il, on a fait aussi vite qu'on a pu.

Bref, t'es en liberté sous caution, dit Western.

Oui.

Je croyais que tu n'étais pas censé franchir les frontières de l'État.

En théorie, c'est exact. Mais de toute façon je ne suis ici que pour quelques jours. Si ça peut te tranquilliser. La ville commençait à me peser. Quand ils m'ont enfin relâché, je suis rentré au motel, j'ai pris une douche, je me suis changé, et je descendais Jackson Avenue dans l'espoir de me faire offrir un verre quand je suis tombé sur une ancienne copine. Ça alors, John, qu'elle s'exclame, c'est bien toi ? Ça fait des lustres. Où est-ce que tu étais passé ? Et j'ai répondu : En géhenne carcérale, ma chère. Et elle : Ça alors ! Figure-toi que ma sœur a épousé un garçon de ce coin-là. C'est là que je me suis dit : Il faut vraiment que je quitte ce bled.

Western sourit. Le serveur apporta la bière et la posa sur la table et repartit. L'efflanqué leva son verre. Salud. Ils burent. Le Mioche était en conciliabule avec Darling Dave. Il prenait conseil. Dans mon rêve, disait-il, je grimpais par la fenêtre et je tabassais cette vieille femme dans son lit à coups d'attendrisseur. Elle avait la tête toute quadrillée comme une gaufre.

Dave balaya de la table une chose invisible. C'est un appel à l'aide, dit-il.

Quoi ?

C'est peut-être ton corps qui exprime un manque.

C'est toujours lié à la liberté, dit Bianca. Au besoin de se délester. Comme quand on rêve d'un proche qui n'est plus qu'un corps mourant.

Seals s'ébroua. Seals le fou d'oiseaux. Dans sa salle de bains, des rapaces moroses encapuchonnés comme des bourreaux s'agitaient sombrement sur leurs perchoirs. Un faucon sacre, un laneret.

Un cormoran ? dit-il.

Bianca sourit et lui tapota le genou. Je t'adore, dit-elle.

Ils sont toute une galerie en recherche d'emploi. John les désigna de son verre. Le Mioche a bien failli décrocher un poste, dit-il. Mais bien sûr, à la dernière minute, ça s'est dégondé.

J'ai tout fait foirer, dit le Mioche. Je ne sais pas ce qui m'a pris. Ce chieur n'arrêtait pas de me parler de leur politique par-ci, leur politique par-là. Il a fini par dire : Encore une chose. Ici, on n'a pas les yeux sur la pendule. Et là j'ai fait : Eh ben vous n'imaginez pas comme ça me fait plaisir d'entendre ça. Depuis toujours j'ai l'habitude d'être en retard pour tout, jusqu'à une heure parfois.

Et qu'est-ce qu'il a répondu ?

Ça lui a un peu coupé la chique. Il est resté une minute sans rien dire et puis il s'est levé et il est parti. Alors que c'était son bureau. Au bout d'un moment, la secrétaire est entrée et elle a dit que l'entretien était fini. Je lui ai demandé si j'étais embauché et elle a répondu qu'à son avis non. Elle avait l'air un peu nerveuse.

Vous avez retrouvé où loger ?

Pas encore.

Et les poursuites pour incendie volontaire ?

Ils les ont abandonnées. Ils ont retrouvé certains des chats.

Des chats ?

Ouais. Des chats. Le problème, c'est qu'il y avait eu cinq ou six départs de feu en même temps et ça leur paraissait suspect, mais ensuite ils sont tombés sur les chats. Il n'y avait plus qu'à faire le lien.

Les chats avaient renversé un pot de mon diluant à peinture, dit Bianca. Et ils se sont roulés dedans. Et puis ils ont filé sous la chaudière et ils ont pris feu. Et puis ils se sont éparpillés dans tout l'atelier.

Des chats.

Des chatons. Tu vois. Des tout petits chats. Elle écarta les mains pour montrer la taille. J'ai dit : Pourquoi donc je mettrais le feu à mon appartement ? D'ailleurs, on est juste locataires, bon Dieu. Qu'est-ce qu'on toucherait comme assurance ? Sérieusement, n'importe qui aurait pu comprendre que les chats avaient pris feu. Qu'est-ce qu'ils croyaient, que les chats avaient attendu qu'un incendie se déclare pour pouvoir se précipiter dans les flammes ? C'était évident que les chats avaient pris feu en premier et que c'est ça qui avait tout déclenché. Qu'est-ce qu'ils sont cons.

Les chats ?

Non, pas les chats. Ces putains d'assureurs.

C'était assez marrant, dit le Mioche. Quand l'huissier a levé la main pour lui faire prêter serment elle a tendu le bras et lui a claqué la paume. Je crois qu'ils avaient jamais vu ça.

J'imagine que la prédisposition génétique doit varier selon les races, dit John, mais dans tous les cas les tendances auto-immolatrices des chats semblent être un fait avéré de la science féline. Elles sont mentionnées dans les écrits d'Esculape, entre autres figures antiques.

Ben mince, alors, fit Seals.

Voilà néanmoins qui contredirait Unamuno. N'est-ce pas, Messire ? Lorsqu'il postule que les chats raisonnent plutôt qu'ils ne pleurent ? Au demeurant, leur existence même, selon Rilke, est entièrement hypothétique.

Les chats ?

Les chats.

Western sourit. Il but. Une journée fraîche et ensoleillée dans la vénérable cité. Le mitan du jour et dans la rue la douce lumière d'un début d'hiver.

Où est Willy V ?

Il a posé son chevalet à Jackson Square. En espérant fourguer ses croûtes aux touristes, bien sûr. Avec son molosse couleur de lune.

Cette bestiole va finir par mordre le cul d'un touriste et il va se retrouver au tribunal.

Ou en taule.

Long John avait entrepris de déballer un gros cigare noir. Il en mordit le bout et le recracha et roula le cigare sur sa langue et le coinça entre ses dents et chercha une allumette. J'ai rêvé de toi, Messire.

Rêvé, dis-tu.

Oui. J'ai rêvé que tu musardais dans tes chaussures lestées au fond de l'océan. À chercher Dieu sait quoi dans les ténèbres de ces profondeurs bathypélagiques. Quand tu as atteint l'extrémité de la plaque de Nazca, il y avait des flammes qui montaient des abysses et qui léchaient le bord du gouffre. La mer bouillait. Dans mon rêve, j'avais l'impression que tu avais déniché l'entrée de l'enfer et j'ai cru que tu allais lancer une corde pour repêcher les amis qui t'y avaient précédé. Mais tu n'en as rien fait.

Il fit crépiter l'allumette contre le dessous de la table et embrasa son cigare.

Tu es vraiment plongeur ? demanda Bianca.

Il ne plonge pas là ou tu crois, chérie, dit Dave.

Il est plongeur dans tous les sens que tu peux imaginer, fit Seals en se redressant tant bien que mal et en posant un poing sur la table. Absolument tous les sens.

Je suis plongeur de récupération, dit Western.

Qu'est-ce que tu récupères ?

Tout ce que nous demandent de récupérer ceux qui nous engagent. Tout ce qui est perdu.

Des trésors ?

Non. Plutôt des marchandises. Du fret.

C'est quoi, le truc le plus bizarre qu'on t'ait jamais demandé de faire ?

Tu veux dire, hors du domaine sexuel ?

J'étais sûr qu'il me plairait, ce gars.

Je ne sais pas. Il faudrait que j'y réfléchisse. Je connais des types qui ont repêché toute une cargaison de merde de chauve-souris, un jour.

Vous entendez ça ? dit Seals. De la merde de chauve-souris.

Et comment tu t'es retrouvé là-dedans ?

Ne t'aventure pas sur ce terrain, très chère, dit John. Il y a des choses que tu regretterais de savoir. Par exemple qu'il espère secrètement mourir dans les abysses pour expier ses péchés. Et ça n'est que le début.

Oh, voilà qui devient intéressant.

Ne t'emballe pas. Tu as peut-être remarqué chez notre homme une certaine réserve. Il est vrai qu'il effectue de dangereuses missions sous-marines grassement payées, mais il est tout aussi vrai qu'il a peur des profondeurs. Dans ce cas, diras-tu, il a surmonté sa phobie. Pas le moins du monde. Il s'enfonce dans des ténèbres qu'il ne conçoit même pas. Des ténèbres et un froid pétrifiant. Et s'il n'aime pas parler de lui, moi, j'y prends plaisir. Je suis sûr que tu aimerais entendre tout ce qui concerne le péché et l'expiation. À défaut du reste. C'est un homme séduisant. Les femmes veulent toujours le sauver. Mais bien sûr il est au-delà de tout ça. Qu'en dis-tu, Messire ? Est-ce que je tombe juste ?

Continue ton délire, Sheddan.

Je crois que je vais conclure là ma harangue. Je sais ce que vous pensez. Vous voyez en moi un ego immense, désordonné et sans fondement. Mais en toute franchise je n'ai pas les plus modestes aspirations à atteindre les sommets d'égotisme sur lesquels trône Messire. Et je ne suis pas sans savoir que cela confère même une certaine validité à ses opinions. Après tout, je ne suis guère qu'un ennemi de la société, alors qu'il est l'ennemi de Dieu.

Waouh, fit Bianca. Elle se tourna vers Western d'un air avide. Qu'est-ce que tu as donc fait ?

Les maigres joues de Sheddan se creusèrent quand il tira sur son cigare. Il souffla la fumée odorante par-dessus la table et sourit. Ce que Messire n'a jamais compris, c'est que le pardon a une date de péremption. Alors qu'il n'est jamais trop tard pour la vengeance.

Western vida son reste de bière et reposa la chope sur la table. Il faut que j'y aille, dit-il.

Reste, dit Sheddan. Je retire tout ce que j'ai dit.

Loin de moi cette idée. Tu sais à quel point j'aime t'entendre pérorer.

Tu ne pars pas pour une de tes missions transocéaniques, au moins ?

Non. Je rentre me coucher.

Tu étais de service à l'heure des fantômes, c'est ça ?

On ne saurait mieux dire. À la prochaine.

Il tendit la main et ramassa son sac et se leva et salua

l'assemblée de la tête et s'éloigna dans Bourbon Street avec le sac sur l'épaule.

Il me plaît bien, ton ami, dit Bianca. Joli cul.

Tu creuses un puits à sec, très chère.

Pourquoi ? Il est gay ?

Non. Amoureux.

Quel dommage.

C'est pire encore.

Comment ça ?

Il est amoureux de sa sœur.

Waouh. Est-ce qu'il est de ces bouseux de l'arrière-pays qu'on voit se pointer ici le dimanche matin ?

Non. Il est de Knoxville. Enfin, là encore, c'est même pire que ça. En fait il vient de Wartburg. Wartburg, Tennessee.

Wartburg, Tennessee.

Oui.

Ça n'existe pas, cet endroit.

Je crains bien que si. C'est près d'Oak Ridge. Son père avait pour métier la conception et la fabrication de gigantesques bombes destinées à réduire en cendres par villes entières des innocents tranquillement endormis dans leur lit. Des engins fort habilement mis au point et assemblés avec amour. Chacune de ces bombes était une pièce unique. Comme les Bentley de la grande époque. Quant à Western, je l'ai connu à l'université. Plus exactement, la première fois que je l'ai vu, c'était au Club 52 sur la route d'Asheville. Il était sur scène, il jouait de la mandoline avec le groupe. Du bluegrass. Je ne l'avais jamais rencontré mais je savais qui il était. Il faisait des études de maths, avec vingt sur vingt de moyenne. Quelqu'un de ma bande l'a invité à notre table et on a commencé à discuter. Je lui ai cité Cioran et il m'a répondu en me citant Platon. Et il avait une sœur superbe. Elle avait quatorze ans, je crois. Il l'emmenait avec lui dans ces clubs. Ils sortaient ensemble comme un couple, ouvertement. Elle était encore plus brillante que lui. Et d'une beauté à tomber par terre. À provoquer des accidents. Il a obtenu une bourse de doctorat à Caltech où il s'est spécialisé en physique mais il n'a jamais terminé sa thèse. Il a touché un paquet d'argent et il est parti pour l'Europe faire de la course automobile.

Il était coureur automobile ?

Oui.

Quel genre de voitures ?

Je ne sais pas. Ces petits bolides qu'ils ont là-bas. Il avait déjà fait du rallye à l'Atomic Speedway d'Oak Ridge quand il était encore au lycée. Apparemment, il était assez bon.

Il faisait de la Formule 2, dit Dave. Il était bon, mais il lui manquait un petit quelque chose.

Oui. Bref. Ça lui a valu une plaque de métal dans le crâne. Une tige de métal dans la jambe. Ce genre de choses. Il boite légèrement. Cela dit, c'est peut-être juste la faute à pas de chance. À mon avis ça devait être un sacré bon coureur. On ne vous laisse pas prendre le volant d'un de ces engins si vous ne savez pas le conduire, quel que soit l'argent que vous avez.

Il l'a encore, cet argent ?

J'attendais que tu me poses la question. Non. Il a tout claqué.

Et pendant tout ce temps il se tapait sa sœur.

C'est mon avis mûrement réfléchi.

Je suis étonnée que tu ne lui aies jamais posé la question.

Oh, mais je lui ai posé la question.

Et qu'est-ce qu'il a répondu ?

Il l'a assez mal pris. Il a nié, bien sûr. Il me prend pour un psychopathe et peut-être bien qu'il a raison. Le jury délibère encore. Mais lui, c'est l'archétype même du narcissique refoulé et, là encore, le sourire modeste qu'il arbore masque un ego gros comme Cleveland.

Moi, il m'a paru tout ce qu'il y a de plus normal. J'étais même étonnée que toute la bande le connaisse.

L'efflanqué la dévisagea. Normal ? Tu veux rire.

Qu'est-ce qu'il a fait d'autre ?

Ce qu'il a fait d'autre ? Grands dieux. Cet homme est un suborneur de prélats et un corrupteur de juges. Un mireur de courrier invétéré et un sectateur du dynamitage, un platonicien des mathématiques et un abuseur de volaille domestique. Avec une prédilection pour la dominicaine. Bref, un enculeur de poules, sans vouloir insister lourdement.

John ?

Quoi.

C'est toi que tu décris.

Moi ? Pas du tout. C'est absurde. Peut-être un eider, à la rigueur. Une seule fois.

Un eider ?

Un eider à duvet. Le canard nuptial, comme on l'appelle. *Somateria mollissima*, dans mon souvenir.

Rien que ça.

Une insignifiante peccadille comparée aux horreurs qu'on impute à notre homme, et à juste titre. Des rêves hantés par les gémissements gallinacés. Le poulailler en émoi, une prise de bec. Et puis le battement d'ailes qui s'ensuit, les hurlements. Ça donne à réfléchir. Pour lui, ça fait partie des tâches quotidiennes. Passer à la teinturerie. Appeler maman. Enculer des poules. Je suis étonné qu'une femme aussi sophistiquée que toi soit tombée dans le panneau.

Il tira sur son cigare d'un air méditatif. Il secoua la tête, presque tristement. Cela dit, j'imagine qu'elles seraient prêtes à endurer ces outrages si cela pouvait, à la onzième heure, les soustraire au couteau du volailler. Et bien sûr la question se pose de savoir s'il est décent de les manger ensuite. La loi islamique, si je ne m'abuse, est très claire à ce sujet. Cela serait en effet illicite. En revanche, ton prochain peut très bien en manger. À supposer qu'il en ait envie. Quant à l'Église d'Occident, à ma connaissance, elle ne se prononce pas.

Tu plaisantes, j'espère.

Je n'ai jamais été aussi sérieux.

Bianca sourit. But une gorgée. Explique-moi un truc, dit-elle.

Volontiers.

Est-ce que c'est Knoxville qui engendre des tarés ou est-ce qu'elle se contente de les attirer ?

Question intéressante. Nature ou culture. À vrai dire, les plus détraqués d'entre eux semblent être originaires de l'arrière-pays. Mais ça reste une bonne question. Laisse-moi le temps d'y réfléchir.

En tout cas, il m'a paru très gentil.

Il est très gentil. J'ai une immense affection pour lui.

Mais il est amoureux de sa sœur.

Oui. Il est amoureux de sa sœur. Sauf que ça ne s'arrête pas là, évidemment.

Bianca sourit de son sourire étrange et se lécha la lèvre supérieure. Bon, d'accord. Il est amoureux de sa sœur et... ?

Il est amoureux de sa sœur et elle est morte.

―――

Il dormit jusqu'au soir et puis il se leva et prit une douche et s'habilla et sortit. Il descendit St Philip Street jusqu'au Seven Seas. Il y avait une ambulance stationnée dans la rue, moteur en marche, et deux voitures de police le long du trottoir. Des badauds tout autour.

Qu'est-ce qui s'est passé ? demanda Western.

Un mec qui a clamsé.

Qu'est-ce qui s'est passé ? Hé, Jimmy ?

C'est Lurch. Il s'est mis la tête dans le four. Ils sont en train de l'évacuer.

Quand ça ? Hier soir ?

Je sais pas. On l'avait pas vu depuis un jour ou deux.

Harold Harbenger regardait par-dessus l'épaule de Jimmy. On l'avait pas vu parce qu'il était mort. C'est pour ça qu'il descendait pas.

Deux ambulanciers sortaient la civière. Ils soulevèrent les roues pour passer le seuil et poussèrent Lurch dans la rue. Ils l'avaient recouvert d'une de leurs couvertures grises.

Bonjour et au revoir, dit Harold.

C'est bien lui qui est là-dessous, dit Jimmy. Ma main au feu.

On a senti le gaz. Ce matin, ça sentait vraiment fort.

Il avait calfeutré toutes les portes et les fenêtres.

Il a fourré ses chaussettes sous la porte. On les voyait dépasser sur le palier. C'est ça qui l'a trahi.

Et vous n'avez pas eu l'idée de prendre de ses nouvelles ?

Qu'il aille se faire foutre. Moi je dis vivre et laisser vivre.

Au revoir à lui, dit Harold.

Ils chargèrent la civière à l'arrière de l'ambulance et refermèrent les portes. Western les regarda s'éloigner dans la rue. Quand il entra dans le bar un inspecteur de la police locale parlait à Josie.

Il était du genre réservé ou quoi ?

Réservé ? Oh que non, il n'avait rien de réservé.

C'était un fauteur de troubles ?

Josie téta sa cigarette. Elle réfléchit à la question. Écoutez, dit-elle. C'est pas mon genre de dire du mal des morts. On ne sait jamais où ils peuvent être ni à qui ils peuvent raconter des trucs. Vous me suivez ? Quand on tient un bar il y a toujours quelqu'un qu'il faut savoir tolérer. Qui se bourre la gueule et passe la nuit à brailler. Et plus si affinités mais je préfère ne pas entrer dans les détails. Tout ce que je peux dire, c'est qu'il avait jamais fait un truc pareil.

L'inspecteur le nota dans son calepin. Il avait de la famille, à votre connaissance ?

J'en sais rien. Ces types-là, on dirait qu'ils ont toujours une sœur quelque part.

Western se fit servir une bière par Jan et gagna le fond du bar. Red et Oiler entrèrent et prirent des bières et le rejoignirent. Ce vieux Lurch, dit Oiler.

On n'aurait pas cru ça de lui.

Les gens sont pleins de surprises.

Western hocha la tête. C'est bien vrai, ça. Tu as raconté à Red notre petite expédition de ce matin ?

Ouais.

Je me demande si on ne devrait pas garder ça pour nous.

Ça me paraît pas une mauvaise idée.

Et toi, Bobby ? À ton avis, depuis combien de temps ce zinc était sous l'eau ?

Je ne sais pas. Un bon moment. Au moins deux ou trois jours.

Qui va s'occuper du repêchage ?

Oiler secoua la tête. Pas nous.

Quand tu dis nous, tu veux dire les gens de chez Taylor.

Ouais. Lou dit qu'ils ont envoyé le chèque par coursier.

C'est qui, ils ?

J'en sais rien.

Il devait bien y avoir un nom sur le chèque.

C'était pas un chèque. C'était un mandat.

À quoi ça rime, tout ça, d'après toi ?

Oiler secoua la tête.

Comment quelqu'un aurait pu entrer dans l'avion ?

Aucune idée.

En tout cas, quelqu'un doit bien avoir la boîte noire. Le pilote ne l'a pas jetée par le hublot.

Je n'ai pas d'avis sur la question. Je ne veux pas avoir d'avis.

Western acquiesça. Ça ne change rien. On n'en a pas fini avec cette histoire.

Et pourquoi ça ?

Tu ne crois pas qu'on va nous poser des questions ?

J'en sais rien.

Bien sûr que si. Réfléchis un peu.

Il sortit par le patio pour aller aux toilettes. À son retour, Red était déjà parti et Oiler installé à l'une des petites tables.

Qu'est-ce qu'il avait de si urgent à faire ?

Oiler repoussa la chaise d'un coup de pied. Pose ton cul. Il a un rencard.

Il a un rencard ?

C'est ce qu'il a dit.

Un rencard.

Ouais. Je lui ai demandé si ça voulait dire qu'il avait levé une pouffiasse pour aller se faire sucer sur un parking. Et tu sais ce qu'il a dit ?

Non. Quoi ?

Il a dit : Ben ouais. Un rencard.

Western saisit la bière qu'Oiler avait rapportée du comptoir. Il secoua la tête. Sacré Red.

Comme tu dis.

Laisse-moi te poser une question.

Vas-y.

Vous deux, vous avez combattu les Viets. Enfin, moi qui n'y étais pas, je devrais peut-être dire les Vietnamiens. Vous en parlez entre vous, mais dès que j'arrive vous vous taisez. C'est comme quand on entre dans une pièce et que d'un seul coup il y a un grand silence.

Tu dois faire souvent cet effet-là.

Je suis sérieux.

C'est comme ça, c'est tout. Si t'y étais pas, t'y étais pas. Ça n'est pas une tare.

Red m'a dit un jour que tu avais gagné plein de médailles.

Gagné.

Le mot est mal choisi.

Je ne connais personne qui ait gagné quoi que ce soit en faisant le Vietnam. À part un costume en sapin.

Qu'est-ce qui t'a valu tes médailles ?

Ma crétinerie.

J'aimerais en savoir plus.

Sur ma crétinerie.

Allez, quoi.

À quoi bon, Bobby ?

Tu étais mitrailleur à bord d'un hélicoptère.

Ouais. Mitrailleur de porte. Sur un hélicoptère de combat. On peut pas faire plus con. Écoute, Western. Tu peux imaginer l'histoire tout seul. Tu seras pas loin de la vérité.

J'en doute.

Tu n'en sais même pas assez pour savoir quoi demander.

Quelle est la chose la plus importante qui te soit jamais arrivée dans ta vie.

Dans ma vie.

Ouais.

OK. Le Vietnam. Et alors ?

Alors quelle est la chose la plus importante qui ne me soit pas arrivée, je te le demande.

Oh, bon Dieu.

Raconte-moi juste quelque chose. N'importe quoi. Essaie de faire comme si je n'étais pas un petit con parmi d'autres.

J'ai pas envie de devoir expliquer des trucs.

Pas besoin. Je comprendrai au fur et à mesure.

Et puis merde. D'accord. On essayait d'évacuer des gars d'une zone d'atterrissage et on s'est pris des tirs de roquettes et on a plongé et j'ai buté un paquet de bridés mais le seul gars que j'ai pu sauver c'est moi. Enfin, j'ai réussi à sauver un autre gars mais il est mort quand même. Je me suis pris quelques balles au passage. C'est tout. Les autres sont encore là-bas. Juste quelques ossements éparpillés dans une jungle à triple canopée. Pas de médaille pour eux, c'est sûr. Autre chose ?

Je crois que j'aimerais juste savoir ce que j'ai manqué.

T'as manqué que dalle.

Tu sais bien ce que je veux dire.

À quoi bon, Bobby ? C'est toi qui as été malin, pas moi. J'ai même rempilé. Avec treize mois chez les marines. C'est le genre de truc qu'on fait quand on a dix-huit ou dix-neuf ans et qu'on est con comme un balai. Ou plusieurs.

Il saisit sa bière et but et se carra dans son siège et tripota l'étiquette avec son pouce. Il regarda Western.

Continue.

Va te faire foutre, Western.

Combien de fois tu as été blessé ?

Putain, n'importe quel truc peut valoir comme blessure. J'ai pris des balles cinq fois. C'est pas être con, ça ? Tu crois pas que deux ou trois fois auraient suffi ? Pour comprendre enfin que c'est sans doute pas très bon pour la santé ? Il y a des mecs qui se sont simplement barrés de la guerre. On n'en entend jamais parler. Je ne sais pas combien d'entre eux ont réussi. Certains ont rejoint la Thaïlande par le Laos à pied. Je connais un mec qui a marché jusqu'en Allemagne.

En Allemagne ?

Ouais. Un pote à moi a reçu une lettre de lui. Il y est toujours. Pour autant que je sache.

Fais comme si je n'étais pas un petit con. Compris ?

Compris. Ils avaient un canon antiaérien avec un système de contrôle radar dans la zone tri-frontalière et on l'a traversée comme des touristes. Le premier obus a percé l'avant de l'hélico et explosé dans la poitrine du pilote. Le deuxième a arraché le rotor principal. Il y a eu un grand silence tout à coup. Juste quelques grincements. Le moteur s'était déjà éteint. Je me rappelle m'être dit, quand on a commencé à chuter : Tu savais que ça allait merder comme ça et maintenant ça y est et t'as plus à t'en inquiéter. Et puis je me suis aperçu qu'on se faisait canarder du flanc de la colline et j'ai regardé vers Williamson et il pendait à ses sangles et au même moment une roquette a traversé la queue de l'hélico et l'a emportée et je me suis pris une poignée d'éclats et voilà que je commence à vider le ruban de cent cartouches de ma M60 mais on n'arrête pas de tanguer et la moitié du temps je tire sur le ciel bleu. J'ai fini par renoncer parce que le canon devenait tout rouge et je savais qu'il allait s'enrayer et à ce stade on tombait à pic comme un putain de caillou. Le copilote était encore en vie et quand je l'ai regardé il avait sorti son pistolet et il le chargeait. Et c'est là qu'on a heurté la canopée.

Celle de la jungle.

Ouais. Ç'a été un sacré choc mais on s'en est tirés. On a traversé toutes les couches et on a fini par s'arrêter à trois mètres du sol. Je me suis hissé jusqu'au cockpit et j'ai demandé au lieutenant s'il se croyait capable de marcher et il a dit qu'en tout cas il allait tenter le coup et qu'il fallait que je le sorte de là. Alors j'ai appuyé sur le bouton pour défaire sa ceinture et je l'ai traîné jusqu'à la porte et je l'ai fait rouler au-dehors. Il a disparu dans une masse d'herbe et j'ai pris mon arme et mon gilet tactique et je suis descendu à sa recherche. Le silence était flippant. Quand j'ai retrouvé le lieutenant il avait toujours son 45 à la main et il avait l'air un peu colère mais je me suis dit que c'était sûrement une bonne chose. Il était couvert de sang mais j'ai pensé que ça devait être surtout celui du capitaine et je l'ai relevé et on est partis dans la jungle en clopinant. Et on a avancé comme ça pendant trois jours jusqu'à ce qu'on tombe enfin sur une zone d'atterrissage et qu'on nous évacue. On a juste eu une veine de cocu. Y avait des niacoués partout et on n'a pas eu à tirer une seule balle. On a été ramassés à bord d'un Huey et ramenés à la base et ils ont chargé le lieutenant sur une civière avec une couverture par-dessus. C'était un mec couillu. Sans doute plus jeune que moi. Ou au moins aussi jeune. Je savais qu'il souffrait beaucoup. Il a levé les yeux vers moi et il m'a dit : Toi, mon salaud, t'es un bon gars. Il a été rapatrié et je ne l'ai jamais revu.

Tu n'étais pas blessé.

Ils m'ont retiré des éclats de métal que je m'étais reçus quand la roquette avait arraché l'arrière de l'hélico. J'avais pas bouffé depuis trois jours mais j'avais même pas faim. Tout ce que je voulais, c'était dormir. Une semaine plus tard à peu près, je suis parti en perme, et trois semaines après j'étais déjà harnaché dans un AC-130, de nouveau prêt à crever.

Et t'as tué beaucoup de gens ?

Oh, pitié.

Western attendit. Oiler secoua la tête. Quand tu pars à la guerre t'en veux encore à personne. Tu essaies juste de rester en vie assez longtemps pour apprendre comment on reste en vie. C'est seulement en voyant tes copains se faire buter que tu commences à avoir la haine contre les salauds d'en face. Si j'ai rempilé, c'est parce que je voulais qu'on soit quittes. C'est tout. Rien de bien compliqué. Enfin. C'est pas vraiment tout, j'imagine.

C'est quoi, le reste ?

On y prend goût. Les gens ne veulent pas l'entendre. Tant pis. Je trouvais que notre unité n'était qu'un ramassis de lavettes et puis on a changé de commandement. Wingate. Un lieutenant-colonel. Et il s'est mis à nous botter le train et à nous demander des comptes. Dès le premier jour. Tout le monde savait que cette guerre était une vaste blague. Fin soixante-huit déjà, tout partait en couille. Au début, ça ne consommait de la drogue qu'à l'arrière, mais à ce stade on en prenait pratiquement partout. Les mecs se mettaient à abattre des civils. Dès que t'avais un nouveau commandant de section, tu devais décider si t'allais pas devoir lui faire la peau pour sauver la tienne. Le vrai problème, c'est qu'on n'avait pas accès à l'état-major. Tous ces enculés qui s'entre-décoraient pour des opérations qu'ils n'auraient même pas été capables de situer sur une carte. Je suis retourné au QG, et il leur a fallu quelques jours pour me réaffecter. Ce qui était merdique. Ils ont jamais compris qu'on voulait rester avec les copains. On voulait pas être baladé d'une unité à l'autre. Ils étaient tellement cons. Comme j'étais passé sergent-chef, ils pouvaient pas me cantonner aux corvées de balayage. Mais le colonel se servait de moi comme estafette. Et puis un jour je l'ai entendu au téléphone et j'ai su plus tard qu'il parlait à un colonel du service des opérations et il lui expliquait qu'il en avait rien à foutre. Il disait : Laissez-moi vous dire une chose, mon colonel. Je suis ici pour tuer des gens. Et si on me laisse pas tuer des gens j'ai pas fini de vous faire chier. Et si vous, vous êtes pas là pour tuer des gens il vaut mieux me prévenir tout de suite. Parce que dans ce cas je compte pas travailler pour vous. Et puis il a raccroché. Et j'ai su qu'on était faits pour s'entendre. C'était un salopard bien belliqueux. Moi aussi j'étais là pour infliger une mort douloureuse et c'était même ma seule raison d'être là. Et ça non plus ça va pas te plaire. Est-ce que j'ai tué beaucoup de gens ? On m'a posé la question plusieurs fois. Mais c'est jamais venu d'un homme. J'ai répondu à cette fille avec qui je sortais que oui j'avais tué un paquet de niacoués mais que j'en avais jamais mangé. Alors, tu dis quoi ? T'as eu ta dose ?

Continue.

Tous les après-midi j'allais à l'hosto de campagne. C'était organisé n'importe comment. Juste une grande salle en contreplaqué avec plein de tréteaux. Pas de lits. Ils amenaient les brancards et ils les posaient sur les tréteaux. C'est tout. Plusieurs fois j'ai vu la salle pleine. On se serait cru pendant la guerre de Sécession.

Une infirmière m'a expliqué que les mecs qui sautaient sur des mines, on aurait pu croire qu'ils allaient crever en se vidant de leur sang à cause de leurs jambes arrachées, mais qu'en fait la déflagration cautérisait les moignons. Pratique, hein ? Je m'allongeais sur une table, juste recouvert d'une serviette, et elle me retirait des éclats d'alu. Ou d'acier. C'était une sacrée beauté et je savais que ça lui déplaisait pas de me voir me pointer. Faut dire que j'étais bien gaulé. Mais elle était officier et je savais que ça mènerait nulle part. Je lui ai demandé un jour si elle avait pas envie de m'appeler autrement que par mon grade et elle a failli sourire mais elle a rien changé.

Qu'est-ce qu'elle a dit ?

Elle n'a rien dit. Des comme moi, elle en avait vu passer tellement qu'elle a même pas percuté.

Ça faisait mal ?

De me faire retirer du cul des bouts de métal avec des tenailles ?

Oui.

Eh bien... T'aurais dû la voir. Je dirais que ça faisait plutôt un chouette effet.

Western sourit.

De toute façon, je passais presque tout mon temps à roupiller. Il y avait un bateau émetteur qui venait faire de l'intox toutes les nuits vers trois heures du mat', il passait à la rame dans le noir. En diffusant le bruit d'un bébé qui pleure. En boucle. Ils savaient bien qu'on n'allait pas envoyer des troupes rien que pour ça. Si on le coulait, ça risquait de nous retomber dessus. J'en suis venu au point où ça finissait par me bercer. Je l'entendais et je me rendormais tranquillement.

Il regarda vers le bar et leva deux doigts et au bout

de quelques minutes Paula apporta deux bières. Oiler brandit sa bière à la lumière et l'examina. Je vais te raconter un truc. Mais ça ne voudra rien dire. Je ne sais même pas au juste ce que ça veut dire pour moi. Si je pense à toutes les choses que je voudrais ne jamais vivre c'est toujours des choses que j'ai déjà vécues. Et j'aurai jamais fini de les vivre. C'est con mais c'est comme ça. Le mec à côté de toi se prend une balle et ça fait un bruit de boue éclaboussée. Désolé, mais c'est vrai. T'aurais très bien pu vivre toute ta vie sans connaître ça. Mais c'est trop tard. Tu te réveilles chaque jour en sachant que tu te trouves quelque part où t'es pas censé être. T'es encore qu'un gosse mais c'est là que tu es.

Les gosses de riches allaient à la fac et les gosses de pauvres allaient à la guerre.

Mouais. C'est pas vraiment ce que je me disais.

Parle-moi de ce paquet de Viets que t'as butés.

J'ai buté un paquet de Viets.

Et tu étais dans un autre hélico qui s'est écrasé.

J'ai jamais été dans un hélico qui se soit pas écrasé.

C'est vrai ?

Ouais. C'est vrai. Cette fois-là, on a été envoyés dans une zone d'atterrissage où un premier Huey s'était déjà fait abattre. Il était venu évacuer quatre mecs. Une patrouille de reconnaissance. C'était étonnant qu'ils se soient foutus dans un pareil merdier. Deux d'entre eux s'étaient empalés sur des pieux punji. On n'a pas fait beaucoup mieux que le Huey. Enfin, en l'occurrence on a fait un tout petit mieux, parce qu'en manœuvrant le Huey a basculé dans la canopée et s'est crashé et a pris feu. Ceux-là, on les a jamais retrouvés. On a su ensuite qu'il y avait un transport de troupes qui arrivait derrière nous mais quand ils ont vu le foutoir ils se sont barrés aussi sec. Pas cons, les mecs. On avait dû larguer pas mal de carburant pour se délester et embarquer les gars et j'arrêtais pas de me dire : Qu'est-ce qui va se passer si ça chauffe ? Bref, la queue a cogné la cime des arbres et on a plongé. Les hélices hachaient tout menu. L'autre mitrailleur était un mec qu'on surnommait Wasatch et moi j'ai sauté pendant qu'il continuait à tirer et l'hélico a basculé et une douille brûlante a glissé dans le col de ma combi et putain j'ai morflé. Il s'en est suivi quatre jours dans la jungle et une série d'échanges de tirs et j'en suis sorti avec seulement un autre gars et il est mort dans l'hélico qui nous évacuait. Et ça mériterait une putain de médaille ? Tu rigoles. Ça y est, Bobby, j'arrête.

Quand est-ce que tu as eu le plus peur ?

J'avais peur tout le temps.

Le plus.

Je crois qu'on se sentait jamais plus misérable qu'en se faisant cibler par un truc vraiment vicieux. En vol, c'étaient les missiles sol-air. Si tu t'en prenais un, ton seul espoir c'était la réincarnation.

Et tu as été visé par eux ? Par des missiles. Sol-air. Tu as connu ça, hein ?

Ouais. Ils te fonçaient dessus par deux. Le capitaine a basculé en piqué et on a bien failli se retrouver dans la canopée. Et voilà.

Quoi d'autre.

Oh putain.

Quoi d'autre.

Il y a un canon antichar sans recul qui a visé notre base. On a estimé qu'il était à trois kilomètres. Après le premier tir on s'est juste mis à courir. Évacuation complète. Même les bleubites savaient quelle saloperie c'était. C'est tout.

Qu'est-ce que tu regrettes ? Je peux te poser la question ?

Ce que je regrette.

Oui.

Tout.

Rien qu'un truc.

D'accord. Les éléphants.

Les éléphants ?

Ouais. Ces putains d'éléphants.

Je ne comprends pas.

Quand on décollait du Quang Nam on voyait ces éléphants dans les clairières et les mâles se cabraient et levaient leur trompe et nous défiaient. Imagine-toi. C'est sacrément couillu. Ils savaient pas ce qu'on était. Mais ils protégeaient leur madame. Et les petits. Et nous on arrive dans cet hélico équipé de roquettes de 70 mm. On pouvait pas tirer de trop près parce que la roquette devait parcourir une certaine distance pour pouvoir s'armer. Pour armer l'ogive. Elles n'étaient même pas si précises que ça. Parfois les ailettes ne se déployaient pas correctement et elles partaient à la dérive comme des putains de ballons. Elles pouvaient tomber n'importe où. Alors on a dû se dire : Pourquoi pas. Les bêtes ont leur chance. Mais on n'a jamais raté notre coup. Et ça les atomisait, les éléphants. Putain, ils explosaient littéralement. J'y repense souvent, mon pote. Ils avaient rien fait de mal. Et à qui ils seraient allés se plaindre ? Voilà à quoi je repense. Voilà ce que je regrette. C'est bon ?

―――――

Il ne pensait pas être interrogé si vite. Il rentra par le Vieux Carré. Jackson Square. Le Cabildo. L'odeur capiteuse de la ville, une odeur de mousse et de cave, alourdissait l'air du soir. Une lune froide couleur de crâne perçait les écheveaux de nuage par-delà l'ardoise des toits. Les tuiles et les cheminées. Une sirène de bateau sur le fleuve. Les réverbères se dressaient en globes de buée et les immeubles étaient sombres et suants. Parfois la ville semblait plus ancienne que Ninive. Il traversa la rue et bifurqua juste après le Blacksmith Shop. Il déverrouilla la grille et pénétra dans le patio.

Il y avait deux hommes debout devant sa porte. Il s'immobilisa. S'ils pouvaient franchir la grille ils pouvaient bien pénétrer dans l'appartement. Puis il comprit qu'ils avaient déjà pénétré dans l'appartement.

Monsieur Western ?

Oui.

Je me demandais si vous pourriez nous accorder quelques instants ?

Qui êtes-vous ?

Ils fouillèrent dans leur poche de veste et exhibèrent des insignes à étui de cuir et les rangèrent aussitôt. Nous pourrions peut-être entrer pour discuter une minute.

Sauter par-dessus le portail. S'enfuir.

Monsieur Western ?

D'accord. Bien sûr.

Il glissa la clé dans la serrure et tourna le verrou de sécurité et poussa la porte et alluma la lumière. L'appartement se réduisait à une pièce, avec une petite cuisine et une salle de bains. Le lit s'encastrait dans le mur mais il le laissait toujours abaissé. Il y avait un canapé et un tapis orange et une table basse où s'empilaient des livres. Il leur tint la porte.

Vous n'avez pas laissé sortir mon chat j'espère ?

Pardon ?

Entrez.

Ils entrèrent avec une déférence étudiée. Il referma la porte puis s'agenouilla et regarda sous le lit. Le chat était recroquevillé contre le mur. Il gémit doucement.

Patience, Billy Ray. On va manger dans une minute.

Il se releva et désigna le canapé. Asseyez-vous donc, dit-il.

Je dois dire que vous ne semblez pas particulièrement surpris de nous voir.

Je devrais ?

Simple remarque.

Bien sûr. Voulez-vous du thé ?

Non merci.

Asseyez-vous. Je vais juste mettre de l'eau à chauffer.

Il passa dans la cuisine et alluma le gaz et remplit la bouilloire au robinet et la posa sur le feu. À son retour ils étaient assis sur le canapé, un à chaque bout. Il s'assit sur le lit et ôta ses chaussures et les laissa tomber par terre et replia les jambes et les dévisagea.

Monsieur Western, nous aimerions vous poser quelques questions sur la mission de plongée à laquelle vous avez participé ce matin.

Allez-y.

Juste quelques questions.

Pas de problème.

L'autre homme se pencha et posa les mains sur le rebord de la table basse, l'une enveloppant l'autre. De la main du dessus il tapota celle du dessous puis leva les yeux. En fait, on a très peu de questions. Juste une, mais assez substantielle.

Très bien.

Il semble y avoir un passager manquant.

Un passager.

Oui.

Manquant.

Oui.

Ils l'observèrent. Il n'avait pas la moindre idée de ce qu'ils voulaient. Vous avez une pièce d'identité ? demanda-t-il.

Nous vous avons montré nos insignes.

J'aimerais bien les revoir.

Ils échangèrent un regard puis se penchèrent et sortirent leurs insignes et les brandirent.

Vous pouvez noter les matricules si vous voulez.

Ce n'est pas la peine.

Vous pouvez les noter. Ça ne nous dérange pas.

Je n'ai pas besoin de les noter.

Ils ne savaient pas trop ce qu'il entendait par là. Ils replièrent les étuis de cuir et les rangèrent.

Monsieur Western ?

Oui.

Combien de passagers y avait-il à bord de l'appareil ?

Sept.

Sept.

Oui.

Vous voulez dire en plus du pilote et du copilote.

Oui.

Neuf corps.

Oui.

Eh bien apparemment il aurait dû y avoir huit passagers.

Quelqu'un a dû rater l'avion.

Ce n'est pas notre avis. Il y avait huit passagers indiqués sur le manifeste.

De quel manifeste vous parlez ?

Le manifeste de vol.

Pourquoi il y aurait un manifeste ?

Pourquoi il n'y en aurait pas ?
C'était un avion privé.
C'était un avion affrété.
S'il avait été affrété il y aurait eu une hôtesse.
Ils échangèrent un regard.
Pourquoi cela, monsieur Western ?
La réglementation fédérale de l'aviation civile exige la présence d'une hôtesse pour tout vol commercial de plus de sept passagers.
Mais il n'y avait pas plus de sept passagers.
Vous venez de dire qu'il y en avait huit.
Ils le dévisagèrent. L'homme aux mains sur la table se renfonça dans le canapé. Comment vous savez cela ? demanda-t-il.
Pour l'hôtesse ?
Oui.
Je ne sais pas. Je l'ai lu quelque part.
Vous retenez tout ce que vous lisez ?
À peu près, oui. Excusez-moi. Je vais chercher mon thé.
Il passa dans la cuisine et descendit la boîte à thé et versa des cuillerées de thé noir en feuilles dans un bécher d'un demi-litre et y ajouta l'eau chaude et reposa la bouilloire sur la gazinière et éteignit le feu et revint se rasseoir sur le lit. Ils n'avaient pas l'air d'avoir bougé. Celui qui avait posé les questions hocha la tête. Très bien, dit-il. Peut-être que manifeste n'est pas le mot juste. Ce que nous avons, c'est une liste des passagers fournie par l'entreprise.
Vous avez peut-être une liste. Mais je ne crois pas qu'il y ait une entreprise.
Et pourquoi cela ?
Je ne pense pas qu'il s'agissait d'un vol d'affaires.
Vous semblez avoir beaucoup d'idées sur ce vol.

Je ne crois pas. J'ai des questions sur ce vol. Tout comme vous.

Voudriez-vous nous les faire partager ?

Ou peut-être que j'ai juste une question, mais assez substantielle.

Allez-y.

Est-ce que je pourrais revoir ces insignes encore une fois ?

Pardon ?

Je vous fais marcher. Excusez-moi.

Bon.

On s'est dit que l'appareil était sous l'eau depuis un moment déjà. Et on ne pense pas qu'il ait été signalé par un pêcheur. Il n'était même pas visible. Et on pense qu'il existe une probabilité non nulle que quelqu'un nous ait précédés dans l'avion.

Un autre plongeur.

Un autre quelqu'un.

Ce serait forcément un plongeur, non ?

Forcément ?

Vous pensez que quelqu'un vous a précédés dans l'avion.

C'est ce qu'on pense.

Avant vous et votre collègue.

Oui.

Évidemment si vous aviez prélevé quelque chose dans l'avion il serait logique que vous prétendiez n'avoir pas été les premiers à y pénétrer.

Vous connaissez beaucoup de plongeurs de récupération ?

Ils échangèrent un regard.

Pourquoi cette question ?

Simple curiosité. On ne prélève pas des choses dans les avions.

Vous pourriez peut-être nous en dire un peu plus sur ce que vous avez découvert en arrivant sur les lieux.

Bien sûr. L'avion gisait à environ quinze mètres de fond. Il avait l'air quasiment intact. Quand on a braqué la torche sur un hublot on a vu les passagers à l'intérieur assis sur leurs sièges. On avait un seul assistant et il était encore novice alors je suis remonté et j'ai laissé Oiler entrer dans l'avion.

Et comment il est entré dans l'avion ?

Il a découpé le système de verrouillage de la porte au chalumeau.

L'avion était intact.

Oui.

Il ne s'était pas disloqué au moment de l'impact.

On n'a pas vraiment vu de signes d'impact. L'avion était posé au fond de la baie. On n'avait même pas l'impression qu'il y ait quelque chose d'anormal.

Il n'y avait rien d'anormal.

Rien de visible en tout cas. Hormis le fait qu'il était sous l'eau.

Après que votre collègue a pénétré dans l'avion, vous avez replongé ?

Oui. On n'a pas passé beaucoup de temps à l'intérieur. On nous avait largués là pour vérifier s'il y avait des survivants. Il n'y en avait pas.

Avez-vous été contacté par qui que ce soit au sujet de cet incident ?

Non. Vous êtes sûrs que vous ne voulez pas de thé ?

Sûrs.

C'est le règlement ?

Quel règlement ?

Rien. Je reviens.

Il alla dans la cuisine et sortit le bac à glaçons et remplit de glace un grand verre émeraude et y fit couler le thé à travers une passoire. Puis il resta à contempler les feuilles au fond de la passoire. Vous êtes qui les mecs ? dit-il. Il revint s'asseoir sur le lit et but une gorgée de thé glacé et attendit.

Avez-vous déjà effectué une mission de récupération dans un avion ?

Oui. Une fois.

Où était-ce ?

Au large de la Caroline du Sud.

Y avait-il des corps à l'intérieur de l'appareil ?

Non. Je crois qu'il y avait quatre ou cinq personnes à bord mais l'avion s'était disloqué. On a retrouvé deux corps échoués sur la côte quelques jours plus tard. Je ne crois pas qu'on ait retrouvé les autres.

Vous pilotez, monsieur Western ?

Non. Plus maintenant.

Ça remonte à quand ? Cette mission en Caroline du Sud ?

À deux ans.

Vous connaissez un peu le JetStar ?

Non. C'était le premier que je voyais.

Bel engin.

Très bel engin.

Vous avez ouvert la soute à bagages ?

Pourquoi on aurait fait une chose pareille ?

Je ne sais pas. Oui ou non ?

Non.

Vous savez ce qu'est une mallette de vol ?

Oui. Et on ne l'a pas.

Mais elle était manquante.

Oui. Elle était manquante. Elle et la boîte noire. L'enregistreur de vol.

Et vous n'avez pas jugé utile de nous le signaler ?

Je n'ai pas jugé utile de vous signaler quelque chose

que vous saviez déjà. Pourquoi ne pas me dire en quoi tout ça vous concerne, et ce qui d'après vous est arrivé. Ce que vous savez.

Nous ne sommes pas habilités à le faire.

Forcément.

Mais vous n'avez rien prélevé à l'intérieur de l'appareil.

Non. On n'est pas du genre à prélever. Oiler a dit qu'on devrait remonter et c'est ce qu'on a fait. L'eau était pleine de cadavres. On ne savait pas depuis combien de temps ils étaient morts ni de quoi ils étaient morts. On n'a pas emporté la mallette. On n'a pas emporté la boîte noire. On n'a pas emporté les bagages. Et on n'a certainement pas emporté de cadavre.

Vous êtes sous contrat, monsieur Western ?

Oui.

Y a-t-il autre chose que vous souhaiteriez nous dire ?

On est des plongeurs de récupération. On fait ce pour quoi on est payés. D'ailleurs, je suis sûr que vous en savez plus long que moi sur toute cette histoire.

Très bien. Merci de nous avoir reçus.

Ils se levèrent du canapé simultanément. Comme des oiseaux s'envolant d'un fil électrique. Western se laissa glisser à bas du lit.

Je devrais peut-être quand même jeter un dernier coup d'œil à ces insignes.

Vous avez un sens de l'humour assez particulier, monsieur Western.

Je sais. On me le dit souvent.

Après leur départ il referma la porte et s'agenouilla et tendit une main sous le lit et parla au chat jusqu'à ce qu'il puisse enfin l'attraper. Il se releva et resta immobile à le caresser au creux de son bras. Un gros matou bien noir aux dents protubérantes. Sa queue battait de part et d'autre. Il était bien disposé envers les chats. Et eux envers lui. Elle est où ta pâtée ? dit-il. Elle est où ta pâtée ? Il transporta le chat jusqu'à la porte et s'attarda sur le seuil. L'air était frais et moite. Il resta là à caresser le chat. À écouter le silence. Sous ses chaussettes il sentait le martèlement sourd de l'enfonce-pieux lointain. La lente pulsation. Son rythme et sa mesure.

II

Elle dit que les hallucinations avaient débuté quand elle avait douze ans. Avec ses premières menstruations, dit-elle, citant la vulgate médicale. En les regardant écrire sur leurs bloc-notes. La réalité n'avait pas l'air de les intéresser tellement et ils écoutaient ses commentaires avant de passer à autre chose. Comme quoi la recherche d'une définition de la réalité était inexorablement enfouie dans et sujette à la définition qu'elle recherchait. Ou comme quoi la réalité du monde ne pouvait pas faire partie des catégories contenues dans ledit monde. Quoi qu'il en soit, elle ne les désignait jamais comme des hallucinations. Et jamais elle ne rencontra un médecin qui eût la moindre notion du concept de nombre.

On serait donc dans la petite mansarde de la maison de sa grand-mère dans le Tennessee, au début de l'hiver de l'an mil neuf cent soixante-trois. Elle se réveilla très tôt en ce matin froid et les découvrit assemblés au pied du lit. Elle ne savait pas depuis combien de temps ils étaient là. Ni si la question même avait un sens. Le Kid était assis à son bureau et fouillait dans ses papiers et prenait des notes dans un petit carnet noir. Quand il vit qu'elle était éveillée il rangea le carnet quelque part dans ses vêtements et se retourna. Bien, dit-il. Elle a l'air d'avoir émergé. Alléluia. Il se leva et se mit à faire les cent pas, ses nageoires derrière le dos.

Qu'est-ce que vous faisiez à fouiller dans mes papiers ? Et qu'est-ce que vous notiez dans ce petit livre ?

Une question à la fois, princesse. Chaque chose en son temps. Livre : Livre d'Heures, Livre d'Hier. OK ? On a pas mal de points à traiter alors autant s'y mettre tout de suite. Il y aura peut-être une interro sur les qualia alors garde ça en tête. Un vrai ou faux sur les interalia, si sur quatre questions tu cales on te recale. Et il n'y a pas de choix multiple dans le questionnaire à choix multiples. Tu coches une case et tu continues.

Il se tourna pour la dévisager puis reprit ses va-et-vient. Il ne prêtait aucune attention aux autres entités. Un duo de nains assortis en petit costume, cravate mauve et chapeau mou. Une dame vieillissante tartinée de fond de teint et maculée de rose à joues. Dans une robe de voile noir d'un autre temps, à la dentelle toute grise au col et aux poignets. Autour du cou elle portait en étole un assemblage d'hermines mortes aplaties comme des charognes en bord de route avec des yeux de verre noirs et des museaux de brocart. Elle porta à son œil un lorgnon serti de joyaux et scruta la jeune fille à travers sa voilette miteuse. D'autres silhouettes à l'arrière-plan. Un raclement de chaînes dans un recoin de la pièce quand une paire d'animaux en laisse défiant toute taxinomie se levèrent et tournèrent sur eux-mêmes et se rallongèrent. Un léger bruissement, une toux. Comme au théâtre quand les lumières commencent à s'éteindre. Elle agrippa ses couvertures et les remonta sous son menton. Qui êtes-vous ? demanda-t-elle.

Bon, dit le Kid, s'interrompant pour effectuer d'une nageoire un geste encourageant. On en viendra aux questions de fond en temps voulu donc pas besoin de se torturer la culotte sur ce point à ce stade. Bien. D'autres questions ?

Le nain de gauche leva la main.

Pas toi, tête de bite. Merde. Tu veux me donner des gaz ou quoi ? Bien. S'il n'y a pas d'autres questions on va démarrer. On a quelques grands numéros au programme. Si jamais quelque chose est un peu trop salé à ton goût sens-toi libre d'en prendre note et puis replie le papier dans le sens de la longueur et carre-le là où le soleil ne brille jamais. Bien.

Il regagna la chaise d'un pas traînant et se rassit. Ils attendirent.

Excusez-moi, dit-elle.

Le point questions est terminé Teresa alors plus de questions, point. D'accord ? Il exhuma une grosse montre des replis de sa personne et appuya sur le bouton. Le couvercle s'ouvrit d'un coup et quelques notes maigrelettes tintinnabulèrent avant de s'évanouir. Il referma la montre et la rangea. Il croisa les nageoires et se mit à taper du pied. Dieu tout-pisseux, marmonna-t-il. Putain, c'est laborieux comme d'arracher une dent. Il mit une nageoire en porte-voix. En scène, cria-t-il.

La porte du placard s'ouvrit d'un coup et un petit acrobate en chapeau à carreaux et culottes de fripe jaillit dans la pièce en tapant dans ses mains. Il bondit sur la commode de cèdre. Il avait un sourire dessiné sur la figure et de la ferblanterie à la ceinture et il effectua une petite danse cliquetante en brandissant par le manche une paire de casseroles.

Et merde, dit le Kid en se relevant pour s'approcher. Par les hémorroïdes du Christ. Non non non non non. Pour l'amour de Dieu. Où est-ce que tu te crois, putain ? Tu peux pas nous servir ce genre de pantalonnade. On demande des numéros dignes de ce nom et on se retrouve avec un putain de rétameur lobotomisé ? Nom de Dieu. Dehors. Dehors. Merde. Bon. À qui le tour ? Putain. Où est-ce qu'il faut aller pour dénicher des gens avec un tant soit peu de talent ? Sur la Lune ?

Il se mit à feuilleter son carnet. Qu'est-ce qu'on a là ? Du guignol ? Un concours de furet dans la culotte ? Des numéros d'animaux hautement suggestifs ? Oh et puis merde. En piste.

Excusez-moi, dit-elle.

Qu'est-ce qu'il y a encore ?

Qui êtes-vous ?

Le Kid leva les sourcils et regarda les autres. Vous entendez ça, les gars ? C'est gonflé. OK, écoutez-moi bien. Voilà à peu près à quoi on peut s'attendre alors si vous espérez un tant soit peu de gratitude vous feriez mieux de vous mettre à l'aise. OK ? OK. Qu'est-ce qu'on a. Ouais, ça c'est pas mal. On le connaît, lui. Allons-y.

Un petit bonhomme en costume rétréci et chemise blanche tachée avec une cravate verte entortillée autour du cou sortit du placard en traînant les pieds et se mit à réciter d'une voix morne et monocorde : Il est temps de compter tes rouages. Les ensembles causaux dans ton filet à maquereaux. Laisse égoutter tout ça. Il faudra peut-être pendre au plafond les hydrocéphales mais c'est pas grave. Ne t'inquiète pas pour le plancher. Tout finira par sécher. Ce qui nous occupe vraiment c'est la situation de l'âme.

La saturation, dit le Kid.

La saturation de l'âme. Le bois est vieux et plutôt sec et ça va peut-être grincer un peu. S'il y a un petit nuage de sciure, c'est normal. Faut pas s'exciser.

S'exciter.

Faut pas s'exciter. Pas se mettre dans tous ses états. À bon entendeur. Un tiens vaut mieux.

Un tiens vaut mieux ?

Mieux vaut prévenir. On n'est pas sorti de l'auberge.

Putain de merde. C'est dans le texte, ça ?

On lésine sur les bouts de chandelle et on a un trou dans la poche. L'honnêteté paie toujours.

Merde. Ça suffit maintenant. D'où il sort ces conneries ? Quelqu'un veut bien me virer ce taré ? Où est le crochet ?

Excusez-moi.

Il regarda la jeune fille dans le lit. Elle levait carrément la main. Quoi encore, bon sang ?

Je veux savoir ce que vous faites ici.

Le Kid roula des yeux. Il regarda les autres entités et secoua la tête. Il se retourna vers la jeune fille. Écoute-moi, Choupinette. Au fond, il s'agit de structure. Et ça ne court pas les rues par ici, je crois que même toi tu ne dirais pas le contraire. Mais tu ne peux rien y faire avant d'avoir détendu l'atmosphère. Rassemblé tout le monde. Passé un accord de bon voisinage. OK ? Ce qu'on cherche, c'est une base. Sinon tout commence à se déliter. Tu dois faire preuve de discernement. Bosser avec les matériaux que tu as sous la main. C'est pas les sales scénarios qui manquent. Par exemple ? Une silhouette à la craie sur le trottoir ? Fastoche. Rien à faire. Mais tu as regardé par le trou de la serrure, Serena, et là-dessus on n'a pas des masses d'éléments. Alors si on te donne parfois l'impression d'improviser, tant pis. La première chose à faire, c'est de dégager la trame narrative. Pas besoin que ce soit bétonné. Fais un premier montage de ton factuel. De ton événementiel. Et ça se dégagera. Dis-toi juste que s'il n'y a pas de trame il n'y a pas de toile de fond. Essaie de rester concentrée. Personne ne te demande de signer quoi que ce soit, d'accord ? D'ailleurs, c'est pas comme si t'avais beaucoup de solutions de repli.

Il se tourna vers les autres en la désignant d'une nageoire par-dessus son épaule. Cette petite pisseuse s'imagine qu'elle a des amis au-dehors pour l'abriter des rigueurs de la vie mais elle ne va pas tarder à déchanter. Bon. Voyons voir ce qu'on a dans notre besace.

Il retourna s'asseoir sur la chaise. On est prêts, criat-il. Ils attendirent. C'est quand vous voulez, insista le Kid. Merde à la fin. Comment il faut le dire ? Avec un mégaphone ? En scène.

Deux faux Noirs passés au cirage, en salopette et chapeau de paille, surgirent en agitant les bras, chaussés d'énormes godillots jaunes. Ils transportaient des tabourets et un banjo. Les tabourets étaient peints aux couleurs du drapeau américain, avec des étoiles dorées. Les saltimbanques saluèrent en ôtant leur chapeau et posèrent les tabourets à chaque extrémité de la pièce et s'y assirent. Le Monsieur Loyal apparut derrière eux. En haut-de-forme et queue-de-pie tout empoussiérés par le trajet. Il agita sa canne et sourit et s'inclina. Le Kid se carra sur sa chaise et regarda autour de lui d'un air satisfait. Bien, dit-il. Ça commence à ressembler à quelque chose.

Monsieur La Flambe, lança le Monsieur Loyal. Qu'est-ce qu'on a au programme ce soir ?

Eh bien Missié Loyal on va danser la danse menstruelle pour la Mam'zelle Ann. On compte faire un petit pas glissé comme ça tout bête et ensuite on va faire le boogie du charançon jusqu'à ce que les poules elles aient des dents. Et y a un numéro de claquettes au menu alors surtout partez pas avant la fin. Z'êtes là pour voir du sérieux, de l'authentique. Et puis on va faire des sketches que Mam'zelle Ann elle pourra se les repasser sur son magnéto pour les longues soirées d'hiver. Pas vrai Mam'zelle Ann ?

Le Kid s'appuya contre le dossier de sa chaise et derrière sa nageoire chuchota d'une voix rauque : Réponds que c'est vrai.

Je ne m'appelle pas Ann.

Monsieur La Flambe, vous êtes prêt à gratter ?

Oui Missié oui Missié, s'écria La Flambe. Il bondit et se mit à jouer du banjo. Il avait les yeux bleus et des cheveux filasse qui dépassaient de sous son chapeau. Les deux saltimbanques trouvèrent leur rythme et se mirent à danser latéralement d'un bout à l'autre de la pièce.

Monsieur La Flambe, lança le Monsieur Loyal.

Oui, Missié Loyal.

Y a Papa Taupe qui creuse sous le jardin et il se met à flairer et il dit : Hmmm, ça sent le pétale de rose. Et Maman Taupe arrive derrière lui et elle se met à flairer et elle dit : Hmmm, ça sent le pétunia. Et là Bébé Taupe arrive et il se met à flairer et qu'est-ce qu'il dit Bébé Taupe ?

Il dit que ça sent juste le pet de taupe.

Ils s'esclaffèrent en se tapant sur les cuisses. Les entités gloussèrent et le Kid se fendit d'un grand sourire et sortit son carnet et y nota quelque chose et le rangea.

Monsieur La Flambe.

Oui Missié Loyal.

Et Chocolat, qu'est-ce qu'il a dit à Miss Liza qui avait abîmé le train arrière de son chariot ?

Il a dit : Miss Liza, vous voulez que je vous arrange le train arrière ?

Et qu'est-ce qu'elle a répondu ?

Elle a dit : Chocolat, tu lis dans mes pensées. Viens donc avec moi dans le chariot.

Ils martelèrent le plancher en gloussant et en se congratulant.

Excusez-moi, dit-elle.

Le Kid se pencha et la regarda. Quoi encore ?

Je n'ai jamais entendu de blagues aussi vaseuses et aussi navrantes.

Ah ouais ? Alors pourquoi tout le monde se marre ? Et toi t'es quoi, critique dramatique ? Merde alors.

Je ne vois pas du tout ce qui les fait rire.

Le Kid leva les yeux au ciel. Il se tourna vers ses co-hortes. C'est bon, les gars. Dix minutes de pause.

Je veux savoir d'où vous venez, dit-elle.

Tu parles d'un endroit d'où on serait venus avant d'être ici ?

Oui.

Les co-hortes se rapprochèrent légèrement. Comme pour mieux entendre. Bon, dit le Kid. Quelqu'un veut se charger de répondre ?

C'est une question simple.

Ben voyons.

Comment, vous, vous êtes venus ici ?

On est venus en bus.

Vous êtes venus en bus.

Ben ouais.

Vous n'êtes pas venus en bus.

Ah non ? Excusez-moi de vous demander pardon.

Non. Ce n'est pas vrai.

Et pourquoi pas ?

Vous n'êtes pas venus en bus. Comment vous auriez pu venir en bus ?

Bon Dieu, Brenda. Le chauffeur a ouvert la porte et on est montés à bord. C'est pas plus compliqué.
Il y avait d'autres gens dans le bus ?
Bien sûr. Quelle question.
Et personne n'a rien dit ?
Genre quoi ?
On ne vous a pas regardés bizarrement ?
Bizarrement.
Est-ce qu'ils vous voyaient ?
Les autres passagers ?
Oui.
Comment savoir ? Merde. Il y en avait sans doute qui nous voyaient et d'autres qui ne nous voyaient pas. Et d'autres qui auraient pu mais qui ne voulaient pas. Où est-ce que tu veux en venir ?
C'est quel genre, les passagers qui peuvent vous voir ?
Pourquoi cette fixette sur les passagers ?
Je veux juste savoir.
Repose-moi la question.
C'est quel genre, les passagers qui peuvent vous voir.
Je crois avoir compris. D'accord. Quel genre de passagers ?
Le Kid fourra dans ses oreilles ce qui lui tenait lieu de pouces et agita les nageoires et roula des yeux et fit bla-la-laaa. Elle se plaqua une main sur la bouche.
Je déconne. Je sais pas quel genre de passagers. Merde alors. Les gens te regardent et ils ont l'air surpris, c'est tout. Tu le sais, qu'ils te regardent.
Et qu'est-ce qu'ils disent ?
Ils ne disent rien. Qu'est-ce qu'ils diraient ?
Pour qui ils vous prennent ?
Pour qui ils nous prennent ? J'en sais rien. Merde. J'imagine qu'ils me prennent pour un passager. Bien

sûr tu pourrais arguer que si eux sont des passagers alors moi je dois être autre chose. Mais peut-être pas. Je ne peux pas parler à leur place. Peut-être qu'ils voient juste un gars petit mais avenant. D'âge indéterminé. Les tempes dégarnies.

Les tempes dégarnies ?

Le Kid frotta son crâne pâle et chéloïdien. Où est le problème ?

Vous n'avez rien sur le caillou, voilà le problème. Je veux juste savoir d'où vous venez et pourquoi vous êtes ici.

C'est une seule et même question. Je croyais qu'elle était déjà réglée ?

Vous êtes dans ma chambre.

Toi aussi. C'est pour ça qu'on est ici. Dans quelle chambre on devrait être, d'après toi ? Si on était dans une autre chambre on ne serait pas là du tout. Écoute, on a un certain nombre de points à aborder et le jour décline donc si ça te dérange pas est-ce qu'on pourrait avancer ?

Si, ça me dérange.

La question sera toujours la même. On parle de degrés de liberté infinis donc t'auras beau la tourner dans tous les sens pour qu'elle ait l'air différente elle sera jamais différente. C'est la même. Elle finira toujours par remonter comme un déjeuner mal digéré. Je sais que tu t'es spécialisée dans la recherche mais là c'est un peu différent. Toi qui es censée être un petit génie, t'arriveras peut-être à piger ça avant qu'on crève tous d'ennui.

Elle resta les mains jointes pressées contre sa bouche.

C'est bon ? demanda le Kid.

Non.

Il secoua la tête d'un air las. Bon, bref, dit-il. Il

exhuma sa montre et l'ouvrit et consulta l'heure et rangea la montre. Il bâilla en se tapotant la bouche d'une nageoire. Écoute, dit-il. Il faut que ça rentre une bonne fois. Comme disait le curé à l'enfant de chœur. Pour le voyageur aguerri une destination n'est au mieux qu'une rumeur.

C'est moi qui ai écrit ça. C'est dans mon journal intime.

Tant mieux pour toi. Quand on porte un enfant dans ses bras il tourne la tête pour voir où il va. Je ne sais pas trop pourquoi. Puisqu'il y va de toute façon. Il faut juste que tu t'assures la meilleure prise. Tu crois qu'il y a des règles sur qui a le droit de prendre le bus et qui a le droit d'être ici et qui a le droit d'être ailleurs. Et toi, comment t'es arrivée ici ? Sur ton tricycle lunaire, j'imagine. Je te vois chercher des empreintes dans la moquette mais si on est capables d'être là on est capables de laisser des empreintes. Ou pas. Le hic, c'est que chaque ligne est une ligne brisée. Tu reviens sur tes pas et rien n'est familier. Alors tu fais demi-tour pour repartir sauf que maintenant t'as le même problème dans l'autre sens. Toute ligne d'univers est discrète et les césures forment un vide sans fond. Chaque pas franchit la mort.

Il se retourna sur sa chaise et tapa dans ses nageoires. Allez, cria-t-il. En scène.

Au matin il descendit jusqu'au Marché français et prit le journal et s'installa en terrasse au soleil encore frais et but du café au lait brûlant. Il feuilleta le journal. Pas un mot sur le JetStar. Il finit son café et regagna la rue et héla un taxi et se rendit à Belle Chasse et entra dans le PC. Lou, assis à son bureau, actionnait le levier d'une vieille machine à calculer. Qu'est-ce que tu veux ? demanda-t-il.

Il faut que je te parle.

Tu me parles déjà.

Il s'assit de l'autre côté du bureau. Lou griffonnait sur un bloc-notes. Il leva les yeux vers Western. Tu peux me dire pourquoi ils ont inventé une unité de mesure comme la tonne Washington ?

Non.

Je croyais que t'étais censé tout savoir.

Ben non. Qu'est-ce que tu sais de cet avion ?

Lou déroula le ruban entre ses doigts et l'étudia. C'est vraiment merdique, dit-il. Quel avion ?

Te fous pas de moi.

Western, qu'est-ce que je pourrais bien savoir ? La hiérarchie ne laisse filtrer les infos qu'au compte-gouttes. Comment savoir, putain ? Apparemment, un coursier s'est pointé ici avec un chèque et voilà.

Pas moyen de savoir de qui provenait le chèque.

Apparemment non.

Tu savais qu'il n'y a rien dans les journaux sur cet avion ?

Je ne lis pas les journaux.

Tu ne trouves pas ça bizarre ?

De ne pas lire les journaux ?

Un avion s'écrase et les journaux n'en parlent pas ? Il y a eu neuf morts.

Ça sera peut-être dans ceux de demain.

Je ne crois pas.

Je peux te poser une question ?

Vas-y.

Qu'est-ce que t'en as à foutre ? T'as constaté quelque chose d'illégal ?

Non.

Parce que c'est ça la ligne de conduite chez Taylor. C'est la ligne Halliburton, d'ailleurs. Si c'est suspect, on s'en mêle pas.

Ouais, eh bien c'est suspect.

Et alors ? On est hors du coup. Laisse tomber.

D'accord. Quelle heure tu as ?

Et toi, quelle heure ?

Dix heures zéro six.

Lou fit pivoter son poignet et regarda sa montre. Dix heures zéro quatre.

Il faut que j'y aille. Si tu entends quoi que ce soit sur ce vol mystère tiens-moi au courant.

Moi je parie qu'on n'en entendra plus jamais parler.

Peut-être bien. Je peux emprunter un véhicule ?

Y a rien sur le parking à part le camion à flèche.

Je peux le prendre ?

Ouais, bien sûr. Tu le ramènes quand ?

Je ne sais pas. Demain dans la matinée.

T'as un rencard prometteur ?
Ouais. Les clés sont dessus ?
Sauf si quelqu'un les a gardées. Ne le ramène pas à sec.
D'accord. Tu n'as pas des jumelles, par hasard ?
Putain, Western. Quoi encore ?
Il ouvrit le dernier tiroir et en sortit une vieille paire de jumelles militaires kaki qu'il posa debout sur le bureau.
Merci.
Red dit qu'en fait ce bahut est super pour lever des filles.
Vu les filles qu'il lève, je n'en doute pas.

Il roula jusqu'à Gretna et prit l'autoroute vers le nord puis bifurqua à l'est sur la route qui menait à Bay St Louis et de là à Pass Christian. De l'autre côté du pont s'étendaient les marécages à l'extrémité sud du lac Pontchartrain. Deux jeunes Cajuns grisâtres, cigarette au bec, tendaient le pouce sans conviction. L'un debout, l'autre accroupi. Il les regarda s'éloigner dans le rétroviseur. Celui qui était debout se tourna paresseusement et lui fit un doigt d'honneur. Quand il regarda de nouveau, tous deux étaient accroupis. Les yeux fixés sur la route qui s'étendait immobile devant eux au soleil du matin.

Le camion ne dépassait pas les cent à l'heure. Une vague brume bleue de gaz d'échappement filtrait à travers le plancher et il roulait vitres ouvertes. Il guetta des oiseaux sauvages dans les marécages mais il n'y avait pas grand-chose à voir. Quelques canards. Et sur l'autre rive de la Pearl River une loutre morte sur la chaussée.

Il entra dans Pass Christian et roula jusqu'aux docks où il gara le camion et se renseigna pour un bateau.

Il finit par dénicher un canot à clin de cinq mètres à coque arrondie avec un moteur hors-bord Mercury de vingt-cinq chevaux. Il était midi passé lorsqu'il sortit de l'estuaire.

Une fois dans la baie il mit les gaz. Le clapotement des vagues sous la coque se fit plus régulier, le soleil se mit à danser sur l'eau. Pas d'horizon au loin, rien qu'un voile blanc de mer et de ciel. Une mince ligne de pélicans qui remontaient laborieusement la côte. L'air marin était frais et il ferma son blouson pour se protéger du vent.

Il avait passé à son cou les jumelles de Lou et il les prit pour scruter le large. Aucun signe des garde-côtes. Parvenu au chapelet d'îlots hors des eaux territoriales il bifurqua vers l'est et longea la côte sud jusqu'à une petite baie. Il réduisit les gaz et avança à petite vitesse pour atteindre une plage où il s'arrêta.

Il coupa le moteur et échoua le canot sur le sable et gagna la proue et descendit et passa fermement la main sous le gaillard d'avant et traîna le canot jusqu'à la plage. Il était plutôt lourd. Il y avait une petite ancre à jet encastrée dans la proue et il la dégagea et la laissa tomber dans le sable et remonta la plage. Une trentaine de mètres. Puis de l'herbe et des palmiers nains. Et au-delà un bouquet de chênes des sables. Il y avait des traces d'oiseaux dans le sable sec hors de portée de la marée. Rien d'autre. Il essaya de se rappeler à quand remontaient les dernières pluies. Il regagna le canot et le dégagea et s'agenouilla à bord et saisit l'une des rames et se fraya un chemin hors des bas-fonds puis il rangea la rame et posa le pied sur l'arcasse et tira sur la corde de démarrage.

Quand l'après-midi s'acheva il avait pratiquement fait le tour des îlots, en débarquant sur chaque plage. Il trouva les vestiges d'un feu et il trouva des flotteurs de pêche et des os et des tessons de verre coloré polis par la mer. Il ramassa un morceau de bois flotté couleur de parchemin qui avait la forme d'un homoncule blafard et il le brandit et le retourna dans sa main. En fin de journée, la lumière déclinant, il accosta dans une petite crique et échoua le bateau et descendit et se retourna et vit presque aussitôt les traces dans le sable. Juste au-dessus de la fine bordure sombre de goémon. Elles semblaient avoir été partiellement comblées par le vent, mais ce n'était pas le cas. On les avait ratissées en traînant quelque chose. Il gagna la lisière des palmiers nains et là les traces reparurent et elles étaient orientées vers la plage. Des traces bien nettes. Les stries de chaussons de plongée en caoutchouc. Il guetta l'horizon de l'eau grise. Il regarda le soleil et examina l'île. Est-ce que sa faune inclurait des serpents à sonnette ? Des crotales diamantins. Trois mètres de long. Atroces ou implacables, il avait oublié l'épithète. Il ramassa un morceau de bois flotté et le brisa sur son genou pour s'en faire un bâton et suivit les traces jusque dans les bois.

Une sorte de piste à gibier traversait la verdure clairsemée. Des chênes des sables rabougris. Du bois éparpillé par l'ouragan Camille. Les vents de trois cents kilomètres-heure qui avaient coupé en deux Ship Island. Il entendait des dindons glouglouter dans les buissons mais il ne pouvait pas les voir. Il suivit la piste sur environ quatre cents mètres jusqu'à une clairière et il était sur le point de faire demi-tour quand une tache de couleur attira son attention. Il quitta la piste. En écartant les palmiers nains sur son passage avec son bâton.

C'était un canot pneumatique jaune à deux places qui

avait été dégonflé et roulé et fourré sous un arbre abattu puis recouvert de broussaille. Il l'extirpa et l'examina. Il se retourna et scruta la verdure. Une légère brise parmi les chênes, et le vague chuintement de la marée sur les bas-fonds. Il s'accroupit et défit les sangles et déroula le canot.

Il était encore humide. Un reste d'eau de mer dans les coins. Il le déploya. Flambant neuf. Il passa les mains sous les coussins qui retenaient le fond de caoutchouc. Il dégrafa et fouilla les poches. Il y avait une étiquette d'inspection en plastique dans l'une d'elles mais rien de plus. Il resta accroupi à contempler la chose. Finalement il la réenroula et reboucla les sangles et fourra de nouveau le canot sous l'arbre et le recouvrit de broussaille et de feuilles de palmier nain et reprit la piste jusqu'à la plage. Il n'y avait pas de rames avec le canot mais il ne voyait pas ce que ça signifiait. Quand il atteignit la plage le soleil rasait l'eau et il s'arrêta pour observer l'ouest, la lente houle grise et la fine anse au-delà et quelque part plus loin encore la ville où les lumières devaient s'allumer. Il s'assit dans le sable et y enfonça les talons et croisa les bras sur les genoux et contempla le crépuscule et sa lumière sur l'eau. La mince bande de terre au sud devait être l'archipel des îles Chandeleur. Plus loin, la gueule d'hydre du fleuve. Et plus loin encore, le Mexique. Le jusant clapotait et refluait. Il aurait pu être le premier homme au monde. Ou le dernier. Il se releva et rejoignit le bateau et le poussa à la mer et embarqua et passa à l'arrière pour le lester et l'arracher au sable. Il prit la rame et se fraya un chemin hors des bas-fonds puis s'assit et regarda le rouge intense du crépuscule s'assombrir et mourir.

Il descendit lentement le cap avec le moteur à bas régime et longea la côte sud de l'île. Le golfe était calme aux dernières lueurs et des lumières commençaient à apparaître sur la côte vers l'ouest. Il fit pivoter le bateau et actionna lentement la marche avant en direction du nord, se repérant aux lumières qui bordaient la digue. Il faisait froid sur l'eau à présent que le soleil était couché. Le vent était froid. Lorsqu'il parvint à la marina il était à peu près convaincu que l'homme qui avait débarqué sur l'île était le passager.

Il était dix heures quand il se gara derrière chez Taylor. Il resta assis dans le silence sous l'éclairage au mercure puis il remit le contact et repartit jusqu'à Gretna et traversa le pont pour se rendre au Vieux Carré. Il mangea un bol de riz aux haricots rouges au petit café de Decatur Street puis remonta St Philip et gara le camion et franchit la grille.

Il avait encore deux jours de repos avant de partir en mission en aval à Port Sulphur. En fin de matinée il remonta Bourbon Street pour déjeuner avec Debussy Fields au Galatoire's. Elle faisait déjà la queue et lui adressa de grands gestes extravagants. En robe luxueuse et talons de douze centimètres. Les cheveux blonds en choucroute au sommet du crâne. Des boucles d'oreilles qui lui tombaient sur les épaules. Tout était poussé à l'exact extrême y compris son décolleté mais elle était très belle. Il l'embrassa sur la joue. Elle était plus grande que lui.

Chouette parfum, dit-il.
Merci. On peut se prendre la main ?
Je ne crois pas.
Tu n'es vraiment pas marrant. Je croyais que ce serait un rendez-vous galant.

Une fois à l'intérieur, il y eut des tractations avec le maître d'hôtel concernant leur table. Pas question qu'on me place au fond, dit-elle. Et pas question qu'on me place contre le mur.

Je peux vous installer ici, dit le maître d'hôtel. Mais bien sûr il y aura du passage.

Le passage, ça me va très bien, chéri.

Elle sortit de son sac un étui à cigarettes ancien en argent et fixa l'un de ses petits cigarillos noirs dans un fume-cigarette d'ivoire et d'argent et fit glisser son briquet Dunhill sur la table à l'intention de Western. Il lui alluma son cigarillo et elle se renfonça sur sa chaise et croisa des jambes assez spectaculaires dans un froufrou sonore et souffla la fumée vers le plafond en étain pressé avec une aisance sensuelle et étudiée. Merci, chéri, dit-elle. Aux tables voisines les hommes comme les femmes avaient tout bonnement cessé de manger. Épouses et petites amies fulminaient. Western l'examina attentivement. Durant les deux heures qu'ils passèrent au restaurant pas une fois elle ne regarda une autre table et il se demanda où elle avait appris cela. Et les mille autres choses qu'elle connaissait.

Je suis passé à ton club en venant. Tu es la tête d'affiche.

Oui. Je suis une star, chéri. Je croyais que tu le savais.

Je savais que ça n'était qu'une question de temps.

Tu as devant toi une femme promise à un grand destin.

Elle se pencha pour rajuster la bride de sa chaussure. Elle débordait presque de sa robe. Elle leva les yeux vers lui et sourit. Raconte-moi ce qui se passe dans ta vie, dit-elle. Tu n'appelles pas tu n'écris pas tu ne m'aimes plus. Je n'ai personne à qui parler, Bobby.

Tu as ta bande.

Oh mon Dieu. J'en ai tellement marre des pédés. De leurs sujets de conversation. Tellement assommants.

Le serveur arriva et déposa des menus devant eux. Il prit la carafe et leur servit de l'eau. En tenant sa petite cigarette noire à hauteur d'épaule comme une baguette magique elle tendit l'autre main et d'une pichenette ouvrit le menu.

Dis-moi quoi manger. Pas question que je prenne cet immonde poisson en papillote.

Pourquoi pas les coquilles Saint-Jacques ?

Je ne sais pas. Tous les fruits de mer sont censés être pollués.

Moi je prends l'agneau.

Toi tu prends l'agneau et moi je suis censée manger des mollusques putrescents.

Alors tu n'as qu'à prendre l'agneau aussi.

Merci.

Tu prends l'agneau ?

Oui.

Excellent choix. Tu veux du vin ?

Non, chéri. Mais c'est gentil de demander.

Il referma le menu et le posa par-dessus la carte des vins.

Que cela ne t'empêche pas de prendre un verre.

Je sais. Ça ira.

Tu as un nouveau numéro ?

Oui. En quelque sorte. Tu as un crayon ?

Non.

Attends, je vais essayer d'en trouver un.

Ce n'est pas la peine. Je m'en souviendrai.

Il lui donna le numéro du Seven Seas. 523-9793. Elle le répéta pour le mémoriser.

C'est juste le numéro du bar, dit-il. Mais on me passera le message.

Très bien. Je t'appellerai.

Très bien.

Elle se pencha et tapota la cendre de son cigarillo dans le lourd cendrier de verre. Tu te rappelles les minutes du bicentenaire ?

Ces petites anecdotes historiques qu'ils diffusaient pendant les commémorations ?

Oui. J'en ai entendu une nouvelle.

Vas-y.

C'est Martha Washington et Betsy Ross qui sont en train de coudre le premier drapeau américain au coin du feu et elles évoquent leur jeunesse et les bals et les fêtes et tout et Betsy dit à Martha : Dis, tu te souviens de la sarabande ? Et Martha répond : Oh ma pauvre, je me souviens surtout de ceux qui bandaient pour Sarah.

Western sourit.

C'est tout ? dit-elle. Juste un petit sourire ?

Désolé.

Tu ne vas pas me battre à froid, hein ?

Battre froid.

Battre froid ?

C'est l'expression consacrée, je crois. Ça ne t'embête pas que je te corrige ?

Non. Bien sûr que non. Battre froid. En fait, je préfère.

Tant mieux. Je vais me dérider.

Le serveur vint dresser la table. Un autre apporta du pain enveloppé dans une serviette en tissu. Quand leur serveur revint Western commanda pour tous les deux. Le serveur acquiesça et s'éclipsa. Elle tira une longue bouffée de son cigarillo et renversa la tête en une lente courbe ascendante tandis qu'elle exhalait. Il ne pouvait même pas imaginer à quoi ressemblait sa vie.

D'après toi, qu'est-ce qui est le plus *shocking* ? De manger un mignon petit agneau ou quelque chose de vraiment répugnant, comme un porc ?

Je ne sais pas. D'après toi ?

Je ne sais pas. Pourquoi faut-il qu'ils appellent ça de l'agneau ? Pourquoi ne pas avoir un nom différent pour la viande ? Comme on dit de la volaille ou du gibier.

Je ne sais pas. Tu n'as jamais pensé à devenir végétarienne ?

Si, bien souvent. Mais je suis une voluptueuse. Un gourmet. Une gourmette ? Est-ce qu'on peut commander de l'eau minérale ?

Bien sûr.

Il fit signe au serveur. Elle retira du fume-cigarette le mégot à moitié consumé et le tapota contre le cendrier et posa le fume-cigarette sur la nappe.

Finalement, j'ai renoncé au Mexique, dit-elle. Elle leva les yeux vers lui.

Ça me paraît judicieux.

J'en étais sûre. Je me souviens de notre discussion. Ça veut dire attendre encore un an. Au moins. Ce n'est pas rien. Un an, c'est un an. J'en aurai vingt-cinq. Mon Dieu comme ça file vite.

C'est bien vrai. Tu as peur ?

Non. Je n'ai pas peur. Je suis terrifiée.

C'est compréhensible.

Ça fout les jetons, non ?

J'imagine. Oui.

J'ai peur de tout. Chaque appui est fragile.

Ça ne se voit pas.

Merci. J'y travaille.

À ne pas avoir peur ?

Tu es trop charitable. Je travaille à ne pas le laisser voir. Tout ça, c'est de la comédie. Mais je ne sais pas comment m'y prendre autrement. Tout ce que tu vois a demandé du travail. Beaucoup de travail.

Je te crois. Excuse-moi. Je n'aurais pas dû dire ça.

Ça n'est pas grave. Certaines filles se contentent des hormones et gardent leur petit secret. Mais le genre, ça a un sens. Je veux être une femme. J'ai toujours jalousé les filles. Petite garce que j'étais. Mais ça, c'est à peu près fini. Je sais qu'être femelle c'est plus ancien encore que d'être humain. Je veux être aussi ancienne que possible. D'une féminité atavique. Quand j'avais sept ans, je me suis cassé le bras en tombant d'un arbre et j'ai cru que, puisqu'il était cassé de toute façon, je pourrais peut-être le retourner pour embrasser mon coude parce que ça permettait aux garçons de se transformer en filles et vice versa et ils ont dû me voir tirer sur mon bras cassé en hurlant et ils m'ont attachée au brancard parce qu'ils ont cru à une crise d'hystérie. J'espère vraiment vivre assez longtemps pour être une ancienne. Je pourrai enfin dire à tout le monde d'aller se faire foutre et de me lécher le cul. Quoique, peut-être pas. Il y aurait sans doute beaucoup d'amateurs. Ou pas. Je serais une ancienne. Enfin, tant que je ne suis pas pauvre. Je t'ai dit que ma sœur est venue me voir ? Non, bien sûr. Ma sœur est venue me voir. Elle est restée une semaine. Les vacances scolaires. On a vraiment passé de bons moments. Elle est tellement géniale. Elle en est arrivée au point où elle pouvait se balader dans l'appartement en petite culotte. Ça représente tellement pour moi.

Elle détourna la tête et s'éventa les yeux avec sa serviette. Excuse-moi. Je deviens très sensible dès qu'il s'agit d'elle. Quand elle est repartie j'ai pleuré comme une madeleine. Elle est tellement jolie. Et futée. Je crois qu'elle est plus futée que moi.

Quel âge elle a ?

Seize ans. J'essaie de la faire entrer à l'université. Je lui ai promis de l'aider. Oh mon Dieu, j'ai besoin d'argent. Ah, très bien. De l'eau. Je meurs de soif.

Le serveur remplit leurs verres. Elle trinqua. Merci, Bobby. C'est chouette.

Le serveur revint avec leurs assiettes. Elle mangeait lentement, très attentive à la nourriture. Tu me regardes manger, dit-elle.

Oui.

C'est le seul truc zen que je réussisse à faire. Me concentrer sur le geste. Et c'est bon pour la ligne. J'adore manger. Ça me perdra. Pas de problème. Tu peux regarder. Même parler et manger en même temps, je n'aime pas ça.

Elle leva les yeux vers lui et sourit. Tu peux parler et je t'écouterai. Pour une fois.

Tandis qu'on leur servait le café elle reprit une de ses petites cigarettes cubaines et il saisit le briquet sur la table et lui offrit du feu. Ça t'arrive de retourner à Greeneville ? demanda-t-il.

Elle souffla un mince ruban de fumée par-dessus son épaule. On n'est pas censé avaler la fumée. C'est pour ça que je préfère les cigarillos. Et puis aussi pour le look, bien sûr. Et l'odeur. Mais je l'avale quand même. Un tout petit peu. C'est de la contrebande, évidemment. Ça vient du Mexique. Ou de Cuba via le Mexique. Non. C'est trop dur. Ça n'est bon qu'à la faire souffrir. Je l'appelle toutes les semaines ou à peu près. Salut. Comment ça va. Moi bien. Et toi. Tant mieux. Je devrais peut-être, je ne sais pas. Je ne t'ai jamais vraiment raconté ma vie. Je n'aime pas parler des choses tristes.

Tu as eu une vie triste ?

Non. Pas vraiment. Mais faire de la peine aux gens, c'est triste. Je suppose que je m'y suis mal prise. J'aurais dû lui révéler la chose progressivement. Quoique je ne voie pas trop comment ç'aurait été possible. On pourrait peut-être prendre ta Maserati. Se faire une virée. Je ne suis jamais allée à Wartburg. Ça prendrait combien de temps ?

Pas longtemps.

J'avais essayé de lui expliquer. Plus ou moins. Mais bien sûr elle refusait d'entendre. Oh mon Dieu. J'ai garé la voiture de location devant la maison et je suis descendue et j'ai fait le tour et elle était dans le jardin. J'avais hésité sur ma tenue. Je me suis approchée de la clôture et j'ai dit bonjour. Naturellement, elle ne devinait même pas qui c'était. Elle a levé les yeux et elle a dit : Oui ? Et j'ai dit : Maman, c'est moi, William. Et elle est restée une minute à genoux dans la terre et puis elle a mis la main sur sa bouche et de grosses larmes se sont mises à couler sur ses joues. Elle restait à genoux. À secouer la tête d'avant en arrière. Comme si elle venait d'apprendre la mort de quelqu'un. Ce qui était le cas, j'imagine. J'ai fini par lui dire qu'on devrait peut-être rentrer dans la maison et alors elle s'est relevée et on est allées dans la cuisine et elle a fait du café instantané. Que j'abomine. Et on est restées assises sans rien dire. Moi essayant de lui sourire de toutes mes dents qui m'avaient coûté quatre mille dollars. J'avais une tenue assez classique mais je suppose que mon chemisier en montrait trop, en tout cas elle n'arrêtait pas de me regarder et elle a fini par dire : Je peux te poser une question ? Et j'ai répondu : Bien sûr. Tu peux tout me demander. Et alors elle a dit : Ce sont des vrais ?

Bref. Elle réagissait tellement mal que j'ai décidé de la faire bisquer. J'avais des boucles d'oreilles en or avec une perle. De belles perles. Japonaises. Neuf millimètres environ, bien brillantes avec un joli reflet rose. Alors j'en ai tripoté une et j'ai dit : Oui, ce sont des vraies. On me les a offertes. Et je ne mentais pas. Ça a achevé de la démonter et elle a dit non. Elle a dit : Je parlais de tes... Et elle a vaguement désigné mes nichons du revers de la main.

Alors j'ai empoigné mes seins et je les ai remontés jusque sous mon menton et j'ai dit : Oh, c'est de ça que tu parles ? Et en détournant les yeux elle a hoché la tête et j'ai dit : Oui, ce sont des vrais. Aussi vrais qu'on peut en avoir avec des hormones et du silicone. Et elle s'est remise à chialer de plus belle et elle refusait de me regarder et elle a fini par dire : Tu as de la poitrine.

De la poitrine, chéri. Mon Dieu, rends-toi compte. Et la seule chose qui me venait à l'esprit, c'était ce restaurant où on mangeait autrefois à Tijuana. C'était à peu près le seul endroit de la ville qui servait un steak digne de ce nom. Du bœuf argentin. Et le menu était en espagnol bien sûr mais sur la page d'en face ils avaient des traductions en anglais et il y avait un plat qui s'appelait pechuga de pollo et quand on consultait l'anglais ça disait poitrine de poulet. J'imagine qu'ils trouvaient ça plus aguichant que du blanc de poulet. Donc, de la poitrine de poulet. Nom de Dieu. Ç'a été la goutte d'eau. Je ne sais pas pourquoi. J'ai pété les plombs. Je l'ai regardée et j'ai dit : Maman, ne te dis pas que tu as perdu un fils. Dis-toi que tu as gagné un monstre. Alors elle a chialé toutes les larmes de son corps. Et voilà. Tu sais tout. Je crois que je t'ai déjà dit qu'elle ne voulait plus m'accompagner nulle part. Qu'elle ne voulait pas être vue avec moi. Je suis restée deux jours. J'avais un sac bourré de... comment il les appelle, John ? Des Crésus flambant neufs ?

Des Crésus flambant neufs.

Ça devait faire à peu près trois mille dollars. Pour

mon grand retour. J'avais fantasmé ça des centaines de fois. J'allais l'emmener à Knoxville faire du shopping chez Miller et déjeuner au Regas. Oh mon Dieu. Quelle naïveté. Qu'est-ce que je croyais ? Elle m'a demandé si j'allais aux toilettes des femmes. Non mais elle croyait vraiment que je pourrais entrer chez les hommes avec cette allure ? Ça s'est arrêté là. Un putain de fiasco sur toute la ligne. Pardon. J'essaie d'arrêter les gros mots. Au bout d'une heure ma sœur est rentrée de l'école et évidemment elle se demandait bien qui était cette créature. Assise dans la cuisine avec sa mère. Jusqu'à ce que je lui adresse la parole. Elle avait douze ans. Elle s'est contentée de me regarder et puis elle a dit : William ? C'est toi ? Tu es belle. Et là j'ai fondu en larmes. Dieu comme j'aime cette enfant.

Je sais que tu m'as dit que ton père était mort.

Oui. Il est mort quand j'avais quatorze ans. Je morflais vraiment. Il me haïssait, il ne supportait pas ma présence. Il payait des gamins pour me tabasser après l'école.

Tu plaisantes.

Je ne plaisante jamais, chéri. Au bout de quelque temps, même eux s'en sont lassés. Ils ne voulaient plus de son argent. Et c'était la bande de petits connards la plus méprisable que tu puisses imaginer. Et lui n'en pouvait plus de me coller des raclées parce qu'il avait des problèmes cervicaux... caux ? C'est juste ?

Oui.

Des problèmes cervicaux, et chaque fois qu'il me battait il avait mal au cou pendant des jours. Je lui ai dit qu'il avait dû hériter ça d'une vie antérieure où on l'avait pendu mais comme tu t'en doutes il n'a pas compris la plaisanterie. Il ne comprenait pas grand-chose d'ailleurs. Ce qui s'est passé, c'est que les voisins avaient un chien qui me terrifiait. Il se jetait contre la clôture en grognant et en bavant et il avait ce regard complètement fou, et mon père et cette horrible bête sont morts le même jour. Et le lendemain matin je me suis réveillée et je suis restée allongée dans mon lit et une paix incroyable m'a envahie. C'était une expérience transcendante. Il n'y a pas d'autre mot. J'ai su que j'étais libre et j'ai su que la liberté était tout ce qu'on en dit dans les discours. Elle vaut tout le prix qu'on peut avoir à payer pour l'obtenir. Et j'ai su que j'aurais la vie dont je rêvais. C'était la première fois de ma vie que j'étais heureuse et ça compensait tout. Tout. C'était le plus beau des cadeaux. J'étais transfigurée. Et j'avais cette force. Et je n'étais plus en colère. Mon cœur était rempli d'amour. Je crois qu'il l'avait toujours été. Excuse-moi. Ça va être les grandes eaux.

Elle sortit de son sac un mouchoir de lin et ouvrit son poudrier et se tamponna les yeux. Elle referma le poudrier et le rangea et regarda Bobby et sourit. Tu es sûr de vouloir entendre tout ça ?

Oui. Absolument.

D'accord. Un an plus tard je travaillais à New York dans un restaurant chic et je vivais en coloc dans un immeuble sans ascenseur avec une fille, une vraie. J'avais quinze ans. Je mentais sur mon âge et je gagnais vraiment bien ma vie et je travaillais mon anglais et j'avais commencé mon traitement hormonal. Le médecin que je voyais m'a dit que j'étais une mésomorphe gracile. J'ai répondu : Oui et toi t'es un gros enculé. Parce qu'à ce stade on était devenus amis. Mais je lui ai demandé ce que ça voulait dire et il a répondu : Ça veut dire que tu vas être une jolie fille. Et j'ai répondu : Ça ne suffit pas. Pourquoi pas renversante ? Et il a souri en disant : On verra. Et on a vu. Je me souviens d'un matin où je suis descendue à l'épicerie, je dévalais les escaliers. Je portais juste un jean et un tee-shirt. Et j'ai senti mes nichons ballotter. Oh mon Dieu. J'étais toute excitée. Je suis remontée et j'ai redévalé les escaliers.

Bien sûr à ce stade je m'étais mise à boire et ça a failli m'achever. Je suis née alcoolique. Heureusement j'ai rencontré quelqu'un. Un coup de bol absolu. Il m'a fait aller aux Alcooliques anonymes. J'avais du mal avec leurs bondieuseries. Comme beaucoup de gens. Et puis une fois je me suis réveillée en pleine nuit et j'étais allongée là et je me suis dit : S'il n'y a pas de puissance supérieure alors c'est moi qui suis tout en haut. Et ça m'a foutu la trouille. Il n'y a pas de dieu et je suis la déesse. Alors je me suis mise à creuser ça. Et je creuse encore. Et peut-être que c'est dans l'ordre des choses. Mais j'ai fait des progrès. J'étais furieuse contre Dieu d'avoir raté son coup en me créant mais peut-être qu'il n'est pas aussi parfait qu'on voudrait le croire. Il a du pain sur la planche et il doit tout faire tout seul. Sans assistance.

Tu crois en Dieu ?

Tu veux la vérité ?

Oui.

Je ne sais pas qui est Dieu ni ce qu'il est. Mais je ne crois pas que ce monde soit arrivé tout seul. Moi comprise. Peut-être que tout est en évolution comme on le dit. Mais en recourant à la source on doit finir par trouver une intention.

En recourant à la source ?

Ça te plaît cette expression ? C'est dans Pascal. Au bout d'un an à peu près je me suis à nouveau réveillée et c'était comme si j'avais entendu une voix dans mon sommeil et que j'entendais encore l'écho et ça disait : S'il n'y avait pas une force qui t'aimait tu ne serais pas là. Et j'ai dit d'accord. C'est bon. On ne peut pas faire plus clair. Ça n'a peut-être l'air de rien. Mais pour moi c'était énorme. Alors je respecte le programme, Bobby. Je fais face au jour le jour. Il faudrait que je fréquente plus de femmes et c'est difficile. Elles se sentent menacées. Ou alors on devient amies et puis quand je leur avoue on sent une distance s'installer. À de rares exceptions près. Très rares. J'essaie de convaincre Clara de venir s'installer ici. De s'inscrire au lycée ici. Tu devineras sans peine qui n'est pas d'accord. J'ai lu des choses sur le dimorphisme sexuel du cerveau. Il est peut-être plus souple qu'on ne croit. C'est peut-être possible de le changer. Tu sais bien où je veux en venir puisqu'on en a déjà parlé. Je veux avoir une âme de femme. Je veux que l'âme de la femme m'absorbe. C'est ça que je veux et c'est tout ce que je veux. J'ai craint que ça ne reste éternellement hors de portée mais là je commence à avoir la foi. Quand je prie, c'est pour ça que je prie. Pour pouvoir franchir le seuil. Appartenir au féminin. Et ça n'a pas grand-chose à voir avec le sexe. Avec la vie sexuelle. Quant au reste, c'est du vent.

Elle sourit. Elle leva son bras tout mince et consulta la fine Patek Philippe Calatrava en or blanc qu'elle arborait au poignet. Quelle heure est-il ? demanda-t-elle.

Deux heures dix-huit.

Très bien.

Modèle d'avant-guerre ?

En effet. Pas de complications.

C'est l'histoire de ta vie.

C'est l'histoire de ma nouvelle vie. De ma vie telle que je veux la vivre. Il faut que j'y aille. J'ai un engagement à trois heures. Chéri, tu es un amour. Merci. Et merci d'avoir écouté mes foutues tribulations. Moi, je ne t'ai pas posé une seule question sur ce que tu deviens. Je t'appellerai. Ça te va comme ça ?

Oui.

Il régla l'addition et ils se levèrent pour partir. La seule chose que je regrette quand on est assis à l'entrée c'est qu'on n'a pas l'occasion de traverser la salle.

Tu fais déjà assez de ravages.

Je sais. Il faut que j'apprenne à vivre avec ça.

Une fois sur le trottoir elle l'embrassa sur les deux joues. Depuis le temps que je te connais, je ne me suis pas demandé une seule fois ce que tu veux.

De toi ?

De moi. Oui. C'est très inhabituel pour moi. Merci.

Il la suivit des yeux jusqu'à ce qu'elle disparaisse parmi les touristes. Les femmes comme les hommes se retournaient sur son passage. Il songea que la bonté de Dieu se manifeste aux lieux les plus étranges. Ne ferme pas les yeux.

III

Les mois s'enfoncèrent dans l'hiver mais le Kid semblait avoir disparu. Elle suivait des cours à l'université après sa journée de lycée et elle était rarement de retour avant la nuit. Et puis un soir elle entra dans sa chambre et balança ses livres sur le lit et il était assis à son bureau. Entre donc, dit-il. Ferme la porte. T'étais passée où ?

J'étais en cours.

Ah ouais ? Il est plus de sept heures. Tu ne trouves pas que c'est un peu tard ? Il extirpa sa montre pour vérifier l'heure. Il en tapota le verre et la colla à son oreille.

Et comment tu sais à quelle heure je suis censée être rentrée ?

Ça c'est la meilleure. Pose ton cul. Tu fais désordre.

Elle écarta les livres et se vautra sur le lit, les mains sous le menton.

Ça ne s'appelle pas s'asseoir. Ça s'appelle se coucher.

Qu'est-ce que ça change ?

Ça t'empêche de te concentrer correctement. Une position bien droite et verticale facilite l'afflux de sang au cerveau. Vers les lobes frontaux notamment. Raison pour laquelle c'est obligatoire dans les avions en phase d'atterrissage, par exemple. En prévision de l'impact et du démembrement qui s'ensuit et de l'incinération ultérieure. Je croyais que tu avais étudié l'anthropologie ?

Ce n'est pas de l'anthropologie, ça. C'est du n'importe quoi.

Ouais ouais bien sûr. Redresse ton petit cul de chochotte. J'ai pas trop le temps de piailler.

De pinailler.

Non plus.

Elle se souleva et s'assit et ôta ses chaussures avec les pieds et les laissa tomber au bas du lit. Elle se mit en tailleur et tira la couette pour s'en envelopper. Le Kid avait entamé ses va-et-vient. Et merde. Toutes ces couleuvres que je dois avaler. Et tout ça pour les beaux yeux d'une poulette de Ploucville. Et sous les combles, c'est le comble. Dans le terrier d'une hystériée. Eh ben ça fait chier.

Ils sont où, les autres ?

Les autres quoi ?

Tes petits copains.

T'en fais pas. Ils arriveront en temps voulu. J'en étais où ?

Dans le terrier d'une hystériée.

Ah oui. On devrait peut-être avancer. Il est où, ton bulletin scolaire ?

Qu'est-ce que ça peut bien te faire ?

Tu as eu un B.

En quoi ça te regarde ?

C'est la première fois, Fiona.

C'était en religion.

Et alors ? Ça n'est pas une matière, la religion ?

Elle ne sait pas de quoi elle parle. Sœur Aloysius. Elle ne sait même pas quel est le sujet du débat.

Mouais. Mais tu t'es mise à lui citer saint Thomas

d'Aquin en latin, en petite garce arrogante que tu es. Tu t'attendais à quoi ?

Je croyais que tu ne t'intéressais qu'aux maths.

Ça reste un B. Et ça reste dans ton dossier. Je suppose que tu comptes gagner le paradis à coups de chiffres ?

Bon Dieu. Mais qu'est-ce que tu racontes ?

Je raconte que tu t'es fait recaler en religion.

Je n'ai pas été recalée. J'ai eu B.

Ah ouais ? C'est pareil.

Je croyais qu'on devait avancer.

C'est vrai.

Quoique je devrais sans doute demander vers où.

Oh merde. Avancer dans l'hiver. Ça te va ?

OK. Pourquoi pas ? Il fait nuit plus tôt. Tu as peut-être remarqué.

Ah ouais ? Avec toi, je marche sur des œufs. Ça pourrait fort bien être une de tes assertions philosophiques.

Qu'est-ce que tu notes ?

Je raye simplement quelques noms. Qu'est-ce qu'on a là ? Retraite anticipée ? Putain, elle est où, la troupe ?

Je ne veux pas de la troupe.

Ah ouais ? Qu'est-ce que t'en sais ? Faut que tu te poses, Lily Rose. T'es peut-être pas au bord du gouffre mais tu l'aperçois d'ici. On n'a donc personne en coulisses, nom de Dieu ?

Les nains de jardin tapis dans l'ombre du bureau s'avancèrent d'un pas raide. Oh merde, fit le Kid. Pas vous. Putain, il est où, Grogan ?

Il frappa dans ses nageoires et le Grand Cradingue surgit du placard et salua en levant sa casquette toute flasque. Il avait trois bourrelets de graisse à la base du crâne. Comme si sa tête avait été assemblée sous une presse. Il plaqua sa casquette à deux mains contre sa *poitrine et baissa les yeux et s'inclina devant la jeune fille. Que Dieu fasse prospérer votre lignée, gente dame, dit-il. Puis il remit sa casquette et joignit les mains au creux de son dos et se lança dans le cancan des lilliputiens d'Oz, sans cesser de grimacer.*

Pourquoi on n'a jamais de musique, nom de Dieu ? OK. Ça suffit, la carmagnole. Qu'est-ce que t'as d'autre à nous proposer ?

Grogan ôta sa casquette et la brandit bien serrée et se mit à chanter sur l'air de « Molly Brannigan » :

> *Revoilà mon pote le morpion*
> *Qui s'agite dans mon caleçon*
> *Pourquoi j'ai cédé à cette garce*
> *Dieu seul en connaît la raison*
> *Me v'là chez l'apothicaire*
> *Pour une pommade de sa tambouille*
> *Depuis que Molly m'a quitté*
> *Me laissant seul avec la cht...*

C'est bon, fit le Kid. Et merde. Il est où, le temps des ballades romantiques et patriotiques ? Qu'est-ce que tu fabriques ?

Elle avait remonté la couette pour s'y enfouir tout entière. Je m'en vais, dit-elle, d'une voix assourdie par la ouate.

Grogan s'était remis à danser. Sa gigue irlandaise. Elle entendait le lourd martèlement de ses sabots de bois. Le Kid lui ordonna de se calmer. Putain, elle voit rien du spectacle avec la tête sous la couvrante.

Je ne veux pas voir le spectacle. Dis-leur de s'en aller.

Elle ira mieux dans une minute. Elle a dû avoir une dure journée au lycée. Ohé, là-dessous. Ne me dis pas que tu vas dormir. Il n'est que sept heures et demie.

J'ai cours demain.

Quoi ? Arrête ton cirque, Grogan.

Elle repoussa la couette. J'ai cours demain.

J'ai cours demain, la singea-t-il.

Qu'est-ce qui est arrivé à Grogan ?

Je crois qu'il est parti. Tu as dû lui foutre les boules.

Qu'est-ce que je dois faire pour te foutre les boules à toi ?

Encore un peu de patience. Laisse-moi regarder ce que j'ai là.

Super.

Le Kid feuilleta son carnet. On a peut-être placé la barre un peu trop haut à cause de toi.

Trop haut ?

Ouais. On a parfois tort de raffiner le spectacle en fonction du public.

Ben voyons.

Cela dit, je commence à flairer un fumet lubrique dans ton attitude patricienne.

Il écarta des papiers entassés sur le bureau et se rassit pour consulter ses notes. Oh merde, dit-il. Mais qui prend des photos pareilles, putain ? Des numéros de chiens savants. Vous vous foutez de ma gueule ? On ne sait jamais ce qu'on va repêcher quand on assèche le marécage. Et ces noms. Les Supposables ? Pourquoi pas les Périssables, tant qu'on y est ? Ou les Suppositoires ? Merde, je vais bien finir par trouver quelque chose.

Le seul numéro que je tolère, c'est celui de Miss Vivian.

Ouais. Sauf que c'est pas un numéro. On va s'en tenir au programme.

Ce n'est pas un programme. C'est grotesque, voilà tout.

Bien sûr. C'est quoi ce truc ? Des jongleurs ? Attends.

Je crois que ça y est. Ils ont l'air bons, ces deux-là. Ils viennent de Ferlanick dans le Connarmara.

Il fourra son calepin dans sa poche et battit des nageoires et se carra sur la chaise. En scène, lança-t-il. La porte s'ouvrit d'un coup et deux minuscules garçonnes vêtues de taffetas pâle en jaillirent, déjà lancées dans un numéro de claquettes sans retour avec force roulements d'yeux fardés. Elles se mirent à chanter bêtement en trilles suraigus, bras dessus, bras dessous, martelant le plancher de leurs minables souliers de cuir verni. Le Kid gémit et porta une nageoire à son front. Putain de merde, murmura-t-il. Il se leva de la chaise et tapa dans ses nageoires. C'est bon. Merci. Et merde. Mais on va où, dans ce métier ? Sortez-moi ces truies toxiques. Jésus Marie Joseph. C'est quoi cette odeur ? Du munster ? Dehors, nom de Dieu. C'est ça. Allez, on fait une pause. On reprend à huit heures.

Il se rendit au Seven Seas dans la soirée et s'installa sur le tabouret en bout de comptoir, contre le mur. Janice ouvrit une bouteille de bière et la fit glisser vers lui. Ton pote est là-bas, dit-elle.

Il se redressa pour regarder par-dessus les têtes des buveurs. Oiler était assis tout seul à une table. Bobby se leva et prit sa bière et le rejoignit. Bobby Boy, dit Oiler.

Qu'est-ce que tu fais ?

J'attends mon hamburger. Assieds-toi. T'en veux un ? C'est moi qui régale.

OK.

Alors va lui dire. Pas question que je me lève.

Western sortit sur le patio où se trouvait le gril. Y en aura deux, dit-il.

Deux quoi ?

Hamburgers.

Pour lui, c'est un cheeseburger.

Très bien.

Cheeseburger ?

Parfait.

La totale ?

Ouais.

Frites ?

Frites.

Il rentra et tira la chaise avec le pied et s'assit. Ils sont où, tous les tarés ?

Oiler parcourut des yeux la salle. Je ne sais pas. Peut-être qu'ils ont fini par faire un grand coup de filet et qu'ils les ont embarqués.

Tu as lu les journaux ?

Je les ai lus. Enfin, j'ai commencé.

Tu vois une raison pour qu'un jet privé à trois millions de dollars termine dans le golfe du Mexique avec neuf cadavres à bord sans que ce soit signalé dans le journal ?

Je comptais justement te poser la question.

J'ai eu de la visite l'autre soir.

Chez toi ?

Ouais.

Tu t'es fait cambrioler ?

Qu'est-ce qui te fait penser ça ?

La façon dont tu l'as dit.

Non. Deux types en costume. On aurait dit des missionnaires mormons.

Qu'est-ce qu'ils voulaient ?

Je ne sais pas. Ils m'ont interrogé sur l'avion. Ils ont dit qu'il y avait un passager manquant.

Tu déconnes.

Western but une gorgée de bière.

Tu déconnes pas.

Non.

Je ne peux pas m'empêcher de supposer qu'ils savent qui est ce passager manquant.

Ouais, j'imagine qu'ils ne sauraient pas qui manque sans savoir qui était présent. Ou peut-être que si ?

Pas impossible. Et quoi ? Ils croient qu'on sait où se trouve ce mec ?

Je ne sais pas. Ce que je sais, c'est qu'en général

quand un truc louche comme ça arrive ce n'est que le début.

Oiler se pencha, les coudes sur la table. Bon. Ils savent combien il y avait de personnes dans l'avion parce que, nous, on le leur a dit.

Pas que je sache.

Putain, tu me donnes la migraine. Qu'est-ce qu'ils ont dit sur la mallette du pilote ?

Ils ont dit qu'elle avait disparu.

Et comment ils le savent ? Tu me fais pas marcher avec toutes ces conneries, j'espère ?

Non. Pourquoi je te ferais marcher ?

Je ne sais pas. T'as l'esprit tordu.

Pas tordu à ce point.

Des missionnaires.

Ouais.

Je commence à avoir un mauvais pressentiment.

Je croyais que c'était déjà le cas.

Alors pire. Ou on dit plus mauvais ?

Plus mauvais.

En tout cas, j'ai un conseil à te donner. Mais tu sais sans doute déjà ce que c'est.

En effet.

Si tu retournes là-bas pour fouiner, ces missionnaires vont emménager chez toi.

Je leur ai préparé des petits pièges. S'ils reviennent, je saurai qu'ils sont passés.

D'accord. Et ensuite ?

Je brûlerai ce vaisseau le moment venu.

C'est déjà le moment. Quand est-ce que tu pars à Port Sulphur ?

Lundi. Je pense.

Ça ne te dérange pas de plonger dans le fleuve.

Non. Ça ne m'enchante pas. Mais je peux le faire.

Comment ça se fait ? C'est aussi noir qu'ailleurs.
Il n'y a pas que le noir. Il y a la profondeur.
C'est le degré de noir qui te dit la profondeur.
Peut-être. J'ai connu un gars qui avait plongé dans l'océan Indien et il disait que la lumière était bonne jusqu'à cent cinquante mètres. Il disait que ça donnait le vertige de regarder en bas. N'empêche qu'il ne pouvait pas y plonger. Et ce n'était pas faute de lumière.
Soit. En tout cas, c'était faute de quelque chose.
Comment on en est venus à parler de mes phobies ?
Nom de Dieu, Western. S'il n'y avait pas tes phobies j'essaierais même pas de me frotter à toi. Ah, ça arrive.
Le cuistot déposa sur la table leurs assiettes de cheeseburger et tira de sous ses aisselles un flacon de moutarde et un autre de ketchup et la salière et la poivrière des poches arrière de son jean rance. Autre chose ? demanda-t-il.
Je crois qu'on est bons.
Oiler regarda le flacon de moutarde en plastique puis s'en saisit et ouvrit son cheeseburger et fit gicler la moutarde. Au point où on en est, dit-il.
Il n'y a pas moyen d'avoir un cheeseburger correct dans un restaurant propre. Dès qu'ils commencent à balayer par terre et à utiliser du produit vaisselle c'est quasiment foutu.
Oiler hocha la tête et se mit à mastiquer. En tout cas, c'est vachement bon cette saloperie, alors va savoir.
Le meilleur cheeseburger que j'aie jamais mangé, c'était à la cafétéria du billard Comer's dans Gay Street à Knoxville Tennessee. Ça te laissait les doigts tout gras, même à l'essence ça ne partait pas. Tu ne m'as toujours pas dit où on t'envoie.
Ouais, je sais. On va au Venezuela.
Quand ça ?

Dans une semaine et demie. Il leva deux doigts. Bientôt, deux autres bières arrivèrent. Western l'observa.

C'est quoi la mission ? demanda-t-il.

On descend remplacer toute une série de vieux joints sur des brides fuyardes. La barge de Taylor est partie avant-hier, et j'imagine qu'on va rester là-bas un moment.

Long comment, le moment ?

Je ne sais pas. Sans doute deux mois.

Vous retirez les vieux joints et vous soudez un raccord.

Exactement. Après ça on a un pipeline complètement ressoudé. C'est du gâteau. Taylor a développé toute la technologie. C'était nous, les premières soudures hyperbares sur un pipeline en mer du Nord, à soixante milles au large de Peterhead. C'est pas si vieux. Tu n'es jamais allé là-bas.

En Écosse.

Ouais.

Non. Jamais.

J'adore le nom. En tout cas, on peut envoyer du pipe partout dans le monde avec une barge de pose si on veut. Il suffit de souder les tronçons à la suite en surface et de les plonger au fur et à mesure. Mais on ne peut pas raccorder deux pipelines distincts. Et c'est ce qu'on a réussi à faire. Au fond de la mer.

C'était la toute première fois ?

On avait fait des essais par ici, au large de Grand Isle, deux ou trois ans avant. C'était la première fois qu'on utilisait des SPAR avec une cabine sous-marine.

Et tu soudes les tronçons au sec.

Au sec. Ces trucs pèsent cent quarante-six tonnes. Les SPAR. La barge les fait descendre avec un derrick. On devait souder deux bons tronçons de pipeline.

111

Je crois qu'ils faisaient quarante-cinq et cinquante-cinq kilomètres de long. Le premier truc à faire, c'est de découper le ciment et d'aligner les tuyaux puis de les couper à la bonne taille à la scie hydraulique. On hisse hors de l'eau les deux chutes découpées et on immerge le SPAR avec la cabine sous-marine. Je simplifie, mais en gros on fixe les extrémités du pipe à chaque bout de la cabine où il y a des joints intégrés pour l'étanchéité puis on pompe toute l'eau et on soude le raccord d'un mètre de diamètre. Sauf que c'est du pipeline de quatre-vingts centimètres, donc on est comme qui dirait un peu à l'étroit.

Mais en gros tu es dans un réservoir d'air.

Absolument. Tu peux manger ton frichti sur place.

Vous étiez à quelle profondeur ?

Cent seize mètres. On avait dix plongeurs sur le coup, et on était deux à plonger en saturation.

Ça t'a plu.

Je savais que j'étais fait pour ça avant même de savoir en quoi ça consistait. Sans parler de l'argent.

Bien sûr.

J'ai toujours eu la vague impression que l'argent ne représentait pas grand-chose pour toi. C'est peut-être ça le problème.

Je ne sais pas. Si c'était beaucoup d'argent, ça me remuerait sans doute. Je pourrais faire certaines des choses dont j'ai toujours eu envie. Mais ce n'est pas en vendant ton temps que tu deviendras riche. Même en faisant de la soudure hyperbare.

T'as sans doute pas tort. Il y a plus de neurochirurgiens que de soudeurs hyperbares, mais t'as sans doute pas tort. Pour ce qui est de devenir riche. Mais je peux quand même te dire que j'ai été pauvre et que c'est mieux maintenant. Même si je ne suis pas Crésus. Tu veux venir ?

Au Venezuela.

Ouais.

Tu peux vraiment me pistonner comme ça chez Taylor ?

Disons qu'on me doit des faveurs. Qu'est-ce que t'en dis ?

Je ne crois pas. On parle de quelle profondeur ?

Cent soixante-dix mètres.

Vous atterrissez où ?

Caracas. On est basés à Puerto Cabello. Sur la côte, à deux heures de route.

Tu connais déjà.

Oh oui. Qu'est-ce que t'en dis ?

Non, je ne crois pas.

On pourrait aller à Caracas.

Ouais.

Tu pourrais être mon assistant.

Ça, c'est vraiment un poste à la con.

Qu'est-ce que t'en as à foutre ? Tu pourrais essayer avec une cloche de plongée. Putain, Bobby. Je te laisserai pas te noyer.

Je sais.

Laisse-moi te demander un truc.

Vas-y.

Qu'est-ce que tu t'attends à trouver tout en bas ?

Ce n'est pas le problème.

Je sais. Le problème, c'est ce qu'il y a là-haut.

Il se toucha la tempe.

Ouais. Bref.

Tu réfléchis trop. Et je ne suis pas sûr de savoir à quoi. Je ne sais pas ce qui se passe dans ta tête, de toute façon. Mais je suis sûr d'un truc, si j'avais tout ce que t'as dans le crâne je ferais pas ce boulot de merde.

Je croyais que tu adorais ça.

Ouais, bon. Je sais que c'est sans doute le mieux que je puisse espérer et je suis un brave con pas ingrat.

Je n'ai pas la réponse à ta question, Oiler. Je sais juste que je n'irai pas. Dire que tout se passe dans la tête n'y change rien.

Ouais, bref. Je crois qu'il y a des choses qui nous font peur et on les fait quand même. On reste pas là à passer en revue toutes les raisons de ne pas les faire. Imagine que t'es dans la cloche de plongée et que t'as des raisons d'avoir peur de remonter par le sas. Ça pourrait être une de tes analogies. Si t'as peur, t'es coincé. Tu n'es pas nulle part. Tu remontes sans fin par le sas.

Western sourit.

Tu crois que quand il y a une chose qui te paralyse tu peux te contenter de lui tourner le dos et oublier. Mais en fait elle ne te suit pas. Elle t'attend. Et elle t'attendra toujours.

Je ne sais pas. Je crois que parfois la peur transcende le problème. Et s'il s'agissait d'autre chose ? Ça signifie que résoudre le problème ne le résoudrait pas forcément.

Tu veux dire que ce qui te fait peur, ce n'est peut-être pas vraiment ça qui te fait peur.

Je suppose.

D'accord. Bon. Ça ne me regarde pas. Peut-être que cet accident de bagnole t'a retourné la tête. J'imagine que tu n'avais pas peur de conduire un bolide à trois cents à l'heure.

J'aurais peut-être dû.

Il termina sa bière et reposa la bouteille vide sur la table. Cela dit, ça ne change rien, pas vrai ?

Tu vis une drôle de vie, Bobby.

On me l'a déjà dit.

Ça ne m'étonne pas. Et il y a encore quelque chose qu'on t'a déjà dit. Ça ne change rien.

Soit.

Les morts ne peuvent pas t'aimer comme tu les aimes.

Western se leva. À la prochaine.

C'est ça.

Prends soin de toi.

Toi aussi, Bobby.

———

Quand il rentra, son appartement avait été fouillé de fond en comble. Sa première pensée fut pour le chat mais le chat était de nouveau sous le lit. C'est moi, dit-il en tapotant le sol, mais le chat ne voulait pas sortir. Il fit le tour des lieux en remettant ses affaires à leur place. Le contenu de son sac de plongée était éparpillé par terre et il le rassembla et refit le sac et le referma soigneusement et le remisa dans le placard. Il ramassa ses vêtements qui jonchaient le plancher et les empila sur le lit. Puis il s'arrêta. Il s'assit au bord du lit.

Ça n'est pas les mêmes types. Cette fois c'est d'autres types.

Il alla jusqu'au placard et ressortit son sac de plongée et le posa près de la porte. Il prit toutes ses chemises accrochées dans la penderie sur leurs cintres en fil de fer et les entassa devant la porte et il descendit de l'étagère du placard le sac diligence râpé de son grand-père et y fourra ses chaussettes et ses tee-shirts et le referma d'un coup sec.

Il emporta un sac de toile dans la cuisine et le remplit de conserves et de café et de thé. D'un peu de vaisselle et d'ustensiles de cuisine. Il rassembla ses livres dans un sac marin et les déposa également près de la porte. La petite chaîne hi-fi, une boîte de cassettes. Il débrancha le téléphone et retira du lit couvertures et oreillers et inspecta les lieux une dernière fois. Il empoigna le bac à litière du chat. Il ne possédait pas grand-chose mais ça paraissait déjà trop. Il débrancha la lampe du bureau et l'emporta et il entreprit de charger le tout dans le camion en le mettant dans la cabine ou en le coinçant devant la grue. En cinq trajets c'était fini. Il s'agenouilla et se glissa sous le lit en parlant au chat jusqu'à ce qu'il parvienne à l'attraper. Allez, Billy Ray. Rien n'est éternel.

Ce n'était pas le genre de nouvelle qu'un chat a envie d'entendre. Il traversa le petit appartement en lui caressant la fourrure puis il sortit et ferma la porte et franchit la grille et monta dans le camion et avec le chat sur les genoux il descendit St Philip Street et roula jusqu'au Seven Seas.

Il était une heure du matin. Il entra avec le chat dans les bras. Janice s'occupait du bar et elle leva les yeux et sourit. C'est qui ton ami ?

Je te présente Billy Ray. Il y a une chambre à l'étage ?

La chambre de Lurch. Je ne garantis pas la propreté.

Ça ira. Je peux la prendre ?

Il faudrait que je demande à Josie.

Je vais lui parler. Écoute, tout ce que je possède est dans un camion dehors. Je n'ai pas envie de partir à la recherche d'un motel à une heure pareille. Si elle a promis la chambre à quelqu'un je viderai les lieux.

Qu'est-ce qui se passe ? Tu t'es fait expulser ?

Plus ou moins. Toutes ses affaires sont parties, c'est bien ça ?

Ouais. Je crois bien. Ils ont tout mis dans des cartons et ils les ont envoyés à sa sœur à Shreveport. J'espère que tu ne vas pas me causer d'ennuis.

Tu n'as rien à craindre. Où est la clé ?

Elle sortit la boîte à cigares de sous le comptoir et y

prit la clé et la posa sur le zinc. Il la saisit et retourna dans sa paume le porte-clé en cuivre. Numéro sept.

Le numéro de la chance.

Ça ne lui a pas tellement porté chance, hein ?

Mouais. Enfin, on ne sait jamais. L'ambiance a été assez grise ces jours-ci. Quant à la chance, il faudrait que tu poses la question à Lurch. En tout cas, c'est la dernière porte à gauche au bout du couloir. Je ne crois pas qu'il y ait le numéro dessus. Tu es sûr de vouloir t'y installer ?

Pourquoi ?

Je ne sais pas. Depuis quatre ans que je suis là il y a trois personnes qui sont parties. En comptant Lurch. Et elles sont toutes parties comme lui. Tu devrais peut-être y réfléchir.

Promis.

Il sortit ses affaires du camion et les porta jusque dans le patio puis en haut de l'escalier. La chambre était nue hormis un cadre de lit en fer et une petite table en bois et une chaise. Un lavabo et un petit frigo. Une plaque chauffante. Pas de matelas sur le lit. L'endroit sentait le moisi et le gaz. Il apporta toutes ses affaires et les entassa sur la table ou dans le coin et referma la porte. Le chat inspectait la pièce. Il n'était pas ravi.

Il étala ses couvertures et ses vêtements et son sac de couchage sur le sommier et se fit un lit de fortune et il plaça dans un coin le bac à litière en plastique et le remplit de granulés d'argile versés d'un sac et puis il redescendit et commanda une bière et se posta tout au bout du comptoir.

T'as pas envie de me parler, dit Janice.

Il prit la bière et vint s'asseoir sur l'un des tabourets.

Comment est la chambre ?

Ça va. Il n'y a pas de matelas.

Tu vas dormir à même le sommier ?

Ouais. Plus ou moins.

J'ai horreur de ça. Surtout quand on n'est pas tout seul.

Je n'y avais pas pensé.

Quand on se relève, on a l'air d'une gaufre. Bon, alors, comment ça se fait que tu changes de piaule en plein milieu de la nuit ?

Un cambriolage. Entre autres choses.

Ça craint. Qu'est-ce qu'ils ont piqué ?

Je ne sais pas. Pas grand-chose. Je n'ai pas grand-chose à piquer.

Oiler dit que tu vis comme un moine.

Je suppose que c'est vrai.

Pourquoi tu ne sors pas avec Paula ?

Quoi ?

Propose à Paula de sortir avec toi.

Non, sans façon.

Pourquoi pas ?

Je ne cherche pas à fréquenter qui que ce soit.

Tu sais bien qu'elle en pince pour toi.

Je ne sais rien du tout.

Allez.

Non, vraiment, sans façon.

Bon. C'est quoi les autres choses.

Quelles autres choses ?

Tu as dit un cambriolage entre autres choses.

Western inclina la tête. Pourquoi ?

Tu vois quelqu'un d'autre que je pourrais asticoter ?

Je ne sais pas. Je vais me coucher.

Bonne nuit.

Quand il descendit le lendemain matin il était dix heures et il y avait des gens au comptoir en pyjama et pantoufles qui buvaient des Bloody Mary en lisant les suppléments du dimanche. Jimmy, attablé, lui fit un signe de tête.

Tu as emménagé.

Vous n'avez pas beaucoup de sujets de conversation, vous autres, on dirait.

Ça sera sans doute un soulagement pour toi. D'en finir.

Tu as sûrement raison.

On l'a tous vu venir.

Western sourit et sortit et remonta St Philip jusqu'à l'endroit où il avait garé le camion.

Quand il revint dans l'après-midi c'était avec un matelas et deux sacs de courses. Il stationna devant le bar et descendit et sortit le matelas du camion. Derrière le comptoir Josie l'observait. Il se débattait un peu avec le matelas mais personne ne se levait pour l'aider. Il le cala debout contre le distributeur de cigarettes et se retourna. Qu'est-ce que je te devrai ? demanda-t-il.

Arrête, Bobby. Installe-toi. Je m'inquiète pas pour toi.

D'accord.

Oiler est passé, il te cherchait.

Tu lui as dit que je m'installais ici ?

Non. C'est lui qui me l'a dit.

Ah merde.

Il se fraya un passage entre les portes du patio et gravit laborieusement l'escalier avec le matelas. Quand il eut tout monté il ressortit et conduisit le camion dans Decatur Street jusqu'à ce qu'il trouve où se garer. Ensuite il remonta St Philip à pied vers son petit appartement et il franchit la grille et mit la clé dans la serrure et poussa la porte. Encore une porte à fermer à jamais. Il entra et alluma la lumière. Il contempla immobile les vêtements qu'il avait laissés sur le lit et puis il gagna la cuisine. Dans la salle de bains il alluma la lumière et se pencha et ouvrit précautionneusement le tiroir du bas à droite. Il avait laissé bien au centre du tiroir un stylo bille décapuchonné pour qu'il puisse rouler et quand il ouvrit doucement le tiroir le stylo bille était plaqué contre la paroi avant. Il referma le tiroir et regagna le salon et sortit et verrouilla la porte et redescendit vers Decatur. Il s'arrêta au carrefour et acheta le journal et marcha jusqu'au Tujague's.

Il était cinq heures de l'après-midi un dimanche de novembre et Bobby était l'unique client. À part quelques personnes au bar dans l'autre salle. Un serveur arriva avec une miche de pain et une soucoupe de beurre. Il prit sur la table la vénérable carafe de verre pour lui servir de l'eau et se retira.

Il n'y avait pas de menu. Vous mangiez ce qu'on vous servait. Il eut droit à des crevettes rémoulade puis à une soupe aux fruits de mer et au riz. La poitrine de bœuf était accompagnée d'une sauce aux fruits de mer et au raifort. Il prit un verre de vin blanc et un filet de bar et il but un café servi dans un verre. Un groupe de touristes entra. L'endroit parut agir sur eux comme un calmant. Western connaissait ce sentiment. Ils contemplèrent les photos aux murs. Les centaines de mignonnettes d'alcool exposées sur les étagères. Il commanda un autre café et une coupe de glace à la vanille. Lorsqu'il partit il était près de sept heures et il regagna le Seven Seas. Red lui avait laissé un mot qu'il empocha et il monta l'escalier et nourrit le chat et se mit au lit.

Au matin quand il roula jusqu'à Belle Chasse c'était encore le gris de l'aube. Il gara le camion et traversa le terrain. En longeant la fosse d'entraînement et les bâtiments d'acier. Il déverrouilla la porte métallique et retourna au PC et alluma les lumières et la plaque chauffante et sortit le café et les filtres.

Oiler arriva vers six heures trente. Je pensais bien que c'était toi, dit-il.

Ah ouais ? Et comment tu as deviné ?

J'ai juste pensé qu'il te faudrait quelque temps avant de trouver le sommeil à la maison de fous. T'es bien installé ?

Ouais. Ça va.

Qu'est-ce qui s'est passé ? Tu as encore eu de la visite ?

Et pas qu'une fois, probablement. Mon carnet de bal est plein.

Oiler se servit un café qu'il remua avec une cuillère en plastique. Alors c'est pour ça que t'as déménagé ?

Ouais. D'ailleurs, il était sûrement temps de partir. Jimmy m'a dit que j'avais déjà dépassé la date limite.

Et Jimmy en sait quelque chose.

J'espère que non.

Tu savais qu'il avait été scaphandrier ?

Non. Je ne savais pas ça.

Si ça se trouve c'est une vision d'avenir. Ça vaudrait peut-être le coup que t'y réfléchisses.

C'est quelque chose qu'on me dit souvent. Je suis étonné que personne ne t'ait rendu visite.

Qu'est-ce qui te fait croire ça ?

Tu veux dire, les missionnaires ?

Les missionnaires.

Tu ne leur as pas raconté où on avait caché le passager manquant, quand même ?

Non. Ils m'ont tabassé pour me faire avouer mais je n'ai pas cafté. Ils ont fini par me brancher du cent-vingt volts sur les couilles mais j'ai serré les dents.

Je trouve ça pénible quand ils font ça.

À quelle heure vous partez ?
On démarre pas avant demain.
Qu'est-ce qui s'est passé ?
Je saurais pas dire.
Tu crois que l'avion est encore là-bas ?
J'en sais rien. Il faudrait une sacrée grue pour le hisser et une sacrée barge pour le charger.
J'imagine qu'ils feraient ça de nuit.
Tu continues à éplucher la presse ?
Non. J'ai renoncé.
Oiler tendit la main et saisit la cafetière et se resservit et reposa la cafetière. Toute cette histoire va peut-être se tasser, tu sais.
Ce serait le rêve.
Mais tu ne crois pas aux rêves.
Non. Sans doute pas.

Le lendemain matin ils partirent vers l'aval dans la vieille Ford Galaxie de Red.
Qu'est-ce que t'as sous le capot ? Un trois cent quatre-vingt-dix ?
Non, c'est un quatre cent vingt-huit. Je vais essayer de trouver des têtes de cylindre CJ. Et j'ai une came que j'ai jamais installée. Toi, tu bricoles plus les bagnoles.
Non. J'ai arrêté.
Tu as encore la Maserati.
Ouais. Je ne la conduis pas assez. Ce qui m'inquiète. Les joints de culasse commencent à lâcher et l'eau passe dans les cylindres et ils se mettent à rouiller. Entre autres choses.
Pourquoi cette voiture plutôt qu'une autre ?
Je ne sais pas. Elle ne va pas aussi vite qu'une Boxer. Ou une Countach. Mais elle est mieux conçue. Elle ne perd pas ses pièces en route. La Mangusta ? Peut-être.

Belle ligne. Imbattable au freinage. On peut faire beaucoup de choses avec la 351 mais il faudrait une transmission plus puissante. Quant à la 308, elle ne peut même pas semer un obèse. En plus, elles ne sont pas faciles à dénicher. Donc, la Bora. La suspension est trop molle ? Pas vraiment. Ça penche un peu mais rien de méchant. Et je suppose qu'on s'habitue à tout ce délire de Citroën. Le vrai enjeu, c'est l'esthétique. Et la Bora est la plus jolie des bagnoles. Un point c'est tout. Terminé.

Si j'avais une caisse comme ça je l'userais jusqu'aux essieux.

Je n'en doute pas une seconde.

Ça atteint quelle vitesse, les voitures de course ?

Les Formule 1 dépassent les trois cents à l'heure. Mais il n'y a pas beaucoup d'endroits pour ce genre de pointes. La ligne droite des Hunaudières au Mans. Les Formule 2, je ne sais pas jusqu'où elles vont. Aucune de ces voitures n'a de compteur de vitesse, bien sûr. Au bout de quelques tours, la seule chose dont on est sûr, c'est qu'on ne va pas assez vite.

C'est quoi, le plus gros problème que t'aies rencontré ?

L'argent. Forcément. Mais si tu parles de la voiture en elle-même il n'y a que deux types de panne. Celles qu'on ne peut pas réparer et celles qu'on ne s'attendait pas à devoir réparer. Si quelque chose lâche en plein milieu d'une course tu n'as plus qu'à hausser les épaules. Mais si tu n'arrives jamais à régler la suspension et que ça te coûte deux secondes par tour... Bref. On n'a jamais réussi à régler la voiture. On finit par se résoudre à jouer sur la pression des pneus. Ou sur la différence de circonférence entre les roues. On se raconte qu'on peut conduire n'importe quoi mais c'est pas ça, être pilote.

Tu n'as jamais fait du dragster ?
Non. Et toi ?
Non. Ces engins-là, ça me fout les jetons.

Frank m'a appelé un matin en me disant : Si tu veux bien je passe te prendre. J'ai un truc à te montrer. Alors on est allés voir ce dragster qu'avaient bricolé deux frères et ils nous ont emmenés derrière la maison et ils ont rabattu la bâche. Comme s'ils dévoilaient une œuvre d'art. Ils avaient mis la main sur deux moteurs 391 Chrysler Hemi qu'ils avaient raccordés à un énorme cardan Spicer. Et ensuite ils avaient monté une paire de compresseurs 671 GMC par-dessus les moteurs. Ils n'avaient pas passé l'engin au banc de puissance mais ça devait être énorme. Frank a dit que la première fois qu'ils avaient mis le contact les oiseaux étaient tombés raides morts des arbres dans un rayon de deux rues. Il n'y avait même pas de transmission. Juste un gros essieu de camion Eaton à deux vitesses. Et tout ça dans un châssis qu'ils avaient assemblé et soudé avec des tuyaux d'acier coudé. Il fallait le voir pour le croire. Frank et moi on est restés à regarder la chose et je lui fais : Qu'est-ce que t'en penses ? Et il me fait : Qu'est-ce que j'en pense ? Et je lui fais : Oui. Et il me fait : Je vais te dire ce que j'en pense. Je préférerais monter sur la chaise électrique plutôt que dans ce truc.

Ils se garèrent sur le parking et marchèrent jusqu'au café pour boire un jus en attendant Russell. Il faisait encore nuit. Quelques mouettes planaient au-dessus des lumières des docks. Le café était plutôt animé. Red prit un journal et se glissa sur la banquette et contempla le gris des quais. Il paraît que ce truc c'est une vraie épave. Je ne sais pas quel genre de risque c'est censé poser mais je parie que le mec préférerait ne pas y toucher.

Je pense aussi. Combien de temps on va y passer d'après toi ?

Deux ou trois jours. Ça dépendra surtout du temps qu'il faudra pour pomper toute l'eau. Tu manges quelque chose ?

Je ne crois pas. Juste un café.

OK. Putain, elle est où la serveuse ?

Quand ils ressortirent sur le quai il y avait des traînées de lumière au-dessus de l'autre rive. Red balança sa cigarette dans le fleuve. Tu veux aller chercher le camion ?

Passe-moi les clés.

On peut entasser notre matos ici et tout préparer. Russell devrait déjà être là.

Ça doit être lui qui arrive.

Russell avait apporté des schémas et des plans en coupe de vieux remorqueurs. En général, y en a pas deux pareils, dit-il. Donc je ne sais pas trop si ça pourra nous servir. Le petit bijou en question a été construit aux chantiers navals de Bath en 1938.

Red se pencha pour cracher. Tout ce que je sais, dit-il, c'est que c'est lourd ces saloperies.

C'est le moins qu'on puisse dire. Taylor a loué une grue à vapeur de deux cents tonnes montée sur une barge. J'ai hâte de la voir en action. Allez. On n'a qu'à emporter tout ça.

Il enroula les plans et les rangea dans leur tube et vissa le capuchon. Prêts ?

On va se le faire.

On va se le faire.

Ils sortirent du port en passant entre les pilotis, noircis de poix et traînant leur tignasse verdâtre dans l'eau couleur d'argile. Le sillage du bateau se brisait quelque part dans cette sombre forêt de piliers où vivaient des créatures. Ils bifurquèrent en direction de l'aval, longeant soigneusement les digues de la rive ouest, la brume grise de l'eau fendue par la poupe de la vedette. Le bruit du moteur couvrait tout et ils naviguaient sans un mot, désignant du doigt les alligators qui plongeaient dans le fleuve. Lorsqu'ils atteignirent enfin le site de plongée ils étaient frigorifiés et ils descendirent sur le pont de la barge et se mirent à piétiner et à battre des bras et quand le soleil parut ils tournèrent leur visage vers lui tels des adorateurs.

Environ un mètre du mât du remorqueur émergeait du fleuve, légèrement incliné. Les garde-côtes avaient délimité le site avec des bouées. La barge-grue était juste en amont de l'épave et elle avait l'air énorme et délabrée. Une lumière était allumée dans la cabine de pilotage mais on ne voyait personne dans les parages.

Red la désigna de la tête. Ça leur coûte combien par jour, d'après toi ?

Je ne sais pas. Mais je parierais que c'est déjà amorti.

Ils s'assirent sur le pont tandis que Russell leur expliquait la mission. Western se coucha de tout son long et ferma les yeux.

Tu m'écoutes, Bobby ?

Je suis tout ouïe.

C'est quoi, la réponse à la question de Gary ?

La capacité de traction de cet engin ne doit pas excéder trente tonnes. Et encore, c'était en 1938, donc ça a forcément baissé depuis. Impossible de hisser ce truc par ses bittes. Ça les arracherait du pont. Mieux vaut d'abord faire passer le câble de poupe. Le gouvernail risque d'être trop près de la coque pour que ça passe et dans ce cas il faudra plonger avec une foreuse pour y faire un trou. D'à peu près cinq centimètres de diamètre.

Red s'était allongé sur le dos et pointait un fusil imaginaire sur un avion dans le ciel. Et c'est quoi ton idée pour mesurer cinq centimètres ? Il fait noir comme dans un four là-dessous.

T'as qu'à te baser sur la longueur de ton zob.

Il pointe dans quelle direction ?

Ton zob ?

Il pointe vers l'amont. On voit ça au mât.

Qu'est-ce qui lui est arrivé, au fait ? Quelqu'un est au courant ?

Il remorquait un cargo et ils ont décidé de rajouter des câbles de halage – peut-être à cause de la météo – et le remorqueur a chaviré.

Ça paraît plutôt con.

Chaque fois qu'on perd un bateau sur le fleuve le premier mot qui s'affiche à l'écran c'est : con. Généralement précédé de : carrément. Autre chose ?

Je crois que c'est bon. Des questions ?

Est-ce qu'il y a un risque que ce truc se disloque pendant le renflouage ?

Non. Les remorqueurs ne se disloquent pas. Les remorqueurs, c'est éternel.

OK.

Ça va ? J'ai vingt sur vingt ?

Je ne sais pas. Red ? Il mérite vingt sur vingt ?

Il pèse combien, le remorqueur, Bobby ?

Lourd.

Pour moi, ça vaut vingt sur vingt.

Les assistants avaient apporté deux combinaisons Viking modèle courant et les avaient étalées sur le pont avec deux casques Superlite 17 dernier cri. Red et Western se déshabillèrent pour ne garder que tee-shirt et caleçon et les assistants les aidèrent à enfiler leur équipement et leur expliquèrent le fonctionnement des tout nouveaux téléphones sous-marins sans fil EFROM qu'ils allaient utiliser. Il n'y avait aucune visibilité en profondeur dans le fleuve même avec une lampe et les plongeurs seraient reliés par une corde en nylon de six mètres conçue pour le saut à l'élastique. Assis sur le bord de la barge, ils chaussèrent de lourdes bottes de sécurité à bout métallique et les assistants posèrent les deux paires de bouteilles Justus en inox sur le pont derrière eux et les maintinrent debout tandis qu'ils enfilaient le harnais et bouclaient et réglaient les sangles. Ils fixèrent leur ceinture lestée et les assistants démêlèrent les ombilicaux et attachèrent les câbles de sûreté et ils se retournèrent vers eux et levèrent le pouce et plongèrent dans le fleuve.

La visibilité fut aussitôt réduite à zéro et tout passa du vaseux au noir en quelques mètres à peine. Les torches sous-marines qu'ils utilisaient normalement pour pallier le manque de lumière étaient inefficaces. Elles ne produisaient qu'une vague traînée brunâtre dans l'eau et, tenues à bout de bras, semblaient distantes d'une bonne quinzaine de mètres. Elles brûlaient de la boue, disait Oiler. Le disque de lumière boueuse au-dessus de leurs têtes se referma lentement et ils s'enfoncèrent dans les ténèbres, la muraille du fleuve les entraînant vers l'aval. Western testa le téléphone. Tu es là ? demanda-t-il.

Je suis là.

Ils portaient des cagoules mais Western sentait le froid dans son crâne. Une douleur aiguë. Comme quand on mange une glace trop vite. Ils s'enfoncèrent dans le noir complet et brusquement le fond du fleuve était là. Plus tôt qu'il ne l'aurait cru. Il faillit perdre l'équilibre. Il posa une main au sol. Sous son gant, un terreau sablonneux. Plus ferme qu'il ne l'aurait cru. Il se redressa et se retourna face à l'amont.

On est un peu trop bas, dit Red.
Ouais.
Il s'arc-bouta contre le courant. Cette muraille lourde et sans fin. Il se tourna épaule en avant et se mit à remonter le lit du fleuve dans ses lourdes bottes.

Il sentit la coque du bateau devant lui à un changement dans le courant. Comme une ombre dans l'eau mouvante. Il tendit les mains. Un retour acoustique. Ce qu'il toucha, c'était l'extrémité du gouvernail. Il passa la main sur la plaque d'acier rugueuse et s'agenouilla et en suivit le contour jusque dans le sable.

C'est bon. On l'a.
Tu as quoi ?
Je crois bien que c'est un putain de bateau.

Il distingua au toucher les profondes nacelles de fer forgé qui abritaient les hélices. Le gouvernail était énorme et il en suivit la forme jusqu'à accrocher ses doigts au bord d'attaque. Red le rejoignit. Western dégagea de sa ceinture la longe de nylon et la fit passer dans l'espace entre l'avant du gouvernail et la coque et lui fit faire plusieurs tours puis en renfila la boucle dans sa ceinture.

Je crois qu'on est bons.
OK. Je vais te détacher. J'emmène mon bout de la corde à l'avant.
Il fait combien ce bazar ? Trente mètres ?
C'est ce que dit Russell.
On se retrouve là-haut.
Ándale pues.

Western déroula quelques mètres de corde et se dirigea vers l'amont. Il appuya sur le bouton de son téléphone de plongée. T'es là ?
Je suis là.
Je crois que ça se passe bien.

Il y a toujours un truc.

Toujours un truc. Terminé.

Il traîna la corde derrière lui en gardant une main sur la coque du remorqueur. Un bateau remontait le courant laborieusement et il s'immobilisa un moment. Les moteurs au-dessus de sa tête émettaient un cliquetis métallique dans le noir sans origine. Sa première plongée dans le fleuve remontait à deux ans. Un poids en mouvement au-dessus de lui. Sans fin, sans fin. Avec le sentiment sans égal du passage implacable du temps.

Quand il atteignit ce qu'il estima être le milieu du bateau il rappela Red. Je remonte, dit-il.

Compris.

Il retira son lest et le fixa à l'un de ses câbles et laissa le câble s'éloigner dans le noir. Il détacha l'attrape et s'éleva lentement au-dessus de la coque inclinée. Il dépassa l'unique bouchain et parvint à la rangée de pneus enchaînés le long de la coque au niveau du frégatage. Il se propulsa à partir du pont et remonta et perça la surface du fleuve et écarta les mains et se retourna, dérivant lentement. L'un des assistants s'avança jusqu'au bord de la barge et lança un câble qui vint gifler le fleuve juste en dessous de lui. Il tendit le bras et s'en saisit et l'assistant leva les pouces et ajusta le câble dans la poulie du treuil et actionna le levier et Western pivota vers l'aval sur le dos et puis le treuil le hissa lentement à bord.

Les assistants l'aidèrent à retirer ses bouteilles et son casque et quelqu'un lui apporta un café. Il posa le gobelet sur le pont et ôta ses gants et observa le fleuve jusqu'à ce que Red refasse surface. Tu l'as ? cria-t-il.

On est bons, Bobby.

Ils hissèrent Red et il leur remit l'extrémité de la

longe et les assistants déverrouillèrent son casque et le lui ôtèrent. C'était du gâteau, dit-il.

Ça ne t'est jamais arrivé là-dessous de buter sur un truc sans savoir ce que c'était ?

Pas encore. J'y ai réfléchi. Un jour, dans un zoo en Californie, j'ai vu une tortue alligator qui d'après la pancarte pesait cent trente kilos. Avec une tête grosse comme le poing. Je regrette un peu de l'avoir vue.

Ouais, dit Western. Et je crois qu'elles peuvent être encore plus grosses.

Ah ouais ?

Comme les requins-bouledogues.

Les requins-bouledogues.

Ouais.

Mais ils ne remonteraient pas le fleuve aussi loin.

On en a pêché bien plus au nord, jusqu'à Decatur dans l'Illinois.

Ils apportèrent un café à Red qui en but une gorgée. Il regarda Bobby. Putain, Western, tu me fous vraiment les jetons. Il se tourna pour regarder Russell. Quand est-ce qu'on démarre ?

Ils remontent le Zambèze jusqu'aux chutes. Ils bouffent tout ce qu'ils trouvent dans le fleuve.

Quoi ?

Les requins-bouledogues.

En Afrique.

En Afrique.

Foutaises. C'est un fleuve où y a des crocodiles de six mètres de long. Comment tu veux qu'ils bouffent un truc pareil ?

Ils les étripent. Ils commencent par bouffer les tripes.

Foutaises.

Les lions évitent de s'abreuver dans le Zambèze au sud des chutes.

C'est de la foutaise.

Je sais. L'histoire des lions en tout cas. Je viens de l'inventer. Quoique ça pourrait être vrai.

Ils passèrent les longes dans le treuil et les câbles se soulevèrent et ils les accouplèrent et les regardèrent glisser dans l'eau du fleuve. Ils attelèrent l'élingue et en début d'après-midi une bonne partie de la timonerie était déjà hors de l'eau. Le grutier mit toute la gomme et la barge frémissante avança lourdement. Red se pencha et cracha dans l'eau. Les cabines de pilotage sont toujours très hautes sur ces rafiots, dit-il. Faut pas qu'il y ait d'obstacles à la vue.

Je crois bien, en effet.

Faut compter combien de temps ?

Pourquoi ? T'as un rencard ?

Qui sait ?

J'ai cru comprendre que ça va lui prendre toute la nuit.

Mouais.

À quelle heure ils veulent qu'on soit là demain matin ?

À l'aube.

OK.

T'es prêt ?

Toujours, la bite au garde-à-vous.

Ils prirent des chambres au motel en bord de route. Tu veux boire un verre ?

Je ne crois pas. Je suis assez crevé.

À demain matin, alors.

Western referma la porte et laissa tomber son sac au sol et alla prendre une douche et revint s'allonger sur le lit. Il dormit huit minutes puis se réveilla et resta à contempler le plafond. Au bout d'un moment il se leva et s'habilla et alla au bar. Il était encore tôt. Il s'assit à une table dans un coin et la serveuse arriva et essuya la table et posa une serviette en papier et le regarda fixement.

Vous êtes mariée ? demanda-t-il.

Vous voulez commander ou quoi ?

Apportez-moi une Pearl.

Elle apporta la bière et un verre. Elle le regarda. Je parie que vous l'êtes, vous, je me trompe ?

Marié.

Ouais.

Ouais. Marié pour toujours. Pour l'éternité.

Alors pourquoi vous demandez si moi je suis mariée ?

Je voulais juste savoir comment c'est. Pour les gens normaux.

Vous insinuez que je suis pas normale ?

Oh non, mon Dieu non. Moi ?

Vous, vous n'êtes pas normal.

Non.

C'est quoi votre problème ?

Je ne sais pas vraiment.

Mais vous êtes marié pour de vrai ? Parce que moi, non.

Je ne devrais pas vous embêter.

Vous ne m'embêtez pas.

Je n'essaie pas de vous draguer.

Je ne sais pas si vous essayez ou pas. Je sais juste que vous ne vous y prenez pas très bien.

Au matin ils s'assirent sur le bord de la barge et burent du café et mangèrent des sandwiches qu'on leur avait préparés. Ils observèrent le remorqueur et ils observèrent le grutier. Le bastingage émergeait de l'eau et puis de nouveau le moteur cala et le grutier dut rétrograder. Le tuyau d'échappement crachota une fumée blanche et l'armature grinça et la flèche émit une succession de cliquètements sourds. Le pont de la barge s'inclina lentement. Puis s'immobilisa. Western observait les câbles. Il regarda Red. Red agrippait son sandwich. Au bout d'un moment il se remit à mastiquer. Russell les rejoignit et s'accroupit.

Y a combien d'eau dans ce truc, Western ?

Tu veux une réponse rapide ?

Je ne sais pas. Disons raisonnable.

Vu en coupe je dirais qu'il ne dépasse pas les cinquante mètres carrés à mi-pont. Ça descend à zéro aux deux extrémités donc il faut diviser par deux la longueur concernée. Six cent quatre-vingts mètres cubes. À mille litres le mètre cube, ça fait six cent quatre-vingt mille litres.

Russell sortit un crayon et un petit calepin de sa poche de chemise et s'assit en croisant les jambes.

Ça veut dire quinze heures, dit Western. Sauf que ça va prendre un peu plus longtemps. C'est calculé sur la vitesse moyenne de pompage mais les pompes ne vont pas fonctionner à plein rendement. Et encore, ça suppose qu'il n'y en ait aucune qui nous lâche.

Red mordit de nouveau dans son sandwich et secoua la tête. Russell rangea son calepin.

Mais pas avant le petit déjeuner.

C'est juste une estimation.

Bien sûr. Mais mieux vaut que ces pompes n'aspirent pas de l'air.

Ils entrèrent dans le port de plaisance au moment où les réverbères s'allumaient le long du quai. Western lança leurs sacs de plongée sur la terre ferme et Gary coupa le moteur.

À quelle heure tu veux que je sois là demain matin ?

Tôt.

Tôt, c'est noté.

Ils mirent leur sac en bandoulière et se dirigèrent vers le parking. On se refroidit, hein ? dit Red.

Ouais. Ma tête se refroidit.

Ouais. À un certain degré de froid ça devient dur de se réchauffer.

Des combinaisons étanches.

Mouais. Mais elles sont chiantes.

Des sous-combinaisons. Des sous-vêtements thermiques.

J'ai bien compris.

Quand ils arrivèrent sur le site de renflouage le lendemain matin un bateau à moteur était amarré à l'extrémité de la barge et deux filles en jean plutôt pas mal buvaient de la bière assises sur le pont de la barge.

Red se mit debout et lança un filin sur le pont. Il regarda Western. C'est toi qui les as commandées ?

Non. Mais je regarde notre grutier d'un œil neuf.

Les femmes, c'est plein de surprises.

Oh que oui.

J'ai toujours entendu dire qu'elles étaient attirées par les gros engins.

Ils les saluèrent de la main et elles les saluèrent en retour. Le remorqueur émergeait à moitié et les pompes de cale trimaient dur.

D'après toi, il croit vraiment pouvoir remettre ce truc en service ?

Le remorqueur.

Ouais.

J'en sais rien.

Vous voulez une bière, les gars ? L'une des filles brandissait une bouteille.

Non merci. Il est où notre collègue ?

Il va revenir. On s'apprêtait à faire bouillir une marmite de crevettes.

Vous êtes d'où ?

De Biloxi.

Quel monde merveilleux.

Quoi ?

J'adore Biloxi.

Biloxi ?

Peut-être qu'il se repose de ses exploits.

Peut-être qu'il se repose pour ses exploits.

Je crois qu'il y a un aspect du renflouage qu'on n'a pas encore bien saisi.

Ils remontèrent le fleuve jusqu'à Socola et burent une bière dans un petit bar en face des docks. Red regarda par la fenêtre encroûtée de sable.

Tu crois que le bateau est en sûreté ?

Je crois, oui. Par ici ils ne volent pas les bateaux. Ils se contentent de voler tout le reste. Ils s'en font un point d'honneur.

De ne pas voler les bateaux ?

Non. De voler tout le reste.

Tu crois que c'était dans son contrat ? Des poules pour le grutier ?

Peut-être bien.

T'as jamais pensé à changer de branche ?

Si, tout le temps.

Foutaises.

Quand ils redescendirent le remorqueur était suspendu aux câbles et de la musique émanait de la timonerie de la barge. Ils s'approchèrent et s'amarrèrent. Le grutier avait allumé un barbecue à gaz et faisait frire des crevettes dans ce qui ressemblait à un couvercle de poubelle.

Quand est-ce que tu vas déposer ce machin sur le pont ?

Dès que vos tocards de collègues daigneront se pointer.

Pour mettre les cales.

Ouais. Vous voulez des crevettes, les gars ?

Volontiers. Et tu comptes convoyer ce truc jusqu'à Venice ?

Si c'est là-bas qu'il va j'imagine que j'y vais aussi. Tiens, prends une assiette. Et il y a de la sauce là.

C'est quoi ton nom ?

Richard.

Moi c'est Red.

Enchanté, Red.

De même.

Et ne m'appelle pas Ricky.

Pourquoi ? Ton nom de famille, c'est Kidlabitt ?

T'es un petit marrant, toi.

T'as de la bière dans ta glacière ?

Bien sûr. Sers-toi.

Qu'est-ce qui est arrivé aux filles ?

Il n'est rien arrivé aux filles. Elles attendent juste que je les siffle.

Mouais, bref. Elles sont vraiment bonnes, ces crevettes.

Et ton pote ?

Prends une assiette, Bobby. Elles sont vraiment bonnes.

Quand il entra dans le Seven Seas Janice lui fit signe d'approcher. Tu as eu un appel d'Oiler. Il a dit que s'il pouvait il rappellerait demain soir vers sept heures, heure d'ici.

Il était où ?

Sur un bateau. L'appel passait par un radiotéléphone.
C'est tout ce qu'il a dit ?
C'est tout ce que j'ai pu comprendre. La ligne était pourrie.
Merci, Janice. Comment va Mister Billy Ray ?
Je crois qu'il va être content de te voir.
Merci.

Il monta et donna à manger au chat et s'allongea sur le lit avec le chat sur le ventre. Tu es le meilleur des chats, dit-il. Je crois que je n'ai jamais connu de chat aussi chouette.

Il se dit qu'il allait sortir chercher quelque chose à manger. Puis il se dit qu'il allait voir ce qu'il y avait dans le petit frigo. Puis il s'endormit.

Le lendemain matin il discuta avec Russell. La barge avait accosté à Venice à la nuit tombée et ils avaient déposé l'épave sur un semi-remorque et l'avaient transportée jusque dans l'enceinte et déchargée à la grue et installée sur des parpaings. Il raconta que dans la cale il y avait des poissons morts et une tortue de bonne taille.

Le soir il descendit et attendit au bar jusqu'à dix heures passées mais Oiler ne rappela pas. Il sortit manger et revint et Janice lui tendit un bout de papier avec un numéro. Debbie ? dit-elle.
Debbie.
Il alla jusqu'à la cabine téléphonique et rappela.
Chéri.
Salut.
J'ai rêvé de toi et en me réveillant j'étais inquiète.
C'était quoi le rêve ?
Tu vas bien ?
Je vais bien. C'était quoi le rêve ?
Je sais que tu ne crois pas aux rêves.
Debbie.

Oui.

Le rêve.

OK. C'était très bizarre. Il y avait un immeuble en feu et tu portais une tenue spéciale. Une combinaison anti-incendie. On aurait dit une tenue d'astronaute et tu entrais dans l'immeuble pour secourir les gens. Et tu t'engageais dans ce brasier énorme et tu disparaissais et il y avait des pompiers qui restaient là sans bouger et l'un d'eux disait : Il ne va pas s'en sortir. Sa combinaison c'est une R-210 et pour un feu pareil il lui faudrait au moins une R-280. Et puis je me suis réveillée.

Il appuya le coude sur la tablette, le combiné à l'oreille.

Bobby ?

Je suis là.

Qu'est-ce que ça veut dire, d'après toi ?

Je ne sais pas. C'est ton rêve.

C'est juste que ça paraissait tellement réel. J'ai failli t'appeler.

Ça doit vouloir dire que je dois me tenir à l'écart des immeubles en feu.

Est-ce que tu fais quelque chose de dangereux ?

Pas plus que d'habitude.

Ça n'est pas un non. Je suppose que tu ne te rends même pas compte que tu as une pulsion de mort.

J'ai une pulsion de mort.

Oui.

Je crois que je devrais surveiller tes lectures de plus près. Tu crois vraiment aux rêves, si je comprends bien.

Je ne sais pas, Bobby. Tu veux dire au fait qu'ils puissent être prémonitoires ?

Oui.

Quelquefois. J'imagine. Je crois à l'intuition féminine.

C'est là-dessus que tu travailles ?
Toujours.
Qu'est-ce que je devrais faire, d'après toi ?
Je ne sais pas, trésor. Mais fais attention à toi.
D'accord. Promis.
Western attendit. Voilà un long silence, ajouta-t-il.
Je te connais, Bobby. Tu n'es même pas fataliste.
Même pas.
Je sais que tu ne crois pas en Dieu. Mais tu ne crois même pas qu'il y ait un ordre dans le monde. Dans la vie d'une personne.
Ce n'est qu'un rêve.
Ça n'est pas que ça.
Qu'est-ce que ce serait alors ? Tu pleures ?
Excuse-moi. Je suis ridicule.
Quoi d'autre ?
Pourquoi, il y a autre chose ?
Je ne sais pas. Il y a autre chose ?
Je ne sais pas, Bobby. C'est juste que je pense beaucoup à toi ces temps-ci. Combien d'amis tu as qui ont connu Alicia ?
Quelques-uns. Toi. John. Des gens à Knoxville. Mais surtout toi et John. Et la famille bien sûr. Je n'ai pas envie de parler d'elle.
D'accord.
Tu broies du noir, c'est tout. Je passerai te prendre demain si tu veux.
Je n'aurai pas de pause.
Je t'appellerai.
D'accord. Il faut que j'y aille. Je ne te dis pas ça pour t'inquiéter, Bobby.
Je sais.
D'accord.
Quand il entra dans le bureau de Lou le lendemain

matin Lou leva les yeux et le dévisagea. Puis il se carra sur sa chaise. Bon. Visiblement tu n'es pas au courant.

Faut croire que non.

Red vient de partir. Il est en route pour le bar.

Bon, allez. Au courant de quoi ?

Je suis désolé, Bobby. Oiler est mort. Y a pas trente-six façons de le dire.

Western vint s'affaler sur une des petites chaises métalliques. Oh bon Dieu, dit-il. Bande de salauds.

Je suis vraiment désolé, Bobby.

Vous avez prévenu quelqu'un ?

Oui. J'avais le numéro de sa sœur. Elle habite à Des Moines dans l'Iowa.

Elle est institutrice.

Oui, je crois bien. Personne n'a encore répondu.

Qu'est-ce qui s'est passé ?

Je ne sais pas. C'est dur d'arracher une réponse claire à ces gens. Il est mort dans la cloche de plongée. Ils l'ont remonté dans la cloche.

Je croyais qu'il devait plonger en saturation.

Je ne sais pas. C'est qui, les salauds dont tu parles ?

Oublie. Ils vont abandonner son corps à la mer. Tu vas voir. Il ne rentrera jamais.

Comment tu le sais ?

Tu vas voir.

IV

Ce fut peut-être un chien qui la réveilla. Un son sur la route dans la nuit. Puis le silence. Une ombre. Quand elle se retourna il y avait une créature à sa fenêtre. Accroupie sur le rebord avec les mains crispées comme des serres sur ses genoux, ricanant, la tête pivotant lentement. Des oreilles d'elfe et des yeux froids comme des calots de pierre dans la lumière au mercure du réverbère si crue sur la vitre. La chose bougea et se retourna. Une queue de cuir glissa sur ses pieds de lézard. Les yeux aveugles la traquèrent. La tête dodelinant sur un cou maigrelet enserré dans un collier de métal noir. Elle suivit ce regard sans paupières. Une présence dans les ténèbres par-delà la lucarne. Le souffle du néant. Une noirceur sans nom ni mesure. Elle enfouit le visage dans ses mains et murmura le nom de son frère.

Ils arrivèrent quelques jours plus tard. Un jour comme les autres. Au printemps revenu. Les bois étaient tout blancs des fleurs de cornouiller, jusque dans la nuit. Elle était assise à la coiffeuse qui avait appartenu à son arrière-grand-mère et qu'on avait extraite de la maison du comté d'Anderson en pleine nuit alors même que les eaux montaient déjà. Elle s'examina dans le miroir piqué et jauni. Le léger gauchissement faisait de son visage parfait un portrait préraphaélite, allongé et délicatement biaisé. Derrière elle dans le miroir une horde pâle de vieilles connaissances. Vêtues de suaires sans rien d'autre que les os sous ces haillons pourrissants. Vociférant en silence. Elle faillit leur sourire et elles s'estompèrent du miroir jusqu'à ce qu'il ne renvoie plus que son visage. Dans le tiroir de la coiffeuse se trouvait une liasse de lettres attachées par un ruban de soie bleue. Timbres antiques, enveloppes calligraphiées à l'encre brune avec une plume d'oie. Pour adresse une maison dont les pierres gisaient à présent sur le fond vaseux d'un lac. Un peigne et une brosse en écaille de tortue. Un petit sac de cérémonie à dentelle d'or ternie, porté autrefois à un bal où furent faites des promesses dont nulle n'a survécu. Un petit sachet de satin gardant de vagues effluves de lavande moisie. De la femme qui jadis s'assit à ce miroir en tenue de mariée elle se souvient à peine. Une fragrance persistante. Une voix dans l'escalier qui disait ai-je brûlé une rose dans une assiette pour ensuite l'oublier ?

Le Kid fit glisser un trousseau de clés d'une nageoire à l'autre puis l'escamota et passa une nageoire devant lui à hauteur de sa taille en l'ouvrant pour bien montrer que les clés avaient disparu. Salut, mon sucre d'orge, dit-il. J't'ai manqué ?

Non, dit-elle. Elle se retourna sur la causeuse au velours élimé. Où sont tes copains ?

J'ai préféré venir d'abord en reconnaissance. M'assurer que la voie était libre.

Libre de quoi ?

Le Kid l'ignora. Il se mit à marcher de long en large, nageoires jointes dans son dos. Il alla à la fenêtre et s'immobilisa. Eh bien, fit-il. Tu sais comment sont les choses.

Non. Je ne sais pas. Elles sont comment ?

Mais le Kid semblait perdu dans ses pensées. Figé, son visage sans menton enfoui dans une nageoire. Il secoua la tête. Comme face à quelque sombre perspective.

T'es vraiment complètement bidon, dit-elle. Tu ne crois pas que je me rends compte que tout ça n'est qu'un numéro pour m'impressionner ?

Quoi donc ?

L'introspection. L'invocation d'un moi intérieur.

Genre, ça n'existe pas, je suppose.

Genre.

Hum.

Tu ne m'intéresses même pas. Tu m'emmerdes, c'est tout. Toi et tes spectacles. Ton vieux barnum usé jusqu'à la corde.

Merde, Meredith. Un peu d'indulgence, que diable. C'est pas comme si on suivait un répertoire tout fait. Et si on reprenait du début ? Par exemple : Salut, entre donc. Fais comme chez toi. Mi casa es su casa. Ce genre de choses.

Tu n'es pas chez toi. Je ne veux pas de toi ici.

Ouais. Mais c'est pas vraiment la question. Si je n'étais pas là il n'y aurait pas cette discussion sur le fait que je sois là et sur la question de savoir si je suis le bienvenu ou pas. Je croyais que t'étais censée être une surdouée.

J'aimerais que tu puisses t'entendre.

C'est notre souhait à tous.

Ça fait combien de temps que tu es là ?

Pas longtemps. Et toi ?

Je vis ici.

Je sens décliner la qualité de la repartie. Ils t'ont mise sous quels médocs, poupée ?

Je ne suis pas sous médocs, si tu veux savoir. Je ne pensais pas que tu allais revenir.

Ben si. Et pile au bon moment, à ce que je vois. On s'est dit qu'il te faudrait peut-être un peu de temps pour t'acclimater. On a chargé Monsieur la Flambe de te rendre des visites régulières tous les vingt-huit jours. Tu étais toujours dans un coin de nos pensées. Sa Flamberie estimait que tu avais pu te sentir un peu patraque pendant la canicule mais on n'a pas jugé qu'il y avait de quoi s'inquiéter. Il soupçonnait une simple crise de vox populi aggravée par des crampes menstruelles. Ce qui naturellement ravive la vieille question des maux internes versus externes et de la limite qui les sépare. C'est toujours un problème. Tout ce qui est malodorant n'est pas mémoriel. L'odeur de latrines dans les corridors où l'eau dort, par exemple, telle qu'on la rencontre au dégel du printemps sous les latitudes froides. À Fardeau dans le Dakota du Nord, ou toute autre cuvette rouillée où aiment s'agglutiner les attardés mentaux. Au bout du temps, au monde jadis. Comme dit la chanson.

Il se tourna pour la dévisager. Mieux vaut peut-être ne pas revisiter ces régimes. Ou les prévisiter. Si on jette un pavé dans la mare, ça va sûrement puer la vase. Bref, faut pas qu'on te raconte tout ce que tu crois. Tu risques comme Icare de t'y brûler l'aisselle. Alors, ça avance, les calculs ?

Et là, tu comptes sur moi pour un échange de charabia, je suppose.

Je me demandais juste si tu découvrais des nombres pour tout, rien de plus.

Elle avait posé sa brosse et elle regarda le placard puis de nouveau le Kid. Je pensais bien que tu n'étais pas venu tout seul.

Ton problème, c'est que tu ne connais pas ton bonheur. Quelqu'un passe sous un bus et le chauffeur freine brusquement et se lève de son siège et on croit qu'il va appeler les secours et puis on constate qu'il fait défiler les arrêts sur son carnet de route dans l'espoir de trouver le raccord entre géographie et destinée. Si tu vois ce que je veux dire.

Non, je ne vois pas.

C'est pas grave. On y reviendra plus tard.

Je n'en doute pas. Je suppose que tu as repris le bus pour venir.

Oh, mais merde. Te voilà repartie avec le bus. Non. Pas assez bien habillé, j'imagine. Tenue de bus non décente. Et toi, comment t'es venue ici ?

Je te l'ai déjà dit. Je vis ici.

Ah ouais ? Tu as dit à Mémé que tu voulais vivre dans les bois au milieu des ratons laveurs et elle t'a traînée chez le bon docteur Labite pour qu'il t'examine les méninges sauf que l'examen ne s'est pas arrêté là pas vrai ?

Tu ne sais rien de tout ça. Et il s'appelle le docteur Babbitt.

Ouais, si ça te fait plaisir.

Et tu viens ici quand je suis en cours. À fouiller dans mes papiers.

Tu n'es jamais en cours. Tu passes ton temps à sécher. Mais bref, tu as réfléchi à la question ?

Je sais que tu as lu mon journal intime.

Ah ouais ? Je croyais que je n'étais qu'un affreux délire ? Où est passée cette théorie ? Je devrais sans doute éviter de te renvoyer tes mots sinon tu vas prétendre que je l'ai lu dans tes carnets mais disons simplement qu'il était question d'un mini-archonte autoproclamé des temps modernes surgi des hautes sphères de la foutraquerie pour agiter ses nageoires dans ton boudoir prépubère. Ah, le monde regorge de mystères, n'est-ce pas ? Avant de nous embourber trop profond dans la voix accusatrice il serait bon de nous rappeler que l'on ne peut travestir ce qui reste encore à advenir.

Je n'ai pas parlé de toi à mon frère tu sais.

Ah ouais ? Je ne sais pas ce que je suis censé faire de ça. Tu ne crois pas qu'il va t'emmener dare-dare chez le docteur Lacouille ? Lui et Mémé ? On raconte en ville que ton précieux Bobby est au mieux un astiqueur de nouille et un branleur sans égal.

Tu ne sais rien de mon frère.

Eh bien, c'est sans doute une bonne chose. La loyauté. Inutile de rentrer dans les pactes d'alliance. On gardera ça pour un autre jour.

C'est ça. Tu ne crois pas qu'ils s'impatientent là-dedans ? J'entends renifler.

Ils savent où je suis.

Je suppose que tôt ou tard tu finiras par épuiser ton petit sac à malice. Qu'est-ce qui se passera alors ?

L'avenir le dira.

Ton ombre qui bouge sur le plancher quand tu passes devant la lampe, c'est une chouette trouvaille, mais je ne suis pas dupe.

Observation élémentaire, j'imagine. En tout cas, tu ne peux pas nous reprocher de ne pas faire d'efforts.

Ou alors le fait que tu puisses obscurcir un miroir.

Ouais, mais lui, est-ce qu'il peut en embuer un ?

Je ne sais pas. Je ne sais pas et je m'en fous. Ça n'est pas pertinent.

Ni piétinant ni patinant. Je devrais peut-être me pincer.

Ça, c'est pour voir si tu rêves.

Ce qui n'est pas une interrogation raisonnable,

j'imagine. Bref, on va pas se prendre la tête là-dessus. Il y a des questions plus épineuses à régler. Quand est-ce que tu retournes en cours ? Ta grand-mère ne va pas te faire porter pâle éternellement tu sais.

Je sais.

Tu as des horaires bizarres.

Je suis une fille bizarre.

Tu passes tes nuits à griffonner des calculs sur ton bloc-notes. Tu devrais peut-être essayer de compter les moutons. Ou même, puisque c'est toi, de recenser les moutons. Pour les hypertrophiés de l'arithmétique.

J'en prends bonne note.

Ou bien tu te contentes de regarder dans le vide. J'imagine que ça fait partie du modus operandi. Comment savoir si ça n'est pas du grand n'importe quoi ?

On n'en sait rien, justement. C'est ce qu'on essaie de déterminer.

Quand est-ce qu'il revient, Bobby la Bourlingue ?

Mon frère sera là dans deux semaines.

Et ensuite ?

Qu'est-ce que tu veux dire par ensuite ?

Quelles sont tes intentions, voilà ce que je veux dire par ensuite.

Mes intentions ?

Oui.

C'est mon frère.

Comme si tu n'avais pas déjà jeté ton dévolu sur lui. Pour le dire chastement.

Tu racontes n'importe quoi. Et d'ailleurs, ça ne te regarde pas.

Allez. Tu me connais.

Non justement. Je ne te connais pas.

Ah ouais ? Le drôle de petit bonhomme se contente

de jacasser sans fin, c'est ça ? Mais il semblerait qu'il y ait un hic. Seize printemps dans l'attente du premier baiser et elle a le béguin pour son frère. Ouh là là. Il t'est jamais venu à l'idée d'essayer de fréquenter un peu, comme tout le monde ?

Fréquenter qui ? Ou quoi ? Et je n'ai pas seize ans.
Fais juste un petit effort.
Un effort.
Pour être normale. C'était quoi, le problème, de postuler pour être pom-pom girl ? Comme on t'avait demandé de le faire. Comme ta maman.
Est-ce que ça m'aurait débarrassée de toi ?
On ne sait jamais.
Je crois savoir. C'est quoi, ça, une espèce d'animal ?
Peut-être. De temps en temps il se pointe des trucs qui semblent être uniques en leur genre. Pas de bol pour les classificateurs. Mais passons, il faut qu'on retravaille l'éclairage ici.
Si tu parlais dans la pièce d'à côté est-ce que je t'entendrais ?
Oh, mais merde. Quelle pièce d'à côté ? Tu es au grenier.
N'importe quelle pièce d'à côté. Une soupente de mon choix.
Où est-ce que tu veux en venir, là ?
Pourquoi tu es incapable de répondre à ma question ?
OK. Tu ne peux entendre que ce que tu écoutes. Si tu écoutes une conversation dans une pièce et que tu arrêtes de la suivre pour écouter une autre conversation tu ne sais pas comment tu fais mais tu le fais et c'est tout. Tout se passe dans ta tête. Ça n'est pas comme de bouger tes globes oculaires. Tes oreilles restent à leur place.

Et donc ?
Donc quoi.
Je réfléchis.
Ah ouais ? Préviens-moi quand t'auras terminé.
J'ai encore du mal avec cette histoire de bus.
Oh, Dieu du ciel.
Tu t'installes sur les sièges.
Le siège.
Tu t'installes sur le siège.
Ouais. Sauf s'ils sont tous déjà pris. Ce qui peut arriver. Et que j'essaie d'éviter. Si je me tiens aux poignées du plafond mes pieds s'arrêtent à trente centimètres du sol.
Personne n'a essayé de s'asseoir sur toi ?
Où est-ce qu'on va, Vanessa ?
Allez, réponds.
Oui, bien sûr. Il faut rester sur ses gardes. On voit planer l'ombre d'un fondement colossal. Qui éclipse le soleil. On est là à lire le journal et soudain la lumière décline. Il ne faut rien tenir pour acquis. Cela dit si j'ai une qualité c'est d'être agile, comme tu as dû le remarquer.
Donc tu prends le bus.
On pourrait pas sortir de ce putain de bus ?
Tu es dans le bus. Avec tes co-complices.
Surveille ta grammaire, ma douce. Il y a déjà le co- dans complices.
Avec tes complices. Et vous discutez.
Parfois. Peut-être. Oui.
Est-ce qu'ils peuvent vous entendre ?
Les co-passagers.
Oui.
J'en sais rien. Voir ci-dessus, paragraphe C. On en revient toujours à la même question. À savoir, peut-être

qu'ils pourraient entendre s'ils écoutaient. Si tant est que leur attention soit attirée sur ce qu'il pourrait y avoir à écouter. Et par qui.

Est-ce qu'ils peuvent vous entendre oui ou non.

Dans le sens où ils mettraient leur grain de sel dans la discussion ?

Non. Pas dans ce sens. Laisse-moi te poser une autre question.

Vas-y, pose.

Est-ce que tu prends des notes ?

Est-ce que je quoi ?

Est-ce que tu prends des notes. Est-ce que tu écoutes quelqu'un. Est-ce que quelqu'un te dicte des conseils.

Bon Dieu de merde. Si seulement. Et toi ?

Non. Je ne sais pas. Je ne saurais pas quoi penser d'un truc pareil.

Ouais. Moi non plus. Quoi d'autre ?

Quoi d'autre ?

Ouais.

Je ne sais pas quoi d'autre.

Ouais, peut-être. Bref. Donc ils ne voulaient pas te laisser vivre dans les bois alors tu te retrouves dans ce grenier.

Oui.

Et pourquoi ça ?

Parce que mon oncle Royal qui est à moitié sourd regarde la télé jusque tard dans la nuit et lui hurle dessus.

Il lui hurle dessus ?

Il hurle.

Et toi alors, qui joues du crin-crin jusqu'à point d'heure ?

C'est vrai. Il y a ça aussi.

Alors notre cher Bobby la Belle Âme revient pour

les vacances de Noël et pose un plancher et raccorde du cent dix volts pour alimenter une lampe ou deux plus la hi-fi. Des volets aux fenêtres. On ne sait jamais, quelqu'un pourrait traverser la pelouse au milieu de la nuit sur des échasses de trois mètres. Certes, il faut encore qu'elle redescende par un escalier bien raide pour se laver les dents et cætera. Et certes il reste des courants d'air d'enfer malgré les plaques isolantes en fibre de verre qu'il a installées. La seule chaleur ici, c'est celle qui filtre d'en bas. Il pourrait peut-être coller du plastique sur les vitres, qu'est-ce que t'en dis ?

Ça me plaît comme c'est.

Ouais, bref. Ça permet de garder les boissons au frais sur le rebord de fenêtre, j'imagine. Tu pourrais même sûrement accrocher des jambons aux solives.

Tu as oublié de mentionner le placard.

Et bien sûr il a construit un placard. Où est-ce qu'il a appris la menuiserie ?

Il a appris tout seul. Il sait tout faire.

Ah ouais ? Ça reste à voir.

Qu'est-ce que tu sous-entends ?

Qu'est-ce que tu crois que je sous-entends ? Je suppose que c'est juste une coïncidence si Bobby Boy s'arrange pour te confiner ici toute seulette.

Une coïncidence avec quoi ?

Tu sais très bien avec quoi. Tu veux vraiment que je mette les points sur les i ?

Ma vie privée ne te regarde pas.

Vraiment ? Le petit bonhomme en reste sans voix. Qu'est-ce que je fais là, d'après toi, Tatiana ?

Je n'en ai aucune idée.

Ben voyons. Merde, on se les gèle ici.

D'accord, je vois de la buée quand tu respires. Et

alors ? Tout ça, c'est de la poudre aux yeux. Ça ne m'impressionne pas.

Ouais, soit. Bon, de quoi tu voudrais causer encore ?
De ton départ ?
Je viens d'arriver.
À quelle heure est la première représentation ? Je crois qu'il est trop tard pour une matinée.
Ah ouais ? Qui sait. Je vais peut-être bien fouler les planches moi-même. Tu n'es pas si facile à distraire, tu sais.
J'ai un peu de mal à t'imaginer danser.
Mouais. Tu sais, on a parfois du mal à reconnaître un pas de danse. Ça peut très bien être un numéro que tu ne connais pas.
Le Kid s'était interrompu et se tenait devant la lucarne qui donnait sur la campagne obscurcie. Des lames de vent tailladaient les gouttières de fer-blanc et les vitres tremblaient dans leur cadre puis se taisaient. La jeune fille le regardait. Ma grand-mère va m'appeler pour le dîner, dit-elle. Mais le Kid semblait ailleurs. Ouais, dit-il. D'accord. Elle se tourna vers le miroir et crut un instant qu'il avait disparu mais il était là en reflet, sa petite silhouette encadrée dans les dernières lueurs. À l'observer.

La raison d'être de toute famille dans sa vie et dans sa mort est d'engendrer le traître qui finira par effacer son histoire à jamais. Des commentaires ?
J'avais de bonnes raisons. D'ailleurs, je n'avais que douze ans. Tu as découvert autre chose ?
C'est toujours intéressant, une généalogie. Si on veut, on peut remonter la lignée jusqu'à des traces gravées dans la roche au fond d'une gorge. On commence à s'assoupir et soudain c'est le pandémonium.

On regarde dans la glace et on se retrouve face à tous ces Vergangenheitsvolk. Eux au moins, ils ne sont pas venus en bus. Tu seras contente de l'apprendre. Je crois. Qu'est-ce qu'elle devient, toute ta science, dans ces histoires ? Est-ce que les reflets aussi se déplacent à la vitesse de la lumière ? Qu'est-ce qu'il en dit, ton pote Albert ? Quand la lumière frappe le miroir et repart dans l'autre sens est-ce qu'elle ne doit pas d'abord marquer un arrêt ? Et puis tout est censé dépendre de la vitesse de la lumière mais personne n'ose parler de la vitesse des ténèbres. Qu'est-ce qu'il y a dans une ombre ? Est-ce qu'elles se déplacent à la vitesse de la lumière qui les projette ? Jusqu'où va leur profondeur ? Jusqu'où tu peux y planter tes compas ? Tu as griffonné quelque part dans une marge que si tu perds une dimension tu abdiques tout droit au réel. Sauf au réel mathématique. Est-ce qu'il y a une voie menant du tangible au numérique qu'on n'aurait pas explorée ?

Je ne sais pas.

Moi non plus.

Les photons sont des particules quantiques. Pas des petites balles de tennis.

Mouais, fit le Kid. Il exhuma sa montre et consulta l'heure. Tu ferais peut-être mieux d'aller manger. Il faut que tu gardes tes forces si tu comptes arracher aux dieux les secrets de la création. Ils sont assez susceptibles, à ce qu'on dit.

Il referma sa montre et la rangea. Il secoua la tête. Et merde, dit-il. On ne voit pas le temps filer.

Dans la soirée il descendit au bar et prit un hamburger et une bière. Personne ne lui adressa la parole. Lorsqu'il sortit Josie inclina le menton vers lui. Je suis désolée, Bobby, dit-elle. Il hocha la tête. Il remonta la rue. Les vieux pavés mouillés de bruine. La Nouvelle-Orléans. 29 novembre 1980. Il attendit pour traverser. Les phares de la voiture à l'approche dédoublés sur les pavés noirs mouillés. Une sirène de bateau sur le fleuve. Le va-et-vient rythmé de l'enfonce-pieux. Il avait froid ainsi figé sous la pluie fine et il traversa la rue et poursuivit son chemin. Quand il parvint à la cathédrale il monta les marches et entra.

Des vieilles femmes qui allumaient des cierges. Les morts remémorés ici, qui n'avaient pas d'autre existence et qui bientôt n'en auraient plus du tout. Son père était avec Oppenheimer à Campaña Hill sur le site de Trinity. Teller. Berthe. Lawrence. Feynman. Teller faisait circuler de la crème solaire. Ils portaient des gants et des lunettes de protection. Comme des soudeurs. Oppenheimer était un fumeur compulsif à la toux chronique et aux dents gâtées. Il avait des yeux d'un bleu frappant. Et un curieux accent. Presque irlandais. Il était bien habillé mais ses vêtements tombaient mal. Il ne pesait rien. Si Groves l'avait embauché, c'est parce qu'il ne se laissait pas intimider. Rien de plus. Beaucoup de gens très brillants pensaient voir en lui l'homme le plus brillant jamais créé par Dieu. Drôle de type, ce Dieu.

Il y eut des rescapés d'Hiroshima qui se précipitèrent à Nagasaki pour s'assurer que leurs proches étaient en sécurité. Ils arrivèrent juste à temps pour être réduits en cendres. Il s'y rendit après la guerre avec une équipe de scientifiques. Mon père. Il disait que tout était rouillé. Tout avait l'air couvert de rouille. Il y avait des carcasses calcinées de trolleys au milieu des rues. Leurs vitres fondues formaient des flaques sur les briques de la chaussée. Assis sur les ressorts noircis les squelettes carbonisés des passagers dépouillés de leurs vêtements et de leurs cheveux avec des lambeaux de chair noire qui pendaient sur les os. Les yeux bouillis dans les orbites. Les lèvres et le nez rongés par la fournaise. Encore installés à leur place, rigolards. Les survivants erraient mais il n'y avait nulle part où aller. Ils s'aventuraient par milliers dans le fleuve et y mouraient. Ils étaient comme des insectes en ce qu'aucune direction n'était préférable aux autres. Des gens en flammes rampaient parmi les cadavres comme une vision d'horreur dans un immense crématorium. Ils croyaient simplement que le monde avait pris fin. Il ne leur venait pas même à l'idée que ça pouvait avoir un lien avec la guerre. Ils portaient leur peau dans leurs bras comme un ballot de linge pour ne pas qu'elle traîne dans les gravats et la cendre et ils se croisaient hébétés dans leurs trajets d'hébétude sur les vestiges fumants, ceux qui voyaient guère mieux lotis que les aveugles. La nouvelle mit deux jours à franchir les limites de la ville. Ceux qui survécurent reverraient souvent ces horreurs nimbées d'une certaine esthétique. Ce spectre fongiforme qui avait fleuri dans l'aube tel un lotus maléfique, cette fusion de solides qui n'avaient jamais été censés fondre renfermaient une vérité propre à faire taire toute poésie pendant mille ans. Comme une immense vessie, diraient-ils. Comme une créature marine. Vaguement tremblotante à l'horizon tout proche. Puis le bruit innommable. Ils avaient vu dans le ciel de l'aube des oiseaux prendre feu et exploser silencieusement et retomber vers la terre en longues paraboles comme des confettis enflammés.

Il demeura longtemps assis sur le banc de bois, le dos courbé comme n'importe quel pénitent. Les femmes parcouraient la nef à pas feutrés. Tu crois que la perte de ceux qui t'étaient chers t'absout de tout le reste. Laisse-moi donc te raconter une histoire.

Il y avait trente-sept lettres d'elle et il avait beau connaître chacune par cœur il les relisait encore et encore. Toutes sauf la dernière. Il lui avait demandé si elle croyait en un au-delà et elle avait dit qu'elle ne l'excluait pas. Que c'était possible. Seulement elle doutait d'y avoir droit. S'il y avait un paradis, n'était-il pas bâti sur les corps convulsés des damnés ? Pour finir elle avait dit que Dieu ne se souciait pas de notre théologie mais seulement de notre silence.

Lorsqu'ils quittèrent Mexico l'avion s'éleva à travers le bleu du crépuscule pour retrouver la lumière du jour et vira au-dessus de la ville et la lune dégringola le long du hublot comme une pièce de monnaie qui tombe au fond de la mer. Le sommet du Popocatépetl perça les nuages. Le soleil sur la neige. Les longues ombres bleutées. L'avion pivota lentement vers le nord. Très loin au-dessous d'eux la forme de la ville et ses réseaux d'un mauve intense telle une immense carte mère. Les lumières commençaient à paraître. Une entame dans le crépuscule. L'Ixtaccihuatl. Qui plongeait hors de vue. L'approche des ténèbres. L'avion se stabilisa à huit mille deux cents mètres et mit le cap au nord dans la nuit mexicaine et les étoiles grouillaient dans son sillage.

Elle avait dix-huit ans. Il avait plu toute la journée le jour de son anniversaire. Ils étaient restés à l'hôtel à lire de vieux numéros de *Life* dénichés chez un brocanteur. Assise par terre elle les feuilletait lentement en buvant du thé. Plus tard quand elle était sortie frapper à sa porte les lumières étaient allumées en plein jour. Au bout du couloir les rideaux se soulevaient au vent. Elle s'avança et regarda au-dehors. Un parking gris et vide. Les rideaux étaient lourds de pluie et le rebord de fenêtre était mouillé mais la pluie avait cessé. Il y avait un escalier de secours devant la fenêtre et les marches métalliques étaient d'un violet sombre sous l'humidité. Dans la cour en contrebas une cabane de tôle ondulée. Un aboiement de chien. Frais, troublants, l'air, la lumière. Des voix en espagnol.

Quand il se réveilla elle était appuyée contre son épaule. Il la crut endormie mais elle regardait par le hublot. On peut faire tout ce qu'on veut, dit-elle.

Non, dit-il. On ne peut pas.

Dans la lumière mourante un fleuve telle une corde d'argent usée. Des lacs au fond des ravines rocheuses blancs de glace. Les montagnes de l'Ouest incandescentes. Les feux de navigation s'allumèrent à bâbord. Ceux de tribord étaient verts. Comme sur un navire. Le pilote les éteignait dans les nuages à cause des reflets. Quand il se réveilla plus tard loin au nord une ville du désert glissait sous l'aile et se perdait dans les ténèbres comme la nébuleuse du Crabe. Un lancer de gemmes sur le velours noir d'un joaillier. Ses cheveux ressemblaient à des fils de la Vierge. Il ne savait pas tout à fait ce qu'étaient des fils de la Vierge. Ses cheveux ressemblaient à des fils de la Vierge.

Il faisait froid à Chicago. Des hommes déguenillés se tenaient debout dans l'aube autour d'une bouche de chaleur. Enfant elle faisait des cauchemars et elle se réfugiait dans le lit de sa grand-mère et sa grand-mère la serrait contre elle en lui disant que tout allait bien et que ce n'était qu'un rêve. Et elle disait que oui ce n'était qu'un rêve mais que tout n'allait pas bien. Lors de leur dernier séjour à Mexico il l'avait laissée à l'hôtel pour aller à l'agence de la compagnie aérienne confirmer leur réservation. En rentrant à l'hôtel il dut lui annoncer que l'agence était fermée et que la compagnie avait fait faillite et que leurs billets étaient inutilisables. Ils gagnèrent El Paso en car. Vingt-quatre heures. La fumée des cigarettes mexicaines comme une décharge publique en feu. Elle dormait la tête posée sur ses genoux. Une femme assise deux rangs devant ne cessait de se retourner pour la regarder. Pour regarder ces cheveux d'or qui s'étalaient sur l'accoudoir.

Mi hermana, dit-il.

Elle regarda de nouveau. De veras ?

Sí. De veras. A dónde va ?

A Juárez. Y ustedes ?

No sé. Al fin del camino.

Son père était né à Akron dans l'Ohio et sa grand-mère Western y mourut en 1968. Sa sœur l'appela d'Akron. Elle voulait savoir s'il allait venir aux obsèques.

Je ne sais pas.

Je crois que tu devrais venir.

D'accord.

Il arriva en retard, en jean et veste noire. Toute la famille était morte depuis longtemps et l'assistance se réduisait à lui et sa sœur et huit ou dix vieilles femmes et un vieil homme qui ne savait pas trop où il se trouvait. Il attendit sa sœur à la porte de l'église et la raccompagna dans la rue.

Tu vas au cimetière ?

J'irai où tu iras.

Et si on partait tout de suite ? Tu as une voiture ?

Non.

Tant mieux. Allez, viens.

Ils roulèrent jusqu'à un café de Washington Street.

Tu n'as pas apporté cette robe noire dans tes affaires.

Je n'ai pas de robe noire dans ma garde-robe. Enfin, maintenant, si.

Ça fait combien de temps que tu es là ?

Une dizaine de jours. Elle n'avait personne, Bobby.

Les morts, les pauvres morts.

Je suis censée te dire qu'il y a un paquet d'or enfoui au sous-sol de la maison.

De l'or.

Elle était très sérieuse. Elle se cramponnait à ma main.

Et elle était lucide ?

Oui.

Ils ont démoli la maison. Ils vont faire passer l'autoroute sur le terrain.

Je sais. Mais ils n'ont pas démoli le sous-sol.

Tu parles sérieusement.

On peut commander un thé ?

Il la mit dans l'avion ce soir-là puis il rentra au motel et le lendemain il roula jusqu'à la maison. La seule chose qui restait, c'était l'allée du garage. Assis dans la voiture il contempla les ruines de l'ancien quartier. Au moins il n'y avait personne dans les parages. C'était un samedi et les niveleuses étaient stationnées sur un déblai à deux kilomètres au sud. Il remonta la vieille allée de béton strié où autrefois il jouait avec ses petits camions et il s'arrêta pour plonger le regard vers le sous-sol. Les murs étaient en moellons de calcaire gris. L'escalier de bois montait vers le vide du ciel gris. Le sol était en béton mais il était salement fissuré et n'avait pas l'air bien solide. Allez, dit-il. Rien à perdre.

Il revint deux heures plus tard avec un détecteur de métaux qu'il avait loué. Un maillet de quatre kilos et une pelle et une pioche. Il descendit dans la cave et examina méthodiquement le sol. Il prit quelques mesures et souffla sur la poussière et marqua le sol avec un crayon gras noir. À la tombée de la nuit il avait creusé six trous, en cassant le béton sablonneux pour fouiller l'argile en dessous. Il exhuma une grosse lime, une tête de marteau, une lame de rabot. Un mécanisme en fer d'un autre temps. Il exhuma une pièce de fonte avec deux faces moulées à la machine, estampillée Brown & Sharpe. Il n'avait aucune idée de ce que c'était.

Il balança les outils un par un hors de la cave et remonta l'escalier branlant en portant le détecteur de métaux et il ramassa l'ensemble et le rangea dans le coffre de la voiture de location et regagna le motel et se coucha.

Il avait prévu de rendre le détecteur le lendemain matin et de trouver un vol pour repartir mais il rêva de sa grand-mère et ça le réveilla et il resta allongé à contempler l'ombre du cadre de fenêtre projetée en haut du mur par les spots de jardin placés au pied des haies. Au bout d'un moment il se leva et prit un gobelet en plastique sur la tablette de la salle de bains et sortit en caleçon dans l'allée couverte et prit des glaçons et un jus d'orange au distributeur de boissons et revint s'asseoir sur le lit dans le noir.

Enfant, elle avait travaillé dans les usines textiles de Rhode Island. Elle et sa sœur. Elles se faisaient la lecture à la chandelle après leurs journées de douze heures dans une chambre où l'on voyait la vapeur de sa respiration. Whittier et Longfellow et Walter Scott et plus tard Milton et Shakespeare. Elle avait trente ans quand elle s'était mariée et le père de Bobby était son seul enfant. L'homme qu'elle avait épousé était chimiste et ingénieur et il détenait plusieurs brevets pour la vulcanisation du caoutchouc et le sous-sol était son atelier et son laboratoire privé. C'était un lieu magique et dès son enfance Western en avait eu la jouissance.

Dans le rêve sa grand-mère l'appelait du haut des marches alors qu'il était installé devant l'établi de son grand-père et il regagnait l'escalier et elle lui disait : Tu étais tellement silencieux. Je voulais juste m'assurer que tu étais encore là.

Il prit le petit déjeuner à la cafétéria du motel puis il retourna à la maison. Il vérifia le vumètre du détecteur de métaux puis le passa de gauche à droite sur le béton derrière l'escalier. Vingt minutes plus tard il était à quatre pattes à fourrager dans l'argile moisie au fond du trou qu'il avait creusé. Ce qu'il en extirpa, c'était un lourd tronçon de tuyauterie en plomb de cinquante centimètres.

Il le fit tourner dans sa paume pour en détacher la terre collée et les vestiges du sac de jute dans lequel il avait été enveloppé. Il faisait à peu près quatre centimètres de diamètre et était fermé aux deux extrémités par un bouchon femelle. Le filetage était scellé au blanc de plomb. On en voyait la trace autour du bord, jaunie par les années. Il se releva et porta le tuyau jusqu'au mur et trouva un espace dans la maçonnerie où coincer le bouchon et il tenta de tourner le tuyau mais le bouchon refusait de bouger. Il secoua le tuyau. Il avait l'air d'une masse solide.

Il y en avait seize en tout. Enterrés dans trois trous différents. Il les empila contre le mur et creusa encore avec la pelle mais il n'y avait plus rien à trouver. Il passa le détecteur sur une bonne partie du sol sans rien repérer. Il avait perdu toute notion du temps.

Les tuyaux étaient un peu trop lourds pour être lancés par-dessus le mur alors il les porta l'un après l'autre en haut des marches puis au bout de l'allée et les empila devant la voiture. Il laissa le maillet et la pelle dans la cave et posa le détecteur sur la banquette arrière et ouvrit le coffre et alla chercher les tuyaux pour les y entasser. Lorsqu'il eut fini l'arrière de la voiture pesait ostensiblement sur l'essieu.

Quand il arriva chez le loueur c'était déjà fermé et il retourna au magasin de bricolage et acheta deux pinces-étaux et regagna le motel.

Il gara la voiture en marche arrière au plus près de la porte puis il entra dans la chambre et posa le sac des pinces sur la table et s'allongea sur le lit en attendant qu'il fasse nuit. Il n'arrivait pas à dormir et au bout d'un moment il se leva et prit les pinces et arracha les cartons auxquelles elles étaient agrafées et mit à la poubelle les cartons et le sac et sortit pour regarder l'obscurité tomber sur Akron.

Il transporta les tuyaux à l'intérieur deux par deux et les entassa juste derrière la porte puis il referma le coffre de la voiture et rentra et referma la porte et la verrouilla. Il s'assit par terre avec les pinces et en desserra les mâchoires et les ajusta sur les bouchons des deux extrémités en réglant l'écartement avec la molette et en les fixant à angle droit l'une de l'autre. Il posa le tuyau sur la moquette et se remit debout et appuya le pied sur l'une des pinces et se pencha et saisit l'autre à deux mains et poussa en y mettant tout son poids. Les mâchoires tournèrent sur le bouchon, laissant des copeaux de métal brillant sous les dents. Il resserra les mâchoires et les refixa au tuyau et il pesa sur les pinces et cette fois le bouchon se mit à tourner lentement. Une spirale de blanc de plomb séché s'élevait du filetage. Il poussa les pinces vers le sol et les desserra avec la molette puis les remit en place. Au bout de quelques tours le bouchon avait assez de jeu et il posa le tuyau à la verticale et fit tourner les pinces à la main et ôta le bouchon et posa les pinces par terre et renversa le tuyau et le secoua à deux mains.

Sur la moquette dégringolèrent huit ou dix poignées de pièces de vingt dollars en or aussi rutilantes que le jour où elles avaient été frappées.

Il resta assis à les regarder. Il en ramassa une et la retourna dans sa main. Il n'y connaissait rien. Ne savait pas ce qu'elles pouvaient valoir. Ni même si on pouvait les vendre. Il n'avait jamais entendu parler d'Augustus Saint-Gaudens. De l'étrange saga de cet artiste médailleur. Il empila les pièces comme des jetons de poker. Il y en avait deux cents. Donc trois mille deux cents en tout ? Une valeur nominale de soixante-quatre mille dollars. Elles valaient quoi ? Dix fois plus ? Il découvrirait bientôt qu'il était encore loin du compte.

Il passa les deux heures suivantes à retirer les bouchons des autres tronçons de tuyaux. Quand il eut terminé les tuyaux et les bouchons étaient empilés contre le mur et il semblait y avoir au moins une demi-baignoire d'or entassée au sol. Il vérifia les dates sur les pièces et constata qu'aucune n'était postérieure à 1930 et il supposa que c'était la dernière année où on les avait enterrées. Il cueillit une poignée de pièces et les soupesa et contempla le tas. Il se dit qu'il devait y avoir plus de cinquante kilos d'or entassés sur la moquette de cette chambre de motel. Il se leva et alla jusqu'au placard et en sortit la couverture d'appoint et la déploya sur les pièces et alla se coucher.

Il se réveilla à quatre heures vingt du matin et alluma la lumière. Il se leva et se pencha pour retirer la couverture et resta assis par terre à contempler les pièces. Il en fut surpris. Il savait déjà qu'il allait acheter un revolver.

Au matin il vida sa valise et s'en servit pour transporter l'or jusque dans la voiture, en quatre trajets. Il vida l'or dans le coffre et le recouvrit de ses vêtements et referma le coffre et retourna dans la chambre. Il revissa grossièrement les bouchons sur les tuyaux et les emporta dehors et les posa sur le plancher de la voiture côté passager. Il mit dans sa poche une demi-douzaine de pièces et monta dans la voiture et se gara devant la cafétéria et entra et prit un petit déjeuner.

Il chercha des numismates dans l'annuaire. Il y en avait deux. Il nota les adresses. Puis il roula jusqu'à la première boutique et stationna et entra.

L'homme se montra poli et obligeant. Il expliqua qu'il existait deux types de pièces comme les siennes. La Saint-Gaudens – également appelée Standing Liberty – et la Liberty Head. La Saint-Gaudens avait plus de valeur.

Comment avez-vous mis la main dessus ? Si je puis me permettre.

Elles appartenaient à mon grand-père.

Elles sont très jolies. Vous ne devriez pas les trimbaler dans votre poche.

Ah non ?

L'or est très malléable. Deux de ces pièces sont quasiment à l'état neuf. Ce qu'on appelle des MS-65. Des pièces qui n'ont jamais circulé. Vous savez, dans la vraie vie, une pièce est classée au maximum MS-63. MS, c'est pour *mint state*, état neuf.

Il scrutait les pièces à la loupe de joaillier. Très jolies, dit-il.

Il nota des chiffres sur un bloc-notes en les examinant. Puis il fit le total et tourna le bloc-notes et le fit glisser vers Western. Quand Western ressortit de la boutique dix minutes plus tard il avait plus de trois mille dollars en poche. Il s'installa dans la voiture et fit le calcul dans sa tête. Puis il refit le calcul.

Il rapporta le détecteur chez le loueur et se rendit au magasin de bricolage où il acheta quatre sacs à outils en toile blanche renforcée de cuir avec des sangles et des poignées en cuir. Il roula jusqu'à ce qu'il trouve un terrain vague et se gara et descendit et jeta les tuyaux de plomb dans les herbes folles. Il vendit une douzaine de pièces supplémentaires à l'autre numismate et le soir même il acheta en liquide une Dodge Charger noire de 1968 avec un moteur Hemi 426 et six mille kilomètres au compteur. Elle était équipée de collecteurs et de deux carburateurs quadruple corps Holley avec soupape Offenhauser. Il chargea le vendeur de rapporter la voiture de location et il s'acheta un revolver Smith & Wesson calibre 38 en acier inoxydable avec un canon de quatre pouces et pendant deux semaines il parcourut le Middle West en vendant les pièces à raison de quelques dizaines à la fois. Il avait un antivol qu'il mettait sur le volant de la voiture mais chaque soir il rapportait tout dans sa chambre de motel et il dormait avec le calibre sous l'oreiller. Il avait acquis un guide de numismatique et chaque soir il triait les pièces et les glissait dans de petites pochettes en plastique qu'il rangeait dans les sacs à outils. Une ou deux fois par semaine il apportait dans une banque la monnaie et les petites coupures pour les échanger contre des billets de cent dollars. Il descendit jusqu'à Louisville et repartit vers l'ouest. Lorsqu'il atteignit l'Oklahoma il avait neuf cent mille dollars dans une boîte à chaussures fermée par un élastique et il lui restait encore un sac rempli de pièces d'or. La Charger filait comme un rat ébouillanté et il avait déjà été contrôlé une fois par la police routière et à présent il conduisait plus prudemment. Il ne voyait pas comment il pourrait justifier le contenu de son coffre auprès d'un policier. Il alla à Dallas, à San Antonio, à Houston. Parvenu à Tucson il n'avait plus à vendre que deux poignées de pièces et il prit une chambre à l'Arizona Inn et y transporta tout l'argent et l'empila sur la commode puis divisa l'ensemble au jugé en deux tas à peu près égaux et rangea les deux tas dans deux des sacs vides et resserra les sangles. Puis il téléphona au bar de Jimmy Anderson. C'est elle qui décrocha. Ici le paradis, dit-elle.

Est-ce que je peux parler à Dieu ?

Il sera là à sept heures. Je peux vous aider ? Bobby ? C'est toi ?

Oui.

Tu es où ?

À l'Arizona Inn. J'ai de l'argent pour toi.

Je n'ai pas besoin d'argent.

C'est beaucoup d'argent. Et je t'ai acheté une voiture.

Il y eut un silence à l'autre bout du fil.

Tu es là ?
Je suis là.
Comment tu savais que j'irais vérifier ?
Parce que je te l'avais demandé.

V

Le Kid était assis à son bureau en redingote et perruque hirsute. Avec des binocles sans monture et une barbichette clairsemée collée au menton. Elle se redressa dans son lit et chassa le sommeil de ses yeux. Qu'est-ce que tu es censé être ? demanda-t-elle.

Il nota l'heure et posa sa montre sur le bureau. Il rajusta ses binocles et feuilleta son calepin sans cesser de téter une pipe en terre. Très bien, dit-il. A-t-il voulu prendre des libertés quant à votre intégrité ?

Quoi ?

Est-ce qu'il a tenté de vous ôter votre échancrure ?

De m'ôter quoi ?

Votre lingerie honteuse. Est-ce qu'il a tenté de vous l'enlever.

Intime, pas honteuse. Ça ne te regarde pas. Et le bon docteur fumait le cigare, pas la pipe.

Y a-t-il eu manipulation digitale ?

Tu as l'air ridicule dans ce déguisement.

Y a-t-il eu, disons, tentative de baver sur votre petite moule ?

Tu es répugnant. Tu le savais ?

Lui avez-vous demandé d'arrêter ?

Est-ce que ça te dérangerait de me laisser un peu tranquille, s'il te plaît ?

Le Kid la scruta par-dessus ses verres. La séance n'est pas terminée. Des suées nocturnes, peut-être ?

———

On lui avait prescrit des neuroleptiques et elle les prit quelques jours jusqu'à ce qu'elle ait l'occasion de se documenter sur les effets secondaires. Parvenue à la mention de la dyskinésie tardive elle balança les cachets dans les toilettes. Le Kid fut de retour le lendemain, faisant les cent pas. Elle s'était déjà habillée pour sortir avec son frère. Fais comme chez toi, dit-elle.
Ben tiens. À quelle heure tu penses être là ?
Tard.

———

Quand ils rentraient ils se faisaient du thé et restaient à discuter maths et physique jusqu'à ce que leur grand-mère descende en robe de chambre pour préparer le petit déjeuner. Lorsque à l'automne il partit pour le California Institute of Technology ce fut pour s'inscrire en physique plutôt qu'en maths. Les raisons qu'il donna dans sa lettre étaient les meilleures qu'il put trouver mais elles n'étaient pas la vraie raison. La vraie raison, c'était qu'en lui parlant par ces nuits tièdes dans la cuisine de sa grand-mère il avait entraperçu le cœur profond du nombre et il savait que ce monde lui resterait à jamais fermé.

———

Le Kid se tenait à la fenêtre. Il fait froid dehors, dit-il. Qu'est-ce que tu écris ?

J'essaie de t'ignorer.

Je te souhaite bonne chance. Il en jette, ce stylo plume. D'où tu le sors ?

Il était à mon père. Un cadeau du président Eisenhower.

Ah ouais ? Pas de traîtres très traîtreux dans cette bande, hein ? Et tu ne trouves pas ça bizarre, j'imagine. Vous faites quoi demain, les mecs ? Je ne sais pas, et toi ? Je ne sais pas. Hé, ça vous dirait de faire sauter la planète ? Ah, en voilà une bonne idée.

Il quitta la fenêtre et se remit à faire les cent pas. Il plissa le front et glissa une nageoire dans la paume de l'autre. On peut avoir une conception très différente de la nature de la nuit qui vient, dit-il. Mais quand les ténèbres s'abattent, est-ce que ça a de l'importance ?

Je ne sais pas.

Un spécimen hors norme comme toi se demande en permanence où se dirige le navire et pourquoi. Y a-t-il un dénominateur commun à l'existence ? Les questions de fond peuvent te donner l'air bête. Tu me suis ?

Bien sûr.

Brave petite. J'en étais où ?

À l'air bête.

C'est ça. La question qui vient à l'esprit, c'est forcément : qui est le parasite idéal.

De l'univers.

Oui. Ainsi que la question de savoir où nous nous trouvons véritablement. Ce ne sont pas là des problèmes statiques puisqu'il n'y a pas de choses statiques. Le parasite idéal est-il le suivant de son espèce dans la succession de son espèce ? Est-ce que c'est ça que tu aurais supposé ? Ou est-ce que d'après toi le jeu est truqué ?

Encore des tautologies.

Et alors ? Où est le mal ? Au moins elles ne sont pas difficiles à épeler. Tu peux vraiment écrire et poursuivre une conversation en même temps ?

Ça dépend de la conversation.

Laisse-moi jeter un coup d'œil.

Elle retourna le bloc-notes et le fit glisser sur le lit et il se pencha pour regarder. Oh merde, fit-il. Qu'est-ce que c'est que ce bordel ?

C'est de la sténo. La méthode Gabelsberger.

On dirait des asticots sortis d'un encrier. Ça va dans ton dossier, ce genre de truc, tu sais. Est-ce que tu gribouilles comme ça quand tu as tes petits échanges avec le docteur Labite ? Pourquoi j'ai l'impression que lui au moins a droit à un peu de respect ?

Le peu de respect auquel il a droit est dû à son statut de médecin. Alors que toi tu es un nabot. Et il s'appelle Babbitt.

La vache.

Je suis désolée. Je n'aurais pas dû dire ça.

À cheval donné, on ne regarde pas les dents, mais je ne savais pas qu'on pouvait les lui casser à coups de pelle.

Je suis désolée.

Ouais, bref. Ça doit être à force de l'entendre dire des saloperies sur moi. En tout cas je ne vois vraiment pas comment tu tolères quelqu'un qui te considère comme le fruit d'un foie capricieux. Il ne doit pas comprendre que si tu élimines du menu tout ce qui est dur à avaler le déjeuner va être frugal.

Je suis désolée de t'avoir traité de nabot. Si seulement je pouvais effacer ce que j'ai dit.

Mouais. Ça ne me rendrait pas plus grand pour autant, pas vrai ? Quoi qu'il en soit, tu devrais vraiment reconsidérer ton passé récent avant de vouloir m'en effacer. Tu es bien certaine de retranscrire tout ça ?

Ne t'inquiète pas. C'est un système clos. Tout est récupérable.

Peut-être. Mais bien sûr il y a toujours le risque que quelque chose soit reconfiguré sous un autre format par des cybertrolls cachés dans le circuit.

Je vais me coucher.

Elle éteignit la lampe de chevet et dans la pénombre de la pièce dont la fenêtre se découpait dans l'éclairage au mercure elle retira son jean et son pull et ses chaussettes et se glissa sous les draps et remonta les couvertures et tendit l'oreille. Elle le sentait se rapprocher. Écoute, ma Poulescence, chuchota-t-il. Tu ne sauras jamais de quoi le monde est fait. La seule certitude, c'est qu'il n'est pas fait du monde. Quand tu crois arriver à une description mathématique de la réalité tu ne peux pas éviter de perdre ce qui est décrit. Toute observation modifie l'état du système. Un instant T est un fait, pas une possibilité. Le monde t'ôtera la vie. Mais par-dessus tout et en dernier lieu le monde ne sait pas que tu es là. Tu crois comprendre ça. Mais non. Au fond de ton cœur tu ne comprends pas. Si tu comprenais tu serais terrifiée. Et tu ne l'es pas. Pas encore. Sur ce, bonne nuit.

———

Elle referma la porte derrière elle et s'y adossa. De la fumée de cigarette montait en spirale sous l'abat-jour de la lampe de travail. Le Kid était assis, les pieds posés sur le bureau. Arborant un feutre mou fort coquet.

Ne te lève pas pour moi, surtout, dit-elle.

Ne t'en fais pas. Personne ne comptait se lever.

Je plaisantais.

Ben voyons. Ton rouge à lèvres a bavé.
Elle traversa la pièce et s'assit sur le lit. Elle portait un haut lamé argenté et une minijupe moulante de soie bleue. Des bas noirs et des talons de dix centimètres. Elle rejeta ses cheveux blonds d'un mouvement de tête et sortit de son sac un poudrier et l'ouvrit et s'essuya la bouche avec un mouchoir.
Beau spectacle, dit le Kid. Il prit sa cigarette dans la soucoupe posée sur le bureau et aspira une longue bouffée et souffla la fumée du coin de la bouche. Beau spectacle. T'étais partie où ?
Danser.
Ah ouais ?
Oui. Je ne savais pas que tu fumais.
C'est toi qui m'as fait sombrer dans la tabagie. Il est où, Bobby Boy ?
Il est allé se coucher.
Le Kid exhuma sa montre et l'ouvrit. Quelques notes de carillon maigrelettes. Je suppose que vous êtes allés manger un morceau une fois que les boîtes ont fermé.
Peut-être. Même si ça ne te regarde pas.
Tu pourrais quand même me rendre un peu justice. Après tout ce que j'ai fait pour toi.
Tout ce que tu as fait ?
Ouais.
Tu as enténébré mon âme.
Ben merde alors. Tu as vraiment la mémoire courte. Comment tu peux dire des trucs pareils ? C'est sérieux, cette remarque ? Attends une minute. Bobby va bientôt monter. C'est ça ?
Non.
L'objet de tes sordides affections. C'est son pas que j'entends dans l'escalier.
Tu me dégoûtes.

Le dévoué corps et âme. Bien bien. Je crois que je ferais mieux de m'esquiver.

T'en tiens vraiment une sacrée couche. Il n'y a personne dans l'escalier. Je vais me coucher.

Mais merde. Qu'est-ce que tu fais ?

Je me déshabille.

Tu peux pas faire ça.

Ah non ? Tu vas voir.

Le Kid se cacha le visage. Putain, dit-il. Où est-ce que tu vas encore ?

Elle traversa la pièce avec ses vêtements sur le bras. Je vais accrocher mes affaires. Pourquoi ? Il y a quelqu'un là-dedans ?

Elle ouvrit le placard et rangea les chaussures sur leur râtelier et suspendit sa jupe et son corsage et referma la porte et retraversa le plancher à petits pas feutrés et en sous-vêtements et se mit au lit et remonta les couvertures et éteignit la lampe. Bonne nuit, dit-elle.

Elle enfouit la tête sous l'édredon et tendit l'oreille. Au bout de quelques instants elle repoussa les couvertures. Le Kid était toujours à son bureau. Tu comptes rester là longtemps ?

Je ne sais pas. C'est tranquille.

Tu n'as pas d'autres clients à voir ?

Non.

Je suis désolée d'avoir été méchante avec toi.

Vraiment ?

Oui.

C'est pas grave.

Je vais dormir, maintenant.

D'accord. Bonne nuit.

Bonne nuit.

Quand elle eut rempli les formulaires elle retourna à l'accueil et l'infirmière les prit et les examina puis lui en tendit un autre.

Je ne peux pas me contenter d'écrire : Faites de moi ce que vous voudrez, et signer ?

Non. Vous ne pouvez pas.

On lui donna une clé de vestiaire et une blouse et une paire de chaussons et on l'envoya au fond du couloir. Une fois dans la pièce elle se déshabilla et plia ses vêtements et les rangea dans le vestiaire et enfila la blouse et trouva les lacets et les attacha. Puis elle s'assit sur le banc et réfléchit à ce qu'elle avait décidé de faire. Une femme entra et lui sourit brièvement et ouvrit un vestiaire en bout de rangée. On se croirait au paradis, dit-elle. On échange tout ce qu'on a contre une tunique.

Vous n'avez jamais joué au paradis quand vous étiez petite ? Quand on s'enveloppait dans des draps et qu'on s'asseyait en rond ?

Non, dit la femme. Elle tourna le dos à la jeune fille et se déshabilla. Elle enfila la blouse et l'attacha et glissa ses pieds dans les chaussons et referma son vestiaire et le verrouilla. Elle repartit d'un pas traînant, la clé à la main, et la jeune fille lui expliqua qu'elle était censée accrocher la clé à sa blouse pour ne pas la perdre mais la femme s'éloigna sans répondre et disparut dans le couloir.

Au bout d'un moment elle se releva et referma son vestiaire et le verrouilla. Puis elle accrocha la clé à sa blouse et enfila les chaussons et sortit.

Dans la salle d'examen elle s'assit sur un lit à roulettes le temps qu'une infirmière prenne sa température et son pouls et sa tension. Vous êtes bien taiseuse, dit l'infirmière.

Je sais. J'ai beaucoup à taire.

L'infirmière sourit. Elle lui passa un garrot en latex autour du bras et tira sur le garrot et le fit claquer contre la peau. Puis elle lui posa une voie intraveineuse qu'elle scotcha à son bras et un aide-soignant vint la chercher et l'achemina sur le lit jusqu'au fond du couloir.

Une chambre blanche et froide. Au bout d'un moment une femme entra et regarda ses résultats. Comment allez-vous ? demanda-t-elle.

Ça va. Jusqu'ici ça peut aller. Qui êtes-vous ?

Je suis le docteur Sussman. Pourquoi êtes-vous toute seule ?

Je ne suis pas toute seule. Je suis schizophrène. Vous allez me raser la tête ?

Non. Pas du tout.

C'est vous qui allez me griller la cervelle ?

Personne ne va vous griller la cervelle. Avez-vous des questions ?

Vous avez un extincteur à portée de main ?

Le médecin inclina la tête et la dévisagea. Sans doute. Pourquoi ?

Au cas où mes cheveux prendraient feu.

Vos cheveux ne vont pas prendre feu.

Alors à quoi bon avoir un extincteur ?

C'est une plaisanterie.

Ouais. Plus ou moins.

Vous n'avez pas de questions ?

Non.

Il n'y a rien que vous voudriez savoir ? Vous n'êtes pas curieuse.

Je ne pourrais pas vous répondre sans être impolie. D'ailleurs, je ne suis pas ici pour ce que je voudrais savoir. C'est même plutôt le contraire.

Vous prenez quels médicaments ? Je ne vois rien ici.
Je sais. Je les ai balancés aux toilettes.
Le médecin examina la feuille fixée au porte-bloc. Elle se tapota la lèvre inférieure avec son stylo. L'infirmière était entrée et connectait une seringue au cathéter. Elle regarda le médecin.
Je les ai balancés aux toilettes, répéta-t-elle.
Oui. Je vous ai entendue.
Est-ce que ça veut dire que vous allez augmenter le voltage ?
Non.
Le médecin était passé derrière elle hors de vue. L'infirmière prit un pot sur la tablette et l'ouvrit et se mit à lui badigeonner les tempes de gel électrolytique. Le gel était froid.
Où est le médecin ?
Je suis là, dit le médecin.
Je ne vais pas tarder à tourner de l'œil.
Oui. C'est très bien.
Quand elle émergea dans la salle de réveil elle n'avait pas l'impression que le temps avait passé. Il faisait nuit. Au début elle se crut chez elle dans son lit. Mais elle avait un protège-dents en caoutchouc dans la bouche. Elle le recracha. Il flottait une odeur de brûlé dans les ténèbres. Âcre et vaguement soufrée. Elle palpa le bracelet de plastique à son nom autour de son poignet. C'est moi. Je peux toujours vérifier.
La porte était ouverte. Une lumière dans le couloir. Au bout d'un moment elle se força à se redresser. Elle avait mal à la tête. Les hortes cautérisés dans leurs haillons noircis et calcinés se tenaient tout fumants au pied de son lit. Saupoudrés de cendre et pourtant luminescents. Ils avaient l'air défaits, maussades, furieux. Le Kid marchait de long en large. Il avait le visage noir

de suie. Ses cheveux filandreux étaient roussis jusqu'au ras du crâne et sa cape fumait. Elle porta une main à sa bouche.

Charmant, dit-il. Tout à fait charmant, putain.
Je suis désolée.
Tu trouves ça drôle ?
Non.
Mais qu'est-ce que tu croyais, putain ?
Je ne sais pas.
Regarde ce merdier. C'est comme ça que tu t'amuses ?
Je suis vraiment désolée.
Y a des gens de la troupe au service des grands brûlés, putain de merde. Sans parler de l'odeur.
Je ne savais pas.
Tu aurais dû demander. Nom de Dieu. Il se détourna et cracha un glaviot cendreux et la regarda et secoua la tête. La grappe de chimères noircies tanguait et bouillonnait à la lumière du couloir.
Je suis désolée, dit-elle. Vraiment.
Ah, c'est la meilleure. Vous entendez ça, les mecs ? Elle est désolée ? Ben merde, alors. Désolée ? Pourquoi tu ne l'as pas dit ? Oh et puis fait chier. Rien à foutre.

John Sheddan tailla la route par un frais vendredi après-midi et rejoignit la bonne vieille bourgade de Knoxville pour tenter de se faire payer une pinte. Dans les heures qui suivirent il allait emprunter deux cents dollars et s'en servir pour acheter deux cents dollars de barbituriques à des dealers et emporter le tout à Morristown pour le revendre à trois cents. Ensuite il irait faire une partie de poker chez Bill Lee et empocherait sept cents dollars et coucherait avec une mineure sur la banquette arrière de la voiture d'un ami. Sur quoi il regagnerait Knoxville et prendrait l'avion à l'aéroport McGhee Tyson et serait de retour à La Nouvelle-Orléans bien avant minuit. Western tomba sur lui presque par hasard. En passant devant l'Absinthe House il reconnut le chapeau de John sur une table derrière la baie vitrée. Il entra et resta à le regarder jusqu'à ce qu'il baisse son journal et lève les yeux. Salut, ô Seigneur de Wartburg, dit John.

Salut, preux chevalier de Mossy Creek.

Il me semblait bien être sous surveillance. Viens t'asseoir. Tu ne lis pas les nouvelles.

Non. Qu'est-ce qui s'est passé ?

Rien. Je poursuis juste mon travail sur ton portrait.

Western tira l'autre chaise et s'assit à la petite table en bois. Tu es arrivé quand ?

Sheddan replia le journal et consulta sa montre. Il y a environ dix heures. Je viens de me lever. J'adore cette ville. Le seul truc, c'est que je n'ai pas encore trouvé comment gagner ma vie ici.

Pas facile, comme ville.

Non. On ne peut plus faire confiance aux gens, Messire. Le code d'honneur des voyous, c'est du passé.

Tu me fais marcher.

Pas le moins du monde. Il est où, ce foutu serveur ? Tu as déjeuné ? Non, bien sûr que non. C'est étrange, les gens qui se pointent ici.

Moi par exemple.

Non. Pas toi. Laisse-moi juste le temps de régler la note. Et ensuite on ira manger un morceau dans un endroit plus convivial.

Ils déjeunèrent au restaurant Arnaud's. Sheddan éplucha la carte des vins en secouant la tête. Impressionnant. Mais qui est prêt à débourser autant, Messire ? Grands dieux. Enfin, on va bien trouver notre bonheur dans tout ça. Un beaujolais sans prétention. Tant qu'on évite soigneusement les beaujolais-villages on est plutôt en bonne posture.

Tu ne prends pas de poisson, donc.

Si, je prends du poisson. C'est ce qu'ils servent ici. Ce n'est pas pour autant qu'on doit s'infliger un breuvage insipide. Sauf si on prend du homard bien sûr. Dans ce cas le rouge est exclu. J'ai toujours aimé cet endroit. Putain, on se croirait sur un plateau de cinéma. Et rien ne change jamais. Ça rappelle certains restaurants à Mexico. Le Mioche dit qu'ici on a l'impression de dîner chez le barbier.

Sheddan avait retourné son verre à eau sur la nappe

mais bientôt le serveur arriva et remit le verre à l'endroit et le remplit d'eau ainsi que celui de Western.

Excusez-moi, dit John.

Oui, monsieur.

Vous voulez bien m'enlever ça, s'il vous plaît ?

Vous ne désirez pas d'eau ?

Je n'en désire pas, non.

Le serveur emporta le verre sur son plateau et John se replongea dans la carte des vins. Quelques courtes minutes plus tard un autre serveur apparut et servit un nouveau verre d'eau et le posa sur la table. Sheddan leva les yeux. Excusez-moi, dit-il.

Oui, monsieur.

Je n'ai aucun contentieux avec le personnel. Chacun de vous est libre de me servir de l'eau jusqu'à la fin des temps. Mon problème, c'est que je ne veux pas d'eau. Est-ce qu'il serait possible de décréter au moins un moratoire ? De négocier peut-être ? Je serais tout à fait disposé à venir en cuisine pour conférer avec l'équipe.

Pardon ?

Je ne veux pas d'eau.

Le serveur acquiesça et emporta le verre. Sheddan secoua la tête. Par le Saint Cul de Dieu, dit-il. Qu'est-ce qu'il a, ce pays, avec sa manie de répandre l'eau devant l'Éternel ? Alors que quand on a vraiment besoin de quelque chose – mettons, à boire – pas moyen de les faire venir même en lançant des fusées de détresse. Ça rendait fou Churchill.

Il referma la carte des vins et regarda autour de lui. On fait bien d'être là de bonne heure. Les gens oublient que cette ville est un port. Tellement elle est envahie de touristes. On rencontre toute la gamme des bizarreries. Des rues pleines de gens dérangés. Il y a peu à l'Absinthe House j'ai vu installé au bar dans des vêtements trop grands pour lui ce que je jurerais être un lémurien nain à oreilles velues des hautes terres de Madagascar. Attaché à un tabouret aux côtés d'un marin et qui buvait de la bière dans un bol. Et il m'est venu à l'esprit que cette créature exotique jouissait d'un maigre avantage dans sa singularité, comparée au touriste moyen – qui à mon sens en vient à évoquer de plus en plus les visions d'un malencontreux trip à l'acide. Il y a dans cette ville des restaurants élégants – inchangés depuis un siècle au moins – où des garçons en livrée servent une cuisine gastronomique haut de gamme à des rustres boursouflés qui ont choisi de dîner en survêtement sinon carrément en sous-vêtements. Et personne n'a l'air de trouver ça bizarre. Qu'est-ce que tu prends ? Tu voulais un cocktail ?

Je crois que je me contenterai du vin.

Fort bien. On prend du poisson ?

Je pensais opter pour le vivaneau.

Très bon choix. On devrait peut-être reconsidérer le vin.

Il rouvrit la carte des vins et se pencha dessus, le menton sur la main. Le problème, Messire, c'est que, si autrefois on les confinait dans des institutions ou dans les greniers et débarras de lointaines demeures rustiques, aujourd'hui ils s'ébattent partout en liberté. Le gouvernement les paie pour voyager. Et même pour procréer, d'ailleurs. J'ai vu ici des familles entières qu'on ne peut interpréter que comme des hallucinations. Des hordes de balourds baveux qui titubent dans les rues. Dans un jacassement inepte. Et bien sûr nulle aberration n'est trop folle ou pernicieuse pour ne pas trouver grâce auprès d'eux.

Il leva les yeux. Je sais que tu ne partages pas mon animosité, Messire, et j'admets qu'elle demande à être nuancée quand je repense à mes propres origines. On ne s'éloigne jamais vraiment de son éducation, comme on dit dans le Sud. Mais franchement, as-tu regardé autour de toi dernièrement ? Tu dois savoir à quel point une personne est bête quand elle a un QI de cent.

Western le considéra d'un œil circonspect. C'est probable, dit-il.

Eh bien la moitié des gens sont encore plus bêtes. Et où tout cela va-t-il nous mener, selon toi ?

Je n'en ai pas la moindre idée.

Je crois que tu en as une petite idée. Je sais que tu nous trouves très différents, moi et ton honorable personne. Mon père était un épicier de province et le tien un concocteur d'engins coûteux qui font beaucoup de bruit et pulvérisent les humains. Mais notre passé commun transcende beaucoup de choses. Je te connais. Je connais certains instants de ton enfance. Solitaire à en pleurer. Tomber sur un certain livre à la bibliothèque et le serrer sur son cœur. Le rapporter chez soi. Chercher l'endroit idéal où le lire. Sous un arbre peut-être. Au bord d'un ruisseau. Une jeunesse entachée, forcément. Pour qu'on lui préfère un monde de papier. Des parias. Mais on connaît ainsi une autre vérité, n'est-ce pas, Messire ? Et certes il est indéniable que beaucoup de ces livres ont été rédigés à défaut de détruire le monde par le feu – ce qui était le véritable désir de leurs auteurs. Mais la vraie question est la suivante : sommes-nous, nous rares élus, les derniers d'une lignée ? Les enfants à naître nourriront-ils le même élan envers une chose qu'ils ne peuvent même pas nommer ? L'héritage du verbe est chose fragile malgré toute sa puissance, mais je sais où tu te situes, Messire. Je sais qu'il y a des mots prononcés par des hommes morts depuis des siècles qui jamais ne déserteront ton cœur. Ah, voilà le serveur.

Western le regarda manger avec une certaine admiration. Pour l'enthousiasme et la compétence avec lesquels il abordait la tâche. Ils partagèrent une bouteille de riesling pour laquelle Sheddan exigea un seau à glace. Il fit signe au garçon de s'en aller et servit lui-même Western. Il est important de fixer d'emblée les règles de base. Excusez-moi. Ne vous avisez pas une seconde de nous servir le vin, nom de Dieu. Je vois ton expression. Mais en vérité j'ai très peu d'exigences. Quand tu y penses. Avoir toujours une petite longueur d'avance. Tâcher de tenir à distance les petites misères les plus courantes. Ne pas défier la chance. À la tienne.

À la tienne.

Les cépages allemands ont tendance à être plus sucrés. Ce que j'apprécie. Les Français privilégient les vins blancs qui peuvent aussi servir à décaper les vitres.

Il est très bon.

La dernière fois que j'ai déjeuné ici, c'était avec Seals. Il y a quelques semaines. J'ai cru qu'ils allaient nous borduner.

Vous mettre dehors.

Oui.

Qu'est-ce qui s'est passé ?

L'endroit était bondé et quelqu'un a lâché un pet absolument infâme. Vraiment ignoble. J'ai regardé aux tables voisines et les gens faisaient comme si de rien n'était, le regard vitreux. Et voilà que Seals jette sa serviette et repousse sa chaise et se lève et exige de savoir qui est le coupable. Bon sang de merde, fait-il. Nous allons connaître le fond et le fondement de l'affaire. Et puis il s'est mis à désigner des suspects potentiels en les sommant d'avouer. C'était vous, n'est-ce pas ? Quel enfer. J'ai tenté discrètement de le faire taire. À ce stade, plusieurs grands gaillards à l'air peu commode s'étaient levés eux aussi. Le directeur est arrivé juste à temps et on a convaincu Seals de se rasseoir mais il a continué à maugréer et les gaillards se sont relevés. Vous savez ce que je trouve le plus exaspérant ? leur a-t-il demandé. C'est d'avoir à partager les femmes avec vous autres. De vous entendre pérorer, bande de peigne-culs, et de voir une jeune créature voluptueuse se pencher vers vous le souffle court avec ce frisson à peine contenu qu'on connaît tous pour inhaler encore plus goulûment les foutaises pestilentielles qui sortent de votre bouche comme si c'était la parole des prophètes. C'est douloureux à voir mais j'imagine qu'il faut faire montre d'une certaine mansuétude envers ces petites chéries. Elles ont si peu de temps pour convertir leur petit minou en espèces sonnantes et trébuchantes. N'empêche que ça agace. Que des primates comme vous aient ne serait-ce que le droit de contempler la grotte sacrée en bavant et en poussant des grognements et en vous astiquant le manche. Sans même parler de vous reproduire. Eh bien, au diable tout ça. Que la vérole s'abatte sur vous. Vous n'êtes qu'une bande de bigots bas du front qui haïssent l'excellence par principe et on a beau vous souhaiter cordialement de pourrir en enfer vous vous obstinez à ne pas y aller. Vous et votre progéniture nauséabonde. Certes, si tous les gens que je voue à l'enfer y étaient effectivement le diable devrait commander d'urgence un supplément de charbon. J'ai fait dix mille concessions à votre culture de cloportes sans jamais que vous en fassiez la moindre à la mienne. Il ne vous reste qu'à brandir vos coupes sous ma gorge béante et à trinquer entre vous avec le sang de mon cœur.

Enfin bref, Messire, je te dis tout et tu ne me dis rien. Ce n'est pas grave. Je connais ton passé. Un homme supplicié sur la roue de l'amour inconditionnel. Tu es une tragédie grecque perdue, Messire. Bien sûr, ton histoire pourrait encore être exhumée. Un manuscrit moucheté et maculé dormant dans les coffres d'une antique bibliothèque quelque part en Europe de l'Est. Moisi mais récupérable. Je dis connaître ton histoire mais bien sûr j'exagère. Je n'aimerais rien tant qu'un aperçu de ces infamies familiales au sujet desquelles tu demeures si laconique. Je parierais gros qu'en comparaison les tragédies grecques ressemblent à *La Petite Maison dans la prairie*.

Élucubre tout ce que tu veux.

J'ai toujours cru que tu retournerais à tes sciences.

Je suppose que je n'avais pas le cœur à ça.

Tu avais le cœur à quoi ?

À autre chose.

Je me sens vieux, Messire. Toutes les conversations portent sur le passé. Tu m'as dit un jour que tu regrettais de t'être réveillé après ton accident.

Je le regrette encore.

Quand tu auras quatre-vingt-dix ans tu pleureras toujours pour l'amour d'une enfant. Ça pourrait devenir inconvenant. Moi-même je ne suis guère étranger au chagrin et à la souffrance. Mais l'origine de ces contrariétés n'est pas toujours claire. Je caresse depuis longtemps l'hypothèse que réduire toute l'affliction à un unique malheur la rendrait peut-être plus digeste. Je regrette parfois de ne pas avoir de sœur morte à pleurer. Mais c'est ainsi.

Je ne sais jamais jusqu'à quel point te prendre au sérieux.

Je n'ai jamais été aussi sincère.

C'est sûrement vrai. Encore une bizarrerie à considérer.

Une bizarrerie, dites-vous, Messire ? Sainte Vierge Marie à la culotte immaculée ! Aujourd'hui j'ai rencontré un homme nommé Robert Western dont le père a tenté de détruire l'univers et dont la sœur putative s'est révélée une extraterrestre qui s'est donné la mort et en méditant l'histoire de cet homme j'ai compris que tout ce que je tenais pour vrai concernant l'âme humaine était peut-être nul et non avenu. La parole est à toi, Sigmund.

Tu ne sais rien de ma sœur.

C'est assez vrai. Ni d'aucune sœur. Je n'ai jamais eu de sœur. Ni été amoureux. Je ne crois pas. Enfin. Peut-être.

Où est passée Miss Tulsa ?

Partie en Floride rendre visite à sa famille. Tu me vois savourer un bref instant de liberté. Qui n'est point malvenu, comme tu peux l'imaginer. Tiens, Messire. Reprends du vin. On va changer de sujet.

Western tendit la main pour couvrir son verre. L'efflanqué sourit. Tu ne me prends pas au sérieux. Mais je vais continuer à pérorer encore un peu. Tu n'es peut-être qu'un thésauriseur de malheurs. Qui attend une hausse des cours.

Je ne suis pas malheureux, John.

En tout cas tu es quelque chose. Mais quoi ? Une allégorie du regret ? Voilà qui est classique. L'essence de la tragédie. L'âme d'icelle. Alors que le deuil proprement dit n'en est que le sujet.

Je ne suis pas sûr de te suivre.

Je vais aller plus doucement. Le deuil est l'étoffe même de la vie. Une vie sans deuil n'est pas une vie. Mais le regret est une prison. Une part de toi-même qui t'est infiniment précieuse demeure à jamais empalée à un carrefour que tu ne peux ni retrouver ni oublier.

Tu as ton diplôme de thérapeute ?

Prenons un café. Je te vois virer au larmoyant.

Soit, je renonce à croiser le fer avec toi sur ton propre terrain. Tu es un homme de mots, je suis un homme de nombres. Mais je crois qu'on sait tous deux lesquels l'emporteront.

Bien dit, Messire. Nous le savons en effet, et c'est d'autant plus regrettable.

Le serveur arriva. Il revint avec des tasses et un pot de café. Sheddan défit l'emballage d'un cigare et en coupa le bout avec un accessoire qu'il gardait constamment attaché à son porte-clés. Il alluma le cigare et en aspira une bouffée et le tint à bout de bras pour l'examiner puis le fixa entre ses dents. L'autre avantage, bien sûr, c'est que ça n'empiète pas sur l'heure de la sieste. Quand on déjeune de bonne heure. J'ai vu Pharaoh l'autre jour. Elle m'a demandé de tes nouvelles.

Tu as vu qui ?

Bianca. Une fille intéressante. Tu devrais lui proposer de sortir avec toi. Je crois qu'elle brûle d'envie de se faire sauter.

Sans façon.

Vraiment.

Vraiment.

Elle te baiserait à t'en faire compter les étoiles. Je peux le garantir.

Je n'en doute pas.

Je lui ai demandé un jour ce qu'elle aimerait faire qu'elle n'ait jamais fait.

Et ?

Elle a pris le temps de réfléchir. Je ne sais pas, a-t-elle dit. Baiser dans la boue ? Et j'ai dit non. À part ça. Peut-être quelque chose qui ne soit pas de nature sexuelle. Bref. Elle a dit que je lui posais une colle. Elle ne voyait pas ce que ça pouvait avoir d'intéressant. Elle a dit, et je cite : En général, les fantasmes des gens ne sont pas très intéressants. À moins que ce soit quelque chose de vraiment tordu et pervers et dépravé. Là, bien sûr, on s'y intéresse. On prend ça à cœur.

On prend ça à cœur ?

Ce sont ses mots. Elle a bien aimé la coupe de ta voiture. Je l'ai prévenue que tu étais un cas difficile. Doux euphémisme. Bref. Je ne suis pas dénué de compassion pour ton sort, Messire. Et certes de nos jours le monde des aventures galantes n'est guère fait pour les timorés. Le nom même des maladies fait froid dans le dos. Franchement, qu'est-ce que c'est que la chlamydia ? Et qui lui a donné un nom pareil ? Ton amour évoque moins la rougeur de la rose qu'une rougeur cutanée. On en vient à rêver d'une gentille fille vieux jeu avec une simple chtouille. Ne devrait-on pas exiger de ces mignonnes qu'elles hissent en haut d'un mât leurs culottes miasmatiques ? Comme un pavillon de quarantaine ? Bien sûr, je ne peux m'empêcher de me demander ce qu'un esprit analytique tel que toi peut bien trouver au beau sexe. Les chuchotements vagues. La patte soyeuse plongée dans ton caleçon. Les yeux captivants. Des créatures douces quand on les touche et sanguinivores quand on s'y frotte. Ce qui va à l'encontre de la sagesse populaire, c'est qu'en réalité c'est le mâle qui est l'esthète alors que la femme est portée aux abstractions. La richesse. Le pouvoir. Ce qu'un homme recherche, c'est la beauté pure et simple. On ne peut pas le dire autrement. Le bruissement des étoffes, le parfum de la femme. Ses cheveux qui le caressent sur son ventre nu. Des notions qui n'ont pour ainsi dire aucun sens pour une femme. Perdue comme elle est dans ses calculs. Le fait que l'homme ne sache pas même nommer ce qui l'asservit n'allège guère son fardeau. Je sais ce que tu penses.

Qu'est-ce que je pense ?

Une variation sur l'image éculée du don Juan qui au fond de lui méprise les femmes.

Ce n'est pas à ça que je pense.

Ah non ?

Je pense d'une manière assez vague et décousue à l'improbable enchaînement de circonstances qu'il a dû falloir pour aboutir à toi.

Vraiment.

Vraiment.

Bien. Je suppose qu'on est un peu de la même eau. Là encore, je n'ai jamais rencontré dans la vie de plus grand mystère que moi. Dans une société juste je serais remisé quelque part. Mais bien sûr la vraie menace pour le transgresseur ce n'est pas la société juste mais la société décadente. C'est là qu'il se découvre de moins en moins distinct de la communauté. Il se retrouve coopté. Il est difficile de nos jours d'être un roué ou un coquin. Un libertin. Un déviant ? Un pervers ? Vous plaisantez, j'espère. Les indulgences nouvelles ont pratiquement éliminé ces catégories de la langue. On ne peut plus être une femme de mauvaise vie. À titre d'exemple. Une gourgandine. Le concept même n'a plus de sens. On ne peut même plus être un drogué. Au mieux on est un consommateur. Un consommateur ? Qu'est-ce que c'est que cette connerie ? En une poignée d'années on est passé d'opiomanes à consommateurs. Pas besoin d'être Nostradamus pour voir vers quoi on s'achemine. Les plus haïssables des criminels réclameront un statut. Les tueurs en série et les cannibales revendiqueront le droit à leur mode de vie. Et comme tout le monde j'essaie de me situer dans cette ménagerie. Sans les malfaisants le monde des vertueux est dépouillé de toute signification. Quant à moi, là encore, si je ne peux pas être l'ennemi juré de la bienséance tout en en savourant les fruits je ne vois tout bonnement aucune place pour moi. Que me recommanderais-tu, Messire ? De rentrer chez moi me faire couler un bain chaud et grimper dans la baignoire et m'ouvrir les veines ? Non, oublie. Je te vois soupeser les avantages de cette solution. J'apprécie ma vie, Messire. Contre toute attente. Quoi qu'il en soit, c'est Hoffer qui a tout compris. Les vrais problèmes ne commencent dans une société que lorsque l'ennui en est devenu le signe distinctif. L'ennui peut pousser les gens les plus dociles à des extrémités qu'ils n'auraient jamais imaginées.

L'ennui.

Messire, je suis une crapule pratiquement sans égal. Mais à notre époque ce sont les gens bien qui font jaser. Impossible de les cerner. Ils ont peu d'amis, alors que j'en ai à ne savoir qu'en faire. Et pourquoi cela ?

Je ne sais pas.

Je crois que c'est parce que les gens s'ennuient tellement qu'ils en perdent la boule. Je ne trouve pas d'autre explication. Il se pourrait même que ce soit contagieux. En tout cas il y a des matins où en me réveillant je perçois une grisaille dans le monde qui n'était pas aussi flagrante auparavant. C'est une discussion qu'on a déjà eue. Je sais. Les horreurs du passé s'émoussent, et ce faisant nous rendent aveugles à un monde qui se précipite vers des ténèbres excédant les hypothèses les plus amères. Ça promet d'être intéressant. Lorsque l'avènement de la nuit absolue sera enfin reconnu comme irréversible même le plus froid des cyniques sera étonné de la célérité avec laquelle toute règle, toute restriction qui maintient debout cet édifice branlant sera abandonnée et toute déviance adoptée avec enthousiasme. Ça devrait être un sacré spectacle. Si bref soit-il.

C'est ça ta nouvelle préoccupation ?

Elle s'impose d'elle-même. Le temps et la perception du temps. Deux choses très différentes, j'imagine. Tu as dit un jour que le terme même d'instant T était une contradiction puisqu'une chose ne saurait exister qu'en mouvement. Que le temps ne saurait être circonscrit dans une brièveté qui contredirait sa définition même.

J'ai dit ça.

Oui. Tu as également laissé entendre que le temps pourrait bien procéder par à-coups plutôt que de façon linéaire. Que l'idée d'un monde divisible à l'infini comportait certains problèmes. Et qu'en revanche un monde discontinu forcerait à s'interroger sur ce qui en relie les éléments. Ça donne à réfléchir. Un oiseau piégé dans une grange qui traverse les rais de lumière oiseau par oiseau. Et dont la somme est un seul oiseau. On devrait y aller.

Tu crois que je m'ennuie ?

Non. Les gens brillants ont souvent un sacré fardeau à porter. Mais l'ennui en fait rarement partie. Ne t'en fais pas. Je suis toujours ravi d'approfondir un tant soit peu ma vision. Tu nies notre gémellité. En réaffirmant sournoisement comme tu sais le faire que nos généalogies et nos statuts socio-économiques respectifs nous ont séparés à la naissance d'une manière irrévocable. Mais je vous rétorquerai, Messire, que le simple fait d'avoir eu quelques dizaines de lectures communes constitue un ciment plus puissant que le sang.

Et quoi d'autre ?

Quoi d'autre. Je ne crois pas me réjouir du malheur d'autrui si je tire un certain plaisir à percevoir parfois en toi une étrange touche de jalousie. Rien qu'un éclair fugace.

Tu crois que je te jalouse ?

C'est énervant, n'est-ce pas ?

Dieu nous préserve.

Sheddan sourit. Il tira sur son cigare et le brandit et l'examina. Il souffla doucement sur la cendre. Ce n'est pas si fréquent que les gens apprécient ce qu'ils ont. Surtout peut-être quand c'est une chose aussi rare et singulière qu'une noble détresse. S'il faut être malheureux – et il le faut – alors mieux vaut susciter l'admiration que la pitié. Si réticents que nous puissions être à nous draper de ce manteau.

On ferait sans doute mieux d'y aller. Il faut que je dorme un peu.

Bien sûr. Et moi donc.

Merci pour le déjeuner.

Tout le plaisir est pour moi. C'est agréable d'avoir le choix entre plusieurs mécènes.

Il passa en revue toute une liasse de cartes de crédit et en posa une sur la table. Mes pourboires sont si généreux que les serveurs en sont souvent éberlués. Les touristes, comme tu peux l'imaginer, sont une engeance radine. Un jour, tu m'as raconté un rêve que tu te rappelles peut-être, ou peut-être pas. Assez curieux. On longeait un mur de pierre dans un tourbillon de cendre. Une scène de désolation. Il y avait des fleurs sombres qui pendaient par-dessus le mur. Des fleurs carnivores, selon toi. Noires et tannées comme du cuir. Semblables au con d'une chienne, disais-tu. On s'est assis dans les décombres et on a attendu. Finalement un téléphone a sonné. Tu te rappelles ?

Oui.

J'ai répondu et j'ai écouté et puis j'ai dit non et j'ai

raccroché. Et dans le rêve tu me demandais ce qu'ils avaient dit et je t'expliquais qu'ils voulaient savoir si on savait quoi que ce soit d'eux. Et j'ai dit non. Et ils ont dit : C'est bien ce qu'on pensait. Et ils ont raccroché. C'était toi le rêveur. Et pourtant si je ne t'avais pas raconté ce qu'ils avaient dit est-ce que tu l'aurais su ?

Je n'en sais rien.

Ni moi non plus. Pourquoi crois-tu que ta vie intérieure est un peu l'un de mes hobbies ?

Je n'en ai aucune idée.

Je suis convaincu que tu y vois quelque chose de malsain. Mais ce n'est pas le cas.

Le serveur arriva et emporta l'addition. Lorsqu'il revint l'efflanqué se pencha et signa la note d'un nom qui lui était inconnu puis referma le porte-addition en cuir. Il sourit. Je vais dire que je mourrai avant toi. Et que tu risques fort de me jalouser pour ce départ. Il y a quelque chose dans la vie que tu as abjuré, Messire. Et s'il est sans doute vrai que je jalouse en retour ta stature de héros classique, ma jalousie a des limites. Trimalchion est plus sage que Hamlet. Bien. On y va ?

Quand Western franchit les portes du patio dans la matinée Asher était attablé dans le coin avec son cartable abandonné sur la chaise à côté de lui. Il ne leva pas les yeux du document qu'il examinait. Western alla au comptoir et commanda deux bières et le rejoignit.

Bobby.

Alors, le récit fatal se dessine ?

Tu parles.

Tu en es où ?

Qu'est-ce que tu sais de Rotblat ?

Pas grand-chose.

Ton père le connaissait ?

Bien sûr. Mais je n'ai pas le souvenir qu'il soit jamais venu chez nous. Ils avaient une vision différente des choses. Pourquoi ?

Je me demandais juste s'il était arrivé à ton père de parler de lui. Ou plus exactement de sa femme. Du fait qu'elle avait fini dans les chambres à gaz pendant qu'il était tranquillement à la maison.

Tu estimes qu'il aurait dû retourner en Pologne pour mourir avec elle.

Oui. Pas toi ?

Si. Quoi d'autre ?

Tu l'aurais fait, toi ?

Je ne l'ai pas fait.

Ton père prenait Bertrand Russell pour un imbécile.

Non. Il le prenait pour un fou.

Ton père n'est jamais allé aux conférences de Pugwash.

Non. Il y avait des gens qui appelaient ça Pigwash. La mare aux cochons.

Asher croisa ses bottes sur la chaise vide. Il était mince et osseux et il avait des cheveux roux cendré. Avec ses bottes et son blouson de cuir élimé Western lui trouvait toujours l'air d'un géologue de forages pétroliers. Il feuilleta quelques pages de son carnet. Il se tapota le menton avec son crayon et regarda Western. Comment ça va, Bobby ?

Pas trop bien. J'ai un cancer du pancréas. J'en ai pour six mois grand max.

Asher se redressa brusquement. Oh putain, fit-il. Qu'est-ce que tu dis ?

Je déconne.

Merde, Western. C'est pas drôle.

Je suppose que non.

T'as un sens de l'humour vraiment tordu. Tu le sais, ça ?

On me l'a déjà dit. Je voulais peut-être juste voir si tu m'écoutais.

Je t'écoute.

On ferait peut-être mieux d'avancer.

Oh nom de Dieu. D'accord. Revenons à Chew.

D'accord.

Il était à Chicago.

Oui. Et ensuite à Berkeley.

Tu as dit qu'il était le joueur de flûte que ton père avait suivi aveuglément. Jusqu'à tomber dans l'oubli. Je me trompe ?

Je ne sais pas. C'est sans doute un peu fort. Mon père était un électron libre. Beaucoup de gens considéraient que la théorie de la matrice S était tout à fait raisonnable. Et même prometteuse. Elle a simplement été supplantée par la chromodynamique. Et finalement par la théorie des cordes. Soi-disant.

Là, on est encore au début des années soixante.

Oui.

La théorie des cordes commence à ressembler à des maths sans fin.

C'est le principal reproche qu'on lui fait, je crois. L'une des premières choses qui est apparue dans les équations, c'était une particule de masse nulle, de charge nulle, et de spin deux. C'était sacrément prometteur.

Un graviton.

Oui. Une créature imaginée mais jamais vue. Je ne connais pas grand-chose à la théorie des cordes mais c'est une théorie physique, pas mathématique. Le nombre de dimensions qu'on lui attribue change constamment. Elle a été abondamment soutenue mais pas par tout le monde. Si le sujet est évoqué en présence de Glashow il est capable de quitter la pièce. Witten dit qu'on en saura plus dans vingt ans.

C'est Glashow qui mène la danse ? Ce n'est pas Witten qui a le dernier mot ?

Si. Enfin, je crois. Les mini-biographies font toujours partie du projet ?

Tout à fait. C'est juste que je ne sais pas trop où les caser. Est-ce que Russell s'y connaissait un peu en physique ?

Non.

C'est pour ça que ton père le dédaignait ?

Non.

C'est bien beau de dire que si on ne peut pas pleinement saisir le monde quantique c'est parce qu'on n'a pas évolué dans ce monde. Mais le vrai mystère, c'est celui qui hantait Darwin. Comment on en vient à connaître des choses compliquées qui n'ont aucune valeur pour notre survie. Les fondateurs de la mécanique quantique – Dirac, Pauli, Heisenberg – n'avaient pour les guider qu'une intuition du monde tel qu'il devait être. En commençant à une échelle dont on connaissait à peine l'existence. Des anomalies spectrales. Qu'est-ce que c'est que ce truc ? Oh, c'est une anomalie. Une anomalie. Oui. Tiens donc. Tu m'en diras tant. Est-ce qu'Einstein a travaillé avec Boltzmann ?

Je ne sais pas. Ce qu'il a retenu de Boltzmann, c'est le soupçon partagé qu'à une certaine échelle les lois de la thermodynamique n'étaient peut-être pas figées. Ehrenfest a eu la même idée. Une idée extrêmement destructrice.

Est-ce qu'Ehrenfest a travaillé avec Boltzmann ?

Spontanément je dirais que non.

Qu'est-ce qu'ils avaient en commun ?

Le suicide ?

Putain, Western.

Ce n'étaient pas seulement les dés quantiques qui

dérangeaient Einstein. C'était toute l'idée sous-jacente. Le caractère indéterminé de la réalité elle-même. Il avait lu Schopenhauer dans sa jeunesse mais il pensait avoir dépassé ce stade. Et voilà qu'il y retombait – diraient certains – sous la forme d'une théorie physique indiscutable.

Ça ne l'a pas empêché de la discuter, pourtant. Si ?

Non.

Quoi d'autre ?

La voie de l'infini peut fort bien nous confronter à de nouvelles règles en cours de route.

Tu as encore les archives de ton père ?

Non.

Elles ne sont pas à Princeton ?

Pas toutes.

Elles sont où ?

Une partie se trouvait chez ma grand-mère dans le Tennessee. Ça concernait surtout la période du lac Tahoe.

Se trouvait.

Oui. Les papiers ont été volés.

Volés ?

Oui.

Chez ta grand-mère.

Oui.

Qui pourrait voler ça ?

Aucune idée. Ils n'ont pas laissé de mot.

Tu les avais lus ?

Certains. Je les avais parcourus. Ils étaient rangés dans une boîte à pain. Quand il a quitté l'équipe de Teller pour se remettre à la physique des particules il a constaté que les choses avaient un peu bougé.

La théorie de la matrice S.

Western haussa les épaules.

Asher décroisa et recroisa les jambes et se tapota de nouveau le menton avec la gomme de son crayon. Une percée.

Le mot est risqué. Witten disait que la théorie des cordes était peut-être prématurée d'un demi-siècle.

Je crois qu'on espère y trouver une théorie de tout.

Qui sait ? Feynman a dit un jour qu'on était en train de découvrir les lois fondamentales de la nature et que ce moment ne se reproduirait jamais. Feynman est un type brillant mais je trouve un peu contestable de dire une chose pareille. Si par miracle la science a encore un avenir elle dévoilera non seulement de nouvelles lois de la nature mais aussi de nouvelles natures auxquelles attribuer des lois. Le livre de Dirac se termine par ces mots : « Il semble qu'il nous faille encore des idées physiques profondément neuves. » Soit. Il y en aura toujours.

Et la théorie de Kaluza-Klein, qu'est-ce qu'elle est devenue ?

Elle n'a pas disparu. Elle a refait surface dans les théories d'unification plus modernes. Reste à savoir bien sûr si elles-mêmes ont la moindre valeur. La théorie d'origine était une construction tout à fait élégante. Einstein était plutôt séduit. Il a écrit un article assez chouette sur le sujet. Avec des diagrammes et tout. Mais il a rapidement perçu la plupart des problèmes que posait cette théorie et il a fini par la laisser tomber. Je sais que mon père avait exhumé l'article de Kaluza de 1921. Ça s'accompagnait d'une théorie des champs à cinq dimensions et c'était un sacré truc. Il proposait une théorie relativiste de la gravitation. C'est ce qui a intéressé Klein, et quand la version Kaluza-Klein de la théorie a été publiée elle incorporait la mécanique quantique. De Broglie s'y est intéressé.

C'était une époque indéniablement intéressante pour la physique.

Comme dans la malédiction chinoise ? « Puissiez-vous vivre une époque intéressante » ?

Il y a de ça, j'imagine. La raison d'être des particules ponctuelles, c'est que, si on y introduit un élément fâcheux – la réalité physique par exemple –, les équations ne fonctionnent plus. Si un point est dénué d'existence physique, on n'a plus qu'une position. Or une position non définie par rapport à une autre position ne saurait être exprimée. L'un des problèmes de la mécanique quantique réside forcément dans la difficulté à admettre le simple fait qu'il n'existe pas d'information en soi, qui serait indépendante du dispositif nécessaire à sa perception. Il n'y avait pas de voûte étoilée avant qu'apparaisse le premier être doté des organes sensoriels lui permettant de la contempler. Avant cela, tout n'était que noirceur et silence.

Et pourtant ça tournait.

Et pourtant. En tout cas, l'idée même des particules ponctuelles va à l'encontre du sens commun. Quelque chose existe. La vérité, c'est que nous n'avons pas de définition correcte d'une particule. En quel sens peut-on dire qu'un hadron est « composé » de quarks ? Est-ce que c'est une façon pour le réductionnisme de joindre l'acte à la parole ? Je n'en sais rien. Kant voyait dans la mécanique quantique – je cite – « tout ce qui échappe à nos facultés de connaissance ».

C'est comme ça que Kant voyait la mécanique quantique.

Bien sûr.

Putain, Western.

Tu ne crois quand même pas qu'il parlait du surnaturel ?

Sans doute pas.

Pour le sceptique, toute argumentation se mord la queue. Y compris celle-ci, j'imagine. Mais bon, je ne vais pas me triturer les méninges en vain sur la valeur profonde de la mécanique quantique. C'est la théorie physique la plus satisfaisante qu'on ait jamais eue à notre disposition. S'il y a un problème avec l'école de Copenhague c'est juste que Bohr avait lu trop de mauvais philosophes. On devrait peut-être avancer.

OK. Donc Chew.

Mouais. C'est peut-être avancer un peu loin.

Tu plaisantes.

Oui.

Chew était convaincu que la théorie de la matrice S était celle qui ferait progresser la physique des hautes énergies.

Oui.

Et ç'a été le cas ?

Ç'a été la théorie de la semaine. Pendant environ un an.

Sans jeu de mots, j'imagine.

Deux ans, plus exactement. Pardon. En fait, tout avait commencé avec Heisenberg au début des années quarante. Et même plus tôt avec Wheeler.

Mais là on est dans les années soixante.

Oui. Le zoo de particules. La théorie quantique des champs a été quelque temps dans leur ligne de mire mais ils auraient dû se méfier. La théorie de la matrice S était très ambitieuse. La théorie du bootstrap, comme Chew aimait à la surnommer. Sa version, en tout cas. Elle est partie un peu en roue libre et c'est Geoffrey Chew qui tenait la barre.

Et ton père s'y était embarqué.

Oui.

Ton père a connu David Bohm ?

Oui. Il l'appréciait beaucoup.

J'aurais cru qu'ils avaient des opinions politiques trop différentes.

C'est vrai. Un jour David est allé voir Einstein pour tenter de lui expliquer en quoi ses objections – celles d'Einstein – à la mécanique quantique étaient erronées. Ils ont passé deux heures dans le bureau d'Einstein à Princeton et quand Bohm en est ressorti il avait, selon l'expression de Murray Gell-Mann, perdu la foi. Il a écrit un excellent livre sur la mécanique quantique qui essayait de tout mettre à plat mais ça n'a pas suffi et il a passé le reste de sa vie à s'efforcer, en substance, de trouver une description classique compatible avec cette théorie. L'équivalent quantique de la quadrature du cercle. Et entre-temps il a été chassé du pays par le Département d'État.

Les variables cachées.

Oui. Très bien cachées. C'est le problème inverse de celui que posent les intégrales de chemin de Feynman. On ne peut pas visualiser la théorie de Feynman mais ses fondements mathématiques sont solides. Alors qu'on peut visualiser les variables cachées. Enfin, on peut visualiser comment ça pourrait marcher. Plus ou moins. On peut faire un dessin. Mais ça ne marche pas.

Western s'interrompit. Asher prenait des notes dans son carnet. Sans lever les yeux.

La théorie du bootstrap a été éclipsée par l'arrivée du quark.

Plus tôt que ça, en fait. Murray et Feynman partageaient la même secrétaire à Caltech et chacun enviait le travail de l'autre. Enfin, surtout Murray. N'empêche que le jour où Murray a publié son travail sur la voie octuple George Zweig a croisé Feynman dans le couloir, courbé en deux et secouant la tête, et en passant devant lui il l'a entendu marmonner dans sa barbe : Il a raison. Il a raison, ce salopard. Peu après, alors que George était au CERN, il s'est réveillé une nuit avec l'intuition que les nucléons n'étaient pas des particules élémentaires.

Ça lui est venu comme ça.

Pas exactement. N'empêche, c'est une idée assez simple. À savoir que les nucléons sont composés, si l'on peut dire, d'une combinaison de particules plus petites. Par groupes de trois. Pour les hadrons. Quasiment identiques. Il les avait appelés les as. Il m'a confié avoir pensé que personne d'autre n'arriverait à cette conclusion et qu'il avait tout le temps de la formaliser. Il ne savait pas que Murray était sur ses talons et qu'il lui restait moins d'un an. Au bout du compte Murray a baptisé ces particules des quarks – un emprunt à *Finnegans Wake* de Joyce, où le terme renvoie à du fromage blanc. Trois quarks pour Monsieur Mark. Et c'est lui qui a décroché la timbale et le prix Nobel tandis que George en était quitte pour une psychothérapie. Mais c'est George qui s'en est le mieux sorti.

C'est une histoire vraie.

Tout ça est attesté. En fait, non, sans doute pas. Pas tout, en tout cas. Mais il est également vrai qu'à l'origine Murray avait présenté cette théorie comme purement spéculative. Comme un modèle mathématique. Il l'a toujours nié par la suite mais j'ai lu les articles de l'époque. George, en revanche, savait qu'il s'agissait d'une véritable théorie physique. Et il avait raison bien sûr.

Feynman a été le directeur d'études de George.

Oui.

La théorie du bootstrap aurait fini par s'autodétruire.

Murray dit qu'elle a simplement fini par muer en

théorie des cordes. Mais de toute façon elle a été rendue caduque par le succès des théories de jauge.

Et Chew, qu'est-ce qu'il est devenu ?

Il est toujours à Berkeley. Il a fait une belle carrière. Mais pas à la mesure de ce qu'il avait envisagé. Et la théorie des cordes reste un bourbier mathématique.

Est-ce que quelqu'un d'autre s'est fait voler ses archives ? Outre ton père.

Pas à ma connaissance. Mais en fait je n'en sais rien.

Tu les avais parcourus. Les documents de la boîte à pain.

Oui. Ils portaient surtout sur l'interaction faible. Les gens pensaient que cette théorie finirait par s'apparenter à de l'électrodynamique quantique mais il n'était pas de cet avis. Selon lui, le fait que cette approche fonctionne pour l'EDQ ne voulait rien dire. La théorie de Yang-Mills circulait déjà depuis quelques années mais personne ne savait quoi faire des bosons qui allaient avec.

On pensait qu'ils avaient une masse nulle.

À l'époque on pensait qu'ils avaient une masse nulle. En effet.

Comme le photon.

Comme le photon. Oui. Ces particules étaient les médiateurs. Ce sont elles qu'on a fini par appeler les bosons W et Z.

Les bosons vecteurs de Yang-Mills.

Oui. Glashow a proposé une théorie de jauge qui incorporait les particules W et ce qu'il appelait désormais la particule Z. Mais toujours pas de réelle explication pour l'origine des masses. Elles étaient introduites à la main dans la théorie. Et puis en 64 Higgs a présenté son mécanisme et Weinberg a compris que si on pouvait s'en servir pour briser la symétrie on pourrait aussi l'utiliser pour enfin obtenir une masse pour les bosons vecteurs. Ou vice versa. La particule W s'est vu d'abord attribuer une valeur de quarante gigaélectronvolts contre quatre-vingts pour la particule Z. Finalement ça s'est révélé être respectivement quatre-vingts et quatre-vingt-onze si je me souviens bien. Weinberg a publié un article désormais célèbre sur la question en 1967 et à l'époque personne ne l'a lu. Mais mon père l'avait lu. La théorie déroulait encore ces infinis dont personne ne pouvait se débarrasser. Je crois que l'article n'a été cité que cinq fois en cinq ans. On ne parvenait pas à accorder la renormalisation avec Yang-Mills. Et puis 't Hooft a fini par trouver une issue en 1971 mais entre-temps mon père avait vu sa construction se lézarder et il s'est attaqué au problème de Higgs mais sans parvenir à rien de concluant. Je crois que le mot qu'il a employé, c'était incohérent.

On dirait qu'il a mis bien des espoirs dans une théorie qui restait à prouver.

Celle de Higgs.

Oui.

Il était un peu comme Dirac. Ou Chandrasekhar. Il avait une foi obstinée en l'esthétique. Il trouvait l'article de Higgs trop élégant pour être erroné. Entre autres. On peut ajouter à la liste le modèle SU(5) de Glashow. Une théorie superbe. Et erronée.

Et celle de Higgs, elle est erronée ?

Je n'en sais rien. Ce qui se passait pendant ce temps dans le monde réel, c'est que Weinberg avait compris que la particule Z de Glashow, elle, devait être juste. Il était bien le seul à ne pas la rejeter. Le problème, c'est qu'elle était trop massive. Un vrai mastodonte. Le boson Z est carrément plus lourd que certains atomes. Mais même si on parvenait à le produire dans un accélérateur on serait toujours confronté au problème de sa charge nulle. Il a tout de même compris qu'avec des collisions entre neutrinos et nucléons qui produisaient la particule W et donnaient au final un lepton avec la même charge électrique on obtiendrait forcément une particule Z de temps en temps. Et puisque le Z était de charge nulle ça voulait dire que le neutrino resterait un neutrino. La charge se conserve dans une interaction faible au même titre que dans toute autre interaction. On ne verrait pas un lepton de charge opposée à la particule W parce que ce ne serait pas une particule W. Ce serait une particule Z. Il a compris qu'on ne verrait rien, et que c'était ça qu'il fallait guetter. Ou bien on verrait juste une émission de hadrons et ce serait la signature de cette particule Z dont tout le monde disait qu'on ne la découvrirait jamais.

Asher restait immobile, le crayon entre les dents. Joli, dit-il.

En tout cas, on a fini par observer des courants neutres à la fois au CERN et au Fermilab. Des particules Z. Il y a eu un peu de confusion au départ mais ça s'est dissipé. Et Weinberg et Glashow et Abdus Salam viennent d'obtenir le prix Nobel pour leur nouvelle théorie de l'interaction électrofaible.

La première étape vers la Grande Unification.

Ma foi. Peut-être.

Et ton père, qu'est-ce qu'il est devenu ?

Il est mort.

Je sais.

Il a quitté Berkeley pour aller vivre dans un chalet de la Sierra Nevada. La première fois que je suis allé le voir là-bas il était déjà malade. Je l'ai accompagné à l'hôpital de La Jolla. Pourquoi La Jolla, je n'en sais rien. Puis il est reparti dans la Sierra. Je crois qu'il a dû retourner une fois à La Jolla. Il n'avait aucune raison

d'espérer quoi que ce soit. La dernière fois que je l'ai vu, je suis arrivé sans prévenir et j'ai passé la journée avec lui. Il avait placardé sur tous les murs du chalet les tracés de vieilles collisions de particules obtenues avec le Bévatron. Il était très amaigri. Il n'avait pas grand-chose à dire. Les tracés remontaient aux années cinquante. Je suppose qu'il y voyait un ordre et une logique. J'aurais peut-être dû y prêter davantage attention. Il n'avait pas l'air avide d'en parler et je n'ai pas insisté. C'était tellement beau là-haut. Il y avait des truites dorées dans les lacs. Ça désigne une espèce, pas simplement une couleur. Mais c'est la dernière fois que je l'ai vu. Quelques mois plus tard il était mort.
À Juárez au Mexique.
Oui.
Et le chalet, qu'est-ce qu'il est devenu ?
Il a brûlé.
Quelqu'un y logeait ?
Non.
Alors comment il a brûlé ?
Je ne sais pas. Il a peut-être été frappé par la foudre.
Frappé par la foudre.
C'est une supposition.
Et après ça tu as arrêté la fac.
Oui.
Pourquoi ?
L'histoire de la physique est peuplée de gens qui ont laissé tomber pour faire autre chose. À de rares exceptions près ils ont tous un point commun.
À savoir ?
Ils n'étaient pas assez bons.
Et toi ?
Je me débrouillais. J'aurais pu continuer. Mais pas à un niveau qui aurait fait la différence.

Et ton père ?

La plupart des physiciens n'ont ni le talent ni les couilles pour s'attaquer aux problèmes vraiment coriaces. Mais distinguer parmi des milliers de problèmes celui qui est vraiment important, c'est déjà un talent qui ne court pas les rues.

Qu'est-ce qui l'a ramené au Bévatron ?

Je ne sais pas. Je crois qu'il passait son temps à ruminer les lois de l'univers. Est-ce qu'elles sont immuables ? Des choses qu'on croyait avoir résolues par le passé. Est-ce qu'il existe vraiment des particules dénuées de toute masse ? Nonobstant l'invariance de jauge. Est-ce qu'on en est certain ? Si on avait des leptons de masse infinitésimale, jusqu'où pourraient-ils approcher la vitesse de la lumière ? Est-ce que c'est mesurable ?

Quoi encore ?

Je ne sais pas.

Est-ce que les valeurs des constantes ne sauraient pas confusément ce qui se profile ?

On dirait du Penrose.

Ouais. Peut-être.

Quoi d'autre ?

Je ne sais pas. Stückelberg.

Stückelberg.

Oui.

C'est qui ?

Vaste question.

Alors ?

Stückelberg était un mathématicien et physicien suisse qui s'est pointé au labo de Sommerfeld quelques années trop tard. Mais il avait pigé tout seul l'essentiel du modèle des interactions fondamentales et une bonne partie de la théorie de la matrice S, sans oublier le groupe de renormalisation. La liste est encore longue. Une théorie de la perturbation covariante dans les champs quantiques. Le modèle d'échange de boson vecteur – qu'il a abandonné et qui plus tard a valu le prix Nobel à Hideki Yukawa. Aucune mention de son nom. Mais bon, que dire ? J'ai tout piqué à un mec qui s'appelle Stückelberg ? Le mécanisme de Higgs pour un groupe abélien. Et même l'interprétation du positron comme un électron qui remonte le temps. C'est peut-être impossible à prouver, mais c'est une intuition qui mériterait une place au panthéon des rares théories qui refaçonnent le monde. Théorie attribuée plus tard à plusieurs autres chercheurs. Aucune reconnaissance. Un travail pionnier sur la renormalisation. Idem. Ça vaudrait peut-être le coup que tu cites son nom. Personne d'autre ne l'a fait.

Comment ça s'écrit ?

Comme ça se prononce.

Ben voyons.

Western épela le nom.

Bien. Revenons aux constantes.

Revenons-y.

À quoi ressemblerait une explication des constantes ?

Je ne sais pas.

Ouais. Je sais. Pourquoi Dirac n'a pas tout simplement dit que la particule qu'il avait débusquée était un antiélectron ? Il devait bien le savoir en 1931.

Murray lui a posé la question. Quelques années plus tard.

Et qu'est-ce qu'il a répondu ?

Il a dit : Par pure lâcheté.

Asher secoua la tête. Western faillit sourire.

Avoir tort, c'est la pire chose qui puisse arriver à un physicien. Ex æquo avec être mort.

Mouais.

On s'interroge sur les gens qui ne publient presque rien. Wittgenstein par exemple. Qu'est-ce que ça veut dire ? Une bonne partie des écrits de mon père ont disparu. Donc toute une facette de l'homme qu'il était me restera à jamais inconnue.

C'est douloureux pour toi ?

Tout est douloureux pour moi. Je crois. Je suis peut-être juste une nature douloureuse.

Il y eut un long silence.

Excuse-moi, dit Western. Il faut que j'y aille.

Tu crois vraiment à la physique ?

Je ne sais pas ce que ça veut dire. La physique tente de figurer le monde avec des nombres. Je ne suis pas sûr que ça explique quoi que ce soit. On ne peut pas illustrer l'inconnu. Quoi que ça puisse recouvrir.

Si j'étais doué pour la physique, j'en ferais. Envers et contre tout.

Western hocha la tête. Il repoussa sa chaise et se leva. Soit. D'après mon expérience, les gens qui disent envers et contre tout savent rarement ce que ce tout peut impliquer. Ils n'imaginent pas le pire de ce tout. À la prochaine.

———

Il obtint de Janice qu'elle s'occupe du chat et il fourra quelques affaires dans deux petites sacoches souples et dans la soirée il prit un taxi jusqu'à la zone de l'aéroport et au box où il entreposait sa voiture. Chuck était dans le bureau d'accueil et il sortit sur le pas de la porte et désigna de la tête les sacoches de Western. T'emmènes ton engin en virée ?

Ouaip.

Tu vas où ?

Wartburg, dans le Tennessee.

Ça doit pas être très loin de Crotte-de-Coq dans l'Arkansas.

Ça existe vraiment.

Et il y a quoi là-bas ?

Ma grand-mère.

Ça fait une sacrée trotte, non ? Pourquoi, elle s'apprête à casser sa pipe et à te laisser son magot ?

Pas à ma connaissance.

Ça représente quoi comme trajet ?

Je ne sais pas. Mille bornes, dans ces eaux-là.

Et ça va te prendre combien de temps ?

Je dirais six heures.

Arrête tes conneries.

Cinq heures et demie ?

Allez, casse-toi.

Il déposa ses sacoches devant le box et déverrouilla le cadenas et remonta la porte basculante et alluma l'unique ampoule au plafond. La voiture était recouverte d'une bâche de tissu et il longea le mur jusqu'à l'avant et défit les sangles et rabattit la bâche par-dessus le capot et le toit en acier inoxydable et l'emporta au-dehors et la secoua. Puis il la replia et la rapporta à l'intérieur et la posa sur l'étagère à l'entrée du box à côté du mainteneur de charge. Il souleva la trappe et débrancha les pinces reliées au chargeur et au minuteur et retira le fil par le passage de roue et vérifia les niveaux d'huile et d'eau. Puis il laissa retomber la trappe et contourna la voiture et se glissa par la portière entrouverte et introduisit la clé de contact et poussa le bouton du starter.

Il n'avait pas conduit la voiture depuis six mois mais il n'eut aucun problème à démarrer. Il fit ronronner le moteur et vérifia les jauges et passa la marche arrière et recula lentement hors du box jusque sur l'asphalte.

Il descendit de voiture et éteignit la lumière et referma la porte et verrouilla le cadenas et il ouvrit le capot et cala ses sacoches dans un coin et referma le capot et remonta et fit rugir le moteur. Une fumée blanche se diffusa au-dessus des boxes. Le bruit du moteur se fit plus régulier et la voiture se mit à gargouiller à pleine gorge. Il se plaisait à voir la fonction d'onde de Schrödinger dans le trident qui identifiait la Maserati. Mais bien sûr ça pouvait aussi symboliser les démons des abysses. Il sourit et passa la première et effectua un demi-tour et franchit le portail.

Il faisait nuit quand il parvint à Hattiesburg. Il avait allumé ses phares au crépuscule et il atteignit la frontière de l'Alabama, à l'est de Meridian, en une heure tout rond. Il y avait cent kilomètres jusqu'à Tuscaloosa et l'autoroute était droite et déserte hormis un semi-remorque de loin en loin et il lâcha la bride à la Maserati et parcourut les soixante kilomètres qui le séparaient de Clinton en dix-huit minutes en poussant deux fois le moteur dans le rouge avec un compteur qui affichait deux cent soixante-cinq kilomètres-heure. Il songea alors qu'il avait dû épuiser son crédit de chance auprès de la police routière avec tous ces contrôles radar qu'il avait brûlés dans les petites bourgades et il traversa Tuscaloosa et Birmingham à une allure plus tranquille et franchit la frontière du Tennessee au sud de Chattanooga cinq heures et quarante minutes après avoir quitté La Nouvelle-Orléans.

Il était une heure dix du matin quand il quitta l'autoroute et s'engagea dans la grand-rue déserte de Wartburg. Tout était fermé. Il fit demi-tour au niveau de Bonifacius Street et rebroussa chemin et tourna dans Kingston Street et dépassa le palais de justice et poursuivit jusque dans la campagne. Il n'y avait que le son des pneus incrustés de gravillons sur le macadam de la deux-voies et la lune rasant les collines noires à l'ouest. Il franchit le vieux pont et bifurqua pour emprunter le chemin de terre et continua. Une fois stationné en face de la maison il éteignit ses phares et resta assis dans le noir en laissant tourner le moteur. Une lampe à vapeur de mercure éclairait le jardin mais la maison elle-même était sombre et silencieuse. Il resta là quelque temps. Puis il ralluma les phares et fit demi-tour sur le chemin de terre et retourna en ville.

Une voiture de shérif le repéra et le suivit jusqu'à la sortie de la ville où elle repartit dans l'autre sens. Il roula vers le sud sur l'autoroute 27 en direction de Harriman et s'arrêta à un motel en bordure de la ville. Il était deux heures trente du matin. Il s'avança vers la porte de la réception et sonna à l'interphone et attendit. Il faisait frisquet. Il voyait son haleine. Il rappuya sur le bouton et au bout d'un moment l'employé de nuit arriva et lui ouvrit.

Il remplit la fiche et la retourna et la poussa sur le comptoir. L'homme la saisit et la tint à bout de bras pour l'examiner. Il était petit et grisâtre. Il n'avait pas l'air de s'aérer souvent.

J'avais un frère qui vivait en Louisiane, à Monroe. C'est même là qu'il est mort.

Il se pencha et plissa les yeux en regardant l'allée où la Maserati était garée à la lueur rouge du néon annonçant des chambres libres. Une japonaise, dit-il. Ma nièce en a une. Mais bref, on vit dans un pays libre à ce qu'il paraît.

Ce n'est pas une japonaise.
Alors c'est quoi dans ce cas ?
Une italienne.

Ah ouais ? Enfin, on s'est aussi battus contre eux, ces salopards. Ça fera quinze soixante et onze, taxes comprises.

Il paya l'employé et récupéra sa clé et rejoignit sa chambre en voiture et se coucha.

Au matin il retourna à Wartburg et prit un petit déjeuner tardif dans le modeste café en lisant le journal local. Sur le parking deux adolescents lorgnaient la voiture. De temps en temps les autres clients lui lançaient des regards tandis qu'il mangeait et bientôt la plus jeune des deux serveuses vint lui resservir du café.

Je parie qu'il est à vous, cet engin-là.

Western leva les yeux. Elle avait sur le front des points de suture tout frais. Elle versa le café et posa la cafetière sur la table et sortit son bloc de commandes de la poche de son tablier. Vous vouliez autre chose ?

C'est possible. J'ai une faim de loup.

Il étudia le menu. On vous réclame souvent le wartburger ?

Ouais. Il a beaucoup de succès.

Il referma le menu. Je crois que je vais éviter de tenter le diable. Il leva les yeux vers elle.

Vous n'êtes pas d'ici, hein ?

Oh purée, non. Je déteste cet endroit.

J'avais cru comprendre que c'était une ville de fêtards.

Wartburg ? D'où vous sortez ça ? Vous vous payez ma fiole, c'est ça ?

Vous avez un fiancé à Petros.

Un mari. Comment vous le savez ?

Je ne sais pas. Vous ne portez pas d'alliance.

Si, je la porte. Mais pas quand je travaille.

Vous arrivez à le voir souvent ?

Deux fois par semaine.

Il a vu ces points de suture ?
Pas encore.
Qu'est-ce que vous allez lui raconter ?
Qui vous dit que c'est pas lui qui me les a faits ?
Il est médecin ?
Vous savez bien ce que je veux dire.
C'est lui, alors ?
Non. Je vous l'ai déjà dit. Il les a même pas encore vus.
Alors qu'est-ce que vous allez lui raconter ?
Vous êtes sacrément indiscret, vous savez ? Je vais lui dire que j'ai glissé et que je suis tombée, si vous tenez à le savoir.
Je me demandais juste si vous aviez une bonne excuse.
Qu'est-ce qui vous fait croire que j'ai besoin d'une excuse ? Vous ne savez pas ce qui s'est passé.
Il vous faut une excuse ?
Peut-être. Mais pourquoi je vous le dirais ?
Pourquoi pas ?
Vous êtes d'où ?
D'ici.
Je vous crois pas.
Alors de La Nouvelle-Orléans ?
Je sais pas. C'est vrai ?
Si ça vous convient.
Elle jeta un regard vers le comptoir puis se tourna à nouveau vers lui. Vous faites un tantinet le malin, on dirait.
Oui.
Même si vous êtes plutôt mignon.
Vous n'êtes pas mal non plus. Vous voulez qu'on sorte ensemble ?
Elle lança un nouveau regard vers le comptoir avant

de revenir à lui. Je ne sais pas, chuchota-t-elle. Vous me rendez un tantinet nerveuse.

Ça fait partie de ma stratégie. C'est bon pour la libido.

Bon pour la *quoi* ?

Pourquoi est-ce qu'il est en taule ? Homicide involontaire ?

Comment vous le savez ? Vous avez parlé à Margie ?

C'est qui Margie ?

C'est la drôlesse debout là-bas. Qu'est-ce qu'elle vous a dit sur moi ?

Elle m'a dit que je devrais vous proposer de sortir avec moi.

Je vais lui botter les fesses.

Je vous taquine. Elle n'a jamais dit ça.

Elle a pas intérêt. Vous vouliez autre chose ?

Non merci.

Elle détacha l'addition de son bloc et la posa à l'envers sur la table. C'est vrai de vrai que vous êtes de La Nouvelle-Orléans ?

Oui.

J'y suis jamais allée. Vous êtes un joueur ?

Non. Je suis plongeur en eaux profondes.

Vous vous payez ma binette. Il faut que je m'occupe des clients.

Bien sûr.

Ce que vous avez dit, c'était du sérieux ?

En parlant de quoi.

Vous savez bien. De sortir ensemble.

Peut-être. Je ne sais pas. Vous me rendez un peu nerveux.

Eh ben ça peut être bon pour cette chose que vous disiez, là. Si vous en avez une.

Combien vous voulez que je vous laisse de pourboire ?

Ben je sais pas trop, mon chou. Laissez parler votre cœur.

D'accord. On joue ça à quitte ou double ?

Et comment je saurais le double de quoi ?

Qu'est-ce que ça change ? Ça sera soit le double soit rien du tout.

D'accord.

Je vous laisse faire.

Pourquoi ?

Je pourrais avoir une pièce truquée.

Ouais, dit-elle. Vous en seriez bien capable.

Elle pêcha dans sa poche de tablier une pièce de vingt-cinq cents qu'elle lança en l'air et rattrapa et plaqua sur son avant-bras et elle regarda Bobby.

Face, dit-il.

Elle retira sa main. C'était pile.

On recommence ?

D'accord.

De nouveau elle lança la pièce et de nouveau il dit face et c'était pile.

Encore une fois ?

Ça me fait combien maintenant ?

Quatre fois ce que vous aviez au départ.

Ça, je sais bien. Je sais faire le calcul. Vous voulez juste continuer à doubler la mise jusqu'à ce que je perde.

Exactement.

Alors je crois que je vais m'arrêter là.

Vous avez de la jugeote.

Il faut que j'aille servir ces gens. J'ai gagné combien ?

Il sortit de sa poche une liasse de billets. J'allais vous laisser deux dollars. Donc ça vous fait six.

Oh que non. Ça me fait huit.

C'était juste pour tester votre calcul mental.

J'étais bonne en calcul à l'école. La matière que je détestais, c'était l'anglais.

Il lui tendit un billet de vingt dollars et elle fouilla dans son tablier pour lui rendre la monnaie.

Pas la peine, dit-il. Gardez tout.

Ben merci, alors.

Je vous en prie.

Je savais pas trop si vous faisiez pas le fanfaron.

Mais maintenant vous savez.

Plus ou moins. Il faut que je vous laisse.

C'est quoi votre nom ?

Ella. Et vous ?

Robert.

Je suis libre ce soir.

Votre mari va me faire la peau.

Mon mari, il est au pénitencier.

Vous ne m'avez toujours pas dit d'où vous viennent ces points de suture.

Je vous raconterai peut-être quand on se connaîtra mieux.

Il se glissa hors de la banquette et se leva. À bientôt, Miss Ella.

Bye-bye.

Il traversa le parking et monta dans la voiture et démarra. Lorsqu'il s'engagea dans la rue elle le regardait derrière la vitre et elle brandit son crayon pour lui dire au revoir.

Il se gara dans l'allée sous les vieux noyers et coupa le moteur. La voiture de sa grand-mère n'était plus là. Sans bouger il contempla les lieux. Une ferme en bois blanc toute en hauteur. Qui aurait bien besoin d'un coup de peinture. Il crut voir bouger les rideaux du bow-window. Il descendit de voiture et resta immobile à observer les champs. Les bois hivernaux bordant la crête derrière la maison étaient sombres et nus et tout était étrangement silencieux. Il flairait l'odeur des vaches. La senteur capiteuse du buis. Quand il referma la portière trois corbeaux s'envolèrent sans un bruit des arbres sur l'autre berge du ruisseau et se hissèrent par-delà les plaines spongieuses toutes grises d'hiver.

Il ouvrit la porte-moustiquaire et tapota à la vitre et referma la moustiquaire et attendit. Les vaches étaient sorties de l'étable et l'observaient immobiles. Si peu avait changé. Plus rien n'était pareil. La porte s'ouvrit et une jeune fille apparut, les yeux levés vers lui. Oui ? fit-elle.

Salut. Mme Brown est là ?

Non, elle n'est pas là.

Vers quelle heure elle doit revenir ?

Elle a dit qu'elle rentrerait vers midi. Elle est allée en ville pour sa mise en plis.

Western regarda vers l'étable à l'autre bout du terrain. Il regarda la jeune fille. Je repasserai, dit-il.

Vous voulez que je lui transmette un message ?

Non, ça va. Elle saura de qui il s'agit. Je vais juste laisser ma voiture ici et aller me promener. Je suis son petit-fils.

Oh. Vous êtes Bobby.

Oui.

Vous ne vouliez pas entrer ?

Non, ce n'est pas la peine. Je repasserai dans un petit moment.

D'accord. Je lui dirai.

Merci.

Il sortit l'une des sacoches de cuir souple posées sur le plancher de la voiture et laissant la portière ouverte il s'assit sur le large marchepied moquetté et changea de chaussures. Puis il referma la portière et se mit en route.

Parvenu au ruisseau il en remonta le cours en s'enfonçant dans la forêt et il le traversa à gué sur les pierres plates en contrebas du vieux déversoir en bois. Les planches du déversoir étaient creusées et noircies par le temps et l'eau qui coulait par-dessus avait l'air sombre et lourde. Du moulin à blé proprement dit il ne restait rien hormis les pierres des fondations et l'arbre de fer rouillé qui jadis supportait la roue ainsi que les collets de fer rouillé entre lesquels elle tournait jadis. Il quitta le chemin et s'assit sous les peupliers et contempla l'étang. Il avait concouru pour la finale de la Fête de la Science du Tennessee quand il avait seize ans. Il avait présenté une étude de l'étang. Il avait dessiné grandeur nature toutes les créatures visibles de cet habitat, des moucherons et des larves de corydale cornue jusqu'aux arachnides, crustacés et arthropodes, et des neuf espèces de poissons aux mammifères, rat musqué et vison et raton laveur, et aux oiseaux, martin-pêcheur et canard huppé et grèbes et hérons et oscines et faucons. Comme Audubon il avait dû dessiner le grand héron penché vers l'eau car il était trop grand pour la feuille de papier. Deux cent soixante-treize créatures au total avec leur nom latin sur trois rouleaux de papier cartonné de douze mètres chacun. Il lui avait fallu deux ans pour mener à bien ce projet et ce n'est pas lui qui l'emporta. Plus tard on lui proposa des bourses d'études en biologie mais à ce stade il s'était plongé dans les mathématiques et l'écosystème des étangs n'était plus qu'une toquade d'enfance.

Il resta là longtemps. Un rat musqué s'était élancé de la berge dans la partie profonde de l'étang près du barrage et nageait vers lui. Rien qu'un museau et un V d'eau qui allait en s'élargissant. *Ondatra zibethicus*. Un hiver les rats musqués avaient construit sur l'étang une maison de brindilles et de roseaux entretissés qui était une parfaite réplique en miniature d'une hutte de castor et il avait demandé à son professeur de biologie si cela signifiait que le savoir du rat musqué et celui du castor dérivaient d'une source commune mais le prof avait paru ne pas comprendre de quoi il parlait. Dans son canot plat il avait pagayé jusqu'à la hutte et percé un petit trou dans le dôme du toit avec une scie à guichet et scruté l'intérieur avec une lampe torche. Un nid d'herbe sur un socle de brindilles situé juste au-dessus de la surface de l'eau et une odeur tiède et sucrée qui l'envahit et le pétrifia, à califourchon sur le banc de son petit canot. Un souvenir longtemps oublié le submergea et il redevint l'enfant de quatre ans debout sur le siège avant de la Studebaker 1936 que son père avait gardée pendant toute la guerre et sa mère assise à côté de lui dans sa plus belle robe et son plus beau manteau humectait son mouchoir avec sa langue pour lui essuyer le menton et la bouche et lui rajustait sa casquette tandis que son père faisait marche arrière et que la maison de contreplaqué où ils avaient vécu pendant la guerre s'éloignait sous leurs yeux. C'était le parfum de sa mère ce jour-là qui avait envahi ses narines. Les rats musqués allaient réparer le toit impeccablement. Mais plus jamais ils ne rebâtiraient de hutte sur l'étang du moulin.

Des nuages avaient recouvert le soleil et il faisait plus froid. Le rat musqué avait disparu et un vent agitait l'eau. Il se releva et s'épousseta les fesses et repartit le long de la berge ouest. Quand il parvint à la barrière il prit le sentier qui gravissait la montagne, en grimpant parmi les yeuses et les lauriers du versant nord. Quelques vieux troncs encore debout de châtaigniers gris et morts depuis cinquante ans au bas mot.

Il atteignit la crête en moins d'une heure et s'assit au soleil émietté sur un arbre abattu et contempla la campagne en contrebas. Il distinguait la maison de sa grand-mère et l'étable et la route et au-delà les petites fermes adjacentes, la mosaïque des champs et les clôtures et les parcelles boisées. Les collines ondulantes et les crêtes vers l'est. Et quelque part derrière tout cela le complexe d'enrichissement de l'uranium d'Oak Ridge qui en 1943 avait mené son père de Princeton jusqu'ici où il rencontrerait la reine de beauté qu'il allait épouser. Western était pleinement conscient qu'il devait son existence à Adolf Hitler. Que les forces historiques qui avaient intégré à la grande tapisserie sa vie tourmentée étaient celles d'Auschwitz et d'Hiroshima, les deux catastrophes jumelles qui avaient scellé à jamais le destin de l'Occident.

Un rapace surgit des bois en contrebas et s'éleva sans effort et s'approcha et dériva d'un quart de cercle à vau-vent et pivota et s'éleva encore pour planer dans les airs. Une petite buse. *Buteo platypterus.* Elle passa si près qu'il distingua son œil. Onze millimètres de diamètre. Ceux du grand duc d'Amérique en faisaient vingt-deux. Comme ceux du cerf de Virginie. Mais un œil riche en bâtonnets. Un chasseur nocturne. La buse pivota et plongea et rasa la pente puis de nouveau s'éleva, se plantant face au vent. Immobile. Tu devrais déjà avoir migré. La buse pivota une dernière fois et puis disparut. Il chercha de nouveau la maison de sa grand-mère. Le toit de métal vert. La cheminée de brique rouge qui aurait bien besoin d'un repointage. La voiture familière dans l'allée. À combien d'ici ? Trois kilomètres ? Il se releva et se mit à crapahuter le long de la crête. Un vent froid sous le soleil. Des crottes de renard sur le sentier. Une douille de calibre 12 enfoncée dans la terre par le poids d'une semelle. Les petits feuillus enracinés dans le roc désignant en penchant la direction du vent.

Il redescendit la montagne par un chemin différent et traversa le ruisseau et émergea sur la route à huit cents mètres en contrebas de la maison. Quand il remonta l'allée sa grand-mère sortait de l'étable. Elle était en salopette et arborait son chapeau de paille et une canadienne en jean et elle avait à la main un seau à traire en inox recouvert d'un linge. En le voyant elle sourit et sourit encore.

Il la rejoignit au portail et la débarrassa du seau et elle l'enlaça et le serra fort. Oh Bobby, dit-elle. Je suis tellement heureuse de te voir.

Comment ça va, Mamy Ellen.

Vaut mieux ne pas me demander.

D'accord.

Enfin, tu peux demander un peu.

Tout va bien ?

Pas de quoi me vanter, Bobby. Mais je ne suis pas encore sous terre.

Il s'était détourné pour s'occuper du portail derrière elle. Attends, dit-elle. Donne-moi ça.

Il lui confia le seau le temps de remettre le loquet. J'ai horreur de voir des gens poser un seau de lait par terre.

Il sourit et se retourna et reprit le seau et ils se dirigèrent vers la maison.

Comment va Royal ?

Elle secoua la tête. Il ne s'arrange pas, Bobby. Je me demande bien ce que je vais faire de lui s'il continue à perdre la boule. Je suis allé à Clinton visiter l'établissement qu'ils ont là-bas et je me suis dit : Ben je voudrais pas qu'on me relègue dans un endroit pareil. Il y en a un autre à Nashville où il pourrait aller qui paraît-il est très bien mais ça fait une trotte. Et je ne sais pas combien de temps je vais encore pouvoir conduire non plus. V'là le problème. Je ne sais pas, Bobby. On va peut-être bien finir ensemble là-bas. À c't'heure, tout ce que je peux faire c'est prier.

Elle essuya le dessous du seau avec un linge et rangea le lait dans le rafraîchissoir galvanisé sur la terrasse de derrière et extirpa ses jambes de ses cuissardes en caoutchouc vert. C'est celles de Royal. Mais je m'en sers parce qu'elles sont faciles à mettre et à enlever et que de toute façon je vais pas bien loin.

Ils passèrent dans la cuisine. J'ai horreur de demander aux gens combien de temps ils comptent rester parce que ça donne l'impression qu'on veut pas d'eux. Mais j'espère que t'as pas prévu de me faire le même coup que l'autre fois, de prendre juste un café et de repartir ?

Non. Je peux rester quelques jours.

Elle ôta son chapeau et secoua ses cheveux et retira sa canadienne qu'elle suspendit près de la porte à une patère déjà bien garnie. Assois-toi, dit-elle. Je vais monter me défaire de cette salopette. J'ai horreur de traire les vaches en pleine journée mais parfois on n'a pas le choix. Ôte donc ta veste et assois-toi, Bobby.

D'accord.

Il tira une chaise et suspendit son blouson de cuir au dossier et s'assit. Les chaises venaient des montagnes, elles étaient en bois de frêne avec des barreaux et des traverses façonnés sur un tour à pédale dans un monde qui n'était même plus concevable. Leur assise en paille tressée était passablement usée et rapiécée çà et là par une grossière ficelle épaisse. Quand elle revint elle alla droit au réfrigérateur. Je sais que t'as pas mangé, dit-elle. Je vais te préparer une collation.

Tu n'as pas à me préparer quoi que ce soit.

Je sais bien. Qu'est-ce qui te ferait plaisir ?

Ce qui me ferait plaisir, c'est une tartine de tomates du jardin sur du pain de mie avec du sel, du poivre, de la mayonnaise et un œuf dur en tranches par-dessus.

On a cueilli notre dernière tomate il y a bien six semaines. Mais ça me paraît un bon menu. J'ai des tomates du magasin.

Je n'ai pas faim, Mamy Ellen. Je peux attendre jusqu'au dîner.

Dans ce cas, j'ai mis des haricots à cuire. La fille de chez Bart m'a apporté un peu de leur jambon fumé et je comptais faire des biscuits et de la sauce au jus de viande.

Ça me semble parfait.

Tu veux du thé glacé ?

D'accord.

Ils s'attablèrent et burent leur thé dans de hauts gobelets verts ouvragés.

Où est-ce que tu trouves des pièces de rechange pour ce machin ? demanda-t-il.

Quel machin ?

Le réfrigérateur.

Pas besoin de pièces de rechange. Il marche tout seul.

Incroyable.

Je n'ai jamais compris pourquoi on appelait ça un réfrigérateur. Au lieu d'un frigérateur tout court. Il refroidit pas deux fois. Pour autant que je sache.

Bonne question.

Royal appelle encore ça une glacière.

Au moins il n'appelle pas ça un piano.

Sa grand-mère éclata de rire puis mit la main sur la bouche. Enfin, dit-elle. Pas encore en tout cas. Je ferais mieux de me taire. Où est-ce que tu étais passé ce matin ?

Je suis allé jusqu'à l'étang.

Mon Dieu. Le temps que tu as pu passer près de cet étang. Tu me remplissais ce réfrigérateur de bocaux et de bouteilles. Oh, toutes ces bestioles que tu entassais là-dedans. C'en était au point que je n'osais même plus ouvrir la porte.

Tu as été bien tolérante avec moi.

J'ai toujours cru que tu finirais docteur.

Je suis désolé.

C'était pas un reproche, mon chéri.

Je sais.

Tu n'as pas à te reprocher quoi que ce soit.

Du dos de l'index Western essuya la buée sur son verre. Oui, enfin.

Quoi ?

Rien.

Non, quoi ?

Rien, rien. C'est juste que tu ne le penses pas vraiment.

Je ne pense pas quoi ?

Que je n'aie pas à me reprocher quoi que ce soit.

Elle ne répondit pas. Puis elle dit : Bobby, ce qui est fait est fait. On ne peut rien y changer.

Maigre consolation. Tu ne trouves pas ? Il repoussa son verre et se leva de la chaise. Elle tendit la main pour la poser sur son bras. Bobby, dit-elle.

Ce n'est rien.

Je peux te dire quelque chose ?

Oui. Bien sûr.

Je crois pas que Notre Seigneur ait voulu que quelqu'un porte le deuil à ce point.

À quel point, Mamy Ellen ?

Comme tu fais.

Soit. Je ne crois pas non plus.

Tu sais que je m'inquiète pour toi.

Il se figea, se retourna. Les mains appuyées sur le dossier de la chaise il la regarda. Tu penses qu'elle est en enfer, c'est ça ?

C'est horrible de dire ça, Bobby. Horrible. Tu sais bien que je ne pense pas du tout une chose pareille.

Excuse-moi. Voilà qui je suis. Ou ce que je suis.

Je n'en crois rien.

Oublie ça.

Je t'en prie, ne t'en va pas, mon chéri.

Ne t'inquiète pas. Je reviens.

Il descendit l'allée et se mit à suivre la route goudronnée. Il n'était pas allé bien loin lorsqu'une voiture s'arrêta et que le conducteur le regarda par-dessus sa vitre entrouverte.

Vous voulez que je vous dépose quelque part ?

Non merci, monsieur. Mais c'est très gentil de vous être arrêté.

L'homme regarda la route devant lui. Comme pour évaluer les chances de Western. Vous êtes sûr ?

J'en suis sûr. Je fais une promenade, c'est tout.

Une promenade ?

Oui, m'sieur.

La voiture avança puis ralentit de nouveau. Quand Western arriva à sa hauteur l'homme se pencha pour mieux le voir. Je sais qui vous êtes, dit-il. Comme s'il venait d'identifier un criminel de guerre nazi en randonnée autour de Wartburg, Tennessee. Puis il repartit.

Quand il regagna la maison une heure plus tard il sortit les sacoches de la voiture et referma le capot et referma la portière et entra. Il reprit son blouson sur le dossier de la chaise. Le soleil n'était pas revenu et il était frigorifié. Sa grand-mère était au salon. Tu n'as pas loué ma chambre, au moins ? demanda-t-il.

Pas encore.

C'était qui, la fille qui était ici ?

Elle s'appelle Lu Ann. Elle vient deux fois par semaine à peu près.

Il est où, Royal ?

Il est couché. On n'a pas les mêmes horaires, lui et moi.

Western prit le couloir et monta l'étroit escalier de bois.

Sa chambre était à l'arrière de la maison, à peine plus grande qu'un placard. Il lâcha ses sacoches et regarda par la fenêtre. Un colapte doré parcourait une branche du noyer qui surplombait le toit. Un pic doré, comme on l'appelait par ici. Il se retourna et s'assit sur le petit lit métallique. Une couverture grise et rêche. Dans la niche du mur d'en face il y avait des livres à lui. Trois grands trophées d'argent remportés lors de courses de stock-cars. Une statue du Sacré-Cœur de Jésus. La maquette d'une Ferrari Barchetta 1954 construite à partir des plans d'usine. La carrosserie était en aluminium de calibre 16 façonné au marteau sur des pièces de bois qu'il avait taillées dans un bardeau de chêne. Sur le mur au-dessus de son lit, un grand rectangle de toile laquée taillé dans un fuselage d'avion. Il était jaune pâle et arborait le numéro 22 peint en bleu.

Il se leva et attrapa *Les Principes de la mécanique quantique* de Paul Dirac, quatrième édition. Il le feuilleta. Les marges remplies de notes, d'équations. Pour vérifier les résultats de Dirac, Dieu du ciel. Il referma le livre et le posa au sol et resta assis les coudes sur les genoux et enfouit la tête dans ses mains.

Quand elle l'appela pour qu'il vienne dîner il était allongé sur le lit, un pied par terre. La chambre était toute noire hormis la lumière qui filtrait du couloir.

Il ramassa le livre de Dirac et tira d'une sacoche son nécessaire de rasage et sortit dans le couloir et gagna la salle de bains.

Quand il descendit il trouva Royal présidant à la table de la salle à manger, une serviette en tissu coincée sous le menton. Il attendit que Bobby entre dans son champ de vision pour lui parler sans avoir à tourner la tête. Salut, Bobby, dit-il.

Comment ça va, Royal ?

Ça peut aller. Et toi, comment tu t'en sors ?

Pas trop mal.

Tu vis toujours au-delà des mers ?

Non. Je vis à La Nouvelle-Orléans.

J'y suis allé une fois. Y a bien des années.

Ça t'avait plu ?

J'irais pas jusqu'à dire ça. Je me suis retrouvé en taule.

En taule pour quoi ?

Pour idiotie. Y avait des rats gros comme des chiens de salon. On leur balançait des trombones avec un élastique et ils levaient même pas les yeux. Ils étaient toujours affairés. Pressés d'aller quelque part. Je me demande bien où.

Sa grand-mère entra, les bras chargés de saladiers de purée et de haricots, avant de regagner la cuisine. Western se leva et la rejoignit.

Qu'est-ce que je peux emporter ?

Tiens, dit-elle. Prends donc ça.

Elle lui tendit un plat de tranches de jambon et un saladier de biscuits recouvert d'un torchon et le suivit avec la sauce au jus de viande et un saladier de maïs. Elle apporta le café et le servit et ils s'assirent, face à face elle et lui, avec Royal en bout de table. Ils inclinèrent la tête et sa grand-mère dit le bénédicité puis ajouta merci Seigneur de nous avoir envoyé Bobby. Western regarda son oncle à la dérobée. Il avait les yeux fermés. Quand Mamy Ellen arriva aux remerciements pour la venue de Bobby il hocha la tête. Ouais, fit-il. On rend grâce pour ça. Puis ils firent passer les saladiers et commencèrent à manger.

D'où tu sors ce maïs, Ellen ?

Du congélateur, Royal. Qu'est-ce que tu croyais ?

Je comprends pas pourquoi on peut pas congeler des tomates.

Moi non plus. Je sais juste qu'on peut pas.

Pourquoi qu'on peut pas congeler des tomates, Bobby ?

Je ne sais pas. On peut congeler la plupart des fruits. Tout ce qui est baies en tout cas.

Tu crois que la tomate est un fruit ?

Il me semble bien. On pourrait aussi dire que c'est une baie, j'imagine.

Une baie.

Oui.

Mouais, j'ai déjà entendu cette histoire de fruit à propos des tomates. On n'a jamais rien pu me prouver. Ni que ça soit une baie d'ailleurs. Tu y crois, toi ?

La tomate fait partie de la famille des solanacées. Tout comme la belladone. Les Espagnols l'ont rapportée du Mexique.

Du Mexique.

Oui.

Royal cessa de mastiquer et contempla son assiette. Ce que t'es en train de nous dire, c'est qu'il y avait pas de tomates jusqu'à ce que Christophe Colomb traverse la mer et les découvre.

Oui. Idem pour les pommes de terre, le maïs et une bonne moitié des choses qu'on mange.

Les pommes de terre.

Oui.

J'aimerais te poser une question.

Vas-y.

Avec quoi tu crois que les Italiens faisaient leur sauce si y avait pas de tomates ?

Je n'en sais rien.

Qu'est-ce que tu crois que mangeaient les Irlandais s'ils avaient pas de patates ? Tu sais avec quoi tu confonds ?

Avec quoi je confonds ?

Le tabac.

Possible.

C'est Walter Raleigh qui a rapporté le tabac. C'est pour ça qu'y avait des cigarettes Walter Raleigh. J'ai connu des gens qui en fumaient. Y avait son portrait sur le paquet. Et des coupons qu'on pouvait renvoyer pour gagner des trucs.

Quel genre de trucs ?

Je sais pas. Des grille-pain p'têt' bien.

Western beurra un biscuit et le tartina de sauce au jus de viande rouge et épaisse. C'est délicieux, Mamy Ellen.

Merci, mon garçon.

Et le maïs ?

Comment ?

Et le maïs ?

Royal mâchouilla un instant. Ouais, fit-il. Il a p'têt' bien rapporté le maïs. Vu qu'on appelle ça du maïs indien.

Ou bien les haricots.

Les haricots.

Les haricots.

Royal hocha la tête. Pour ce que j'en sais, les gens mangent des fayots depuis la Création. Je crois bien

qu'Adam en mangeait. Et Ève aussi. Ils s'en bouffaient une bonne plâtrée et ensuite ils se proutaient à la figure.
Royal.
Bobby sourit. Royal piqua une tranche de jambon dans le plat avec la pointe de son couteau et entreprit d'en détacher la mince bande de couenne. Il secoua la tête. Faut faire gaffe à ce qu'on dit dans cette maison. Tu verras. Il leva les yeux. Je suis prisonnier ici, Bobby. C'est la pure vérité. Je vais jamais nulle part. Je vois jamais personne. J'ai personne à qui parler. Il secoua la tête en mâchonnant.

Je t'ai dit que j'allais t'emmener au club des Aigles. C'est quand tu veux.

J'ai pas envie de discuter avec ces vieux croûtons.

Sa grand-mère regarda Western.

Ben c'est vrai. Il est quelle heure ?

Presque six heures.

Royal se leva et arracha la serviette de son col.

Royal, t'as pour ainsi dire rien mangé.

J'emporte le reste avec moi.

Il s'éclipsa au salon avec son assiette et sa fourchette. Quelques minutes plus tard ils entendirent la télévision.

Il s'installe devant et il l'engueule. Tu vas pas tarder à l'entendre.

Il avait l'air plutôt bien.

T'as encore rien entendu. Parfois il se croit encore dans le comté d'Anderson. Ça fait juste trente-huit ans qu'on est partis de là-bas.

Ils entendaient Royal maugréer dans le salon.

J'imagine qu'il rêverait d'être encore dans le comté d'Anderson.

Oui. Ben moi aussi. Pour le bien que ça me ferait.

Je sais que tu regrettes la maison.

Elle hocha la tête. C'est mon grand-père et mon oncle

qui ont construit cette maison avec deux ouvriers en dix-huit cent soixante-douze. Mais bien sûr ils avaient entrepris de couper le bois bien avant. Le moindre bout de bois venait du domaine. Pour les poutres et les solives de la charpente ils ont abattu des arbres pendant presque une année, noyers et peupliers, et ils acheminaient les rondins sur des traîneaux tirés par un attelage de six mules. Y avait des rondins de vingt pieds de long, avec un tronc si épais que deux personnes n'arrivaient pas à en faire le tour en se tenant les mains. Y avait des photos de ça dans le vieux buffet du salon. Ils avaient construit une scierie dans les bois, à environ deux kilomètres de la maison, qui marchait à la vapeur, et les rondins rentraient par un bout et le bois débité ressortait à l'autre bout, des piles et des piles. Ils entassaient tout ça en vrac sous un chapiteau et c'est resté là je sais pas combien de temps avant qu'ils commencent à tailler la première planche. Je sais vraiment pas comment ils ont su faire ce qu'ils ont fait, Bobby. Je suis tentée de dire qu'ils savaient tout faire. Ils n'avaient même pas un livre à eux. À part la Bible bien sûr. Ni même une feuille de papier, je crois. J'ai toujours pensé que c'était une bonne chose que Dieu ne nous permette pas de voir l'avenir. Cette maison était la plus belle maison que j'aie vue de ma vie. Tous les planchers étaient en noyer massif avec des lattes d'un mètre de large ou presque. Tout ça raboté à la main. Tout ça au fond d'un lac. Je ne sais pas, Bobby. Il faut que tu croies qu'il y a du bien en ce monde. Je dirai qu'il faut que tu croies que le travail de tes mains va apporter le bien dans ta vie. Tu peux te tromper, mais si tu ne crois pas ça alors t'auras pas de vie. T'appelleras peut-être ça ainsi. Mais ça sera pas une vie. Enfin. Non mais tu m'entends ? Plus je vais plus je dis des bêtises.

Ça n'a rien de bête, Mamy Ellen.

Bref. C'était la guerre. Je sais bien qu'y a des tas de gens qui auraient été heureux de perdre leur maison au fond d'un lac si ça avait pu leur rendre le fils qu'ils ne reverraient jamais. Ils auraient même donné davantage. N'empêche qu'on s'y est accrochés. Mais ils nous l'ont prise quand même. Ils avaient ce qu'ils appelaient des… négociateurs ? Mais y avait rien à négocier. Ils essayaient juste de vous convaincre de signer sans faire de grabuge. Comme le premier paiement par exemple. L'accord préalable, ils l'appelaient. Si on refusait ça passait devant le tribunal d'expropriation et je crois qu'il y a des gens qui ont obtenu plus que ce que le gouvernement comptait leur donner mais le temps qu'ils touchent l'argent les prix de l'immobilier avaient doublé donc ils y ont perdu quand même. On avait deux semaines de préavis. Et après il fallait débarrasser le plancher. On n'était même pas censé emporter ses meubles mais beaucoup de gens le faisaient quand même. Ils déménageaient en pleine nuit. Comme des voleurs. On a vécu dans une maison qu'on louait, à Clinton, jusqu'en mars mille-neuf cent quarante-quatre. C'était dur. Je sais qu'y a des familles qui avaient été chassées de leur ferme dans les années trente par la Tennessee Valley Authority et qui se sont installées dans le comté d'Anderson pour se faire à nouveau chasser. Y a même des familles qui ont dû quitter leur terre une première fois à cause du parc national des Smoky Mountains dans les années trente, puis à cause des barrages de la TVA toujours dans les années trente, puis à cause de la bombe atomique dans les années quarante. À ce stade elles ne possédaient plus rien.

Ouais, c'est ça, glapit Royal. Espèce de salopard, tu mens comme tu respires.

Mamy Ellen secoua la tête. Ceux qui me faisaient le plus de peine, c'étaient les métayers. Déjà ils n'avaient rien. Ils vivaient dans des baraquements sur le terrain des fermes. Rien n'était prévu pour eux, il fallait juste qu'ils s'en aillent. Et bien sûr ils n'avaient nulle part où aller. Parmi ces familles y avait des gens de couleur. Y en a qui se sont retrouvés à vivre dans les bois comme des animaux. Et ç'a été un hiver très froid. Les gens qui passaient sur la route la nuit les voyaient traverser dans la lumière des phares. Des familles entières. Avec leurs couvertures à la main. Leurs marmites et leurs casseroles. On essayait de les retrouver. Pour leur apporter de la farine et de la semoule. Du café. Un peu de lard. Je repense encore à ces enfants. J'y pense toujours.

Si tout ça c'est pas des bobards pour nous entuber bien profond alors autant dire que Jésus est jamais venu au monde.

Excuse-moi, dit Mamy Ellen.

Elle repoussa sa chaise et se leva et s'avança jusqu'au seuil du salon. Royal, dit-elle, tu as le droit de dire des gros mots si tu ne peux pas t'en empêcher, mais ne t'avise pas de blasphémer dans ma maison. Ça, je ne le tolérerai pas.

Royal ne répondit pas.

Elle revint s'asseoir. Je refuse de rester au salon avec lui. Je regarde les infos dans ma chambre. D'habitude je monte dès que j'ai fini la vaisselle tandis que lui reste en bas jusqu'à point d'heure. À brailler des insultes.

Couché dans la petite chambre il écoutait le vent autour de la maison. Il avait fermé la porte donnant sur le couloir et il n'y avait pas de chauffage dans la chambre et il commençait à faire bien froid. Sa mère avait dix-neuf ans quand elle était venue travailler à l'usine Y-12, le centre de séparation électromagnétique. L'un des trois procédés employés pour séparer l'isotope de l'uranium 235. Les ouvrières étaient acheminées jusqu'au complexe dans des bus qui cahotaient sur la route grossièrement aplanie, dans la poussière ou la boue selon le temps. Il était défendu de parler. La clôture de barbelé s'étirait sur des kilomètres et les bâtiments étaient des monstres de béton brut, massifs, monolithiques et pour la plupart sans fenêtres. Ils étaient nichés dans une grande salbande de simple boue au-delà de laquelle s'étendait le périmètre des vestiges d'arbres tordus qu'on avait déracinés du site au bulldozer. Elle disait qu'on aurait cru qu'ils venaient de sortir de terre. Les bâtiments. Impossible d'expliquer leur présence. Elle regarda les autres femmes du bus mais elles semblaient s'être désertées et elle songea qu'elle était peut-être bien la seule qui, même sans savoir à quoi rimait tout cela, ne savait que trop bien que c'était chose impie et que cette chose, qui déjà avait empoisonné et ramené à la boue primordiale tous les êtres vivants de ce territoire, était encore bien loin d'en avoir terminé. Ça ne faisait que commencer.

Les bâtiments abritaient près de deux mille kilomètres de tuyaux et un quart de million de valves. Assises sur des tabourets, les femmes contrôlaient les cadrans devant elles tandis que des atomes d'uranium faisaient la course dans les calutrons. Ils étaient mesurés cent mille fois par seconde. Les aimants qui les propulsaient faisaient plus de deux mètres de diamètre et les bobinages étaient en argent massif, fabriqués à partir de quinze mille tonnes d'argent empruntées au Trésor, car tout le cuivre était déjà parti dans l'effort de guerre. Une ouvrière plus âgée lui raconta que le premier jour, avec toutes les femmes déjà à leur poste sans avoir la moindre idée de ce qui se tramait, les ingénieurs avaient actionné les manettes une à une et un énorme grondement de dynamo avait empli la salle et des centaines d'épingles à cheveux avaient jailli du crâne des femmes et fusé à travers la pièce comme des frelons.

Elle entra avec les autres dans un poste de garde et se vit remettre un badge avec sa photo dans un petit cadre de métal noir et deux stylos noirs. Elle avait déjà passé avec succès les contrôles de santé et de sécurité. Dans le vestiaire des femmes on lui assigna un casier et on lui donna une combinaison de travail toute blanche et des chaussons de tissu blanc à enfiler par-dessus ses chaussures. Plus tard, elles viendraient travailler en tenue de ville. On ne disait à aucune d'elles en quoi au juste consistait leur tâche. On leur donnait des instructions très simples et elles restaient assises à leur poste huit heures par jour sous la lumière crue des lampes au néon, à observer un cadran et à tourner un bouton. Si on parlait à qui que ce soit on pouvait être licenciée. Ou même emprisonnée. Les stylos étaient des dosimètres de radiation.

Elle passa six mois ainsi jusqu'à ce qu'un jour un groupe de physiciens s'arrête derrière son poste. Ils parlaient dans une langue qu'elle ne comprenait pas. Et puis l'un d'entre eux s'adressa à elle en anglais.

Je ne peux pas vous parler, chuchota-t-elle.

Je sais bien. Je veux que vous m'appeliez.

Il se pencha et posa sur le tableau de contrôle un bout de papier avec un numéro de téléphone écrit au crayon.

Vous m'appellerez ?

Elle ne répondit pas.

J'espère que oui, dit-il. Elle détacha son regard des cadrans rien qu'un instant mais il s'était déjà éloigné avec le groupe. Ce fut sa première rencontre avec le père de Bobby. Tous deux mourraient d'un cancer. Ils vécurent à Los Alamos. Puis dans le Tennessee. Il avait déjà été marié mais il ne le lui avoua jamais parce qu'il s'agissait d'une Juive orthodoxe. Bobby découvrirait plus tard que cette femme était encore en vie et habitait Riverside en Californie et bien des années plus tard Alicia irait là-bas pour la rencontrer. Elle accepta un rendez-vous dans un café en ville. Ce sera bref, lui dit-elle. Et ce fut bref.

Sa grand-mère lui avait raconté qu'en voyant son père pour la première fois elle avait su que plus rien ne serait comme avant. La première fois que ta mère l'a amené à la maison, je ne savais pas ce qui allait arriver. J'ai voulu prier mais je ne savais pas pour quoi je devais prier. Je n'aurais pas dû te raconter ça.

Tu n'as rien dit de mal.

Non. Mais je l'ai pensé.

Il dormit. Se réveilla. Tu n'aurais pas dû venir ici, dit-il à haute voix.

Il se leva et prit son blouson et l'enfila par-dessus son tee-shirt et regarda par la fenêtre. Son haleine embuait la vitre. La lumière de la lampe à mercure projetait des silhouettes tombantes de maison et d'arbre à travers le champ et jusqu'à la route. Il se retourna et sortit et parcourut le couloir. Les lumières étaient encore allumées et il descendit l'escalier en chaussettes et caleçon et blouson. Royal dormait dans son fauteuil au salon. La télévision affichait des chiffres au bas de l'écran tout gris et produisait un bourdonnement sourd et constant. Il alla dans la cuisine et ouvrit le réfrigérateur et resta planté devant. Dans le bac à légumes il y avait quelques carottes et il en prit une et referma la porte. Debout devant l'évier il regarda par la fenêtre en mangeant la carotte. Elle avait un goût de terre. Quelque chose traversait le champ derrière l'étable. Peut-être un renard. Ou un chat. Dans quelques années sa grand-mère ne serait plus là et la propriété serait vendue et plus jamais il ne reviendrait ici. Le jour viendrait où toute mémoire de cet endroit et de ces gens serait rayée du registre du monde.

La nuit était froide. Tellement silencieuse. Il avait mangé toute la carotte hormis la fane. Puis il mangea la fane. Terreuse et amère. Tellement amère. Il remonta se coucher.

Il fit de longues promenades dans les bois. Il ne croisait personne. Un homme marchant dans les bois en plein automne dans ce pays était objet de soupçon à moins qu'il n'ait un fusil et Bobby aurait bien emporté un fusil mais les cambrioleurs qui s'étaient introduits dans la maison deux ans plus tôt les avaient tous volés. Ils avaient pris sa mandoline Gibson. Les bijoux fantaisie de sa grand-mère. Ils avaient aussi vidé de ses papiers le vieux buffet Jackson du salon et les avaient emportés et quand il avait interrogé sa grand-mère à ce sujet elle s'était contentée de secouer la tête.

Il passa en revue le contenu de son placard. Des reliques de sa jeunesse. Des fossiles, des coquillages, des pointes de flèche dans un bocal. Un épervier brun qu'il avait lui-même empaillé, rongé par les mites. Il se disait qu'il aurait dû comprendre la nature du cambriolage dès qu'il avait appris la nouvelle mais il n'en fut rien.

Royal était aussi bizarre que l'avait dit sa grand-mère. Il se redressait sur sa chaise pour réclamer leur avis à des morts de longue date. Il regardait par la fenêtre la Dodge verte de Mamy Ellen et lui demandait quand elle avait changé de voiture alors qu'elle avait cette Dodge depuis onze ans.

Il se rendit à Knoxville. Par un jour gris et pluvieux. Il avait du mal à lutter contre la buée dans la voiture et il avait emporté un torchon pour essuyer le pare-brise. La Maserati était une voiture étrange, au système hydraulique en grande partie français. La pédale de frein avait très peu de débattement et il fallait s'y habituer. Il descendit Gay Street et déboucha sur Cumberland Avenue. Il ne connaissait presque personne dans cette ville. Tout avait l'air gris et abandonné. Il prit la route d'Alcoa et poussa la voiture jusqu'à deux cent quarante en laissant dans son sillage un mince panache de vapeur d'eau.

Le lendemain matin il quitta la maison à l'aube et remonta la route jusqu'au pont et traversa les champs en direction de l'ancienne carrière, en suivant les vieilles ornières de la route des carriers jusque dans les bois. Des corbeaux plongèrent des arbres sur la crête au-dessus de lui et s'envolèrent en silence. De grands blocs de pierre se dressaient plus loin dans les bois. La pierre avait la même couleur que les troncs et la carrière formait un amphithéâtre dans la forêt. Un sol de pierre plat et deux niveaux étagés et un miroir d'eau immobile et profond et noir. Les parois s'élevaient sur trois côtés en blocs striés de cannelures aux endroits où on les avait percés à la foreuse pour y placer de la dynamite.

Il longea un muret de blocs sciés en face du miroir d'eau et alla s'asseoir comme ce soir d'été, des années plus tôt, où il avait regardé sa sœur interpréter le rôle de Médée seule sur le sol de la carrière. Elle était vêtue d'une toge qu'elle avait confectionnée dans un drap et portait dans ses cheveux une couronne de chèvrefeuille. Les feux de la rampe étaient des boîtes de conserve bourrées de chiffons imprégnés d'essence. Les réflecteurs étaient en papier d'aluminium et la fumée noire s'élevait vers les feuilles d'été au-dessus d'elle et les faisait trembler tandis qu'elle arpentait en sandales la scène de pierre rase. Elle avait treize ans. Il était en deuxième année de doctorat à Caltech et en la regardant ce soir d'été il comprit qu'il était perdu. Son cœur s'emballait. Sa vie ne lui appartenait plus.

Quand ce fut fini il se leva et applaudit. L'écho plat et mort vint buter sur les parois de la carrière. Elle fit deux révérences et puis elle disparut à grands pas dans le noir et les ombres des arbres s'inclinèrent sur son passage au gré du balancement de sa lanterne. Il resta assis sur les pierres froides, le visage dans les mains. Je suis désolé, ma chérie. Je suis désolé. Tout n'est que ténèbres. Je suis désolé.

Le dernier soir de son séjour ils s'attablèrent et dînèrent en silence. Sa grand-mère avait préparé du poulet frit et des biscuits avec de la sauce blanche. Royal picorait vaguement dans son assiette et puis il posa sa fourchette et leva les yeux vers le mur, sa serviette autour du cou. C'est un néant après l'autre, dit-il, voilà ce que c'est. Y en a pas qu'un, comme c'est dit dans les Écritures. On croit que le néant c'est juste le néant mais c'est pas le cas. Ça continue toujours.

Mange un peu, Royal, dit Mamy Ellen. Il faut que tu manges. Au lieu de contredire la Bible.

Ils mangèrent. Western regarda sa grand-mère.

Tu crois qu'il y aurait encore des papiers à elle ici ?

Bobby, autant que je sache il n'y en a pas.

Je me demandais juste si tu étais tombée sur quelque chose.

Elle secoua la tête. Ils ont ratissé toutes les pièces. Mais tu peux regarder si tu veux. Tu le sais bien.

OK.

Quels papiers ? demanda Royal.

Les papiers d'Alice.

Alice est morte.

On sait bien qu'elle est morte, Royal. Ça fait dix ans qu'elle est morte.

Dix ans, dit Royal. Ça paraît pas possible. Morte et toute froide.

Soudain il fondit en larmes. Western regarda sa grand-mère. Elle se leva de table et partit dans la cuisine.

Plus tard, une fois Royal installé au salon, Western et sa grand-mère burent un café attablés dans la cuisine. Je suis contente que tu sois venu, Bobby, dit-elle. Je regrette juste que tu ne restes pas plus longtemps.

Je sais. Mais il faut que je parte.

Tu crois qu'il y a une malédiction qui pèse sur cette famille ?

Western leva les yeux. Une malédiction ?

Oui.

Et toi ?

Quelquefois.

Les péchés des pères, un truc comme ça ?

Elle sourit tristement. Je ne sais pas. Est-ce que tu crois en Dieu, Bobby ?

Je ne sais pas, Mamy Ellen. Tu m'as déjà posé la question. Je t'ai expliqué. Je ne sais rien. Le mieux que je puisse dire, c'est que je crois que lui et moi on a à peu près les mêmes opinions. Dans mes bons jours en tout cas.

Je vois. J'espère que c'est vrai. Je crois que c'est ça l'autre chose que je reprocherais à ton père. Et je sais que ce n'est pas ma place de distribuer des reproches.

C'est quoi ? L'autre chose.

Son effet sur Eleanor. Il essayait de l'embrouiller. Il

la faisait pleurer. Il la faisait douter de sa foi, on pourrait le dire comme ça.

C'est pour ça qu'ils ont divorcé ?

Je ne sais pas. Indirectement, je suppose.

Et directement, ce serait quoi ?

Je crois que tu le sais.

Il avait la bougeotte.

Disons.

Tu penses qu'ils étaient mal assortis.

C'est vrai. Même si elle aussi avait de la cervelle.

Pourquoi ils se sont mariés, d'après toi ?

Je ne sais pas, Bobby. C'était la guerre. Je crois qu'à ce moment-là beaucoup de jeunes gens se sont mariés qui sinon auraient peut-être attendu. Il aimait les jolies femmes. Et c'était la plus jolie de toutes.

Ça ne lui a pas tellement réussi, cela dit, hein ?

C'est rarement le cas.

Tu crois vraiment ?

Oh oui. La beauté fait des promesses que la beauté ne peut pas tenir. J'ai vu ça trop souvent. Et deux fois dans cette maison.

Elle resservit du café.

Je regrette le poêle, dit Western.

Je sais. Mais on trouvait personne pour couper le bois.

Je peux te poser une question ?

Bien sûr que tu peux, Bobby.

C'est quoi ton grand regret ?

Eh bien. Je crois que tu sais ce que je regrette.

Je parle de choses que tu aurais pu faire différemment. Ou ne pas faire. Ce genre de regret.

Sa grand-mère se retourna et regarda par la fenêtre les champs obscurcis, la main sur la bouche. Je ne sais pas, mon chéri. J'en ai pas tant que ça. Je crois que les gens regrettent ce qu'ils n'ont pas fait plus que ce qu'ils ont fait. Je crois que tout le monde laisse des occasions manquées. On ne voit pas ce qui nous attend, Bobby. Et même si on le voyait ce n'est pas garanti qu'on ferait le bon choix. Je crois au grand dessein de Dieu. J'ai connu des heures sombres et pendant ces heures j'ai connu des doutes sombres. Mais je n'ai jamais douté de ça.

Elle avait fini son café et elle repoussa sa tasse. Elle joignit les mains et regarda Western.

Je ne voulais pas te mettre mal à l'aise, dit-il.

Mais non, ça va, Bobby.

Tu veux qu'on regarde des photos ?

Oh Bobby.

Quoi ?

Je croyais t'avoir dit.

Dit quoi ?

Ils les ont prises.

Ils ont pris les albums photo ?

Oui. Je croyais t'avoir dit.

Non.

Je suis désolée, mon chéri.

Ce n'est pas grave.

Je suis désolée.

Ils ont pris tout ce qu'il y avait dans le buffet ?

Oui. Ils ont vidé les tiroirs et ils les ont laissés en vrac par terre.

Donc ils ont pris la carabine de Papy et les fusils. Ma mandoline. Le genre de trucs que des cambrioleurs peuvent voler pour les revendre au clou. Et en plus ils ont pris tous les papiers de famille. Tu n'as pas trouvé ça bizarre ?

Si, en effet. On n'a jamais rien retrouvé chez les prêteurs sur gages. Ils ont vérifié chez tous ceux de Knoxville.

Ce n'étaient pas des voleurs ordinaires, Mamy Ellen. Tous ces trucs n'ont jamais été pris pour être revendus. Ils sont au fond du lac. Sans doute jetés du haut du pont de la route 33 avec Dieu sait quoi d'autre.

Qu'est-ce que tu racontes, Bobby ?

Rien. Ça ne fait rien.

Non, sérieusement, qu'est-ce que tu racontes ?

Rien.

Ça a à voir avec ton père. Pas vrai ?

Je ne sais pas. Je ne sais vraiment pas. Je n'aurais pas dû en parler.

Sa grand-mère plaqua une main sur la table comme pour se lever mais elle n'en fit rien. Elle avait l'air plus qu'épuisée.

Ça va ?

Ça va, Bobby. Ne fais pas attention à moi. Y a des moments où je me sens bien seule, c'est tout. Elle se tourna pour le regarder dans les yeux. Ça t'arrive aussi ?

Il fut tenté de lui répondre qu'il ne connaissait pas d'autre état. Des fois, dit-il.

Sa grand-mère était née en mille huit cent quatre-vingt-dix-sept. McKinley était président et le pays était en guerre contre l'Espagne. Il n'y avait pas d'électricité, pas de téléphone, pas de radio, pas de télévision, pas de voitures, pas d'avions. Pas de chauffage ni d'air conditionné. Et dans une bonne partie du monde pas d'eau courante ni de toilettes. La vie n'avait guère changé depuis le Moyen Âge. Il l'observa. Elle s'était détournée. Elle secouait la tête sans qu'il sache ce que ça voulait dire. Mais elle ramena son regard sur lui. Est-ce qu'on a des raisons d'avoir peur, Bobby ?

Non. Pas vous.

Et toi ?

Il partit à l'aurore sans dire au revoir. S'attardant

brièvement à la fenêtre pour contempler l'aube grise sur la campagne. Le ruisseau drapé de brume, les silhouettes pâles des peupliers. Le givre sur les champs. Pas un mouvement. Il mit une sacoche en bandoulière et prit l'autre à la main et descendit l'escalier.

Il posa les sacoches dans la voiture et retourna dans la cuisine et remplit au robinet deux casseroles d'eau chaude et ressortit et les vida sur les deux pare-brise pour faire fondre le givre. Puis il posa les casseroles sur le perron et monta en voiture et démarra et mit en marche les essuie-glaces et descendit l'allée en marche arrière jusqu'au chemin de terre et tourna en direction de l'autoroute.

Il prit la I-40 vers l'ouest pour gravir le plateau du Cumberland et en quarante minutes il fut à Crossville. Une croûte de neige couleur de sable recouvrait le bord de la route et il faisait très froid. Il s'arrêta dans un routier pour prendre un petit déjeuner. Des œufs et du gruau de maïs. Des saucisses et des biscuits et du café. Il paya et sortit. Sur le parking un homme posait, le bras appuyé sur le toit d'acier de la Maserati, pendant que sa copine le prenait en photo.

———

Il atteignit le Vieux Carré à quatre heures de l'après-midi et gara la Maserati devant le bar et prit ses sacoches et entra. Harold Harbenger était assis au bout du comptoir et il leva la main en un ample geste de salut. Comme s'il avait passé tout ce temps à l'attendre. Bobby Boy, lança-t-il.

T'étais passé où ? demanda Josie.

Je suis allé voir ma grand-mère.

Tu es allé à Knoxville ?

Oui.

Josie secoua la tête. Knoxville, dit-elle.

Est-ce que quelqu'un m'a demandé ?

Je ne crois pas. Tu pourras vérifier avec Janice. Est-ce que quelqu'un m'a demandée à Knoxville ?

Western sourit. Tu espères que non, j'imagine. À quelle heure ferme la banque ?

Celle de Decatur Street ?

Ouais.

Quatre heures. Elle regarda sa montre. Il est quatre heures dix.

Je sais. Et à quelle heure ça ouvre ?

Dix heures, sans doute.

Dans la soirée il ramena la voiture à son box et la bâcha et raccorda la batterie au mainteneur de charge et prit un taxi pour regagner la vieille ville et dîna au restaurant Le Vieux Carré. Puis il rentra au bar et monta l'escalier et se mit au lit avec le chat qui ronronnait contre ses côtes.

Quand il rêvait d'elle elle arborait parfois un sourire qu'il tentait de se remémorer et elle lui disait presque en psalmodiant des mots qu'il avait du mal à suivre. Il savait que bientôt son merveilleux visage n'existerait plus nulle part hormis dans ses souvenirs et dans ses rêves et puis très vite nulle part au monde. Elle surgissait dénudée dans un sillage de taffetas ou simplement dans sa toge de drap en traversant une scène de pierre dans la fumée des feux de la rampe ou bien elle rabattait sa capuche et sa chevelure blonde tombait en cascade autour de son visage tandis qu'elle se penchait sur lui couché sous les draps humides et poisseux et elle lui murmurait : J'aurais pu être ton rempart, gardienne de la demeure qui seule protège ton âme. Et toujours ce fracas de fonderie et ces silhouettes noires découpées sur les feux alchimiques, la cendre et la fumée. Le sol était jonché de leurs essais avortés et pourtant ils s'obstinaient, et la boue brute quasi vivante frémissait rougeoyante dans l'autoclave. Et dans ce saint des saints crépusculaire ils s'agitent autour du creuset et pressent et baragouinent tandis que le sombre hérésiarque enfoui dans les plis de sa cape les exhorte dans leurs efforts. Et quelle chose innommable émerge ruisselante de la croûte et du calice surgie d'un bouillon infernal. Il se réveilla en sueur et alluma la lampe de chevet et posa les pieds par terre et se prit le visage dans les mains. N'aie pas peur pour moi, avait-elle écrit. La mort n'a jamais fait de mal à personne.

Au matin il se rendit au Café du Monde et lut les journaux en buvant un café. À dix heures il traversa la rue pour aller à la banque. Un vieux bâtiment de pierre blanche néoclassique qui détonnait dans l'architecture du Vieux Carré. L'héritage de Benjamin Latrobe. Il alla directement au guichet au fond du hall d'accueil et signa le registre et remit sa clé à l'employé et le suivit jusqu'à la salle des coffres et l'employé déverrouilla la porte et d'un geste de la main lui céda le passage. Ils longèrent une succession de petits casiers d'acier bouchonné avant d'atteindre son numéro et l'employé introduisit les clés et ouvrit la porte et en sortit délicatement la boîte grise en acier émaillé et la déposa sur la table derrière eux. Il ouvrit l'une des serrures et rendit les clés et pivota et quitta la pièce.

Western glissa la clé et la tourna et souleva le couvercle. Dedans il y avait une grosse enveloppe en papier kraft. Il la prit et en défit la ficelle et l'ouvrit et sortit les lettres. Le journal d'Alice pour l'année 1972.

Il jeta un coup d'œil à l'intérieur puis remit tout dans l'enveloppe et renoua la ficelle et posa l'enveloppe sur la table et rabattit le couvercle de la boîte et la referma à clé et la glissa dans le coffre et referma la petite porte métallique et la verrouilla. Il se retourna et repartit avec l'enveloppe et au guichet il signa le registre et remercia l'employé et ressortit dans la rue.

Il s'allongea sur son petit grabat et sortit de l'enveloppe une lettre au hasard et l'ouvrit et la lut. Il avait beau les connaître toutes par cœur il lisait attentivement. Le chat faisait les cent pas le long du lit en ronronnant.

Il ne savait pas où étaient passées ses lettres à lui. Peut-être qu'il ne voulait pas le savoir. Il replia la lettre et la rangea dans son enveloppe et en prit une autre dans le bas de la liasse. À douze ans elle avait sur sa table de nuit une photo de Frank Ramsey dans un cadre bon marché. Elle voulait savoir si on pouvait aimer d'amour une personne déjà morte. Elle disait que dans quatorze ans ils auraient le même âge. Il cessa de lire. Les lettres ultérieures étaient pénibles à lire pour lui. Celles où elle lui disait qu'elle l'aimait d'amour. Il remit la liasse dans l'enveloppe kraft et la referma et la glissa sous le matelas et sortit de la chambre et descendit au bar.

Josie lui fit signe d'approcher d'un mouvement du menton.

Tu as eu un appel. Tiens.

Elle lui tendit un bout de papier avec un numéro. Il le retourna et l'examina.

Il ou elle ?

C'était un mec.

Merci.

Il appela le numéro mais ça ne répondait pas.

Il nourrit le chat puis se rendit à la salle de bains

au fond du couloir. Il entra et ferma la porte et mit le loquet et ouvrit l'antique armoire à pharmacie en fer-blanc et examina l'intérieur. Il y avait de vieux flacons et des pots et quelques tubes de dentifrice tordus et vides. Il retourna dans la chambre prendre le sac de courses vide et revint et bazarda dans le sac tout le contenu de l'armoire à pharmacie et plia le sac et le déposa dans la poubelle. L'armoire était fixée au mur par quatre vis. Des boulons à bride. Il fourragea dans la poubelle et déchira un bout de papier du sac de courses et l'appuya bien fort avec son pouce sur l'une des têtes de vis jusqu'à obtenir une bonne empreinte et il mit le bout de papier dans sa poche de chemise et referma l'armoire et sortit.

Quand il revint il rapportait de la quincaillerie de Canal Street des douilles d'entraînement de neuf millimètres et demi, un assortiment importé à bas prix. Elles se présentaient dans un coffret en fer-blanc et il y avait même une petite clé à douille extensible. Il tira la liasse de lettres de sous le matelas et regagna la salle de bains. Il ferma la porte et mit le loquet et rouvrit l'armoire à pharmacie et trouva la douille adaptée et la fixa et ajusta la clé et il dégagea les deux vis du bas. Il avait pensé à boucher le lavabo au cas où les vis tomberaient et il dégagea les deux vis du haut en tenant l'armoire par le miroir puis il la posa au sol. Le panneau du mur avait été découpé pour laisser passer les tiges. Les traverses auxquelles l'armoire était vissée laissaient un espace de l'épaisseur du panneau et il était facile de caser la liasse de lettres entre les planches. Les trous à l'arrière de l'armoire étaient en forme de serrure et il laissa les vis légèrement desserrées et se contenta d'y suspendre l'armoire pour ne pas avoir besoin d'un tournevis la prochaine fois qu'il la retirerait. Il repêcha de la poubelle quelques pots et flacons et les remit dans l'armoire puis il la referma.

Il passa à la supérette acheter une douzaine de boîtes de pâtée puis il fit demi-tour et remonta dans la chambre. Il posa le sac de conserves sur la table et souleva le chat par les aisselles et le regarda dans les yeux. Le chat pendouillait entre ses mains comme une masse sans os. Il cligna des yeux paisiblement et détourna la tête.

De la vigilance, Billy Ray. De la vigilance. Et de la pâtée.

Quand il eut nourri le chat il redescendit et appela Lou mais il avait fini sa journée. Il sortit et traversa le Vieux Carré. Son odeur d'humidité capiteuse. Une odeur de pétrole et de fleuve et de navires. Whitman avait vécu jadis dans la maison du carrefour. Les lumières aux fenêtres s'allumaient dans le crépuscule. Les vieux lampadaires de Chartres Street telle de la gaze incandescente dans le brouillard. La Shelby parcourut vingt-six tours puis ne reparut pas. Il faisait trop sombre pour distinguer de la fumée mais il scruta le bord opposé de la piste, guettant des flammes. Il rejoignit les stands où Frank attendait que les voitures repassent. Pas de drapeau sur la piste. Jusque-là ça allait. Je sais que tu espères que ce n'est pas le moteur.

J'espère surtout que ce n'est pas la voiture.

Ce n'était pas elle. La transmission avait commencé à perdre sa denture et la boîte de vitesses s'était bloquée et puis le joint de cardan arrière s'était disloqué et l'arbre de transmission avait dégringolé sur la piste dans un bruit de ferraille et Adams avait braqué vivement pour s'arrêter dans l'herbe et déboucler sa ceinture et sortir de la voiture et traverser le terrain son casque à la main. Il raconta à Frank que la voiture s'était démantibulée comme une valise en carton sous un orage californien.

Ils allèrent dans un bar en ville, avec Adams encore en combinaison, et s'installèrent sur des banquettes. Adams leva la main. Un double scotch sans glace avec un verre d'eau, s'il vous plaît. Allez, trois doubles, tant qu'à faire. Il se tourna vers les autres. Et vous, les gars, vous prenez quoi ?

La course passait à la télé mais de là où ils étaient ils n'en voyaient pas grand-chose. Plus tard Western marcha jusqu'à la chicane et s'assit dans l'herbe et regarda les voitures approcher, rétrogradant et survirant en freinant avec leurs phares qui balayaient la piste et les freins à disque qui s'échauffaient jusqu'à en devenir rouge soleil dans un jaillissement d'étincelles avant de fondre au noir quand les étriers se desserrèrent et à la sortie du virage les voitures accélérèrent en troisième puis passèrent la quatrième et filèrent en hurlant dans la ligne droite.

VI

Depuis le jour où elle s'était trouvée dans le hall de Sainte-Marie parmi ses camarades tout en blanc comme des enfants mortes dans un rêve. Avec leurs souliers vernis de cuir blanc. Leurs chapelets et leurs voiles et les missels blancs à fermoir doré qu'elles serraient entre leurs mains en priant. Depuis ce jour le Dieu de son innocence avait lentement reflué de sa vie. En rêve elle l'avait vu pleurer sur l'argile froide de son corps d'enfant à un carrefour sans nom, agenouillé pour toucher son œuvre morte. Jusqu'à ce qu'enfin le Kid surgisse avec ses compagnons. Sur la nature de ce que Dieu était susceptible de fuir ou d'abandonner ne régnait que le silence, mais elle pensait qu'elle-même et les visiteurs de sa mansarde étaient des candidats plausibles. Le Kid et son engeance ombreuse avaient parcouru pour la rejoindre un vaste désert. Un paysage désolé et interminable. Qu'elle pensait vivant sans lui trouver grand mérite. Elle confessa ses péchés virginaux à travers le grillage. Une fois. Une autre. Puis plus du tout. L'enfer s'attarda davantage. Elle voyait les ressuscités vomis par la géhenne errer dans les rues, fumants, le regard vide. Clignant des yeux dans la lumière inusitée. Elle se réveillait en sursaut de rêves de lutte. D'envol plombé. Certains rêves perduraient et elle guettait le bruit de la pluie sur le toit de tôle agrafée mais la pluie avait cessé dans la nuit et on n'entendait plus que le ruissellement des gouttières. Une présence sur la route. Une présence à l'approche. Quelque bête trempée de sueur, quelque abomination sifflante et encapuchonnée pérégrinant sur le sentier. Rien qu'un infime mouvement de l'air tel un gradient de mauvais sort détaché et flottant vers sa tour de guet solitaire.

Quand sa tante Helen vint lui rendre visite elle demanda à la fillette ce qu'elle voulait être quand elle serait grande et elle répondit : Morte.

Je suis sérieuse.
Moi aussi.
Non tu n'es pas sérieuse. Tu es insolente et morbide. Alors. Qu'est-ce que tu voudrais être ?
En phase terminale ?
Sa tante se leva et quitta la pièce.

À son réveil suivant le Kid était dans la pièce à faire les cent pas et il y avait un homme tout frêle aux manches retroussées bricolant ce qui semblait bien être un vieux projecteur de cinéma monté sur un trépied de bois. Le Kid le désigna d'un geste de nageoire. Saleté de camelote, dit-il. Ça fait vraiment chier. Qu'est-ce que t'en dis, Walter ? On a une chance cette semaine ?

Le projectionniste ne répondit pas. Il tira sur la visière de sa casquette et se pencha pour étudier le problème. La fumée blanche de sa cigarette montait en volutes dans le faisceau de lumière. Elle les regardait, assise, agrippée à son oreiller. Le Kid jeta un coup d'œil vers elle. Pas d'urgence, dit-il. C'est bon pour le son et le mirage, mais pour ce qui est de tourner, c'est une autre histoire.

Qu'est-ce que vous fabriquez ?
On essaie de faire marcher ce foutu projecteur. Tu

peux encore roupiller un peu si tu veux. Ça risque de prendre du temps.

Le projecteur émit un staccato cliquetant et le rectangle de lumière jaune au mur de la mansarde se mit à clignoter. Le chiffre huit apparut brièvement, puis sept, puis six, puis ce fut le noir. Et merde, dit le Kid. Lumières, s'il vous plaît.

Elle alluma la lampe de chevet. Qu'est-ce que tu fabriques ?

Le Kid inclina une vieille boîte à cigares en bois posée sur le bureau et y fourragea. Il tria les bobines de film et en déroula une pour l'examiner à la lumière. Impossible de deviner ce qu'il y a là-dessus. C'est du vieux huit millimètres. Ce truc n'a pas vu la lumière du jour depuis Mathusalem.

Quel truc ?

En bon état pour l'essentiel. Tout bien considéré. La vache. Regarde-moi ce petit groupe. Tout est affaire de génétique, pas vrai ? Attends un peu de voir certains de ces individus.

C'est moi qui suis affaire de génétique, tu veux dire.

J'sais pas. C'est un peu pour ça qu'on est là, quand même, non ? Saperlotte. Vise un peu celui-là. Cela dit, si on veut livrer bataille à ces gonzes il va nous falloir davantage que des groupes sanguins. Qu'est-ce que t'en dis, Walter ? Ça progresse ?

Le projectionniste remonta sa casquette du bout du pouce et épongea son front en sueur dans un roulement d'épaule et sortit un tournevis de sa poche arrière.

Le Kid déroula la bobine. La pellicule pendouillait en une spirale molle. Il secoua la tête. Si on remonte un peu dans le temps on va tomber sur des gens assis autour du feu dans leurs peaux de bêtes moulantes. Oups. C'était quoi ça ?

La lumière au mur clignota puis expira.

Fausse alerte, dit le Kid. Il rembobina la pellicule et examina une autre bobine. Patience. La patience, ça n'a jamais été mon roquefort. Et j'en serai sans doute puni avant qu'on voie le bout de cette histoire. L'obstination en revanche. Merde. Comment les poules ont fait pour chier là-dedans ?

Quelle histoire ?

Quoi ?

Quelle histoire ? Tu as dit cette histoire.

Cette histoire ?

Tu as dit avant qu'on voie le bout de cette histoire. Quelle histoire ?

Je me suis peut-être mésexprimé.

Ça m'étonnerait. Quelle histoire ?

Bon Dieu. J'aurais dû m'en douter. OK. Arrête tout, Walter. Débranche cette saloperie. C'est bon. Et puis merde. Il se tourna vers la jeune fille. Écoute. Une petite évocation historique, où est le mal ? Tu devrais t'estimer heureuse qu'on ait dégoté ces trucs. Attaque à l'aube sur le poulailler. De la poussière partout. Des fientes de poule. Contrairement à ce que tu as pu lire tout n'est pas assorti d'un nombre. Mais c'est pire que ça. Tout n'a pas une désignation. Quelle qu'elle soit. Et comment c'est possible demande-t-elle. Eh bien c'est très simple répond le petit homme costumé au flegme sans faille. Le nom c'est ce qu'on ajoute après coup. Après quel coup ? Après le coup qui apparaît à l'écran. Ton écran mon écran tous les crans. On a des images cahin-caha de gonzes et de gonzesses mais ils n'ont pas de nom. Ils ont eu un nom mais ils n'en ont plus. Le dernier témoin qui aurait pu mettre un nom sur ces visages repose sous terre entre quatre planches à côté d'eux et s'il n'est pas lui-même sans nom il le sera bientôt. Donc. Qui sont ces gens ? Le fait qu'ils aient jadis évolué dans un cadre nomenclatif est une maigre consolation. Maigre consolation pour qui ? Ben merde. Tu lèves les mains au ciel. Pas besoin d'avoir un nom dis-tu. Très bien. Pas besoin d'avoir un nom pour quoi ?

Il arpentait la pièce. Il parut réfléchir.

Toujours la même rengaine, dit-elle. Ton esprit musarde, j'imagine.

Peut-être. Je suppose que si tu avais une muse tu n'aurais pas besoin de moi.

Je n'ai pas besoin de toi. Tu n'es qu'un fardeau. Tu n'es même pas amusant.

Ouais. Tu l'as dit.

Et pourquoi je n'aurais pas de muse ?

Où tu en trouverais ? Tu es un cas unique. Estime-toi heureuse de ne pas avoir une deuxième tête.

Merci. Quelle histoire ?

Quoi ?

Quelle histoire ? Celle du bout de cette histoire.

Bon sang de merde. Elle est vraiment en boucle, cette fille. Quand on parle d'obstination. On ne pourrait pas avancer un peu ? Faire les choses à ma façon pour une fois.

On fait toujours les choses à ta façon.

J'essaie de prendre soin de vous, Votre Altesse Bizarrissime. Tu crois que c'est facile ? Walter est en train de réparer la machine à voyager dans le temps pour qu'on assiste à une petite leçon d'histoire, c'est tout. Avec peut-être une brève digression philosophique soulignant l'importance de garder une position neutre. Si on commence par les anonymes et les inconnus peut-être que tu claironneras moins : Je te l'avais bien dit. Numération et nomination sont les deux faces d'une même pièce. Chacune parle le langage de l'autre.

Comme l'espace et le temps. Au bout du compte il faudra bien qu'on prenne à bras-le-corps cette histoire de calcul. Elle ne va pas s'en aller toute seule.

Et pourquoi je suis un cas unique ?

Le Kid se figea et écarta les nageoires et leva des yeux implorants puis se remit à faire les cent pas.

Personne n'est totalement unique.

Non. Sauf toi.

Je suis la seule.

Ouaip.

Mais tu ne saurais pas dire la seule quoi.

Eh bien, on pourrait dire la seule de ton espèce, j'imagine. Mais tu as raison bien sûr. Il n'y a pas d'espèce. Ce qui nous mène à ce paradoxe selon lequel là où il n'y a pas d'espèce il ne peut pas y avoir d'unique.

Unique en tant que nombre ou unique en tant qu'être ?

Au choix. Tu ne peux pas avoir quelque chose avant que se pointe autre chose. C'est ça le problème. S'il y a une seule chose tu ne peux pas dire où elle est ni ce qu'elle est. Tu ne peux pas dire si elle est grosse ou si elle est petite ni de quelle couleur elle est ni combien elle pèse. Tu ne peux même pas dire si elle est. Rien n'est quelque chose tant qu'il n'y a pas autre chose. Et donc tu es là. Bon. Est-ce que tu es vraiment là ?

Personne n'est unique à ce point.

Ah ouais ?

Tu ne peux pas me comparer à une entité qui flotterait toute seule dans le néant.

Pourquoi pas ? Écoute. On va passer des films. D'accord ? Une image vaut mille mots. Et patati. Vingt-quatre par seconde. Ou est-ce que c'est dix-huit ? On a même retrouvé une vieille Kodak dans l'un des cartons.

Des films.

Ouais.

De quoi ?

On verra bien sur quoi on tombe, comme dit le fossoyeur. On n'a qu'à lancer la bobine.

Je croyais que le projecteur ne marchait pas.

Quoi, tu n'as pas foi en Walter ?

Pourquoi il est habillé comme ça ?

Je ne sais pas. Il fréquente des vieux. Tu peux lui demander si tu veux mais il n'est pas très causant. Attends. Ça y est, ça tourne. Éteins la lumière, si tu veux bien.

Elle éteignit la lampe. Sur le mur le rectangle de lumière jaune granuleuse se mit à clignoter et des chiffres se succédèrent entourés d'un cercle. Huit, sept, six. Une aiguille d'horloge tournait dans le cercle et les effaçait l'un après l'autre.

Pourquoi le six est barré ?

Chhhut. Merde.

Si le projecteur était à l'envers tu le saurais.

Silence.

D'ailleurs il n'y a pas le neuf de toute façon.

Mais nom de Dieu tu vas la fermer ?

Les chiffres défilèrent jusqu'à deux. Une ombre se profila sur l'écran. Assis, là-bas devant ! gronda le Kid. Le projecteur continua de cliqueter. Des silhouettes pâles se mirent à avancer par saccades. Dans des vêtements faits maison. Avec un maigre sourire. Quelques-uns faisaient des grimaces à la caméra. Ou saluaient de la main par-delà les années.

Qui sont ces gens ? demanda-t-elle.

On peut avoir un peu de silence dans la salle ? Merde à la fin.

Pourquoi ils saluent ?

Qu'est-ce que tu voudrais qu'ils fassent ? Qu'ils

envoient une carte postale ? Ferme un peu ton clapet, d'accord ?

Le film défilait bruyamment. Des cloques et des brûlures apparaissaient et s'éclipsaient. Des hommes et des femmes en tenue d'été. En bonnet et chapeau de paille. Les obsèques d'un enfant. Un petit cercueil descendu d'un chariot par des hommes en salopette. Elle vit un homme plonger vers la mort à travers la trappe d'une potence de bois brut tandis qu'un pasteur serrait sa bible contre sa poitrine en levant l'autre main et qu'un shérif en costume froissé consultait sa montre de gousset. Elle vit un groupe d'hommes en bras de chemise, la veste sur l'avant-bras, le chapeau à la main. On aurait dit qu'ils avaient une ficelle nouée autour de la tête.

Qui sont ces gens ? chuchota-t-elle.

Un peu de patience, d'accord ?

Deux femmes se tenaient souriantes sur la pelouse de la maison de sa grand-mère à Akron. Je crois que je les connais, dit-elle. La voiture dans l'allée. Elle l'avait vue sur de vieilles photos. Haute et noire. Un modèle millésimé, dit le Kid. À soupapes desmodromiques.

On peut arrêter ? On peut rembobiner ?

On ne peut pas rembobiner. Merde. T'as qu'à être plus attentive du premier coup.

On peut ralentir ?

Et comment tu veux qu'on ralentisse ?

Elle ne répondit pas. Elle tenta de se rappeler à quelle date le cinéma avait été inventé. Elle vit des gens debout dans un lac, les bras écartés. Dans leurs maillots de bain désuets de laine noire. Elle vit un enfant qui était peut-être bien son père. Marchant vers l'objectif. À contre-jour dans le soleil. Créature de lumière. Sa mère devant leur maison de Los Alamos. Il y avait de la neige au sol et des sillons de boue qui s'incurvaient sur la route et de la neige dans les montagnes au loin. Des vêtements gelés qui pendaient raides comme des cadavres à la corde à linge du jardin. Sa mère se détourna de la caméra et la congédia d'un geste. En tirant sur son manteau pour cacher sa grossesse.

C'est moi dans son ventre.

Ouais. Encore sans nom j'imagine.

Si Bobby était Bobby alors moi j'étais condamnée à m'appeler Alice.

Ça paraît complètement idiot.

C'est complètement idiot.

Et enfin elle-même en personne. Faisant des pointes en tutu lors d'un spectacle de danse classique au sous-sol d'une église de Clinton dans le Tennessee en octobre 1961.

Arrête ça, dit-elle. Tu peux arrêter ça ?

Mais bien sûr, dit le Kid. On peut toujours arrêter. Tu es sûre que c'est ce que tu veux ?

Oui. S'il te plaît.

D'accord. Rien à foutre. Éteins-moi ça. On arrête là. Et merde. C'est bien la peine que je me donne du mal.

Le projecteur s'interrompit dans un claquement de pellicule, la lumière vacilla et s'éteignit. Elle alluma la lampe. Le Kid fit pivoter sa chaise et secoua la tête. Tu me fais vraiment marrer, dit-il.

Je suis contente de t'amuser.

Mouais. J'ai pas besoin d'amusement. C'est un peu douteux tout ça de toute façon. On prend une série d'images fixes, on les passe ensemble à une certaine vitesse et qu'est-ce que c'est que ce truc qui ressemble à la vie ? Eh bien, c'est une illusion. Ah ? Et c'est quoi au juste ? Rien à foutre qu'on puisse ressusciter les morts, faut croire. Bien sûr, ils n'ont pas grand-chose à dire. Qu'est-ce que tu veux que j'ajoute ? Faut prévenir avant de creuser. Tu pourrais croire que le secret c'est de repérer la trace d'une réalité collatérale. Si tu t'illusionnes sur l'illusion. L'inhérente ignominie. Tu peux intégrer de nouveaux vecteurs mais ça ne garantit pas la commutation. Est-ce vraiment une bonne idée ? Et si ces gens veulent revenir ?

Ils ne peuvent pas.

C'est bien, ma petite. Le problème c'est que tu n'auras jamais un écran vide. Et la question n'est évidemment pas de savoir ce qu'il y a à l'écran mais qui l'y a projeté. Si tu lèves les yeux et qu'il n'y a rien à l'écran tu vas y projeter quelque chose toi-même tant qu'à faire.

Et ce quelque chose ce sera moi, j'imagine.

Bien sûr. Quel que soit le sinistralium moisi où tu auras concocté ce moi. On ne va même pas essayer de révoquer tes conceptions de ce que tu es en mesure de choisir parmi ce qui est et ce qui n'est pas. On s'efforcera de formuler les choses dans tes termes. C'est dans notre intérêt. Autant minimiser le gauchissement. Si tu veux effacer du tableau le petit salopard comme n'importe quel quidam-à-la-con c'est ta prérogative. Est-ce qu'il est là par pure contingence ? Bien sûr. Peut-être qu'il suffirait d'un peu de diététique. Réduire les matières grasses et pas de grignotage avant de se mettre au pieu. On peut y travailler. Peut-être identifier quelques-uns des périls immédiats qui déambulent dans les bois la nuit.

Je n'ai pas envie de les identifier. J'ai juste envie qu'ils disparaissent.

Écoute. Si on laissait tout ça refroidir un peu. Il nous reste quelques bobines à voir.

Et comment je peux être sûre que ça ne sort pas d'une brocante ? Ou que ce ne sont pas des trucs que tu as bidouillés ? Il y a des gens là-dedans qui ont l'air de remonter à avant Edison.

Tu m'en diras tant.

Et ils n'ont rien de distrayant. Ils sont tristes. Les morts ne sont pas aimés longtemps, disais-tu. Tu l'as peut-être remarqué au cours de tes pérégrinations, disais-tu.

Tu pourrais t'ouvrir un peu.

Mais je l'ai fait. Et voilà tout ce que ça m'a rapporté. Et de toute façon il y a des choses qu'on ne peut pas réparer. Et l'Histoire n'est pas faite pour tout le monde.

Merde. Où j'ai mis mon crayon ? Que je note ça.

Et pourquoi tu ris de moi ?

Qui a dit qu'il y avait de quoi rire ?

Tu dois bien savoir qui d'entre nous a l'air le plus ridicule.

Ah oui ? Auprès de qui tu comptes vérifier ça ? Et ne me traite pas de raie-du-cule.

Je n'ai aucune raison de croire que ces gens sont vraiment ma famille.

Soit. Bien habile est l'enfant qui reconnaît son propre père.

Et je ne prétends pas savoir ce que j'ignore. Je ne suis pas fourbe.

Contrairement à moi je suppose.

Je n'ai jamais dit que tu étais fourbe. J'ai juste dit que tu étais un enfoiré de menteur.

La vache. T'as fini ?

À toi de me le dire.

Tu ne crois donc pas qu'il ait pu y avoir quelqu'un qui traînait dans les parages avec une petite Kodak dissimulée sous son manteau ? C'était toi qu'on voyait trébucher sur scène, oui ou non ?

Comment je le saurais ?

Y avait combien de personnes dans le public ?

Quoi ?

Y avait combien de personnes dans le public ? C'est une question légitime.

Je n'en sais rien.

Bien sûr que si. Ça remonte pas si loin. Allez, crache ton hostie.

Quatre-vingt-six ?

Tiens, c'est pas le code des barmen quand ils veulent virer un client ? En tout cas, c'est sans doute le bon chiffre. Et en tout cas, même si tu voulais en voir plus je ne sais pas à quoi ça servirait si tu penses que tout est bidonné.

C'est bien ça le problème. Et je n'ai pas envie d'en voir plus.

Je croyais qu'on était sur la même longueur d'onde.

Non, tu n'as jamais cru ça. Et c'est quoi cette histoire d'attaque sur le poulailler ?

Quoi ?

Tu as dit que les bobines étaient couvertes de fientes de poule.

Ah ouais ?

Tu as mentionné une attaque à l'aube.

Façon de parler. Quoi, tu crois qu'on était en mission secrète ?

Qui ferait un raid sur un poulailler ?

Bonne question. Il s'agit de combattre le feu par le feu. Assaut sur la basse-cour. Il y a des précédents.

Il se glissa vers la fenêtre et scruta le dehors.

Elle leva les yeux. Il y avait une malle dans le poulailler. Qui tombait en ruine. Le poulailler. Bobby en récupérait les planches. Il y avait un tas de trucs remisés là-dedans. Des caisses de conserves en bocaux. De vieux meubles. Un canapé en crin où Bobby avait découpé des bouts de cuir pour se faire des mocassins indiens quand il était gamin. La malle était une vieille malle-cabine bourrée de vieux papiers. Ceux de mon père quand il était étudiant. Des lettres. Qui venaient de la maison d'Akron. J'imagine qu'il comptait les trier. Mais il est mort. Et les papiers ont été volés.

Oh funeste jour.

C'était un jour funeste. Funeste entre tous.

Ouais, bref. Je croyais que tu n'aimais pas t'étendre sur les malheurs familiaux. Des salopettes rustiques à Time Magazine *en deux générations. Encore une et ce sera le néant de l'oubli. Message terminé. Et merde, tant pis. Si on savait vers quoi on se dirige tous on saurait peut-être quoi emporter pour le voyage. Mais bon, faut pas perdre la foi.*

La foi en quoi ?

Y a toujours quelque chose qui peut se présenter.

Rien ne va se présenter. Il en reste combien ?

Combien de quoi ?

De films.

Je ne sais pas. Quelques bobines.

Alors allez-y.

Tu es sûre ?

Le projecteur a dû avoir le temps de refroidir.

Ouais. J'ai vu Walter l'éventer avec sa casquette. Je ne sais pas pourquoi je me vexe. Je peux pas dire qu'on m'ait pas mis en garde.

Mis en garde contre quoi ?

Contre toi, l'Entêtée sans tétés.

Qu'est-ce que ça t'apporte de me traiter de tous les noms ?

C'est important, les noms. Ils définissent les paramètres de notre protocole d'attaque. À l'origine du langage il y a le son unique qui désigne l'autre individu. Avant qu'on lui règle son compte.

Tu pourrais très bien discuter sans être agressif.

Ah ouais ? Tu sais, il faut bien capter ton attention. Tu as l'air de croire que l'écoute est facultative et c'est à nous qu'il incombe de le démentir.

Nous ?

Moi et mon état-major.

Ton état-major ?

Où est le problème ?

Pourquoi tu ne m'appelles jamais par mon vrai nom ?

Je ne sais pas. Je crois que je préférais le temps où tu étais Alice. Je te trouvais plus terre-à-terre. Avec Alice on avait juste de la malice. Avec Alicia faut appeler les miliciens. Qu'y a-t-il en un nom ? Beaucoup de choses, en l'occurrence. Bon, tu veux reprendre la projection ou pas ?

J'en déduis que les co-hortes ne viendront pas.

Nan. Aujourd'hui c'est cinoche. Prête ?

Oui. OK. Allons-y.

Brave petite. Tu veux bien faire le noir dans la salle ?

Elle tendit la main et éteignit la lampe. C'est bon, lança le Kid. Ça tourne.

Il arriva à Paris à l'automne 1969, par le train-ferry de Londres. La dernière chose que lui dit Chapman fut le vieux cliché sur les coureurs automobiles. Des excités, des gosses de riches et des imbéciles. Et parfois on trouve les trois sous le même casque.

C'est moi que tu vises ?

Tu arrives trop tard, Bobby. Le temps des gentlemen pilotes est révolu. J'ai vu beaucoup de mecs riches et cons devenir pauvres et futés. Dans la course tout est compensable. À part la qualité des freins. Le seul avantage que tu pourrais avoir, c'est qu'en Formule automobile il y a effectivement un substitut à la puissance moteur. Ça s'appelle l'ingénierie.

Il sortit de la gare du Nord muni de ses deux sacs de cuir et s'immobilisa dans la nuit parisienne. Il resta longtemps immobile. Pour tenter de rassembler ses esprits. Enfin il prit un taxi et indiqua au chauffeur l'adresse du Mont Joli, rue Fromentin près de Pigalle. C'était un hôtel fréquenté par des forains et chaque matin on pouvait voir des jongleurs et des hypnotiseurs et des danseuses exotiques et des chiens savants à la buvette du hall. Il loua un garage dans le neuvième arrondissement et entreprit de réunir des outils. La voiture arriva par camion une semaine plus tard et Armand le lendemain.

Chaque jour il traversait en bus les banlieues lugubres et déverrouillait la porte et prenait son bleu de chauffe et l'enfilait. La Lotus était surélevée par des crics et Armand et lui roulaient à travers le sol de béton sur des chariots de mécaniciens pour régler la chasse et le carrossage et le pincement. Ajuster le demi-train. Puis recalibrer l'injection et caler la distribution sur le minuscule moteur hurlant. Ils transportaient la voiture jusqu'au circuit sur la remorque tractée par le camion d'Armand et ils se relayaient pour faire des tours de piste et tester les nouveaux réglages puis ils la rapportaient, parfois à la nuit tombée.

Les premiers soirs il restait tout seul sur le banc à réassembler le moteur de rechange. Chapman avait assuré le gros de la mécanique et chemisé les cylindres. Tout était en aluminium et il y avait énormément de chasse. Il resserra les boulons de la bielle et mesura la course avec un cadran indicateur. Il consulta le manuel et mesura encore. Il y avait un chauffage à la paraffine dans l'atelier mais il avait toujours froid. Armand et lui déjeunaient tous les midis dans un tabac à deux rues du garage. Les habitués étaient stupéfaits de voir attablé parmi eux un Américain en bleu de chauffe graisseux.

Elle laissa tomber ses cours pour venir à Paris et le soir il l'emmenait dîner chez Boutin tout près de l'hôtel. Henry Miller y mangeait dans les années trente. On y servait un délicieux veau à la crème pour sept francs. Les prostituées ne la quittaient pas des yeux. La première course avait lieu à Spa-Francorchamps et la Lotus fila comme un train pendant vingt-sept tours et puis s'arrêta net quand le distributeur d'essence lâcha.

Il l'accompagna à l'Institut des Hautes Études scientifiques où on lui donna une chambre et ils se dirent au revoir. Chapman expédia l'autre voiture en mars.

Armand et lui allaient sillonner l'Europe dans un semi-remorque de troisième main en dormant dans le camion ou dans des hôtels minables mais en mangeant bien. Ils faisaient de bonnes courses mais n'en gagnèrent aucune. À la fin de la saison il vendit la voiture et en novembre il reçut une lettre de John Aldrich. On lui proposait de piloter des Formule 2 l'année suivante pour l'écurie March. Il ne savait pas trop pourquoi. Il dîna avec elle à Paris et elle lui parla fiévreusement d'idées mathématiques qui pour lui menaçaient d'abdiquer toute réalité qu'il eût jamais connue.

———

Quand ils entrèrent dans le PC Lou était au téléphone. Il hocha la tête et raccrocha et regarda Western. Tiens, le fils prodigue. T'es de retour ?

Je suis de retour. Tu as quelque chose pour moi ?

Non.

Pourquoi tu ne me laisses pas aller à Houston ?

Parce que tu n'étais pas là quand on a constitué l'équipe. Si tu veux demande à Red de t'expliquer ça.

Il fallait que j'aille voir ma grand-mère.

Tu l'as déjà dit. Et nous il fallait qu'on aille à Houston.

Quand est-ce qu'ils partent ?

Ils sont partis ce matin. Presque tous.

Tu n'as rien donc.

Rien de recommandable.

Et qu'est-ce que tu aurais de pas recommandable ?

Lou se renfonça dans sa chaise et dévisagea Western. Y a une boîte du côté de Pensacola qui cherche un plongeur. Je ne sais rien d'eux. T'es même pas sûr d'être payé.

C'est quoi le job ?

Il faudra que tu leur poses la question. Ils veulent que quelqu'un rejoigne leur équipe sur une plate-forme de forage. Ils sont prêts à t'y déposer en hélico.

Combien de temps ?

Une semaine. Peut-être. À ta place j'emporterais des chaussettes de rechange.

Et comment je vais à Pensacola ?

Ça serait à tes frais. Personne ne va payer la note pour ça.

D'accord.

D'accord ? C'est bon ?

C'est bon.

Lou secoua la tête. Il recopia un numéro de téléphone sur son bloc-notes et arracha la page et la tendit à Western. Fais-toi plaisir, dit-il.

Western regarda le numéro. Si tu trouvais ça si douteux comment ça se fait que tu as pris leur numéro ?

J'adore mon boulot. Écoute. Tu sais sûrement que la politique de notre boîte, c'est de faire tourner la boutique pour le confort et la satisfaction des employés. Tout ce que veut Taylor, c'est que tu sois content. Et si en plus ils peuvent se faire un peu de blé, ça fait pas de mal non plus.

Red désigna de la tête le bout de papier. Tu veux un bon conseil, mon petit cœur ?

Bien sûr.

Chiffonne-moi ça et balance-le dans la poubelle là-bas.

À quelle profondeur ils vont travailler ?

Je ne sais pas. C'est une plate-forme auto-élévatrice donc ça doit pas être bien profond. À mon avis c'est pour réactiver des engins de forage.

Ils étaient à l'arrêt.

Ouais.

Qu'est-ce que t'en dis ?

J'irais peut-être si on me mettait un flingue sur la tempe. Tu ferais mieux d'écouter le conseil de Red. La première règle des métiers à risque, c'est de savoir pour qui on travaille.

Red hocha la tête. On ne saurait mieux dire.

L'hélico plongea à travers le ciel chargé, presque à pic au-dessus du derrick. Avec ses lumières la plate-forme ressemblait à une raffinerie dressée dans le noir de la mer. Les feux d'atterrissage de l'hélicoptère firent apparaître la lettre H sur l'héliport et au-dessus le nom de la plate-forme. Caliban Beta II. Le pilote se posa et coupa le rotor et regarda vers Western. Voilà, dit-il. Vous êtes conscient qu'il y a un sacré grain qui se prépare.

Ça ira.

Vous avez déjà été sur un de ces trucs ?

Ouais, une fois. Pourquoi ?

Parce que si la mer se déchaîne vraiment on ne peut plus aborder.

D'après vous personne ne va venir.

Ça m'étonnerait.

Western tendit la main derrière lui pour prendre son sac de plongée et descendit. La porte d'aluminium léger bourdonnait au vent. Le vent gémissait dans les gréements d'acier au-dessus de sa tête et dans les tours d'éclairage et il gémissait dans les énormes grues Link-Belt.

Je vous ramène si vous voulez, dit le pilote. Ça m'emmerde pas du tout.

Merci. Ça ira.

Il referma la porte et le pilote se pencha et fixa le loquet et tira franchement sur le collectif et l'hélicoptère décolla de la plate-forme. Western resta immobile dans ses vêtements qui claquaient au souffle du rotor, regardant les yeux plissés l'hélico s'élever vers les lumières puis pivoter vers la côte de Floride et ses feux de navigation s'obscurcir avant de disparaître dans les ténèbres.

Il mit son sac en bandoulière et parcourut la passerelle d'acier et ouvrit la porte d'acier et enjamba le seuil surélevé qui menait à l'escalier des cabines. Il referma la porte et la verrouilla d'un tour de volant et s'appuya à la tablette et retira ses bottes de sécurité à bout métallique et les abandonna par terre. La salle de contrôle se trouvait juste à gauche. Il remit son sac à l'épaule et descendit l'escalier en chaussettes pour rejoindre les cabines.

Tout était comme sur un navire. Les coursives étroites et les cloisons d'acier gris. Les mains courantes en fer et les ampoules au plafond dans leurs grillages métalliques. Mais ce n'était pas un navire et hormis la palpitation constante et sourde du moteur principal enfoui dans les entrailles de la plate-forme il n'y avait aucun bruit et il n'y avait aucun mouvement.

Il repéra le carré et la cambuse et ouvrit le frigo et en sortit du corned-beef en tranches et une miche de pain. Il se fit un sandwich qu'il tartina de moutarde et se servit un verre de lait. Il laissa son sac sur la table pliante en bois du carré et explora les cabines. Elles étaient minuscules et équipées de lits superposés. Les pieds calés dans des trous au sol. De minuscules salles de bains avec des douches en acier et des toilettes en inox comme on en voit dans les prisons. Il revint à l'escalier avec son lait et son sandwich. Ohé ? cria-t-il.

Il ne savait plus trop comment regagner la cambuse. Il suivit les coursives et monta et descendit les escaliers d'acier avant de parvenir à une porte qui donnait sur l'extérieur. Il avait mangé presque tout son sandwich et bu son lait et il posa le verre vide dans un coin et finit son sandwich puis fit pivoter le gros volant de fer pour déverrouiller la porte.

Le vent saisit la porte et la rabattit contre la cloison. Il sortit et referma hermétiquement la porte derrière lui et suivit la passerelle et descendit les marches d'acier. En dessous de lui s'étendait le plancher de forage. La tour s'élevait dans la nuit venteuse et dans la lumière des projecteurs des oiseaux tournoyaient en silence contre le vent et puis ils pivotèrent et furent aussitôt aspirés dans les ténèbres. Il s'adossa à la cloison dans son blouson gonflé de vent. Il y avait dans l'air des éclats de sel mordants et la plate-forme tout entière semblait à la dérive, ballottée dans la nuit de la mer.

Il releva son col et avança sur le pont. Il regarda à l'intérieur par l'un des hublots de verre épais boulonnés à leur cadre d'acier peint. Il avait déjà très froid et commençait à claquer des dents. Il progressa plaqué contre la cloison jusqu'à ce qu'apparaisse l'hélisurface et alors il regagna la porte par laquelle il était entré à son arrivée et retourna à l'intérieur et referma la porte et descendit à la cambuse et reprit son sac sur la table du carré.

Il s'engagea dans le couloir et choisit la cabine la plus proche du carré et posa son sac sur le petit bureau et alluma la lampe. Il s'assit sur la couchette et s'adossa à la cloison de métal froid. Un léger tremblement électrique. Il se dit que ça pourrait le bercer. Il se redressa et ouvrit son sac et en sortit sa veste de nylon doublée de mouton et la déploya sur la couchette. Puis il se releva pour retourner à la cambuse. Il examina le frigo et la chambre froide en espérant y trouver une bière mais il n'y avait pas de bière à bord des plates-formes. Il dénicha une boîte d'abricots au sirop et chercha un ouvre-boîte mais en vain. Il finit par prendre un couperet de boucher et défonça le couvercle avec le talon de la lame et prit une cuillère et regagna la cabine et s'assit sur la couchette pour goûter les abricots. Ils étaient rudement bons. Il en mangea encore un peu et puis rapporta la boîte de conserve à la cambuse et la remit au frigo. Il arpenta le pont inférieur en regardant dans les cabines. Il tendit l'oreille. Ohé ? cria-t-il.

Il retourna à sa cabine et sortit une édition de poche du *Léviathan* de Hobbes. Il ne l'avait jamais lu. Il prit l'oreiller de la couchette supérieure et fit bouffer les deux oreillers et s'allongea et ouvrit le livre.

Il lut une vingtaine de pages et puis il posa le livre ouvert sur sa poitrine et ferma les yeux.

Quand il se réveilla Hobbes était encore sur sa poitrine. Il tendit l'oreille. Le bruit de la tempête au-dehors étouffé par les cloisons. Rien d'autre. Il se redressa et referma le livre et posa les pieds par terre. Il était deux heures vingt du matin. Il plaqua la main contre l'acier froid de la cloison. Le battement de cœur sourd dans les entrailles de la plate-forme. Deux mille chevaux au bas mot. Il se leva et sortit en chaussettes et gagna la salle commune. Il alluma la télévision. Des parasites et de la neige. Il essaya plusieurs chaînes puis éteignit.

Il remonta l'escalier et ouvrit la porte extérieure. Le vent soufflait à pleines rafales. Un hululement strident. La mer sous le pont inférieur était un chaudron noir et les oiseaux avaient disparu. Il referma la porte et tourna le volant. Il revint à la cambuse reprendre la boîte d'abricots et regagna sa cabine et s'assit sur la couchette et mangea encore puis il posa la boîte sur le bureau avec la cuillère dedans.

La première fois qu'il alla la voir à l'hôpital elle arriva par le couloir en traînant les pieds dans les chaussons de papier qu'on lui avait donnés et elle eut un maigre sourire et lui prit la main. Quand il revint le lendemain il lui tendit un paquet mais elle ne voulut pas le prendre.

Pourquoi ? demanda-t-il.

Je sais ce qu'il y a dedans.

Qu'est-ce qu'il y a dedans ?

Des chaussons.

Exact.

Ceux que j'ai me suffisent. Je suis désolée, Bobby. C'est gentil de me les apporter. Mais je n'en veux pas. Je ne veux pas être différente.

Mais tu es différente.

Non. C'est faux. En tout cas si je voulais être qui je suis je ne serais pas quelqu'un qui porte des chaussons spéciaux.

On devrait peut-être changer de sujet.

Il se rallongea sur la couchette, un bras sur les yeux. Point ne mourrai pour toi oh femme au corps de cygne. Je fus nourri par un maître lucide. Oh fine paume, oh sein blanc. Point ne mourrai pour toi.

Il s'endormit tourné vers la cloison d'acier froid, le visage dans les mains.

Il dormit et se réveilla et tendit l'oreille. Le bourdonnement des cloisons. Il se dit que ce qu'il entendait à présent c'était la tempête. Il se leva et monta au poste d'équipage et regarda par la fenêtre. Une écume de sel déchaînée balayait les passerelles et la superstructure. Les lampes au sodium fumaient. Il tourna le volant de fer et plaqua l'épaule contre la porte et poussa de tout son poids. Dehors dans la nuit torrentielle un hurlement aigu et sans fin et une pluie aveuglante. Il referma la porte et tourna le volant. Bon Dieu, fit-il.

Il redescendit et parcourut les quartiers des équipages du troisième pont. À un moment les lumières vacillèrent et il se figea et resta immobile. Ne me fais pas ça, dit-il.

Les lumières se stabilisèrent. Il fit demi-tour et regagna la cabine et tira une lampe torche de son sac et la fourra dans sa poche arrière et ressortit. Quand il revint il avait à la main un bol de crème glacée et il s'assit en tailleur sur la couchette et se remit à Hobbes. Il s'endormit avec la lumière allumée et quand il s'éveilla il faisait jour.

Il monta en surface pour contempler la tempête. Des nappes entières d'écume se déversaient sur les ponts. Toute la plate-forme tremblait et les vagues faisaient des bonds de douze mètres pour lécher les bastingages avant de retomber. Il redescendit et s'assit sur la couchette et sortit son nécessaire de rasage et sa brosse à dents. Puis il resta assis sans bouger. Il avait un sentiment de malaise et ce n'était pas la tempête. C'était plus qu'un malaise. Il tenta de récapituler ce que lui avait dit le pilote de l'hélicoptère. Ça n'était pas grand-chose.

Au bout d'un moment il gagna la cambuse et dénicha des œufs et se prépara un petit déjeuner et se fit une tasse de thé et s'attabla pour manger. Puis il se figea. Il y avait une tasse à café vide sur le plan de travail. Il ne se rappelait pas l'y avoir vue. L'aurait-il remarquée ? Elle devait déjà se trouver là. Il se leva et alla la toucher mais bien sûr elle était froide. Il se rassit et mangea ses œufs.

Il posa dans l'évier la tasse et l'assiette et les couverts et gagna la salle commune. Il réessaya la télévision. Rien. Il rassembla les boules sur la table de billard puis cassa et fit une partie. Il tournait autour de la table en chaussettes. L'un des coins de la table gîtait et les bandes n'offraient pas beaucoup de rebond. Il finit sa partie et rangea la queue dans le râtelier et redescendit et s'allongea sur la couchette. Il se releva et alla fermer la porte. Elle n'avait ni verrou ni loquet. Il rangea sa brosse à dents dans son nécessaire de rasage et sortit une serviette de son sac et se rendit dans la salle de bains et prit une douche dans l'une des cabines d'acier et se rasa et se brossa les dents et revint et enfila un tee-shirt propre. Il redescendit à la cambuse en chaussettes et sortit des steaks hachés du congélateur et les mit à décongeler sur le plan de travail. Puis il se rendit dans la salle de contrôle et s'assit et contempla la tempête. Il y avait quelqu'un d'autre à bord de la plate-forme.

Il rentra et dormit sur la couchette après avoir poussé le bureau contre la porte et quand il se réveilla en fin d'après-midi le bureau avait reculé d'au moins trente centimètres. La vibration de la plate-forme le déplaçait lentement sur le sol. Il parcourut des yeux la cabine. Quoi d'autre avait bougé ? Il se leva et écarta le bureau et descendit à la cambuse et prit le couperet de boucher et revint et s'assit sur la couchette et soupesa l'objet dans ses mains. Il repoussa le bureau contre la porte et tenta de lire un peu. Il remonta à la salle de contrôle. La tempête continuait sans guère faiblir et un ciel noir venu de l'ouest avançait sur le golfe. Bon nombre de lampes s'étaient éteintes sur la plate-forme. Il regarda au loin la mer virer au noir.

Il s'aventura dans les quartiers des équipages le couperet à la main. Plus tard il remonta à la cambuse et grilla deux steaks hachés qu'il disposa entre deux tranches de pain avec de la moutarde et il s'attabla pour les manger et but un verre de lait. Dans le verre le lait se fronçait de cercles sans fin. Il regarda le couperet posé sur la table à côté de son assiette. Henckels. Solingen. Tu pourrais enfoncer ça dans le crâne de quelqu'un ? Bien sûr. Pourquoi pas ?

Il tenta de recenser les personnes qui savaient qu'il allait en Floride. Et si la plate-forme sombrait dans la tempête ? Ce sont des choses qui arrivent. Qui serait au courant qu'il s'y trouvait ? La compagnie aérienne le localisait à Pensacola. Après ça, plus rien. L'hélicoptère ? Gulfways ? Est-ce que le nom c'était bien Gulfways ?

La plate-forme ne va pas sombrer dans la tempête. Qu'est-ce qu'ils veulent ? Qu'est-ce que *qui* veut ? Est-ce qu'on monte comme ça dans un hélico avec un inconnu ? Tu l'as bien fait. Encore un jour. Deux maximum.

Il regagna la cabine le couperet à la main et poussa le bureau contre la porte et s'allongea sur la couchette et ferma les yeux. T'es vraiment trop con, dit-il.

Quand il s'éveilla il était près de minuit. La couchette tremblait et il crut que c'était ce qui l'avait réveillé. Le bureau était au milieu de la cabine. Il se demanda si toutes les lumières allaient s'éteindre. Aucune raison que ça arrive. Chaque module sur la plate-forme était autonome.

Il se redressa. Il avait froid et il se dit que c'était peut-être le froid qui l'avait réveillé. S'il y avait des gens sur la plate-forme ils seraient déjà venus. Quel genre de tempête fallait-il pour engloutir une plate-forme auto-élévatrice ?

Il remonta l'escalier et ouvrit la porte métallique et scruta le vent hurlant. Il referma la porte et revint s'asseoir sur la couchette. Encore des heures avant le jour.

Ils pouvaient très bien parcourir la coursive avec un

simple détecteur à infrarouges. Et s'arrêter devant la cabine qui renfermait un corps tiède.

Et te forcer à aller jusqu'aux douches ? Pour faciliter le nettoyage ?

Te forcer à te déshabiller ?

Il guettait le moindre bruit. En surveillant la fine bande de lumière sous la porte.

Est-ce qu'il frapperait avant d'entrer ?

Pour quoi faire ?

Est-ce qu'il attendrait que la lumière s'éteigne ?

Tu pourrais faire des réserves d'eau et de nourriture et puis barricader la porte.

Encore deux jours ? Peut-être.

Il savait qu'il ne ferait rien.

L'équipage revint le lendemain en milieu de matinée. Ils descendirent l'escalier en chaussettes en direction de la cambuse. Le temps qu'il débarrasse les couchettes la coursive était vide. Il remonta au poste d'équipage et poussa la porte et s'aventura sur le pont. Le vent soufflait encore et les eaux sombres clapotaient lourdement mais pour l'essentiel la tempête était passée. Sur le plancher de forage des oiseaux jonchaient le sol.

Il déjeuna avec l'équipage. C'était une chouette bande, pas du tout étonnée de le trouver là. Il regagna sa cabine et attendit l'arrivée du bateau de plongée mais le bateau de plongée n'arriva pas. Il se rendit au bureau de forage mais le foreur n'était pas au courant d'une quelconque réactivation. Quelqu'un avait ramassé les oiseaux morts et les avait balancés par-dessus bord et il regarda la plate-forme s'ébrouer lentement. La grosse moufle mobile jaune oscillait dans l'armature et dès le milieu de l'après-midi la colonne était de nouveau alignée et le forage reprit et il se poursuivrait jusque dans la nuit et tous les jours et toutes les nuits. Allongé sur sa couchette il écoutait la voix du foreur dans le haut-parleur crachotant. La voix du technicien des boues. Il avait laissé la lumière allumée au-dessus du bureau. Des hommes allaient et venaient derrière la porte sur le chemin du carré. Leurs voix étaient un baume pour lui. Faire partie d'un projet collectif. D'une communauté d'hommes. Une chose quasiment inconnue pour lui presque toute sa vie. Il flottait dans un demi-sommeil. Les voix continuèrent à résonner toute la nuit. On est à cent tours minute. Deux pompes à boue montent à sept cents.

Il faut passer à cent vingt. Si t'avances trop vite ça va branler et au bout du compte ça va juste coller aux parois. J'en ai rien à foutre de ce que tu fabriques dans le trou.

Alors qu'est-ce qu'on peut y mettre ?

Plus de ferraille, j'imagine.

T'es là ?

Ouais.

Trois à quatre. Peut-être cinq.

Je crois que ça va faire quatre-vingt-deux. Quatre-vingt-deux. Continue quand même à forer.

Ouais. Rajoutes-en une.

Ça fait combien de tiges ?

Trente. Trente et une avec celle-là.

Il nous en reste à peu près cinq.

T'as quoi comme joint ?

Du quatre-vingt-dix-neuf.

Quatre-vingt-dix-neuf. C'est quoi la densité de la boue ?

Dix-cinq.

À confirmer.

Il s'endormit et se réveilla. Quatre zéro quatre. Grand calme dehors. Le haut-parleur crachotait doucement. On a un léger changement de terrain. On rentre dans de la dolomite. Quatre zéro sept environ. Onze quatre-vingt-dix-sept. C'est presque du calcaire. Pas très différent en tout cas. C'est plus tout à fait la même couleur. Un poil plus cristallin que du calcaire. Mais si on en prend un morceau on voit à travers. Moitié calcaire moitié dolomite. Au début j'ai pris ça pour du schiste.

Ça a l'air de mieux forer. Les morceaux sont plus gros. On voit les marques là où le trépan a mordu. Et je te garantis qu'il a bon appétit.

À cinq heures il se leva et descendit dans le carré et mangea un bol de crème glacée et discuta avec deux des sondeurs qui buvaient leur café. Qu'est-ce qu'ils trafiquent, tes gars ? demandèrent-ils.

Ils viennent demain. J'espère.

Ils hochèrent la tête. Cela dit, t'es payé au nombre de jours passés ici. C'est bien ça ?

C'est bien ça.

Tant mieux pour toi.

Il regagna sa couchette et resta allongé dans le noir si doux. La tempête était passée. La sourde pulsation du moteur principal déplaçait lentement le bol sur le bureau. Au-dessous d'eux le trépan tournait à mille brasses de profondeur dans l'inconcevable noirceur de la Terre.

Le pilote dit que son trépan a lâché.

On attend un peu pour voir. Va peut-être falloir changer de trépan.

Technicien, répondez.

Ici le technicien.

Répondez, sur le plancher. Vous en êtes où ?

On est de retour à la tige d'entraînement. J'y vais tout de suite.

Il restait couché sous la couverture rêche. Des nouvelles d'un autre monde.

On a un terrain différent. Du schiste type un, peut-être bien. J'ai remis à zéro le compteur. C'est comme du schiste de Midway. De la craie de Selma.

C'était quoi les coordonnées sur le dernier relevé ?

Soixante-sept soixante et onze. Un degré.

Et la tige carrée la plus proche ?

Soixante-quatorze trente-trois.

Ça fait un et deux de plus ? Ou trois de plus ?

Trois de plus.

À son nouveau réveil c'était presque le matin. Le haut-parleur était silencieux. Puis le foreur parla. Putain, ça fore pas si bien que ça. Douze, quinze mètres à l'heure ? On n'a qu'à faire circuler pendant un quart d'heure. On arrête tout et on observe. Pour être sûr que ça fuit pas. Si tout est OK on reprend et on donne le coup de boutoir.

Il somnola.

Grutier ? Elle est comment la mer au loin ?

Du cinq ou du six.

Pas de sédiment au fond, dit le technicien des boues.

Fais-moi un trou.

———

Quand il entra dans le bar Janice leva les yeux et dessina un cercle dans l'air avec son doigt et lui désigna le bout du comptoir. Il la rejoignit et posa son sac par terre.

Qu'est-ce qui se passe ?

Tu vas pas être content.

Qu'est-ce qui est arrivé ?

Quelqu'un a pénétré dans ta chambre.
Où est Billy Ray ?
Je ne sais pas. J'ai cherché dans tout le quartier.
Western détourna les yeux.
Je suis désolée Bobby. Il peut encore réapparaître.
Tu as vu qui c'était ?
Non. Harold a vu que la porte était entrouverte et il a toqué. Je suis montée et il m'a semblé que quelqu'un avait fouillé dans tes affaires. On l'a vraiment cherché partout. Tous les soirs j'ai fait le tour du quartier en criant Billy Ray, Billy Ray. Je sais que les gens me prennent pour une dingue. Je suis vraiment désolée, Bobby.
Bon. Je vais monter, si tu permets.
C'est les mêmes mecs qui sont revenus, pas vrai ?
Ouais. Je suppose.
Elle le dévisagea. Il reprit son sac. Je ne sais pas au juste. Je ne sais pas ce qu'ils veulent. Je ne sais même pas qui c'est.
Tu vas filer à l'anglaise, c'est ça ?
Je ne sais pas, Janice. Vraiment je ne sais pas.

Il arpenta les rues en tapant avec une cuillère sur la gamelle de Billy Ray. Tel un moine mendiant. Il ne le revit jamais.

―――――

Quand il descendit au bar deux jours plus tard il y avait deux hommes qui attendaient à une table contre le mur du fond. Ils étaient en chemise blanche et cravate en tricot noire avec les manches retroussées jusqu'aux coudes. Visiblement ils buvaient de l'eau. Tous deux le virent en même temps et ils se tournèrent et se regardèrent. Western alla au comptoir et se fit servir une bière par Janice et traversa la salle jusqu'à eux et tira une chaise avec le pied et posa sa bière sur la table. Bonjour, dit-il.

Ils le saluèrent de la tête. Ils attendirent qu'il dise autre chose mais il n'en fit rien. Il but une lampée de bière.

Voulez-vous que nous allions ailleurs ?

Pour faire quoi ?

Nous voulons juste vous poser quelques questions.

Vous souhaitez voir une pièce d'identité ?

Non. Et vous ?

On est juste là pour faire notre travail, monsieur Western.

Très bien.

Vous ne savez pas qui nous sommes.

Et je m'en fous.

Et pourquoi cela ?

Les bons, les méchants. Vous êtes tous les mêmes.

Vous m'en direz tant.

Je vous en dis tant.

Je crois que nous devrions aller ailleurs.

Je n'irai nulle part avec vous. Je crois que vous le savez.

Êtes-vous comme qui dirait un fanatique, monsieur Western ?

Oui. Je suppose qu'on peut dire ça. J'ai la faiblesse de croire que ma personne m'appartient. Je doute que ce soit bien vu par des types tels que vous.

Ce n'est ni bien ni mal vu. Nous voulons juste vous poser quelques questions liées à l'affaire qu'on nous a confiée. Nous nous demandions si vous accepteriez de jeter un coup d'œil à quelques photos.

Western but une gorgée de bière. D'accord. Des amis à moi ?

Nous serions enclins à en douter. Mais nous n'en savons rien.

Et pendant que j'y jetterai un coup d'œil vous me regarderez y jeter un coup d'œil.

Si cela ne vous dérange pas.

Pas du tout.

Le premier homme sortit de sa poche de veste une enveloppe kraft et fit rouler l'élastique qui était autour et la déposa sur la table et en fit glisser une liasse de photos qu'il tendit à Western.

Vous voulez juste que j'y jette un coup d'œil.

Si vous n'y voyez pas d'inconvénient.

Western se mit à feuilleter la liasse. C'étaient des tirages papier. Même sensibilité, même grain. Il regarda au verso. Chaque photo avait un numéro à quatre chiffres inscrit dans le coin supérieur gauche. Il les fit défiler lentement. De jeunes hommes blancs, la plupart en costume. La plupart d'allure européenne. Quelques-uns portaient un chapeau.

Elles sont classées dans un ordre précis ?

Non.

C'est alors qu'il tomba sur une photo de son père. Il la brandit. Je crois qu'on sait tous qui c'est.

En effet.

Et vous, les gars, il y en a combien que vous reconnaissez ?

Nous préférons nous abstenir de répondre.

Pareil pour moi.

Vous ne comptez pas regarder les autres.

C'est bon, je déconne.

Parce que nous pourrions toujours vous assigner à comparaître.

Vous pourriez mais vous ne le ferez pas.

Et pourquoi cela ?

On est tous des grands garçons, Walter. Je ne sais pas de quoi il s'agit mais je sais au moins que vous n'avez pas envie que ça se retrouve dans le journal.

Je ne m'appelle pas Walter.

Pardon, je voulais dire Fred.

Je ne m'appelle pas Fred non plus. Alors, ces photos.

Il acheva d'examiner la liasse. Un autre visage lui était familier mais il n'arrivait pas à mettre un nom dessus. Il posa la photo sur la table. Ce type me dit quelque chose. Il travaillait au labo. Un jeune. Je ne me souviens plus de son nom. Si tant est que je l'aie jamais su.

Mais c'est tout.

Oui.

Western rassembla les photos et égalisa le paquet sur la surface de la table puis le coupa et le déploya en éventail et battit le jeu et le leur tendit.

Vous jouez aux cartes, monsieur Western ?

Il fut un temps. Plus maintenant.

Pourquoi cela ?

J'ai connu des joueurs.

C'est une bonne raison.

C'est qui le type ?

Quel type ?

Le type manquant. Quarante-deux vingt-six.

L'homme retourna le jeu de photos et les passa en revue jusqu'à ce qu'il trouve le numéro. Le type manquant, dit-il.

Ouais.

Et par quel hasard vous avez retenu ce numéro ?

Je ne retiens pas les choses par hasard.

Nous ne sommes pas certains qu'il soit quelqu'un d'important.

Ben voyons. Si c'était le cas vous me le diriez ?

Non.

Ça se défend.

Bien. Merci de nous avoir consacré ce temps, monsieur Western.

Je vous en prie. Est-ce que je vous reverrai ?

Sans doute pas.

Est-ce que vous savez qui sont tous ces gens ?

Nous ne sommes pas habilités à le dire.

Il égalisa le paquet de photos et le rangea dans l'enveloppe et reprit l'élastique sur la table et le glissa autour de l'enveloppe et tapota la table avec l'enveloppe et regarda Western. Vous croyez aux extraterrestres, monsieur Western ? demanda-t-il.

Aux extraterrestres.

Oui.

Drôle de question. Jusqu'à ce matin je n'y croyais pas.

L'homme sourit et se leva et l'autre homme se leva avec lui. Il n'avait toujours pas dit un mot.

Merci, monsieur Western.

Western hocha la tête. Je vous en prie comme je prie le diable.

———

Kline avait son bureau au premier étage et Western monta l'escalier et frappa à la porte. Le nom en noir et or sur le verre dépoli. Il attendit et frappa de nouveau. Il tourna la poignée et la porte n'était pas verrouillée et il la poussa pour l'ouvrir. L'accueil était désert mais Kline était assis à son bureau dans une pièce vitrée au fond et parlait au téléphone. Il salua Western de la tête et mit ostensiblement la main autour du combiné. Western referma la porte. Dans un coin de la pièce il y avait un perroquet en cage. Des journaux par terre. Le perroquet se recroquevilla et l'observa puis leva une patte et se gratta la nuque. Kline raccrocha et se leva. Western, dit-il.

Oui.

Entrez.

Il franchit le seuil et ils se serrèrent la main et Kline lui montra la chaise. Asseyez-vous. Asseyez-vous.

Western tira la chaise et s'assit. Il désigna l'oiseau d'un signe de tête. Est-ce qu'il parle ?

Pour autant que je sache il est désormais sourd-muet. Désormais.

Je l'ai hérité de mon grand-père. Je viens d'une famille de forains. Le perroquet faisait partie des numéros. Mon grand-père est mort et le perroquet n'a plus parlé depuis. Il m'a légué une pendule arrêtée.

C'est une histoire vraie ?

Oui.

Qu'est-ce qu'il faisait le perroquet ? Comme numéro ?

Du vélo. En équilibre sur un fil.

Il saurait encore en faire ?

Je ne lui ai pas demandé. Même si paraît-il ça ne s'oublie pas.

J'ai l'impression qu'il ne m'aime pas.

Il n'aime personne.

Je devrais vous demander vos tarifs.

Je prends quarante dollars de l'heure. Échanges téléphoniques compris.

Le compteur tourne, là ?

Pas encore. Il faut que je sache ce qui vous amène.

Ça vous arrive d'avoir affaire à des cinglés ?

Oui. Vous en êtes ?

Je ne crois pas. Qu'est-ce que vous en faites ? Des cinglés.

Je joue le jeu et je prends leur fric.

Vous plaisantez.

Oui.

Vous avez dit au téléphone que vous ne faisiez pas les divorces. Il y a d'autres choses que vous ne faites pas ?

Kline fit légèrement pivoter sa chaise dans un sens puis dans l'autre. Vous allez m'embarquer dans un truc bizarre, c'est ça ? C'est bien par là qu'on se dirige ?

Je ne sais pas.

Allez-y, crachez le morceau. Le plus synthétiquement possible.

D'accord.

Western commença par l'avion et termina par la plate-forme pétrolière et les deux hommes en bras de chemise au Seven Seas. Kline l'écoutait, les mains jointes par le bout des doigts. C'était un auditeur attentif. Quand Western eut fini il y eut un silence.

C'est tout, dit Western.

C'est ça que vous faites dans la vie ? Plongeur de récupération ?

Oui.

Vous êtes un réfugié du système universitaire.

On peut le dire comme ça.

Vous voyez un psy ?

Non. Vous croyez que je devrais ?

C'est un peu une question standard. Vous étiez en psycho ?

En physique.

C'est quoi un gluon ?

C'est le boson de jauge qui permet l'interaction entre quarks.

Très bien.

Vous connaissiez la réponse.

À vrai dire, non. Je trouvais juste que c'était un nom

marrant. Vous savez ce que je faisais avant de me lancer dans ce métier ?

Non. Je doute que vous ayez été flic.

En effet. J'étais diseur de bonne aventure.

C'est vrai ?

Tout est vrai.

C'était avec la troupe de forains ?

Oui. C'était une entreprise familiale. Une famille haute en couleur. Originaire de Bavière. Steuben. Peut-être bien des gitans dans l'ancien monde. Je ne suis pas sûr. Ils se sont installés au Canada. Je suis moi-même né à Montréal. Plus tard quand des jeunes venaient me dire qu'ils voulaient intégrer la troupe je leur répondais : Surtout pas. Cassez-vous.

Vous détestiez ça.

Non, j'adorais. Vous êtes en cavale ?

Je ne sais pas. Je ne crois pas. Pas encore.

Vous ne m'avez pas tout dit. Qu'est-ce que vous me cachez ?

Beaucoup de choses. Qu'est-ce que vous voulez savoir ?

Ce qui vous est arrivé.

Il m'est arrivé quelque chose ?

Je crois bien.

Et si je préfère ne pas vous le dire ?

Alors vous préférez ne pas me le dire.

J'avais une sœur qui est morte.

Dont vous étiez proche.

Oui.

Ça remonte à quand ?

À dix ans.

Mais vous ne voulez pas en parler.

Non.

Très bien.

Ça y est, le compteur tourne ?

Ça ne va pas tarder.

Vous faites toujours passer ce genre d'entretien à vos clients ?

Quel genre d'entretien ?

Je ne sais pas. Assez intime, je dirais.

Pas forcément.

Pourquoi moi ?

Je vous trouve plutôt intéressant.

Mais pas très coopératif.

Kline regarda sa montre. On devrait peut-être lancer le compteur. C'est fou tout ce que les gens sont prêts à vous confier dès qu'ils paient pour ça.

D'accord. Vous disiez vraiment la bonne aventure ?

Oui.

Vous aviez un don ?

Je ne dirais pas que c'est un don. C'est surtout du bon sens. De l'observation. De l'intuition.

Alors qu'est-ce que je ne vous dis pas ?

Je ne sais pas. Qu'est-ce que vous n'avez jamais confié à personne ?

Sûrement un paquet de choses.

Outre celles dont vous pourriez avoir honte.

Ça en laisse quand même un paquet.

Je crois qu'il y a des choses qu'on garde secrètes pour des raisons qui nous restent inconnues.

Quand j'avais treize ans j'ai trouvé une épave d'avion dans les bois.

D'accord. Et vous n'en avez jamais parlé à personne.

Non.

Il y avait quelqu'un dans l'avion ?

Oui. Le pilote.

Il était mort.

Oui.

Vous étiez tout seul.

Oui. Enfin, j'avais mon chien avec moi.

Pourquoi vous ne l'avez dit à personne ?

Je ne sais pas. J'avais peur.

Vous n'aviez jamais vu un mort.

Non.

Ça faisait longtemps qu'il était mort ?

Je ne sais pas. Quelques jours. Une semaine. Il faisait froid. C'était l'hiver. Il y avait de la neige par terre. Il était tout affaissé dans le cockpit. L'avion s'était encastré dans un arbre.

Des recherches avaient été lancées pour retrouver l'avion ?

Oui. C'était dans un parc naturel forestier de l'est du Tennessee. Il avait neigé et il n'était pas facile à repérer.

Il a fallu combien de temps pour qu'ils le retrouvent ?

Une semaine, je dirais. Oui, je crois que ça a pris encore une semaine. Pour qu'ils le retrouvent.

C'est étrange, comme histoire.

Sans doute.

Il y a autre chose.

Je crois que le plus étrange c'est que je connaissais l'avion. Je savais quel avion c'était.

Vous connaissiez l'avion.

Oui. Je ne l'avais jamais fait en maquette mais je le connaissais.

Vous faisiez des maquettes d'avions.

Oui. Celui-là était assez insolite. Un Laird-Turner Meteor. Un vieil avion de course à cockpit fermé.

Qu'est-ce qu'il faisait dans ce coin perdu ?

Il se rendait à un meeting aérien à Tullahoma dans le Tennessee.

Comment vous avez eu mon nom ?
Pardon ?
Comment vous avez eu mon nom ?
Je vous ai trouvé dans l'annuaire.
Pourquoi moi ?
Pourquoi pas ?
Vous avez choisi une ligne au hasard et c'est tombé sur moi.
Je me suis dit que vous deviez être juif.
Sans blague.
Oui.
Même orthographié comme ça.
Oui. Vous êtes juif ?
Oui. Vous savez combien il y a de Juifs dans ce métier de détective ?
Non.
Moi.
Ça n'est pas possible.
Non. Mais presque.
Et pourquoi ça ?
Je crois que ça manque de panache.
Mais pas pour vous.
Apparemment pas. Vous pensez être en danger ?
Je ne sais pas. Je ne sais pas comment je réagirais si c'était le cas.
L'avion sous l'eau. Vous êtes retourné voir s'il y était toujours.
Oui. Je suis à peu près sûr que la bouée avait disparu. Enfin, je ne sais pas. J'ai pu la manquer. La mer était assez agitée.
Vous croyez vraiment qu'il y avait quelqu'un d'autre sur la plate-forme ?
Sur le moment j'y ai cru. Maintenant je n'en suis plus aussi sûr.

Et l'avion de course dans les bois, dans la neige. Lui aussi vous êtes retourné le voir.

Oui.

Le lendemain ?

Le surlendemain.

Vous avez emmené votre chien ?

Non.

Pourquoi ?

Parce que ça avait l'air de le rendre nerveux.

Vous pensez qu'il savait qu'il y avait un cadavre dans l'avion ?

Je crois. Oui.

Comment il aurait su ça ?

Je ne sais pas.

Vous avez emporté quelque chose.

J'ai emporté quelque chose ?

De l'avion.

Oui.

Dites.

J'ai découpé un morceau de toile du fuselage. Avec le numéro 22 inscrit dessus. Un grand rectangle. Comme un drapeau.

C'était un avion insolite.

Oui. Un magnifique engin. Très rapide. Il avait un moteur en étoile Pratt & Whitney à quatorze cylindres qui développait mille chevaux. On était en 1937. À l'époque les voitures Ford faisaient quatre-vingt-cinq chevaux. Et encore, les V-8 haut de gamme. La version courante ne dépassait pas les soixante. On mourait d'envie de rencontrer les gars qui l'avaient conçu.

L'avion.

Oui. C'étaient des Léonard de Vinci du vingtième siècle. Pour ne pas dire des Martiens.

Alors qu'est-ce que vous avez pensé en le voyant écrasé dans les bois ?

Je me suis dit que c'était sans doute la chose la plus étrange que j'aie jamais vue.

Tomber sur des avions avec des cadavres dedans, j'oserais dire que c'est une expérience assez inhabituelle. Mais pour vous ça a l'air banal.

Banal.

Statistiquement parlant. Ça vous arrive des dizaines de millions de fois plus souvent qu'au commun des mortels.

Ça devrait me rendre superstitieux ?

La plongée en haute mer. La course automobile. Alors. L'amour du risque ?

Je ne sais pas.

Qu'est-ce que vous attendez de moi ?

Que vous me disiez quoi faire pour rester en vie, j'imagine.

Un mec trouvé dans l'annuaire.

Oui.

Alors je dirais que de façon générale plus vous prendrez tout ça au sérieux plus vous aurez des chances de durer.

Très bien.

Vous avez une arme sur vous ?

Non. J'en possède une. Vous croyez que je devrais l'avoir sur moi ?

Statistiquement ça abrégerait votre vie au lieu de la rallonger. La pénible vérité c'est que si quelqu'un veut vraiment vous tuer vous ne pouvez pas grand-chose contre ça. Votre seul moyen d'être en sûreté serait de disparaître. Et encore, ce n'est pas garanti.

J'y ai pensé. Ça fait un peu dernier recours.

En effet. Le dernier recours avant l'ultime.

Oui.

Le méchant s'enfuit quand nul ne le poursuit. C'est bien Bobby votre nom ?

Oui.

Qu'est-ce que vous avez donc fait ?

J'aimerais le savoir. Vous avez beaucoup de clients qui craignent pour leur vie ?

Quelques-uns.

Quel genre de clients ?

Le genre féminin. Pour l'essentiel.

Féminin et marié.

Ou maqué.

Vous en avez déjà perdu une ?

Oui. Une.

Comment c'est arrivé ?

Ils ont laissé sortir le type de taule. Sans prendre la peine de prévenir qui que ce soit. En deux heures elle était morte. Votre sœur était une vraie beauté.

Oui. Comment vous pouvez le savoir ?

Parce que la beauté a le pouvoir d'engendrer un deuil hors de portée des autres tragédies. La perte d'une vraie beauté peut mettre à genoux une nation entière. Rien d'autre n'en est capable.

Hélène de Troie.

Ou Marilyn.

Bref, je n'ai pas envie de parler d'elle.

Je sais.

Où est-ce qu'on en est de notre affaire ?

Même au cas où vous ne voudriez pas fuir le pays un changement d'identité résoudrait certains de vos problèmes les plus pressants. Mais il faudrait sans doute partir d'ici. Et comme vous ne savez pas ce qu'ils vous veulent c'est dur de savoir jusqu'où ils seraient prêts à aller pour vous retrouver.

Mais s'ils veulent vraiment vous retrouver ils y arrivent.

Oh oui.

Je pense que l'idée que le gouvernement des États-Unis d'Amérique assassine régulièrement ses ressortissants est plus ou moins un fantasme paranoïaque répandu dans certains cercles politiques.

Je tends à être d'accord. Sauf si on fait partie des cibles visées par ces assassinats.

Mon problème c'est que je n'ai pas assez d'informations.

Votre problème c'est que vous n'avez pas du tout d'informations. Je n'oserai pas entamer une enquête si je n'ai rien de plus que ce que vous m'avez fourni. Ce serait un investissement sans aucune garantie de résultat. Personne ne peut vous dire comment affronter un adversaire qui vous est complètement inconnu. Le meilleur conseil serait sans doute de prendre la fuite. Une stratégie raisonnablement efficace contre tout ennemi, de l'intérieur ou de l'extérieur.

Oui. Comme l'a dit un jour un ami à moi : Mieux vaut une bonne fuite qu'une mauvaise posture. On parle de changer d'identité. C'est bien ça ?

Oui. Si vous voulez que je fasse l'intermédiaire je m'en chargerai sans rien vous facturer pour moi-même. Vous auriez un passeport, un permis de conduire et une carte de sécurité sociale. Complètement bétonné, comme on dit dans le métier. Ça vous coûtera mille huit cents dollars. Un peu moins dans ce cas précis.

Vous faites ça souvent ?

Non.

J'aurais le droit de choisir mon nom ?

Non. Vous n'auriez pas le droit. Le téléphone va sonner.

Pardon ?

Le téléphone va sonner.

Le téléphone sonna.

Je suppose que c'est juste un tour de magie à deux balles.

Oui.

Mille huit cents.

Oui. C'est onéreux. Un peu. Mais y a pas mieux. Vous pouvez littéralement devenir quelqu'un d'autre pour presque rien. Et là vous pourrez partir tranquillement. Évitez juste de vous faire ficher.

Vous n'allez pas prendre l'appel ?

Non.

Kline se leva et regarda par la fenêtre. L'avion de course, dit-il.

Oui.

Vous saviez quelque chose que personne d'autre au monde ne savait.

Oui. Je suppose que c'est vrai.

Kline hocha la tête. Par-dessus les toits il apercevait le fleuve. Les entrepôts et les docks et des fragments de navires entre les immeubles. Il se retourna et regarda Western. Quel était le numéro sur la dérive ?

Celle du Laird.

Oui.

Vous pilotez ?

Plus maintenant.

C'était NS 262 Y.

Ces gens croient que vous savez quelque chose qu'en fait vous ne savez pas.

C'est comme ça que vous voyez les choses ?

Il y a une autre façon de les voir ?

———

Red et lui étaient installés à une petite table au fond du bar. Red but une gorgée de bière et posa la bouteille sur la table à côté de ses clés.

Sa mère dit qu'elle va prévenir les flics. Mais si les flics le trouvent ils sont bien capables de le foutre en taule, ce con.

En taule pour quoi ?

Putain, Bobby. Tu crois qu'ils auraient besoin de chercher bien loin ?

Ouais. Pas faux. Pourquoi tu n'y vas pas ?

J'appréhende ce que je pourrais découvrir.

À savoir qu'il soit mort quelque part.

Non. Qu'il soit vivant quelque part. À Lafayette. Apparemment il vit dans un mobile home à dix ou quinze bornes de la ville.

C'est tout ce que tu sais.

C'est une petite ville. Y a forcément quelqu'un là-bas qui le connaît.

C'est sûrement vrai. D'accord.

D'accord ? Vraiment ?

Ouais.

T'es sympa, mon salaud. La brave dame a dit qu'elle voulait une photo de lui avec à la main le journal du jour comme ils font dans les films mais je lui ai expliqué que j'avais pas d'appareil photo. Et c'est vrai. J'ai promis de lui faire signer un papier. Ou peut-être le journal. Ça ferait l'affaire, non ?

Et si je découvre qu'il est mort ?

Je ne sais pas. Si son fiston chéri est mort pas question que je le lui annonce par téléphone. Hors de question.

Bon. Alors file-moi les clés de ton tacot.

Deux jours plus tard en roulant à travers les marais à l'est de Lafayette sur ce qui n'était guère qu'un sillage de pelleteuse dans la glèbe noire – des plantations de chênes des sables et des bayous aux eaux dormantes où des genoux de cyprès émergeaient tout droits de la boue verdâtre – il parvint à un embranchement et s'arrêta en laissant tourner le moteur. Quand tu atteins une fourche, prends-la. Il prit la piste de droite. Sans raison. Il continua en cahotant et en dérapant dans les segments spongieux. Des nids-de-poule de gadoue noire. Des cormorans grisâtres dressés sur des souches au milieu du marais. Des tortues.

Encore trois kilomètres et la route se termina dans une clairière où un mobile home trônait dans la boue en équilibre instable. Les roues à moitié enfouies, les pneus pourrissant. Et une camionnette. Il coupa le moteur et resta au volant. Puis il descendit et ferma la portière et héla la maisonnée.

Des oiseaux s'envolèrent. Il s'appuya à l'aile de son pick-up et observa les lieux. Un hamac suspendu entre deux arbres avec des lambeaux de corde qui pendouillaient à l'endroit où quelqu'un l'avait crevé sous son poids. Un tuyau de plastique enroulé sur lui-même. Un tub galvanisé. Une peau d'alligator clouée à un arbre, les pattes écartées. Au bout d'un moment il appela de nouveau.

La porte du mobile home s'ouvrit d'un coup en claquant contre la paroi et un barbu aux yeux fous apparut sur le seuil, bien campé sur ses jambes, un fusil de chasse pointé à hauteur de sa taille. Vous êtes qui ? croassa-t-il.

Putain, dit Western. Ne me tire pas dessus.

Western ?

Ben ouais.

Bordel de Dieu. Mais d'où tu sors ?

On m'a envoyé en mission de charité.

T'as apporté du whisky ?

Bien sûr.

Entre donc, salopard. Espèce d'ange gardien de mes deux. Elle est où la gnôle ?

Western ouvrit la portière du pick-up et sortit la bouteille d'alcool de derrière le siège. Il fit mine de la laisser échapper et de la rattraper en catastrophe.

Faut pas déconner avec ça, Western. Allez, ramène ton cul.

Comment ça va ?

Tout est à chier. Allez, entre.

Il s'assit au salon dans un canapé moisi aux ressorts déglingués. Tout l'endroit sentait le pourri. Il regarda autour de lui. La vache, dit-il.

Borman posa le fusil debout dans l'angle de la cloison et s'assit en face de lui dans un fauteuil défoncé et posa les pieds sur un pouf en plastique et prit la bouteille et dévissa le bouchon et le balança à travers la pièce. Il but une rasade et plissa un œil et tendit la bouteille à Western d'un bras bien raide. Waouh, fit-il.

J'imagine que tu n'as pas de verres.

Ils sont dans la cuisine.

Western allait se lever.

Vaut mieux pas t'y aventurer.

Il se rassit.

C'est pas joli à voir. Y a tellement de vaisselle dans l'évier qu'il faut sortir pour aller pisser.

OK.

Avant je laissais la vaisselle sur le terrain. Y avait toujours une bestiole pour la nettoyer. Et puis y en a une qui s'est mise à l'emporter. Peut-être un ours, je sais pas.

Western but une gorgée et lui rendit la bouteille.

Borman but. La liqueur brune bouillonna dans la bouteille. Quand il l'écarta de sa bouche le niveau avait baissé d'un tiers et il avait les larmes aux yeux. Il s'essuya la bouche et tendit la bouteille. Ben mon salaud. J'ai bu pire. Tiens.

C'est bon pour moi.

Tu vas me laisser boire tout seul comme un vulgaire poivrot ?

Tu es un vulgaire poivrot.

Qu'est-ce que tu fous ici ?

Ta famille a demandé de tes nouvelles. Red ne savait pas quoi leur dire. Si tu étais vivant ou pas. Par exemple.

Mais il a pas voulu venir, hein ?

Il a dit que la dernière fois qu'il était parti à ta recherche c'était quelque part en Californie et que tu l'avais fait boire et entraîné dans une bagarre et qu'à cause de toi il avait atterri en taule et que quand il était enfin rentré chez lui six jours plus tard il lui manquait deux dents et il avait la chtouille.

Ben quand tu le verras tu lui diras que c'est rien qu'une couille molle qui pendouille.

Je n'y manquerai pas.

Tu sais ce qu'il m'a raconté un jour ?

Non. Qu'est-ce qu'il t'a raconté un jour ?

Il a dit qu'en Inde il avait vu un gonze boire un verre de lait avec sa bite. Non mais t'y crois toi ?

Arrête.

Borman but. Western désigna la cloison. C'est quoi ça ? demanda-t-il.

C'est quoi quoi ?

Sur le mur, là. C'est quoi ?

Je sais pas. On dirait du gerbi séché. T'es sûr que tu veux pas reboire un coup ?

Non merci. Il a une sale gueule, ton chez-toi.

C'est le jour de congé de la bonne. Attends. Bouge pas.

Quoi ?

Bouge pas.

Putain, Borman. Pose-moi ce truc.

Borman avait calé la bouteille entre ses genoux et repêché un pistolet des profondeurs du fauteuil et visait la tête de Western.

Nom de Dieu, Borman.

Bouge pas.

L'écho de la détonation fut assourdissant. Western plongea au sol. Les mains sur le crâne. Ses oreilles bourdonnaient et il s'était cogné la tête contre la table. Il se palpa pour voir si ça saignait.

Espèce de taré. Mais c'est quoi ton problème, putain ?

Je t'ai bien eu, mon salopard. Allez, merde, Western. Lève-toi de là.

T'es taré ou quoi ?

C'est juste de la grenaille.

Western se releva et regarda le mur derrière lui. Toutes les cloisons du mobile home étaient constellées de minuscules perforations en grappes avec çà et là parmi les trous de petites taches ou marbrures maronnasses. Il regarda Borman. Borman abaissait le chien d'un Walther P38. Des cafards, fit-il. C'est la guerre, Bobby. Pas de quartier. Allez, lève ton cul. Ça va. Je t'ai pas touché.

J'ai les oreilles qui battent comme un tambour, bordel.

Ah ouais ? Faut croire que je m'y suis habitué.

On ne s'y habitue pas. On devient sourd.

Je regrette que tu m'aies pas apporté de la poudre SR 4756 et des amorces. J'ai encore un vieux kit Lee Loader quelque part. On peut recharger ces trucs avec du sable de rivière. Et les sceller à la cire. Quand ces salopards s'apercevront que j'ai plus de munitions ils vont donner l'assaut. Ça sera tous aux abris.

Quand ils s'apercevront que tu n'as plus de munitions.

Ouais.

Borman ?

Il me reste plus qu'une boîte. De grenaille.

Borman ?

Ouais ?

Si tu continues des gens vont venir et ils vont t'emmener. Tu te rends compte de ça ?

Tu crois que je perds la boule.

Qu'est-ce que tu veux que je croie d'autre ?

T'es pas idiot, Western. Tu crois pas qu'ils vont venir de toute façon ? Tu dis qu'on peut pas prédire l'avenir ? Pas besoin. Il est déjà là. J'ai encore cinq boîtes de cent quatre-vingts grains pour la carabine et sept ou huit boîtes de cartouches à plomb. J'ai une citerne d'eau de deux cents litres sous la maison et assez de provisions pour soutenir un siège. Des fruits secs. Des rations de survie. Deux caisses de plats lyophilisés. Y a une trappe dans le plancher. J'ai un tonneau enfoui dans la terre sous le mobile home. C'est un peu comme un abri de chasse. Y a des cailloux empilés tout autour. Des meurtrières aux endroits stratégiques.

Il but. Il regarda Western. Un baroud d'honneur, Bobby. L'ultime option. C'est tout ce qui reste.

Western s'était relevé et tâchait de se déboucher l'oreille. T'es complètement givré.

Borman sourit. Il but. Soudain il se pencha en avant et dégaina de nouveau le pistolet. Bouge pas, gronda-t-il.

Western plongea au fond du canapé les mains sur les oreilles. Au bout de quelques instants il leva les yeux.

Borman s'était affalé dans le fauteuil, les épaules agitées d'un rire silencieux.

Putain, t'es vraiment tordu. Tu t'en rends compte ?

Ah, là, là, fit Borman, la respiration sifflante.

Je peux te poser une question ?

Vas-y.

C'est quand la dernière fois que t'as vu quelqu'un ici ?

Définis ce que t'entends par quelqu'un.

Quelqu'un. Un être humain.

Définis ce que t'entends par être humain.

Je suis sérieux.

Moi aussi.

Ça fait combien de temps que t'es ici ?

Je sais pas. Six ou huit mois.

C'est vrai ? Toutes ces histoires ?

Quelles histoires ?

Les flingues et l'abri et tout ça.

Naaan. Je déconnais, Bobby. Enfin. Pas complètement.

C'est à toi la camionnette qui est dehors ?

Ouais.

J'ai l'impression que ça fait un sacré bail qu'elle n'a pas bougé de là.

Le bayou, ça réussit pas aux machines.

À toi non plus, je crois.

Je m'en sors bien.

Tu t'en sors bien.

Ouais.

Borman, je crois que t'as pas bien compris. T'as pété une durite. Tu t'en sors pas, et ici c'est tout sauf bien. C'est à des années-lumière d'être bien.

Borman médita ces paroles, avachi dans le fauteuil, en regardant le plafond. Les cadavres séchés des cafards des bois suppliciés. Il but une gorgée de whisky. Allez, on n'a qu'à se poser et boire un coup et se détendre. Tailler une bavette.

Est-ce que tu as de l'argent ?

Borman allongea une jambe comme pour fouiller dans sa poche. J'en ai un peu, Bobby. T'as besoin de combien ?

Putain, Richard. J'ai besoin de rien. Je voulais juste savoir si t'avais de quoi.

J'ai de quoi.

Comment tu fais pour te ravitailler ?

Y a un vieux fou qui habite deux ou trois bornes plus haut. Il a une bagnole. On va en ville et il se bourre la gueule et c'est moi qui le ramène.

Il reproposa du whisky mais Western secoua la tête.

Allez, merde, Bobby. Bois un petit coup. Faut que tu te décoinces un peu. Tout va bien se passer.

Western prit la bouteille et but et la lui rendit. T'es bien sûr que t'as pas complètement pété les plombs ici ?

Je suis sûr de rien. Et toi ?

Pareil, je crois.

Tu veux savoir à quand remonte la dernière fois que j'ai vu quelqu'un. Je pourrais te demander à quand remonte la dernière fois que t'as vu personne. La dernière fois que tu t'es trouvé tout seul. Que t'as regardé la nuit tomber. Que t'as regardé le jour se lever. Que t'as réfléchi à ta vie. D'où tu venais et où t'allais. Et s'il y avait une raison à tout ça.

Il y en a une ?

Je crois que s'il y avait une raison ça ferait juste un sujet de plus à creuser. Mon idée, c'est plutôt qu'on s'invente des raisons une fois qu'on a déjà décidé de ce qu'on va faire. Ou ne pas faire.

Il regarda Western.

Continue, dit Western.

Ahh, fit Borman. Il jeta par-dessus son épaule quelque chose d'invisible et souleva la bouteille et but. Il se figea. C'était quand, la dernière fois que t'as été à Knoxville ?

Y a pas si longtemps.

Knoxville, dit Borman. C'est vraiment Red qui t'a envoyé ici ?

Oui.

C'est un brave gars, ce couillon. Lui et moi c'est une longue histoire.

Tu veux rentrer avec moi ?

Borman examina l'étiquette de la bouteille. Je crois pas, dit-il.

D'accord.

Je vais te dire qui est venu ici.

Qui ça.

Oiler.

Oiler ?

Oiler.

Quand ça ?

Ça fait un bail. On est allés en ville et on s'est murgés.

Oiler est mort, Richard.

Borman resta silencieux. Il se pencha et posa la bouteille par terre et se détourna et regarda par la petite fenêtre sale. Merde, dit-il.

Je suis désolé.

C'est vraiment merdique.

Je sais.

Qu'est-ce qui lui est arrivé ?

Accident de plongée. Au Venezuela.

Y a combien de temps ?

Deux mois.

Borman secoua la tête. C'est vraiment merdique.
Ouais.
Putain ça me dégoûte.
Il se pencha en avant et tendit la bouteille. Western hésita mais Borman paraissait prêt à rester dans cette position jusqu'à la fin des temps. Il prit la bouteille et but et la repassa. C'était un bon gars, ce salopard, dit Borman.
Oui.
Borman se frotta les yeux avec le talon de la main. Tu connais beaucoup de gens qui sont pas foncièrement des connards ?
Je ne sais pas. J'en connais quelques-uns.
Ah ouais ? Ben moi y a qu'Oiler qui me vient à l'esprit. Comme ça, à brûle-pourpoint.
Enfin, il y a toi et moi.
Borman but et posa la bouteille sur son genou en la tenant par le goulot. Putain, Western. T'es *même pas* un connard.
Je ne suis pas allé jusque-là.
Non.
Juste un trouduc standard.
Je sais pas.
Mais pas un gros enfoiré.
Non.
Ni un enculé.
Borman sourit. Non. T'es pas un enculé.
Et un con d'une variété quelconque ?
Je sais pas. Un con a toujours besoin d'un adjectif avant.
Comme dans sale con.
Ouais. Comme dans sale con. Pauvre con, petit con.
Tu trouves que je suis un petit con ?
Je sais pas quel type de con tu es.

Mais j'en suis un.
Ouais.
Et toi, t'es un sale con ?
Sans doute. Ouais.
C'est quoi le pire que tu puisses être ?
Borman réfléchit à la question. Une merde. Ça, c'est sans rémission.
Mépris total.
Total.
Pas de circonstances atténuantes.
Pas pour ça.
Et toi, t'es un salopard ?
Moi ? Bien sûr.
Ça se discute même pas.
Ça se discute même pas. Un salopard plaqué or, avec certificat d'authenticité.
C'est pour ça que tu te planques ici ?
Tu veux dire est-ce que Dieu m'a envoyé ici pour dépérir dans les marécages parce que j'étais un salopard ?
Ouais.
Sans doute.
Tu crois en Dieu ?
Merde, Bobby. Comment savoir.
Et si quelqu'un traite quelqu'un d'autre de simple con ça veut juste dire qu'il a oublié l'adjectif ?
Simple est un adjectif.
Et Long John, c'est un salopard ?
Non. Trop pathétique pour ça.
C'est un sale con ?
Disons les choses comme ça. Si tu cherches sale con dans le dictionnaire tu tomberas sur sa photo. Putain ça me dégoûte l'histoire d'Oiler.
Tu veux aller en ville ? Manger un morceau ?

Pourquoi pas. D'accord.

Il vida le fond de whisky et tendit la main sous le fauteuil et en sortit une paire de chaussures de bowling rouge et bleu arborant le numéro 9 à l'arrière du talon.

C'est quoi ces trucs ?

Des chaussures.

C'est tout ce que t'as comme chaussures ?

Ça ira ?

J'imagine. Qu'est-ce qui est arrivé à tes chaussures normales ?

Des santiags. Une chouette paire de Tony Lama. Je dois en déduire qu'elles sont restées dans un bowling.

Je ne savais pas que tu jouais au bowling.

J'y joue pas. T'es prêt ?

Ils sortirent et contemplèrent la camionnette de Borman. Pour un homme qui venait de boire plus d'un demi-litre de whisky, Borman ne semblait pas trop mal en point.

La pompe d'alimentation commençait à lâcher et j'ai essayé de forcer et ça s'est répercuté sur le carburateur et au bout du compte ça a cassé la moitié des dents du démarreur.

Pas le volant du moteur, quand même.

Non, Dieu merci. J'ai retiré le démarreur. Il est par terre quelque part.

On pourrait l'emporter et le faire réparer. Ça ne coûterait pas grand-chose.

OK. Et qu'est-ce que tu vas faire pour les pneus ?

Western examina les pneus. Mouais, fit-il. Je comprends.

Laisse pisser, Bobby. Y a qu'à la laisser comme ça cette saloperie. Je finirai bien par la remettre en marche un de ces jours.

D'accord. T'es prêt ?

Ouais. T'es bien capable de vouloir me kidnapper.

Je te ramènerai. Sérieusement, Borman. J'en ai rien à foutre que tu crèves ici.

Une vraie parole de gentilhomme. D'accord. Laisse-moi juste fermer à clé.

Fermer à clé ?

Ouais.

D'accord.

Borman regarda autour de lui. C'est par ici qu'est mort le dernier pic à bec ivoire. Ça fait sans doute trente ans. Et je continue à guetter leur chant. À quoi ça rime ? Ils ont disparu à jamais.

Je savais pas que t'observais les oiseaux.

C'est pas eux que j'observe. C'est l'éternité.

L'éternité, ça peut durer.

À qui le dis-tu. Je fais des rêves bizarres, mon pote. Des fois je rêve d'animaux et ils portent des robes de juges et c'est à eux de décider si je suis bon pour la potence. Dans le rêve je ne sais pas au juste ce que j'ai fait de mal. Mais je sais que je l'ai fait. T'as sans doute raison. Je devrais peut-être pas rester ici.

Ils allèrent dans un café de la 4ᵉ Rue et mangèrent des entrecôtes avec des pommes de terre au four et de la tarte aux pommes chaude avec de la glace à la vanille. Borman alla au comptoir et en rapporta deux cigares et se rassit et en tendit un à Western. Western sourit et secoua la tête.

Va te faire foutre, dit Borman. Tant pis pour toi, ça en fera plus pour les autres. Qu'est-ce qui t'arrive ? T'es en train de virer esthète ?

Ascète.

C'est du pareil au même.

Je n'ai jamais fumé le cigare. Tu confonds avec Long John.

Ouais. Je vous confonds tout le temps.

Il mordit l'extrémité du cigare et la recracha et alluma le cigare et secoua l'allumette et posa la pochette dans le cendrier. Il se renversa contre le dossier de sa chaise en soufflant la fumée. Je hais cette putain de ville.

T'as qu'à aller ailleurs.

Ben voyons. J'ai qu'à retourner dans ce trou de McMinnville.

Va ailleurs. Le monde est vaste.

Ouais. Il est vaste et quand on arrive au bout on tombe. J'ai lu quelque part que sur Jupiter ou un endroit dans le genre avec un télescope assez puissant on pourrait voir sa propre nuque. C'est vrai ?

Je ne sais pas. Peut-être. La gravité y est assez forte donc peut-être qu'elle infléchit suffisamment la lumière pour ça. En théorie j'imagine que c'est possible. Sauf bien sûr que tu ne pourrais pas tenir le télescope parce qu'il pèserait trois cents kilos. Et tu ne pourrais pas tenir debout ni respirer ni rien. Et si tu regardais vers le bas tes yeux te tomberaient sûrement des orbites et s'écraseraient par terre comme des œufs.

Ça te plaît tous ces trucs, pas vrai ?

Western haussa les épaules. C'est intéressant. Autrefois j'étais assez bon là-dedans.

Ah ouais ? Moi j'étais assez bon au base-ball. Enfin, moyen bon. Je suis allé jusqu'en deuxième division. Un an. Mais je savais que je jouerais jamais dans la cour des grands alors j'ai arrêté. Tu savais qu'Oiler jouait de la clarinette ?

Oui, je le savais.

C'est bizarre, quand même.

J'imagine que c'est étonnant de sa part.

Les gens sont vraiment des énigmes, putain. Tu savais ça ?

Western but une gorgée de café. C'est peut-être même la seule chose que je sais.

Tu fais toujours de la musique ?

Non.

Ça m'étonne de ta part.

Que je ne fasse plus de musique ?

Ouais.

Parce que ?

C'est comme ça.

Tu penses que c'est pas un truc de mec.

Tu sais très bien que je pense pas ça. Je t'ai vu en action un soir au Wayside Inn.

Western sourit. Je me rappelle pas m'être tellement illustré.

Peut-être pas. Mais je me rappelle que dans la baston tu t'es relevé comme peu de gars l'auraient fait.

Par pure naïveté.

Bref, l'important c'est juste que t'es une putain d'énigme.

Moi je suis une énigme.

Ouais. Toi.

C'est ce que dit Sheddan.

Ma foi. Il est sûrement bien placé pour le savoir.

Et pas toi.

Putain, Bobby. Il en faudrait dix comme toi pour être aussi marrant que moi. T'es tellement coincé, je me demande même comment tu peux *connaître* la moitié des dégénérés que tu fréquentes. Tu veux une bière ?

D'accord.

Tu devrais fumer ce cigare.

Passe-le-moi.

Borman lui tendit le cigare puis fit signe à la serveuse.

C'est pas une question d'éducation. Sheddan a reçu une bonne éducation. Sacrément bonne, même. Mais il y a des choses chez toi qui ne sont pas vraies pour lui ou pour moi. Ou pour Red.

Par exemple.

C'est peut-être juste que les gens sont prêts à dire des choses sur toi mais qu'ils ne sont pas prêts à te les dire à toi.

Des choses négatives ?

Non. Juste des choses sur toi qui sont peut-être vraies. Tu crois réellement pouvoir apprendre de toi tout ce qu'il y a à savoir sur toi ?

Non. Je ne crois pas ça.

La serveuse apporta les bières. Western prit la pochette d'allumettes dans le cendrier et alluma le cigare. Il secoua l'allumette. Tu ne crois pas qu'il y a des choses concernant Long John que les gens disent dans son dos ?

Pas vraiment. Je crois qu'en général ils sont plutôt impatients de lui relayer l'info.

Alors donne-moi un exemple.

De quoi.

D'une chose qu'on dit sur moi. N'aie pas peur de me blesser.

Putain, Bobby. J'en ai rien à foutre de te blesser.

Comment on en est venus à parler de ça ?

Je sais pas.

C'est parce que tu penses qu'on ne se reverra jamais ?

C'est pas ce que je pense. Bon, d'accord. Voilà un exemple. Tu serais capable de sortir de la douche pour aller pisser aux toilettes.

C'est si grave que ça ?

J'ai jamais dit que c'était grave.

Qui raconte ça ?

Moi.

Pourquoi tu n'appelles pas ta mère ?

J'ai pas le téléphone.

Il y a une cabine là-bas près des toilettes.

Je l'appellerai, Bobby.

J'aimerais pouvoir appeler la mienne.

Je suis un mec du bout de la route, Bobby. Je l'ai toujours été. C'est juste que je le savais pas.

Et d'après toi il y a quoi là-bas ?

Borman secoua la tête.

Alors ?

T'as regardé un peu autour de toi récemment, fiston ? Qu'est-ce que tu crois qui se profile ? Noël ? On peut même plus embaucher des pleureuses. Bientôt ils inventeront un moyen pour te dissoudre purement et simplement. Ton cerveau s'arrêtera et l'instant d'après y aura plus qu'une paire de chaussures et une pile de vêtements sur le trottoir.

Tu me surprends. Alors ici c'est ton dernier port d'attache ?

Sans doute. Peut-être pas. Vieux trop tôt et malin trop tard. On ne sait rien de rien avant que ça arrive. Tu m'as dit un jour que le bout de la route n'a peut-être rien à voir avec la route. Il ne sait peut-être même pas qu'il y a eu une route. Prêt ?

Western vida sa bière et posa le cigare allumé dans le cendrier. Il ramassa la monnaie et laissa un pourboire et se leva.

Ils sortirent et s'arrêtèrent au bord du trottoir. Vas-y, dit Borman. Moi je rentre pas.

Tu veux que je vienne te chercher plus tard ?

Nan. Pas la peine. Je vais aller voir ma veuve.

C'est du sérieux ?

Pas vraiment. C'est ce qu'on appelle une femme

mûre. Mais c'est une heureuse nature. Toujours partante pour une bonne baise à la sauvage.

Quel âge elle a ?

Soixante-treize ans.

Putain, Borman.

Borman sourit de toutes ses dents. Je déconne, Bobby. Je sais pas quel âge elle a. La quarantaine, dans ces eaux-là. Rouquine. Vicieuse comme un serpent.

Il serra le cigare entre ses dents et regarda vers le bout de la rue. Il se gratta la barbe. Ça me touche que tu sois venu, Bobby. Dis à Bite-de-clébard que je suis toujours vivant et toujours cinglé.

Je peux te poser une question ?

Vas-y.

Imagine que t'es dans le pétrin et que tu as juste assez de monnaie pour téléphoner. C'est moi que tu appellerais ou bien Sheddan ?

OK. Je vois ce que tu veux dire.

Comment tu vas faire pour rentrer au mobile home ?

Elle a une bagnole.

Et ensuite ?

Ensuite rien.

Comment tu vas faire pour tes courses ?

Elle me filera de la bouffe.

Je peux te filer quelques dollars.

T'es sûr ?

Sûr.

D'accord. Je vais pas faire le fier.

Western sortit deux cents dollars de sa liasse et les lui tendit.

Merci Bobby.

Qu'est-ce que tu vas faire ?

Je sais pas. Attendre.

Attendre quoi ?

Je sais pas.

Tu sauras quand ?

Quand ça se présentera.

Tu sais, je ne crois pas que je pourrais vivre comme tu vis.

Mouais. Ben tu verras bien quand t'auras pas le choix.

Sheddan a dit qu'il t'avait vu à La Nouvelle-Orléans il y a à peu près un an avec une fille vraiment balèze. C'est elle ?

Non. Ça c'était Jackie.

Qu'est-ce qu'elle est devenue ?

La canicule est arrivée et j'ai dû m'en séparer. Elle avait un cul large comme un semi-remorque. Et puis quand l'humeur la prenait elle avait le tempérament d'un pitbull sous crack.

Alors je ne vois pas ce qui t'attirait.

C'était une femme intéressante. Et la meilleure suceuse que j'aie jamais connue, ce qui ne gâchait rien. Mais intéressante. On savait jamais ce qu'elle allait inventer. J'aime ça chez une femme. Un soir elle m'a taillé une pipe dans une cabine téléphonique de Bourbon Street. Une de ces cabines entièrement vitrées au-dessus de la ceinture, tu vois ? Je devais faire semblant de parler au téléphone. Y avait des gens qui passaient. Et puis je me suis dit rien à foutre. Alors j'ai appelé John Sheddan et je lui ai dit que j'étais en train de me faire sucer dans une cabine.

Tu n'as pas l'intention de me la présenter.

Ma veuve ? Non.

Elle a vraiment soixante-treize ans ?

Nan. Je crois qu'elle en a même pas quarante. C'était juste pour brouiller les pistes. Tu dois me confondre avec Jerry Merchant. Lui, si elles touchaient pas l'allocation vieillesse ça l'intéressait même pas. Un jour qu'il créchait chez moi au-dessus du Napoleon je suis rentré à l'improviste et je l'ai trouvé au lit avec une grand-mère. Elle a voulu remonter les draps mais il les a arrachés et balancés par terre et il m'a regardé avec un grand sourire. On aurait dit qu'elle sortait d'un marécage. Elle s'est caché le visage. Comme si ça changeait quelque chose. Je voulais même pas l'imaginer en train de subir le genre d'outrages qu'il affectionnait. Et bien sûr plus j'essayais de pas y penser plus j'y pensais. Prends soin de toi, Bobby.

Pareil pour toi.

Il le regarda s'éloigner dans la rue. À grands pas dans ses chaussures de bowling. Cradingue et crâneur et infréquentable. Quand il parvint au croisement Western crut qu'il allait se retourner pour lui faire un signe, mais rien. Il s'engagea dans une rue baptisée Rue Principale Ouest et disparut. Western regagna le pick-up et monta et repartit pour La Nouvelle-Orléans.

VII

Elle s'était endormie avec son livre ouvert à côté d'elle sur l'édredon mais elle avait dû se réveiller dans la nuit et éteindre la lampe. Quand elle s'éveilla de nouveau le jour pâlissait à la fenêtre et le Kid lisait assis à son bureau. Elle se redressa et écarta ses cheveux de son visage. Qu'est-ce que tu lis ? demanda-t-elle.

Des nouvelles données. Tu veux bien rajuster ton peignoir ? Merde à la fin.

Elle resserra son peignoir.

Content que tu sois réveillée. Y a du nouveau. On a capté un signal. Fréquence quatre. Le truc vient d'arriver. Drôle d'histoire, d'ailleurs.

Quel truc ?

Le Kid désigna la chambre. Elle se tourna pour regarder. Sous les poutres se tenaient deux hommes en suroît. Par terre entre eux une malle-cabine aux ferrures de cuivre.

Qui sont ces gens ?

C'est assez intéressant. On ne sait pas jusqu'où on est remontés dans le passé. C'était vraiment au fond de la cale et Dieu sait par où ça a transité. C'est bon les gars.

Ils entreprirent de déverrouiller la malle. Les lourds fermoirs de cuir. Partout une épaisse couche de vert-de-gris. La malle était posée à la verticale et ils l'entrouvrirent latéralement comme un livre. Un petit bonhomme en sortit et s'étira et s'ébroua et plaqua la main sur sa nuque et fit pivoter sa tête lentement dans un sens puis dans l'autre. Il recula d'un pas et prit une pose de boxeur et délivra une succession de crochets du gauche et du droit. Puis il s'avança et s'immobilisa, la bouche claquant raide comme du bois. Comme s'il mâchait du chewing-gum.

L'intérieur de la malle était doublé d'un genre de tissu à motif cachemire et son occupant arborait un petit costume de la même étoffe, veste et pantalon, casquette et gilet assortis. Il portait une cravate jaune et une chaîne de montre en argent à laquelle pendait une collection de colifichets – médailles pieuses, trophées scolaires, porte-bonheur mexicains sculptés dans des pièces de monnaie. Un minuscule sceau au nom d'une entreprise de produits laitiers. Elle rajusta son peignoir et se pencha depuis le lit pour mieux le voir. On aurait dit une marionnette. En bois. Sa bouche s'ouvrait et se fermait dans un bruit de claquement et il avait les yeux brillants et vitreux. Il se recroquevilla et de nouveau brandit les poings et puis il recula et sourit de son sourire de bois.

On n'a pas le mode d'emploi, dit le Kid. Y a des branchements dans le dos de sa veste. Un panneau d'accès. On ne sait pas ce qui manque. On s'est dit que t'aimerais peut-être tenter ta chance. Il a un côté artisanal.

Qu'est-ce que tu veux que je fasse ?

Je ne sais pas. Lui poser des questions. Et pendant ce temps-là je prendrai des notes.

Quel genre de questions ?

Demande-lui comment il s'appelle.

Le mannequin était adossé à la malle ouverte, les

pieds croisés. Il avait l'air insolent et vaguement dangereux.

Comment tu t'appelles ? demanda-t-elle.
Machinchose. Demande-moi encore si tu l'oses.
Comment tu t'appelles ?
Machinchose. Demande-moi encore...
C'est bon, dit le Kid. Je crois qu'on a compris.
C'est quoi ces trucs sur sa chaîne de montre ?
L'Internationale des Hommes des bois. L'Immaculée Conception. Une clé de fraternité étudiante. Sûrement trouvée au mont-de-piété.
Il n'arrête pas de me fixer.
Il n'arrête pas de te fixer ?
Oui.
C'est un mannequin.
Je sais. Il m'a l'air familier.
Elle était descendue du lit pour s'asseoir en tailleur sur le plancher. Ce serait peut-être une bonne idée de ne pas trop t'approcher, dit le Kid.
J'ai l'impression qu'il ne m'aime pas.
Et alors ? Je croyais que tu allais lui poser des questions.
D'où tu viens ? demanda-t-elle.
Le mannequin pencha la tête. Il regarda le Kid. C'est qui cette pétasse bien roulée ?
Le Kid s'adressa à elle en chuchotant derrière sa nageoire. C'est peut-être un coach de développement personnel. Il a plein d'opinions à donner. Ça ne veut pas dire qu'il a une cervelle.
Je t'emmerde, dit le mannequin.
Il est très mal élevé.
Si t'as des remarques à faire, pourquoi tu me les fais pas directement, Blondie ?
C'est quoi l'Internationale des Hommes des bois ?

Va savoir, dit le Kid. Ça a sûrement un rapport avec les arbres.

C'est une confrérie, dit le mannequin. Pauvre mongolien.

Il a des boulons dans le crâne. On dirait qu'il est assemblé avec des vis. Comme s'il avait eu un accident ou quoi.

Il appartenait sûrement à un gamin.

C'est peut-être un bagarreur.

Bingo, dit le mannequin. Il sautilla et esquiva et balança un uppercut puis se remit à mâchonner. Clac clac clac.

Il a l'air d'attendre quelque chose.

De t'attendre toi, Lola-les-beaux-lolos.

Est-ce que sa casquette s'enlève ?

Je sais pas. Elle est sûrement clouée. Tu ferais mieux de ne pas trop t'approcher.

Je ne m'approche pas.

Tu m'étonnes, mignonne, dit le mannequin.

Vous voyagez beaucoup ?

Ouais.

Vous allez dans quel genre d'endroits ?

Ouais.

Peut-être qu'on l'a fait tomber sur la tête, dit le Kid.

Qu'est-ce qu'il y a d'autre dans la malle ?

Je ne sais pas. Ça peut être une batterie. Un transfo. Peut-être même un truc sympa genre régulateur de tension.

Qu'est-ce que tu fais quand tu es là-dedans ? demanda-t-elle.

Qu'est-ce que j'y fais ? Je fais que dalle. Qu'est-ce que tu crois que je fais ? C'est un branlodrome ambulant et avec ça on a tout dit. À quelle heure tu termines ?

Tu crois qu'il a tout ce qu'il faut du point de vue anatomie ?

Bien sûr, dit le mannequin. Avec des couilles en bois de bouleau et une bite remontée comme une pendule.

Elle regarda le Kid. Je ne sais pas quoi en faire.

Peut-être qu'on devrait noter tout ça.

Tu ne sais rien de lui ?

Ben à part qu'on ne sait pas qui il est ni d'où il vient ni ce qu'il veut je crois qu'on a à peu près fait le tour. Il y a des taches d'humidité dans la malle qui suggèrent quelque mésaventure maritime. Pas impossible que notre ami Tête-de-bois ait subi une immersion au cours de ses périples. Un peu de corrosion dans les circuits, peut-être. Pose-lui une autre question.

Oh oui vas-y, dit le mannequin.

Il a un vague accent sudiste. Tu as quel âge ?

Je sais pas. J'ai perdu mes papiers entre deux ports.

Tu parles d'autres langues ?

Bien sûr. Le baragouin et le bas-latin. Je joue du psaltérion à douze cordes et de la lyre pathologique et je peux péter sur quatre octaves. Et toi, ma petite mouilleuse ?

Tu as des connaissances en maths ?

Je peux compter en avant sans me répéter et compter à rebours sans reprendre du début. Tu devrais essayer pour voir.

Tu sais résoudre des problèmes ?

Évidemment. Et toi alors, Peau-de-pêche ?

Elle se tourna vers le Kid. Qu'est-ce que ça dit sur la malle ?

Qu'est-ce que quoi dit ?

Il y a une étiquette collée.

Ah ouais. Ça dit Propreté de Western Union.

Propreté ?

Propriété. Propriété de Western Union.

Les deux types en ciré attendaient. Des flaques d'eau s'accumulaient autour de leurs bottes en caoutchouc.

D'où tu sors ce costume ? demanda-t-elle.

C'est mon costume. Comment ça d'où je le sors ? Je suis venu avec.

C'est bon, dit le Kid. Il referma son carnet. Oh et puis merde. On peut pas toujours gagner. Allez, on remballe l'aberration.

Ils s'avancèrent et inclinèrent la malle et l'un des deux hommes souleva le mannequin.

Crandall ? dit-elle.

Ils se figèrent. Ils la regardèrent et ils regardèrent le Kid.

Remballez-moi ce pantin.

Crandall, c'est bien toi ?

Qu'est-ce qui lui prend à cette pouffe ?

Crandall, c'est moi. C'est Alice. J'ai beaucoup grandi.

Ça me fait une belle jambe, putain. Sortez-moi de là. Bordel de merde.

Je suis désolée, Crandall. Je n'avais que six ans. Ne t'en va pas. Je t'en supplie.

Les dockers attendirent. Ils regardèrent le Kid.

C'est ma grand-mère qui avait cousu ce costume. Dans les vieux rideaux de la salle de bains du haut. Elle avait même fait le chapeau.

Est-ce que quelqu'un aurait l'obligeance de m'expliquer de quoi elle parle, cette petite conne ?

Je t'en supplie, ne t'en va pas.

Et j'ai sillonné les sept mers du globe pour ça ? Bordel de Dieu.

Ça suffit, dit le Kid. Merde à la fin. Toujours suivre le programme. Je l'ai pas dit, peut-être ? De toujours suivre le programme ? Nom de Dieu, c'est si compliqué que ça ? Fait chier. Virez-moi ce pantin.

Il tomba sur l'efflanqué à son abreuvoir habituel, avachi sur sa chaise, les pieds croisés sur une autre à bonne distance. Le chapeau incliné sur l'œil. Un Macanudo Prince Philip entre les dents. Il leva à peine les yeux. Assieds-toi, dit-il. Et pas de fioritures. Je suis d'une humeur de dogue.

Encore ?

J'imagine que tu sens une tendance se dessiner. Pas la peine de répondre.

Jolies bottes.

John les examina. Les apparences sont trompeuses. Elles me vont mal, en l'occurrence. Fabriquées à la main par Scarpine & Fils à Fort Worth. Ils ont mes formes dans leurs fichiers. Qu'est-ce que tu bois ?

Rien, merci.

Un café.

Non.

Comme tu voudras.

Merci bien. Tu loges où ?

Tu me trouveras au Gravedigger. L'auberge des gentilshommes désargentés.

Il y a un jour ou deux j'ai vu un vieil ami qui demandait de tes nouvelles.

Sheddan ôta le cigare de sa bouche et l'examina. Il ne

doit pas être si vieux que ça, sinon il serait au nombre des défunts.

Borman.

À vrai dire, je le croyais au nombre des défunts. Il est toujours avec Dame Jaquelyn ?

Non. Il l'a larguée pour une nouvelle compagne qu'il appelle simplement sa veuve.

Eh bien. J'espère que le costume n'est pas trop grand pour elle. Sans parler de la culotte. La dernière fois que j'ai vu Lady Jaquelyn elle avait complètement renoncé aux vêtements pour s'habiller avec des bâches. Des auvents. Tout cela convoque des images sur lesquelles mieux vaut ne pas s'appesantir. Son titanesque fondement mamelonné qui se trémousse dans la rue comme un baluchon de chats qu'on va noyer. On en frémit rien que d'y penser. La voir se tortiller sous son barnum de lingerie. Comme un acteur qui cherche en vain une ouverture dans le rideau pour sortir de scène. Les sanglots reniflés. Les cris effarouchés. Tant d'audace est à couper le souffle. Mais bon Dieu, assieds-toi, Messire.

Western s'assit. C'est pour ça que tu broies du gris ?

Non. Tulsa est partie.

Je suis désolé.

Elle a décampé. Mis les voiles. C'est difficile de retenir leur intérêt, Messire. Elles font toujours monter les enchères. On croit avoir fait son boulot en les baisant comme un pro mais ça n'est que le début. Mon Dieu. Les contorsions que s'inflige un homme. Il y a un âge où on s'imagine pouvoir s'élever au-dessus de ce genre de choses et un âge où on y renonce. Qu'est-ce qu'on recherche au juste ? Ce n'est pas la grâce ni le salut et il serait indiciblement grotesque de supposer que c'est l'amour. Les anciens affirment que la vérité est dans le vin. Dieu sait que je l'y ai cherchée. Je suppose que quand un homme n'en peut plus de la baise c'est qu'il n'en peut plus de la vie mais je crois sincèrement que ces salopes ont fini par avoir ma peau. Oh mon Dieu, quels insensés nous sommes. Tout ça pour quelque chose qui devrait être livré avec le lait tous les matins. Avec les compliments de Crowley. Bon Dieu. Mais pourquoi je te demande ton avis ?

Je ne sais pas.

Sheddan tira sur son cigare. Il secoua la tête. Elle n'était même pas particulièrement sexy. Jolie, mais dans un genre un peu bizarre. Avec des incisives de félin du jurassique. Un homme ne devrait pas mésestimer une chose pareille.

Du pléistocène.

Quoi ?

Du pléistocène. Le félin.

Oui, soit. Trouve-moi un nom plus euphonique.

Il prit son verre par le fond et le fit lentement pivoter. Les glaçons restèrent plein nord. Plus elles sont douces plus elles sont assassines, Messire. Oh certes, on en trouve parfois une qui affiche la couleur. C'en est même rafraîchissant en un sens. Salope jusqu'au bout des ongles, sans merci, pas de quartier. Avec une guirlande de scrotums séchés qui pend au pied du lit. Mais les autres. Le sourire timide et les yeux baissés. Bon Dieu. Pitié.

Ben alors, John, où est passé notre fringant cavalier ? Tu dresses là un portrait bien sombre.

Je te l'ai dit. Je ne suis pas de bonne humeur. Et malgré tout, au fond de moi, je sais qu'il y a plus de sagesse dans le chagrin que dans la joie. Tu comprends peut-être pourquoi je déteste qu'on me traite de cynique.

Explique-moi.

Parce que c'est hors sujet. Quelle est l'épithète la plus communément attachée au cynisme ?

Je ne sais pas. Facile ?

Oui. Et ça ne l'est pas. Ce n'est même pas du cynisme, et si une chose est sûre c'est que ça n'a rien de facile. Bref, aux chiottes tout ça. N'empêche, on peut se plaindre amèrement du beau sexe sans cesser de l'admirer malgré soi. J'irai même jusqu'à affirmer que si on n'a jamais envisagé de tuer une femme c'est sans doute qu'on n'a jamais été amoureux. Qu'est-ce que tu as prévu pour ta soirée ?

Rien de spécial. Pourquoi ?

Je me disais qu'on pourrait démembrer un couple de crustacés. Et faire passer le tout avec un montrachet frappé.

Non sans disserter des grandes vérités.

Non sans.

Je crois que je vais passer mon tour.

J'ai des cartes toutes neuves pour régler l'addition.

C'est gentil de ta part. Mais je suis fatigué et tu n'es pas en forme.

À ta guise, Messire. Même si un bon repas accomplit des miracles sur l'humeur d'un homme.

Je suis éberlué de ta liberté de mouvement. Tu n'es pas censé pointer auprès d'un contrôleur judiciaire de temps en temps ?

J'y travaille.

Est-ce que Judy te donne un coup de main ?

Non. J'ai dû me passer de ses services.

Tu as dû te passer de ses services ?

Oui.

Tu l'as virée ?

Oui.

Mais elle travaillait pour toi bénévolement.

Grands dieux, Messire. C'est censé offrir une garantie contre un renvoi ? J'ai dû reprendre l'affaire en main.

Quoi, tu vas assurer tout seul ta défense ?

Je suppose qu'on peut le dire comme ça. Je vais filer un pot-de-vin au juge. Le plus croustillant c'est qu'on m'autorise à le faire à crédit. Enfin, c'est une fleur que me fait l'intermédiaire. Son Honneur, lui, est payé comptant. J'aime beaucoup la simplicité du processus. Je n'ai jamais compris pourquoi la justice n'était pas censée être à vendre. Moyennant des mensualités raisonnables, disons. Qu'est-ce qu'elle a de si spécial, la justice ?

Là, tu es cynique.

Pas le moins du monde.

Tu me crois naïf.

Je ne te crois pas naïf. Tu *es* naïf. Ce n'est pas ma perception qui fait ta naïveté. Pourquoi tu ne prends pas un café ?

D'accord.

Sheddan commanda un café et un autre gin tonic. Le serveur acquiesça et s'éloigna.

Tu crois qu'elle a mis les voiles pour de bon ?

Tulsa.

Oui.

Pour de bon, et ça a sans doute plus de bon que de mauvais. Quién sabe. Un jour j'ai demandé une femme en mariage. Dans un restaurant.

Et ?

Elle a pris son sac et elle est partie.

C'est tout ?

C'est tout.

C'est une drôle d'histoire.

Je me suis dit la même chose. C'est le genre de soirée qui te déstructure.

Qui te déstructure ?
Oui.
Tu étais sérieux ?
Pour la demande en mariage ?
Oui.
Oui. Bien sûr.
Tu la connaissais depuis quand ?
Je ne sais pas. Deux ou trois jours.
Tu plaisantes.
Je ne sais pas, Messire. Peut-être un an.
Tu as cru qu'elle allait dire oui ?
Bien sûr. Idiot que je suis.
Je l'ai connue ?
Non. C'était en Californie. Tu étais en Europe.

J'imagine que tu as soudain perçu en elle une sagesse que tu n'avais jamais jusque-là suspectée.

C'est cruel, Messire. Mais non dénué de vérité. J'ai compris que même si elle me trouvait distrayant elle avait d'autres projets de vie.

Tu sais ce qu'elle est devenue ?
Oui. Elle est chirurgienne cardiaque à Johns Hopkins.
Sans blague.
Absolument.
Intéressant.

Le serveur apporta leur commande. Ah, enfin, dit John. À ta santé.

Et à la tienne.

On ne traverse pas la vie, Messire. C'est elle qui nous traverse. Jusqu'au dernier et implacable tour d'engrenage.

Je ne suis pas sûr de comprendre la distinction.

C'est simplement que le passage du temps c'est inexorablement ton passage et ton trépassage. Et puis plus rien. J'imagine que ce devrait être une consolation de comprendre qu'on ne peut pas être mort pour l'éternité puisqu'il n'y a pas d'éternité où être mort. OK. Je vois bien ton regard. Je sais que tu m'estimes enferré dans un bourbier cognitif et je suis sûr que tu présenterais comme le summum du solipsisme de croire que le monde se termine avec soi. Mais je n'ai pas d'autre façon de voir les choses.

C'est juste que je ne saisis pas bien ce que ça change.

Je sais. Mais comme tout un chacun j'entends les dés cliqueter dans le cornet.

Au bout du compte il n'y a rien à savoir et personne pour le savoir.

Au bout du compte. Oui.

Est-ce qu'on est en train de te perdre, John ?

Sheddan sourit. Il but une gorgée. Je ne crois pas. Et même si tout ce qu'on apprend du monde était un mensonge il ne s'ensuivrait pas pour autant qu'il existe une vérité contradictoire que dissimulerait ce mensonge.

Je suis assez d'accord. Même si ce raisonnement sent un peu le vieux papier. Ça remonte probablement aux Grecs.

Probablement. Mais aussi bien sûr à des racines plus humbles.

Comme Mossy Creek.

Tout comme. Tu t'es déjà demandé ce que ça ferait de rencontrer pour la première fois à notre âge avancé une personne que tu connais depuis longtemps ? Une seconde première rencontre.

Tu penses que tu verrais en elle quelqu'un de très différent si tu ne connaissais pas son passé.

Oui.

En quoi ce serait différent de la première fois où tu l'as rencontrée ?

Il ne s'agit pas de ça. Je parle de la personne telle qu'elle est aujourd'hui. Mais avec un passé qu'on ignore.

Je ne te suis pas.

Laisse tomber. Un autre café ?

Il faut que j'y aille.

Alors tu as ma bénédiction, Viejo. Drôle d'endroit, le monde. J'étais à Knoxville il y a quelque temps et un poivrot s'est fait renverser par un bus. Il était allongé sur le trottoir où on l'avait transporté et les gens restaient là à regarder. Dans Gay Street. Devant la cafétéria S&W. Quelqu'un était parti appeler les secours. Alors je me suis penché et je lui ai demandé si ça allait. Évidemment que ça n'allait pas. Il venait de se faire rouler dessus par un bus. Et il a ouvert les yeux et il les a levés vers moi et il a dit : Mon sable est écoulé. Nom de Dieu. Mon sable est écoulé ? L'ambulance est arrivée et ils l'ont emmené et j'ai épluché la presse pendant plusieurs jours mais je n'ai rien trouvé sur l'accident.

Peut-être qu'il avait été envoyé pour te transmettre un message.

Peut-être. La vie est courte. Carpe diem.

Ou simplement fais attention aux bus.

Sheddan but une gorgée et reposa son verre. Aux bus, fit-il.

Il faut que j'y aille.

Les amis te disent toujours de faire attention. De prendre soin de toi. Mais peut-être qu'en fait plus tu fais ça plus tu t'exposes. Il faut peut-être juste s'abandonner à son ange. Peut-être même que je vais me mettre à la prière, Messire. Je ne sais pas trop qui prier. Mais ça pourrait alléger un peu mon fardeau, qu'est-ce que tu en penses ?

J'en pense qu'il faut suivre ton cœur.

Il finit son café et se leva. Les lampadaires s'étaient

allumés dans Bourbon Street. Il avait plu et la lune gisait sur la chaussée mouillée comme un couvercle de bouche d'égout en platine. Prends soin de toi, John.

Toi aussi, Messire. À moins que je ne vienne de te le déconseiller ?

Il n'arrivait pas à dormir. Il avait pris l'habitude d'arpenter le Vieux Carré à toute heure du jour ou de la nuit, en ces dernières années où c'était encore possible sans se faire agresser à chaque coin de rue. Il ne savait pas quoi faire de ses lettres. Il ne retourna pas voir Kline pour le permis de port d'armes. Il doutait que ça lui serve à grand-chose. Lou lui laissait des messages au bar mais il ne reprit pas le travail. Janice le regardait aller et venir. Red était en Argentine. À Rio Gallegos. Là où les vents projetaient des chats crevés et des meubles de jardin sur les fils électriques. Il vit Valovski au bar une ou deux fois. Un matin dans un café en bordure du Vieux Carré il crut reconnaître quelqu'un.

Webb, dit-il. C'est bien toi ?

Webb se retourna et le dévisagea.

C'est moi, Bobby Western.

Oh putain, Bobby. Je te reconnais. Comment tu t'en sors ?

Ça peut aller.

Tu fais quoi maintenant ?

Pas grand-chose. Et toi ?

Tout pareil.

Tu travailles toujours sur les bennes ?

Nan. J'ai arrêté y a un an à peu près. Je me suis niqué le pied. En descendant d'un trottoir je me suis tordu un truc. Ça s'est jamais bien remis. J'ai fini par laisser tomber. Je ralentissais tout le monde. Mais y a une justice. Je touche une petite pension de la municipalité.

C'était un bon boulot.

C'est ce qu'on disait toujours. Cent dollars par semaine et buffet à volonté.

Western commanda du café et le barman se tourna pour le préparer.

T'as pas une clope sur toi par hasard, Bobby ?

Non. Je ne fume pas.

C'est pas grave.

Je vais te prendre un paquet.

Arrête, Bobby. C'est pas grave.

Qu'est-ce que tu fumes ?

Des Camel. Sans filtre.

Western se dirigea vers le distributeur au bout du comptoir et inséra trois pièces de vingt-cinq cents et tira la manette. Le paquet tomba en même temps que la monnaie. Il prit un journal et revint et posa les cigarettes sur le zinc. Webb lui fit un signe de tête et prit le paquet. Merci, Bobby. T'es un prince, un vrai Blanc.

Je t'en prie.

J'ai essayé d'arrêter. Pas sûr que ça soit possible. T'as déjà fumé ?

Non.

L'alcool, j'ai réussi à arrêter. Plus une seule goutte. Mais ces saloperies, doit y avoir de l'héroïne dedans.

L'alcool, c'était devenu un problème ?

Je ne sais pas. En tout honnêteté je devrais dire que oui. Je me réveillais sans savoir où j'étais. Une fois je me suis réveillé dans une voiture en stationnement, pas la mienne, et je me suis dit : Merde, et si un jour tu te réveillais mort ? Ça m'a un peu refroidi. Sérieusement, tu crois que si tu meurs soûl t'as le temps de dessoûler avant de voir Jésus ?

Bonne question. Je n'en sais rien.

J'ai réfléchi à ça. T'arrives bourré devant lui. Qu'est-ce qu'il dirait ? Putain, qu'est-ce que toi tu dirais ?

Je dirais qu'à mon avis ce n'est pas ton âme qui se soûle.

Webb médita ces mots. Mouais, fit-il. Parle pour toi.

Il alluma la cigarette et éteignit l'allumette en soufflant la fumée. Western déplia le journal et regarda les titres. Il regarda Webb. T'as déjà eu le sentiment que quelqu'un voulait ta peau ?

Webb lâcha l'allumette dans le cendrier. Elle fumait doucement. Je ne sais pas, dit-il. J'ai déjà été marié. Est-ce que ça compte ?

Non, je ne crois pas.

Pourquoi ? Tu crois que quelqu'un veut ta peau ?

Je ne sais pas. Je me demande juste s'il n'y a pas des tas de gens qui ressentent ça.

Sans raison.

Ouais.

Webb tira sur sa cigarette. Comme beaucoup de gens il aimait qu'on lui demande son avis. J'ai eu un oncle qui était un sacré loustic. Il aurait volé un poêle brûlant. Il t'adressait même pas la parole si c'était pas pour causer cambriole. Bref, il avait les flics au cul tout le temps mais j'ai pas eu l'impression que ça le dérangeait tant que ça.

Il a fait de la taule ?

Bien sûr qu'il a fait de la taule. J'ai pas eu l'impression que ça le dérangeait non plus. Je me suis retrouvé en cabane une fois dans ma vie. Une seule fois. Pour ivresse et trouble à l'ordre public. Et je vais te dire un truc, Bobby, j'ai pas envie d'y regoûter.

Qu'est-ce qu'il est devenu finalement ?

C'est le sucre qui a eu sa peau. Il en a perdu une jambe. Il a fini vigile à Houston, au Texas. Ça faisait trois semaines qu'il était embauché quand des Mexicains sont entrés par la lucarne et lui ont tiré une balle entre les deux yeux. Je ne sais pas ce que tout ça veut dire.

Que la vie est étrange.

Je ne te le fais pas dire. Mais je tendrais à penser qu'elle est plus étrange pour certains que pour d'autres.

Ça veut peut-être juste dire qu'on paie pour ce qu'on a fait.

Je crois que c'est là une vérité. J'y crois vraiment.

Il me semble quand même qu'il y a des gens qui paient plus qu'ils ne doivent.

Tu parles pour toi, Bobby ?

Je ne sais pas. Mais j'aimerais bien savoir qui tient les comptes.

Amen.

Western finit son café. Ça m'a fait plaisir de te voir, Webb. Prends soin de toi.

Toi aussi, Bobby.

Il sortit dans la rue. Il aurait aimé lui donner de l'argent mais il ne savait pas comment s'y prendre.

Le vendredi il entra dans la banque et sur le comptoir de marbre il remplit un chèque au porteur pour deux cents dollars et le présenta au guichet. Le caissier glissa le chèque dans la fente de la machine et tapa les numéros. Il attendit une minute. Puis il regarda Western.

Je suis désolé, dit-il. Ce compte est bloqué.

Bloqué ?

Oui.

Bloqué comment ?

Saisi par le fisc.

Depuis quand ?

Il consulta la machine. Depuis le trois mars. Je suis désolé.

Il refit glisser le chèque sous le guichet. Western regarda les chiffres.

Je ne peux pas retirer d'argent.

Je crains que non. Je suis désolé.

Il retraversa le hall en direction de la sortie. Arrivé à la porte il s'arrêta. Puis il fit demi-tour et revint sur ses pas.

Il signa le registre de la salle des coffres et descendit à la chambre forte avec l'agent de sécurité. L'agent prit ses clés mais quand il arriva au coffre il était barré d'une bande de ruban adhésif portant des chiffres et une inscription. Il se retourna vers Western. Je suis désolé, dit-il. Le contenu de votre coffre a été confisqué par les services fiscaux.

Ça arrive souvent ?

Pas très souvent.

Ils n'ont pas besoin d'un mandat ?

Pas à ma connaissance, monsieur.

Il leur faut bien quelque chose.

Je ne crois pas. Vous voulez peut-être parler à l'un de nos conseillers.

Ce n'est pas la peine.

Il remonta St Philip Street jusqu'au bar et s'assit et but un Coca. Le bar était presque vide. Rosie l'observait.

J'aime te regarder penser, dit-elle.

Western sourit et secoua la tête. Pas vu d'ici, je t'assure.

Elle empilait des verres derrière le bar. Te laisse pas atteindre par ces salopards.

Je vais peut-être devoir déménager à Cosby.

Bon. En tout cas ils n'iront pas te chercher à Cosby.

Non. Ils n'iront pas jusqu'à Cosby. Aucun risque.

Même le FBI ne va pas à Cosby.

Interpol ne va pas dans ce trou du Tennessee. Le KGB n'y va pas.

Tu devrais peut-être garder ça en tête.

Il sourit et se leva du tabouret et agita la main et sortit. Il marcha jusqu'à Decatur Street et héla un taxi. Pendant qu'il était au bar il lui était venu une pensée encore plus sinistre.

En remontant l'allée il voyait déjà le gros cadenas brillant sur son box. Chuck sortait du bureau d'accueil en se curant les dents. Allez, entre, dit-il.

Il s'assit à son bureau et regarda Western. J'ai essayé de t'appeler. La ligne était coupée.

Ouais. J'ai déménagé.

J'ai vraiment rien pu faire.

Je sais. À quelle heure tu fermes les grilles ?

Chuck tapota le bureau. T'as regardé l'avis ? demanda-t-il.

Non.

Tu devrais peut-être. Mis sous séquestre par les autorités fédérales. Tu devrais peut-être le lire.

D'accord. Disons que je l'ai lu.

Cette voiture est propriété de l'État fédéral, maintenant, Bobby. Si tu essayes de la récupérer tu vas te retrouver au trou. Voilà pourquoi elle ne bougera pas d'ici. Je ne sais pas ce qu'ils ont après toi, mais j'ai déjà eu affaire à eux. Ils s'en foutent de la bagnole. Ce qu'ils veulent, c'est toi. Tu devrais peut-être y réfléchir.

Western regarda par la porte. Chuck pivota doucement sur sa chaise. Dans un sens puis dans l'autre. Combien tu leur dois ?

Je ne leur dois rien.

Bien. Je me répète. Je me suis déjà frotté à ces salopards. Si c'est juste un défaut de paiement ou même d'immatriculation y a pas grand-chose qu'ils puissent faire. Mais au moindre délit ils te tiennent par les couilles. Et tu te retrouves au trou.

Je suis sûr que tu as raison.

Combien elle vaut la bagnole ?

Je ne sais pas. Quinze mille.

Laisse tomber, Bobby. C'est plus une bagnole. Juste une grosse meule de fromage. Pourquoi tu crois qu'elle est encore là ? Laisse tomber et prends tes distances.

Mes distances.

Tu me remercieras. S'ils avaient un moyen plus simple de te coffrer ils l'auraient déjà fait.

Debout sur le seuil, Western regarda la rangée d'entrepôts qui menait à sa voiture captive. Et si je prenais un avocat ?

Prends un avocat si tu veux. Ça te rendra pas ta bagnole.

Bref, on l'a dans l'os.

Oui.

Western hocha la tête.

C'est pas des gens avec qui t'as envie de discuter, Bobby.

Ouais. Bref. C'est un peu tard de toute façon.

Une fois que t'es dans leurs fichiers t'en ressors plus.

Plus jamais.

Plus jamais.

Et je suis dans leurs fichiers.

Qu'est-ce que tu crois ?

Mouais.

Prends soin de toi Bobby.

Quand il rentra au bar il monta dans sa chambre et s'assit sur le lit et fixa le sol. Il ruminait sa bêtise. Il avait eu près de huit mille dollars à la banque et maintenant il avait trente dollars en poche. Quand est-ce que tu vas enfin prendre les choses au sérieux ? Quand est-ce que tu vas prendre des mesures pour sauver ta peau ?

Au matin il se doucha et sortit et prit un petit déjeuner et partit vers les quartiers d'affaires. Les locaux du fisc se trouvaient dans le bâtiment de la poste. Il monta l'escalier et se planta devant le bureau de la réceptionniste jusqu'à ce qu'elle lève les yeux et lui demande ce qu'il voulait. Il lui expliqua que son compte en banque avait été bloqué et qu'il aimerait voir quelqu'un à ce sujet.

Comment vous vous appelez.

Robert Western.

Elle se leva et passa dans un autre bureau. Au bout de quelques minutes elle revint. Prenez un siège, dit-elle. On ne va pas tarder à vous recevoir.

Il attendit près d'une heure. Enfin on l'envoya vers un bureau du fond. Une petite pièce qui donnait sur le parking. L'agent du fisc portait un costume d'été couleur sable. Asseyez-vous, dit-il.

Il consultait le dossier de Western. Sans regarder Western. Le problème que nous avons avec vous, monsieur Western, dit-il, c'est que vous ne semblez pas avoir occupé d'emploi depuis plusieurs années.

Je travaille comme plongeur de récupération. Et avant ça j'étais employé municipal.

Et avant ça.

J'étais à la fac. C'est un problème ?

Non. Le problème, c'est de ne pas avoir communiqué vos revenus au fisc.

Je n'avais pas de revenus.

Vous êtes bien conscient que si vous donnez des informations mensongères à un agent fédéral même oralement vous êtes passible de poursuites pénales. Vous pourriez être inculpé de crime, à vrai dire.

Et alors ?

Alors ça nous amène à la question numéro deux. Durant cette période vous avez apparemment beaucoup voyagé et consacré votre temps à conduire des voitures de sport hors de prix et à résider dans des hôtels chics.

Pas si chics que ça.

L'agent du fisc regardait le parking par la fenêtre. Il se retourna vers Western. Alors, comment vous avez financé tout ça ?

Ma grand-mère m'a légué de l'argent. Pas assez pour que ça implique des droits de succession.

Et vous avez des documents pour le prouver.

Non.

Non. Sous quelle forme avez-vous touché cet argent ?

En espèces.

En espèces.

Oui.

L'agent du fisc se renfonça dans son siège et dévisagea Western. Bien, dit-il. Vous avez un problème, vous ne croyez pas ?

Ce ne serait pas plutôt à vous de prouver que j'ai reçu cet argent ?

Non. Ce ne serait pas à nous.

Ah non.

Non.

Et comment je peux faire pour débloquer mon compte en banque ? Et récupérer ma voiture.

Vous ne pouvez pas. Vous faites l'objet d'une enquête pour fraude fiscale. Et puisque vous semblez évoluer volontiers dans des cercles internationaux nous avons également pris la précaution d'annuler votre passeport.

Vous avez annulé mon passeport ?

Oui.

Je travaille à l'étranger. J'ai besoin de mon passeport pour pouvoir travailler.

Vous avez besoin de votre passeport pour pouvoir fuir le pays.

Western se renversa contre le dossier de sa chaise. Pour qui vous me prenez ?

Nous savons qui vous êtes, monsieur Western. Ce que nous ne savons pas, c'est ce que vous avez fabriqué. Mais nous trouverons. Nous finissons toujours par trouver.

Western regarda la plaque posée sur le bureau.

C'est vous ça ? Robert Simpson ?

Oui.

On ne vous appelle pas Bob, j'imagine.

On m'appelle Robert.

Moi mes amis m'appellent Bobby.

L'agent du fisc acquiesça vaguement. Il y eut un silence. Enfin l'agent dit : Je ne suis pas votre ami, monsieur Western.

Je sais. Vous êtes mon employé.

L'agent parut presque amusé.

Vous ne savez rien de moi.

Vraiment ? dit l'agent. Il tendit la main et fit légèrement pivoter le classeur sur le bureau puis posa ses mains jointes sur ses genoux. Vous seriez étonné, je crois.

Western le dévisagea. On n'enquête pas sur moi pour fraude fiscale.

Ah non ?

Non.

Alors pourquoi croyez-vous qu'on enquête sur vous ?

Je ne sais pas.

Western se leva. Et je ne suis pas sûr que vous le sachiez non plus. Merci de m'avoir reçu.

Il rentra par le Vieux Carré. Il alla jusqu'au bout de Toulouse Street et s'arrêta pour contempler le fleuve.

Une brise fraîche. Odeur de pétrole. Il s'assit sur un banc les mains jointes et tâcha de ne penser à rien. Quelqu'un l'observait. Comment tu le sais ? Tu le sens. C'est quoi comme sensation ? La sensation que quelqu'un t'observe. Il tourna la tête. C'était une jeune fille assise sur un banc de l'autre côté de la promenade. Elle sourit. Puis détourna les yeux. Rajustant ses cheveux d'un mouvement de tête. Le visage face au vent qui montait du fleuve. Qu'est-ce qu'elles croient voir ? Le dos bien droit. Les pieds joints. Elle était blonde, jolie. Jeune. Si quelqu'un te disait que tu as balancé ta vie aux orties pour une femme qu'est-ce que tu répondrais ? C'était un beau lancer.

Malgré toute sa ferveur il songeait parfois que la douce acuité de son deuil s'émoussait. Chaque souvenir un simple souvenir du précédent jusqu'à ce que... Quoi ? Le chagrin et son hôte également dégradés sans distinction jusqu'à ce qu'enfin leur misérable ciment soit enfoui en terre et que la pluie aiguise les pierres pour d'autres tragédies.

Quand il retourna à Stella Maris au printemps d'après sa mort les gens là-bas le regardèrent curieusement. Ils ne savaient pas trop comment l'accueillir. Peut-être était-il venu se faire interner à son tour. Sur le formulaire de visite il devait mentionner le nom du patient qu'il venait voir. Il leva les yeux vers l'infirmière.

Helen est encore là ?

Helen Vanderwall.

Je crois, oui. Une dame âgée.

C'est elle que vous venez voir ?

Oui. C'est elle.

Il se pencha pour inscrire son nom dans le registre. Une femme arriva et l'accompagna dans le couloir.

Elle était assise dans un fauteuil près de la fenêtre

vêtue d'une blouse à fleurs. Elle lui sourit et il lui expliqua qui il était et le sourire ne changea pas. Elle tendit le bras pour lui prendre la main et ne voulut plus la lâcher. Il tira l'autre fauteuil et s'assit. Je savais qui vous étiez, dit-elle. Dès que je vous ai vu à la porte. Elle est tellement dans mes pensées. Je me suis trouvée si souvent assise là à chercher comment nouer le contact avec elle. Je ne savais pas au juste ce que je voulais qu'elle fasse. Mais vous voilà.

Comment est-ce qu'elle a su ? Me faire venir.

Je ne sais pas. J'ai toujours pensé qu'il devait y avoir une présence qui lui disait des choses mais je ne lui ai jamais posé la question. Je me disais que ce n'était pas une question à lui poser. Mais ça n'avait pas d'importance. On savait qu'on pouvait toujours compter sur elle.

Ils descendirent à la cafétéria prendre un café et une part de gâteau. Ils s'installèrent à une table près de la fenêtre. Dehors quelques personnes se promenaient dans le parc. Les premiers jours de douceur. Les arbres encore dénudés. Sa peau était comme du papier. Ses yeux si pâles. Elle était assise à sa gauche et mangeait de la main gauche. Sa main droite tenant toujours la sienne. Son bras à la peau tirée et fine et bleue.

On n'est pas censé leur donner à manger mais bien sûr tout le monde le fait. Il y en avait un qui était noir comme du charbon pour qui j'avais une tendresse particulière. Il m'a mordue un jour. Juste un petit coup de dents sur le doigt. Je ne l'ai dit à personne. Je l'ai dit à Alicia parce que je voulais qu'elle le garde à l'œil pour me dire comment il allait. Je n'étais pas fâchée contre lui. Mais elle n'a jamais pu le retrouver. Je le guettais d'ici chaque fois que je descendais mais je ne l'ai jamais revu. Je me dis qu'un chat a dû l'attraper.

Les écureuils.

Oui. Les écureuils. Ça ne vous dérange pas j'espère ?
Non.
Tant mieux. J'en suis à un point où je ne me soucie plus trop de ce qui dérange les gens ou pas. Alicia était adorable pour ça. Elle aurait pu me tenir la main jusqu'à la fin des temps.

Elle était adorable pour un tas de choses.

J'étais heureuse pour elle quand elle est partie mais je ne savais pas qu'elle me manquerait autant. J'aurais dû le savoir. Quand elle est revenue je me suis dit qu'elle n'allait peut-être plus repartir et je m'en suis voulu. Je crois que je me sentais coupable.

Coupable ?

Oui, vous comprenez. Parce que j'étais contente qu'elle soit là. Et je savais que je n'aurais pas dû être contente de ça.

Pourquoi avez-vous pensé qu'elle ne repartirait plus ?

Je le savais, c'est tout.

Elle vous l'a dit ?

Plus ou moins.

Elle aurait pu se tromper.

La vielle dame se tourna vers lui et lui sourit puis se remit à regarder par la fenêtre. La toute première fois que je l'ai vue c'était un matin et elle était dans la salle commune. Elle était assise comme ça toute seule alors je suis allée m'asseoir à côté d'elle et j'ai voulu lui parler mais elle était si jeune et je ne savais pas quoi dire alors je lui ai demandé si elle avait fini de lire le journal. Elle avait le journal sur les genoux et moi j'essayais juste de faire connaissance. Alors je lui ai demandé si elle allait faire les mots croisés et elle a dit qu'elle les avait déjà faits. Et bien sûr c'était évident. À la façon dont le journal était plié. Je voyais la grille. Et j'ai plus ou moins souri mais je n'ai rien dit. Plus tard bien sûr j'ai découvert qu'elle avait vraiment fait les mots croisés. Mais dans sa tête. On pouvait lui demander telle réponse et elle savait toujours ce que c'était. Avec le numéro sur la grille et tout. Elle disait ça c'est le sept vertical, mettons, et elle vous donnait le mot. Elle savait ce que c'était parce qu'elle avait déjà tout fait dans sa tête. C'était de la routine pour elle.

Western parcourut des yeux la cafétéria. Les tables vides. La torpeur de l'après-midi. Quelques buveurs de thé et les patients qu'ils venaient voir.

Est-ce qu'elle avait d'autres amis proches ici ?

Je n'étais pas une amie proche. Elle n'avait pas vraiment d'amis proches. Pour elle tout le monde était pareil. Même quand les gens étaient méchants elle restait leur amie.

Elle ramena sur la table leurs mains entrelacées et les regarda. Elle regarda Western.

Vous avez dû savoir que Louie est mort.

Non, je ne savais pas. Je suis désolé.

Il piquait de ces crises. Il bondissait d'un coup et il balançait sa perruque à travers la salle. Un jour il l'a balancée et elle a atterri aux pieds de James. James lisait un magazine et elle a glissé sous ses pieds et il s'est levé d'un bond et s'est mis à la piétiner. Il ne savait pas ce que c'était. Ou alors il faisait juste semblant. Alicia l'aimait beaucoup lui aussi.

James.

James. Oui. Il s'inquiétait beaucoup à cause de la bombe. Mais j'imagine que je ne devrais pas vous dire ça.

Ce n'est pas un problème.

Il lui posait toujours des questions là-dessus. Il l'écoutait et il prenait des notes dans son cahier. Elle savait tout sur le sujet, forcément. Il proposait des façons de s'attaquer à la bombe et elle lui expliquait pourquoi ça ne marcherait pas et il partait et au bout d'un moment il revenait avec une autre idée. Il avait d'énormes aimants qui étaient censés protéger tout le monde. Vous voyez la femme là-bas ?

Western regarda de l'autre côté de la salle.

Celle en robe bleue.

Oui.

Vous trouvez qu'elle me ressemble ?

Western réfléchit à la question. Non, dit-il. Je ne trouve pas.

Eh bien ça me soulage.

Vous ne l'aimez pas.

Enfin, c'est juste que je ne la trouve pas très gentille.

Je vois.

Il y a des gens qui ont cru que c'était ma sœur.

Il y a des sœurs ici ?

Pas depuis mon arrivée en tout cas. C'est peut-être un principe de la maison, je ne sais pas. Vous croyez que votre père avait une case en moins ?

Est-ce qu'il avait une case en moins ?

Vous savez bien. À fabriquer des bombes pour faire sauter tout le monde.

Ma foi. J'imagine que c'est une question tout à fait sensée.

Il regarda la femme en robe bleue. Elle ressemblait beaucoup à Helen. Je ne sais pas, dit-il.

Il regarda en direction du banc de l'autre côté de la promenade. La fille était partie. Il était midi. Dans un instant il entendrait les cloches de la cathédrale. Cette année-là peu après son anniversaire elle avait mis fin d'elle-même à son internement et était retournée chez sa grand-mère et avait cessé tout traitement et en une semaine ils étaient tous de retour. Le Thalidomide Kid et la vieille dame à l'étole de charognes et Grogan le Grand Cradingue et les nains et les faux Noirs. Tous assemblés au pied de son lit. Quand elle alluma la lampe de chevet ça les fit tous cligner des yeux.

Les cloches sonnèrent. Il se leva et remonta St Peter Street jusqu'au café et mit une pièce dans le téléphone et composa le numéro de Kline.

C'est Bobby Western.

Vous êtes où ?

Dans une cabine téléphonique du Carré.

Mieux vaut ne pas discuter au téléphone. Vous voulez me voir ?

Vous avez un peu de temps ?

Oui. Vous êtes où ? Près du Seven Seas ?

Pas trop loin.

Dans ce cas je peux passer vous y prendre dans à peu près une demi-heure.

D'accord. Merci.

Il raccrocha et remonta Decatur jusqu'à St Philip puis St Philip jusqu'au bar.

Kline se gara le long du trottoir dans le mauvais sens et se pencha pour voir par-delà la portière. Western sortit et monta dans la voiture et ils démarrèrent.

Vous aimez manger italien ?

J'aime manger italien.

Vous connaissez le Mosca's ?

Bien sûr. Il faut que je vous prévienne que je suis fauché.

Pas de malaise. Je vous fais crédit.

D'accord.

Il voulut ajouter quelque chose mais Kline leva la main et sourit. Ils roulèrent en silence sur la route de l'aéroport et se garèrent sur le parking derrière le restaurant et descendirent. Kline referma la portière et regarda Western par-dessus le toit de la voiture. Je traque les micros dans cette bagnole de temps en temps. Pour autant que ça serve à quelque chose. C'est chiant mais on n'a pas le choix.

Vous en avez déjà trouvé ?

Oh oui.

Et dans votre bureau ?

Pareil. La plupart du temps ce sont des dispositifs d'écoute courants. Mais la technologie s'améliore d'année en année. C'est incroyable ce qu'on arrive à capter. Mais au fond c'est surtout un jeu. Sauf que parfois bien sûr il y a des victimes.

Ils traversèrent le parking. Et là-dedans ?

C'est pas un problème. Le Mosca's c'est un sanctuaire. Ils sont bien obligés.

Le maître d'hôtel salua Kline de la tête. Le restaurant était bondé. Ils s'installèrent à une petite table près de la porte et Kline ouvrit la carte des vins et se mit à la parcourir. Vous connaissez ce restau ?

Pas aussi bien que vous je crois.

Tout est bon.

Qu'est-ce que vous allez prendre ?

Sans doute les fettuccine aux palourdes.

C'est ce que vous prenez d'habitude ?

Non.

Kline étudia la carte des vins. Cela dit, je tends à être un homme d'habitudes. Ce qui dans mon métier n'est sans doute pas une bonne idée.

Western sourit. Ils vous courent après ?

C'est surtout après mes données qu'ils courent. Comme moi après les leurs. Qu'est-ce que vous diriez d'un saint-émilion ?

Ça me paraît très bien.

Il referma la carte des vins. Il replia ses lunettes et les rangea.

Je vais vous dire jusqu'où ça va. Il y a quelques années la CIA enregistrait la frappe des machines à écrire de l'ambassade soviétique et soumettait les bandes à un ordinateur. Le programme décodait les cliquetis. La longueur de parcours de la touche. La fréquence, les infimes changements dans le timbre de la frappe en fonction de l'angle du marteau. Tout ce qui pouvait être distingué et analysé et soumis à un calcul de probabilité. La barre d'espace indiquait bien sûr le découpage des mots. Le programme était pourvu d'une approximation grossière de la langue russe écrite. Leurs cryptographes russophones relisaient le tout puis l'envoyaient à un traducteur et récupéraient une version anglaise impeccable.

Comment vous avez su ça ?

J'ai un frère dans le métier. Qu'est-ce que vous prenez ?

Western referma le menu. La même chose que vous.

Très bon choix.

J'étais sérieux quand j'ai dit que je n'avais pas d'argent.

Je sais. Ce n'est pas un problème.

Le serveur arriva et versa de l'eau dans leurs verres. Il fit un signe de tête à Kline et regarda Western. Monsieur souhaite-t-il boire quelque chose ?

Non merci.

Ils commandèrent. Le serveur les remercia et reprit leurs menus.

Ils savent qui vous êtes, dit Western, mais ils ne le disent pas.

C'est parce qu'ils ne savent pas qui vous êtes, vous.

C'est la procédure habituelle ?

J'appellerais juste ça des bonnes manières.

Ils sont du milieu ?

Non. Enfin, plus ou moins. Disons qu'ils prennent soin de leurs clients.

Est-ce que Carlos Marcello vient ici ?

Carlos Marcello est le propriétaire du restaurant. Ou le propriétaire de l'immeuble. Mais c'est le meilleur restau italien entre Los Angeles et Providence. Vous avez dit que vous aviez de la famille à Providence, je crois.

Oui.

Il est venu ici il y a quelques semaines avec Raymond Patriarca.

Marcello.

Oui.

Vous connaissiez Patriarca ?

Non. J'ai dû demander qui c'était. Ce serait intéressant d'essayer de deviner ce qu'ils se sont dit.

Je n'en doute pas. Ce sont des clients à vous ?

Non. Ils ont leur propre équipe.

Bien sûr.

Qu'est-ce qui est arrivé à votre argent ?

Qu'est-ce qui vous fait penser que quelque chose lui est arrivé ?

Comme ça, une idée en l'air.

Le fisc a saisi mon compte en banque.

Quand ça ?

Il y a quelques jours.

Kline secoua la tête.

Est-ce que j'ai un recours ?

Non.

Rien du tout ?

Non.

Ils peuvent confisquer mon argent comme ça.

Vous pourriez prendre un avocat. Mais ça ne servira à rien. Vous aviez combien sur votre compte ?

À peu près huit mille dollars.

Vous m'étonnez.

Vous ne me pensiez pas si con.

Non.

Moi non plus.

Qu'est-ce que vous possédez d'autre ?

J'avais une voiture.

Ils l'ont confisquée.

Oui.

Quoi d'autre ?

Je n'ai pas d'autre bien. J'avais un chat. Si on peut considérer que c'est un bien.

Ils vous ont pris votre chat ?

Ils ont juste laissé la porte ouverte. J'essaie encore de le retrouver.

Vous devez des arriérés d'impôts.

C'est ce qu'ils disent.

En se fondant sur quoi ?

Apparemment sur mon train de vie. Ma grand-mère m'avait légué de l'argent. Je l'ai partagé avec ma sœur. C'est avec cet argent que je faisais de la course automobile.

Vous ne trouvez pas ça bizarre qu'ils soient au courant ? Que vous étiez pilote en Europe.

Je crois que je ne sais plus ce qui est bizarre ou pas. Et ils ont annulé mon passeport.

Ils ont annulé votre passeport ?

Oui.

Kline plaqua une main sur la nappe et la regarda.

C'est mauvais signe, hein ? dit Western.

En tout cas ça veut dire qu'ils pensent qu'au besoin vous seriez prêt à quitter le pays.

Le serveur apporta le vin et le déboucha et posa le bouchon sur la table et versa un peu de vin dans le verre de Kline. Kline le fit tournoyer et le flaira et le goûta et hocha la tête et le serveur remplit leurs verres et posa la bouteille sur la table. Kline inclina son verre en direction de Western. Il semblait à court de toasts à porter.

Vous l'avez laissé servir.

Oui. Il me connaît. Vous leur avez dit d'où venait l'argent ?

Oui.

Qu'est-ce que vous leur avez dit d'autre ?

Je dois comprendre : J'espère de tout cœur que vous ne leur avez rien dit d'autre.

À peu près. Mais pour le reste vous avez payé vos impôts.

Oui.

Voilà le problème. Si vous ne déclarez rien du tout c'est juste un délit mineur. Mais si vous déclarez vos revenus et que vous payez vos impôts en négligeant de mentionner une somme héritée de votre grand-mère – par exemple –, là c'est autre chose. Ça devient une fausse déclaration et ça c'est une infraction majeure. De quoi vous envoyer dans un pénitencier fédéral pour une bonne partie de votre avenir probable.

Je crois avoir déjà entendu ça quelque part. Que si je ne payais pas du tout mes impôts je n'aurais pas de problèmes. Mais que si je n'en payais qu'une partie j'irais en taule.

En gros c'est ça.

Pourquoi ils ne m'ont pas arrêté ?

Ils finiront par le faire. Ils enquêtent encore. Un agent fédéral part toujours du principe qu'un criminel a commis plus d'un crime.

Qu'est-ce que j'ai fait d'autre selon eux ?

Je serais tenté de dire que vous êtes plus à même de le savoir que moi.

Mais confisquer mes avoirs, ça ne risque pas de me mettre sur mes gardes ?

Pour obtenir du Département d'État qu'il annule votre passeport il fallait qu'ils passent à l'action contre vous. Ils l'ont fait.

Je commence à perdre l'appétit.

On pourrait changer de sujet.

Ouais.

C'était une voiture de luxe ?

C'était une Maserati. Pas une neuve. Une Bora 1973.

Je n'y connais pas grand-chose en voitures.

Ça doit valoir à peu près autant qu'une Cadillac neuve. Peut-être un peu plus.

Désolé.

Je suis vraiment en cavale, c'est ça ? Que j'en aie conscience ou non.

Je ne peux pas répondre à une question pareille, Bobby. Mais vous devriez peut-être essayer de vous protéger.

Vous ne pensez pas qu'il est déjà trop tard.

Je ne sais pas. Je sais juste qu'il est moins tard aujourd'hui qu'il ne sera demain.

Qu'est-ce que vous feriez à ma place ?

Vous savez bien ce que vaut une question pareille. Si j'étais vous j'enseignerais quelque part ou je fabriquerais des bombes ou tout ce que savent faire les gens comme vous.

Ça se tient. Et vous, c'est quoi votre formation ? À part le cirque.

Ma formation, c'est le cirque. Je n'ai même pas terminé l'école primaire.

C'est vrai ?

C'est vrai. J'ai été marié une fois. Pas d'enfants. Divorce à l'amiable. Je n'ai pas vécu de tragédies qui donneraient à ma vie une forme et une destination qui m'échapperaient. J'aime ce que je fais. Mais je pourrais faire autre chose. J'ai été gâté par la vie. Je ne suis même pas sûr que je changerais les mauvais moments. Ah, voilà notre plat.

Ils mangèrent pratiquement sans un mot. Comme Debussy, Kline prenait la nourriture au sérieux. Quand il eut fini il se renfonça sur sa chaise et vida son reste de vin puis tourna le verre dans sa main en le tenant par le pied et l'examina. Enfin il le reposa sur la nappe. Sacrément bon, dit-il.

Western sourit. Oui, dit-il. Merci.

Kline chiffonna sa serviette et la posa sur la table. Chez moi je cuisine. Mais il y a des choses qu'on n'arrive jamais à réussir complètement. Je crois que tout est dans le bouillon. C'est là-dessus que ça se joue.

Le bouillon ?

Oui. À moins d'avoir une vieille marmite à bouillon pleine de dépôt où on peut balancer tous les trucs dégueu – des navets pourris, des chats crevés, tout ce qu'on voudra – et laisser mijoter un mois, on est vraiment désavantagé. Vous voulez regarder la carte des desserts ?

Non merci.

D'accord. Il reprit le verre à vin pour le faire pivoter. Une petite goutte s'était formée au fond. Il inclina le verre et la laissa couler jusqu'au bord. Elle avait l'éclat du sang. Il leva le verre pour la faire glisser sur sa langue et le reposa. Qu'est-ce que vous allez faire ? demanda-t-il.

Je n'ai pas beaucoup d'options. Reprendre le travail. Essayer de mettre un peu d'argent de côté.

Ça remonte à quand, la dernière fois que vous avez travaillé ?

Je n'ai pas travaillé depuis mon retour de Floride.
Vous leur avez parlé récemment ?
Chez Taylor ?
Oui.
J'ai encore un boulot, si c'est ça que vous voulez dire.
Ce n'est pas exactement ce que je veux dire.
Selon vous c'est probable qu'ils confisquent ma paie.
Oh selon moi c'est plus que probable.
Et ça continuerait comme ça jusqu'à ?
Jusqu'au bout.
Western finit son vin. Je n'ai nulle part où aller, c'est ça ?
Vous voulez un café ?
D'accord.
Le serveur apparut. Quelques minutes plus tard il apporta les cafés. Kline buvait le sien noir. Il vous reste des avoirs ?
Non.
Qu'est-ce qu'elle a fait, votre sœur, de sa part d'héritage ?
Elle a acheté un violon.
Un violon ?
Oui.
Combien d'argent vous lui avez donné ?
Au moins un demi-million de dollars.
La vache. Elle avait quel âge ?
Seize ans.
On peut donner une somme pareille à une mineure de seize ans ?
Je ne sais pas. La loi doit varier selon les États. Comme pour le mariage. Je lui ai donné l'argent en cash.
Il valait combien, le violon ?
Cher. Ça n'était pas un Stradivarius mais pas loin.
Et il est où ?

Je ne sais pas.

Mais il pourrait résoudre une bonne partie de vos problèmes de trésorerie immédiats.

Je sais.

Quoi d'autre.

Quoi d'autre.

Qu'est-ce qui s'est passé dernièrement dans votre vie que vous êtes incapable d'expliquer.

J'ai perdu un bon ami dans une mission de renflouage au Venezuela.

Oui. Vous m'avez raconté. L'entreprise est censée enquêter.

Taylor.

Taylor. Oui. Mais vous n'avez pas eu de nouvelles.

Non.

Quoi d'autre.

Il y a deux ans ils se sont introduits dans notre maison du Tennessee et ils ont emporté les papiers de mon père et les papiers de ma sœur et toute la correspondance familiale depuis près de cent ans. Ils ont emporté les albums de famille. Ils ont emporté tous les fusils et d'autres trucs sans doute pour faire croire à un cambriolage mais bien sûr ça n'était pas un cambriolage ordinaire.

Ils ont fait ça.

Oui.

C'est toujours un ils, hein ?

Je ne sais pas.

Mais il ne vous est pas venu à l'idée de vider votre compte en banque.

Western ne répondit pas.

Kline leva deux doigts pour demander l'addition. Vous n'y avez pas tellement réfléchi, pas vrai ?

Il faut croire que non.

Je sais ce que vous pensez en réalité.
Qu'est-ce que je pense ?
Vous pensez être plus intelligent qu'eux.
Et alors ?
Alors ça ne vous servira à rien. Ils ne sont pas plus intelligents qu'il n'est requis mais ils le sont autant que nécessaire.
Ni trop ni trop peu, comme Boucle d'or.
Oui. Ils sont futés juste ce qu'il faut. Et pas vous.
Quoi encore. Concernant ces agents.
Leur ferveur. Elle est vraiment remarquable. Et pour eux tout le monde est coupable. Ils n'ont même pas à y réfléchir. Jamais ils ne poursuivent des innocents. Ça ne leur viendrait même pas à l'esprit. L'idée même leur paraîtrait comique.
Le serveur apporta la note. Kline régla en espèces. Prêt ?
Ils retraversèrent le parking. Je ne peux pas vous dire quoi faire, Bobby. Mais j'ai le sentiment que vous vous contentez d'attendre. Le problème c'est que quand ce que vous attendez arrivera il sera trop tard pour réagir. Si vous voulez les faux papiers faites-moi signe.
Merci. C'est vraiment sympa.
Il n'y a pas de quoi.
Vous pensez que je ne suis pas franc avec vous.
Je ne sais pas.
Je ne sais pas quoi vous dire d'autre.
Ce n'est pas grave.
Il y a une lettre d'elle que je n'ai jamais ouverte.
Pourquoi ?
C'est comme ça.
Ce serait trop triste.
Western ne répondit pas.
Je vais le tourner autrement. C'est parce que si vous

le faisiez vous sauriez tout ce que vous pourrez jamais savoir. Tant que vous n'avez pas lu la dernière lettre l'histoire n'est pas finie.

En quelque sorte, oui.

Vous y apprendrez peut-être où se trouve le violon.

Peut-être. Elle avait aussi de l'argent. Mais je crois que ça me pose un problème.

Vous savez, ses affaires vont forcément finir quelque part.

Western hocha la tête.

C'était une journée fraîche. Ciel couvert. Risque de pluie. Quand ils arrivèrent à la voiture Kline s'accouda au toit. Il regarda Western.

Quand des gens intelligents font des choses stupides il y a généralement deux raisons possibles. L'avidité et la peur. Soit ils veulent quelque chose qu'ils ne sont pas censés avoir soit ils ont fait quelque chose qu'ils n'étaient pas censés faire. Dans les deux cas ils s'accrochent généralement à un ensemble de croyances qui légitiment leur état d'esprit mais qui sont en porte-à-faux avec la réalité. Et il devient plus important pour eux de croire que de savoir. Ça vous paraît cohérent ?

Oui.

Alors c'est quoi que vous voulez croire ?

Je ne sais pas.

Recontactez-moi, à l'occasion.

D'accord. Quoi d'autre.

C'est tout.

Vous pensez toujours que je vous cache quelque chose.

Oh, je ne m'en fais pas.

Vous voulez dire que je finirai par l'avouer.

Les gens confient à leur voisin de bus ce qu'ils ne diraient pas à leur conjoint.

Ça se présente mal, hein ?

Il ne répondit pas. Ils montèrent en voiture. Kline mit le contact. J'ai l'impression que vous n'avez même pas pigé, dit-il.

Pigé quoi ?

Que vous êtes en état d'arrestation.

En état d'arrestation.

Oui. Vous n'êtes inculpé de rien. Juste en état d'arrestation.

Il s'installa dans une cabane parmi les dunes juste au sud de Bay St Louis. Le soir il marchait sur la plage et contemplait l'eau grise où des vols de pélicans descendaient laborieusement la côte en lents tandems au-dessus des houles du large. Improbables oiseaux. À la nuit tombée il voyait les lumières s'allumer le long de la digue. D'autres lueurs à l'horizon, le lent passage des navires ou les lumières lointaines des plates-formes de forage. La cabane avait une citerne d'eau froide mais pas l'électricité. Un petit poêle en fonte où il faisait brûler du bois flotté. Il n'avait pas de quoi acheter une bonbonne de gaz pour le réchaud alors il se servait aussi du poêle pour cuisiner. Du riz au poisson. Des abricots secs. Les jours fraîchirent et il s'asseyait sur la plage enveloppé dans une couverture militaire sous le vent vif qui soufflait du golfe et il lisait de la physique. De la poésie classique. Il essayait de lui écrire des lettres.

Quand il longeait la laisse au crépuscule les derniers bras rouges du soleil flamboyaient lentement au fond du ciel à l'ouest et les flaques sur le sable étaient des mares de sang. Il s'arrêtait pour regarder derrière lui les empreintes de ses pieds nus. Qui s'emplissaient d'eau une à une. Les récifs semblaient bouger lentement en ces dernières heures et les ultimes couleurs du soleil s'exténuaient et puis les ténèbres soudaines s'abattaient comme une fonderie s'arrête pour la nuit.

Au lever du jour il traversait les dunes et remontait le chemin sablonneux qui menait à la route et crapahutait le long du macadam en quête d'animaux morts. Il les dépeçait avec une lame de rasoir à tranchant unique et apportait les peaux telles quelles, sans même les tendre, à la petite épicerie trois kilomètres plus loin. Raton laveur et rat musqué. Une ou deux fois un vison. Des queues de ragondin pour toucher la prime. Avec l'argent il s'achetait du thé et du lait concentré. De l'huile de cuisson. De la sauce pimentée et des fruits au sirop. Il rapportait chez lui les lapins morts qui n'étaient pas sur la route la veille et les faisait cuire et les mangeait.

Il lavait ses vêtements dans la bassine à vaisselle et les mettait à sécher dehors. Parfois ils s'envolaient sur les dunes. Les jours de soleil il marchait sur la plage tout nu. Solitaire, silencieux. Perdu. Le soir il faisait des feux sur la plage et restait assis enveloppé dans sa couverture. La lune se levait au-dessus du golfe et son sillage se déployait et tanguait sur l'eau. Des oiseaux survolaient la plage dans le noir. Il ne savait pas de quelle espèce. Il repensait au passager mais jamais il ne retourna aux îles. Le feu s'inclinait au vent et l'eau de mer grésillait dans le bois enflammé. Les braises luisaient et déclinaient et luisaient encore et des bribes de feu rebondissaient sur la plage pour se perdre dans les ténèbres. Il savait qu'il devrait se demander ce qu'il allait devenir.

Il avait trouvé dans la cabane une vieille canne à pêche et un moulinet et il aiguisa des hameçons numéro six rouillés et y accrocha comme appâts des morceaux de rat musqué et il les lança sur des bas de ligne de quinze grammes loin parmi les vagues.

Temps froid et vif. Pluie. Le vieux toit de bardeaux

fuyait méchamment et il avait disposé des seaux et des casseroles partout sur le sol. Une nuit la foudre le réveilla. Un éclat livide derrière la vitre et un claquement de coup de feu. Il se redressa prudemment. Le feu dans le poêle était quasiment éteint et il faisait froid dans la pièce. Il resta assis sans bouger dans le noir en attendant que de nouveau les fenêtres s'illuminent. Quelqu'un était assis sur la chaise dans le coin.

Il souleva le verre de la lampe et prit dans le tiroir une allumette qu'il frotta contre le bord de la table et il alluma la mèche et replaça le verre et réduisit la flamme en tournant la petite molette de cuivre. Puis il brandit la lampe et regarda de nouveau.

Il était tel qu'elle l'avait décrit. Le crâne tout chauve raviné de cicatrices peut-être survenues à son inconcevable création. Les drôles de chaussures qui ressemblaient à des pagaies. Ses nageoires de phoque étalées sur les bras du fauteuil.

Tu es seul ? demanda Western.

Putain, Peter. Ouais. Je suis seul. Je vais pas m'attarder. Déjà que je fais un peu l'école buissonnière.

On ne t'a pas envoyé pour me voir.

Nan. Je suis venu de mon propre chef. Je regardais mon agenda et la date m'a sauté aux yeux.

C'est pourtant pas la première année.

Certes.

Pourquoi tu es là ?

Je me suis juste dit que j'allais voir comment tu allais.

Et comment tu as su me trouver ?

Le Kid roula des yeux. Putain, dit-il. C'est tout ce que tu trouves à me demander ?

Je ne sais pas.

On se connaît depuis un bout de temps. D'une certaine manière. Toi et ton humble serviteur.

Seulement par ouï-dire. Comment je peux savoir à quoi me fier ?

Tu n'as pas le choix. Tu ne peux croire que ce qui est. À moins que tu ne préfères croire ce qui n'est pas. Je pensais quand même qu'on avait dépassé ce stade.

Je n'ai rien dépassé.

Ouais, bref. Là-dessus, je peux pas t'aider. En tout cas, j'étais dans le coin. Tu es un peu différent de ce que j'attendais.

En quoi ?

Je ne sais pas. Un peu diminué. Ça fait combien de temps que tu es ici ?

Un moment.

Ah ouais ? C'est pas ce qu'on fait de plus luxueux comme piaule.

Il parcourut la pièce des yeux. Masqua un bâillement sous sa nageoire. La journée a été longue. Pas facile d'affronter le trafic des confins. La démence par contumace. Bref, mieux vaut ne pas taquiner ce panier de crabes.

Ce nid de guêpes.

Non plus. Mais bon, je suppose qu'on a tous notre part de responsabilité en ce qui concerne Sœurette. Certains plus que d'autres bien sûr. N'empêche, on a du mal à la voir juste comme une expérience. Quesse t'en dis ?

Qu'est-ce que toi tu en dis ?

Du sang-froid malgré la pression. J'aime. Alors, ça nous mène où tout ça ? Saperlotte.

Un nouvel éclair illumina la pièce. La vache, dit le Kid. C'est toujours tempétueux comme ça par ici ? Je me suis dit que t'aurais peut-être une ou deux questions à poser. Tu peux intervenir quand tu veux. Là, je suis pas en service.

Qu'est-ce qui te fait croire que je te ferais confiance ?

Non mais tu t'entends ?

Western ne réagit pas. Le Kid inspectait ses ongles inexistants. Enfin, bref. Le voilà vexé. Il se croit malin. Tu te crois malin, Kurtz ?

Non. Autrefois oui. Plus maintenant.

Bien. C'est déjà plus malin. On va peut-être réussir à avoir une discussion finalement.

Qu'est-ce qui te fait croire que je veux discuter ?

Arrête ton char. Je l'ai déjà dit, on n'a pas beaucoup de temps. Comment t'as échoué ici au fait ?

C'est la cabane d'un ami.

Tu parles d'un ami. T'as pas l'électricité ?

Non.

Des toilettes ?

Non.

Un nouvel éclair. Le Kid était assis légèrement de biais. Enfin, dit-il. Ça pourrait être pire. Y a des gens qui sont carrément surpris que tu sois encore de ce monde.

Ouais. Moi aussi. Des fois.

Je suppose que même si t'as quitté la table t'as envie de savoir comment la partie va se terminer.

Je crois que je sais comment ça se termine.

Ouais. Pure hypothèse analytique, je suppose. Ça ne réclame aucune connaissance, juste des définitions. D'ici tu as vue sur mer, pas vrai ?

De loin.

Le Kid se leva et s'étira. Cet endroit a de quoi te morbidifier. Si on allait faire une balade sur la plage ? Histoire de se dégourdir les jambes. Tu arriveras peut-être même à te délester un peu de ton fardeau.

Une balade sur la plage.

Ben ouais. Allez, mets ton blouson. La lumière baisse, faut pas la rater.

Ils marchèrent sur la plage, mais le Kid avait l'air songeur. Penché en avant, les nageoires jointes derrière le dos. En mer les filaments de foudre se dressaient brièvement en zébrures métalliques puis retombaient sur le bord assombri du monde. T'es quand même une putain d'énigme, dit le Kid. Quoi, t'as vraiment pas de questions ? Je pensais que ça serait marrant de voir un mec se renseigner sur la santé mentale de sa sœur auprès d'une hallucination de ladite sœur.

Tu sais vraiment des choses sur elle ?

Pourquoi pas ? Après tout, je suis un fragment de sa psyché, non ?

Je ne sais pas. Tu n'es pas un fragment de la mienne ?

J'en sais rien. Putain, c'est une vraie épidémie de mystères, tu trouves pas ?

Elle disait que tu comprenais toujours tout de travers.

C'était surtout une façon de la distraire. De lui donner un os à ronger tant qu'à faire.

Je ne suis pas sûr de te croire.

Bigre. C'est gonflé.

Pourquoi ça ?

Pourquoi ça ? Parce que tu parles de quelque chose dont il existe moins que rien, voilà pourquoi.

Je croyais que tu étais là pour répondre à mes questions.

OK. D'accord. Pourquoi pas ?

On va où ?

Se balader sur la plage. Prendre un peu l'air.

Il inspira à pleines narines.

J'ai l'impression de t'avoir déjà vu.

Ah ouais ?

Dans un bus qui remontait Canal Street.

Tu sais, y a un tas de gens qui me ressemblent.

Ils progressèrent sur le sable. Les longs rouleaux déferlaient du large, pâles dans le noir. La tempête se rapprochait de la côte et la foudre jaillit de nouveau. Les chaînes brûlantes d'incandescence retombaient brisées dans la mer. Le Kid était voûté, préoccupé. Dans la lumière crue Western apercevait son petit crâne d'œuf et les commissures des plaques bien visibles sous la peau fine comme du papier à cigarette. Les oreilles comme rongées.

Alors elles sont où tes questions ?

OK. Quel âge tu as ?

Le Kid s'arrêta net. Puis il reprit sa marche en secouant la tête.

C'est bon. En voilà une autre : Comment tu m'as retrouvé ?

Tu me l'as déjà posée, celle-ci.

Comment tu as fait ?

Je me suis renseigné.

Tu t'es renseigné.

Bien sûr. Ça fait des années que je traîne dans la rue. Et je ne changerais de vie pour rien au monde.

C'est quoi la chose la plus étrange dont tu aies jamais été témoin ? Au cours de tes pérégrinations.

Le Kid secoua la tête. On n'est pas là pour parler de ça. De toute façon tu ne me croirais pas. Y a beaucoup de naufrages au large. Beaucoup de gens qui se cramponnent aux vergues. Mais on ne peut pas se cramponner éternellement. Il y en a qui croient que ce serait une bonne idée de découvrir la vraie nature des ténèbres. La ruche des ténèbres, la tanière d'icelles. On voit ces gens au loin avec leur lanterne à la main. Pourquoi l'image n'est pas nette ?

Un fin crépitement de tonnerre dévala le ciel noir.

La tempête approche, dit le Kid. Il faut qu'on se magne un peu.

J'espérais voir quelques hortes.
Oui. Eh ben sans doute pas. C'est quoi qui t'a réveillé ?
Je ne sais pas. La foudre.
Tu es sûr que tu n'étais pas en train de rêver ?
Même maintenant j'ai un doute.
Laisse-moi reformuler la question : Tu es sûr que tu n'étais pas en train de rêver ?
Western ralentit. Le Kid continua d'avancer tant bien que mal. Effectivement, il avait rêvé. Lors d'un jugement dernier on appelait un nom d'enfant mais l'enfant ne répondait pas et le vaisseau du paradis mettait le cap tout rayonnant vers l'éternité et l'enfant restait seule sur la grève assombrie, à jamais perdue. Il pressa le pas pour rattraper le Kid.
Je peux te poser une question ?
C'est déjà une question. Tu en as une autre ?
Où tu vas quand tu repars d'ici ?
Ailleurs.
Ailleurs.
Absolument. Écoute. Je suis venu à mes frais. T'as pas l'air de piger. On est là. Y a pas âme qui vive. Tu devrais y réfléchir.
Je ne sais pas ce que tu veux.
Ce que *moi* je veux ? Merde alors. Je t'ai déjà expliqué. C'est mon jour de congé. Combien de temps tu crois que je vais rester ? Tu n'agis même pas selon tes propres croyances.
Quelles croyances ?
C'est bien ce que je dis.
Le Kid poursuivit sa marche à grandes enjambées. Crénom, dit-il. Je m'attendais vraiment pas à trouver un mec aussi borné. Tu te balades sur la plage avec cette entité que tu crois émaner de la psyché de feu ta sœur et tu veux juste discuter de la pluie et du beau temps.

Je n'ai jamais évoqué la pluie et le beau temps.

Façon de parler. Il désigna la mer noire et clapotante. Imagine que le fond cède et que tout ce merdier se déverse dans un monde de cavernes insoupçonné au cœur de la Terre. Une vastitude noire. On pourrait descendre jusqu'au fond et jeter un coup d'œil. Rien qu'une énorme bouillabaisse qui s'agite dans la vase. Des baleines et des calamars. Des krakens avec des yeux comme des soucoupes et des testicules de trente mètres de long. Et puis une grande puanteur et puis plus rien. Oups. Où est-ce qu'ils sont tous passés ?

Je ne sais vraiment pas quoi te demander.

Forcément. T'es rien qu'un abruti.

Il extirpa sa montre et tenta de lire l'heure dans le noir. Il attendit un éclair. Putain, c'était vraiment une idée à la con.

Qu'est-ce qui se serait passé si vous l'aviez laissée tranquille, toi et tes petits copains ?

Hé ! Une question ! Un peu naze, la question, mais on fera avec. Je crois qu'elle serait tout aussi morte et enterrée mais je me flatte de dire que ce serait arrivé plus tôt. Putain, t'imagines même pas le barnum qu'on devait mobiliser. Et elle nous remerciait à peine, l'ingrate. Je crois que la moitié du temps elle pensait que j'étais juste là pour lui creuser la cervelle. Et puis merde. C'était peut-être le cas. La moitié du temps. Un petit connard maléfique surgi d'un arrière-monde jusque-là inconnu pour rapporter des données à la Base en préparation du grand boum.

C'est pour bientôt, le grand boum ?

Qu'est-ce que t'en penses ?

C'est probable.

Ouais. Probable. Comme il est probable que le soleil

se soit levé ce matin. Et merde. Je pourrais déjà être au lit, tu sais.

C'est quoi la Base ?

Laisse tomber. Compte pas sur moi pour entrer dans le détail de l'organigramme. Tu saurais pas quoi en faire de toute façon. T'es un petit curieux je m'en rends bien compte et tu crois pouvoir soutirer des données sur l'automorphisme et la réplication plus tous les trucs non commutatifs auxquels on a affaire dès qu'on commence à considérer des réseaux à quatre dimensions et on va retomber dans les mêmes foutaises fastidieuses sur ce qui est réel et ce qui ne l'est pas et sur qui en décide. Une bonne partie de ces trucs s'autodéfinissent par définition et en gros tout le bazar tourne vingt-quatre heures sur vingt-quatre sept jours sur sept avec toute la puissance dont il est coupable. Alors on ferait peut-être mieux d'avancer.

D'accord.

Ben merde. C'était plus facile que prévu. De toute façon, ce n'était qu'une façon de parler. La Base pourrait tout aussi bien être les chiottes publiques de la station de métro de la 12e Rue. Qu'est-ce qu'on en a à foutre ?

Un téléphone sonna.

Ouf, dit le Kid. Sauvé par le gong. Il farfouilla dans ses vêtements qui claquaient au vent et exhuma un téléphone et le plaqua contre son oreille. Ouais, dit-il. OK. Par Jésus-Christ et sa couronne de pines, c'est la pleine lune ou quoi ? Mais d'où elle émerge cette foutraquerie ? Ben voyons. Je m'en bats les couilles en cadence de ce qu'il a dit. Explique à cette tête de bite que je suis en congé sabbatique et que je reviendrai quand le vent aura tourné.

Il s'arrêta de marcher pour mieux écouter. Le vent l'enveloppait dans ses vêtements. Western attendit.

D'accord. C'est bon. Il croit vraiment que le truc peut pas partir en flammes ? Bien. Il a tout à fait le droit d'avoir une opinion carbonisée. Ouais. On a téléchargé tout ça. Ç'a été vérifié et revérifié. Non. Là on est en plein orage. Sur la plage. Je vous enverrais volontiers les coordonnées mais j'arrive pas à voir ma montre. Il fait noir comme dans le cul d'une vache. Ouais. La sœur du mec. Elle s'est foutue en l'air y a quelques années. Non. Il y pige que dalle. C'est bon. Terminé. Ouais ouais bien sûr. C'est rien qu'une bande de trouducs béants et pétaradants, tu peux leur transmettre le message.

Il raccrocha et fourra le téléphone dans ses vêtements et reprit sa marche le long de la plage en secouant la tête. Jamais de répit avec ces conneries. Tant pis, rien à foutre. Encore un passager. En partance pour où ? Toi-même on t'a vu prendre le dernier vol avec un sandwich et ton petit crève-en-ville. Ou est-ce que c'était encore à venir ? J'avance sans doute un peu trop vite. N'empêche, c'est bizarre comme ça n'aide guère les gens de savoir à l'avance ce qui les attend. Ils ne regardent donc pas leur billet ? Étrange. Ces ombres sont en fait des oiseaux de rivage qui descendent la côte dans ce merdier sans nom. Mais où est-ce qu'ils croient aller, putain ?

Et si je te posais une question un peu spéciale ?

Merde alors, dit le Kid. Ça promet. Il se balade sur la plage à minuit en pleine tempête avec la psyché de sa sœur morte et il veut savoir s'il peut poser une question un peu spéciale. Tu serais pas un sacré bouffon, par hasard ? Allez vas-y. Crache le morceau. Je piaffe d'impatience.

Qu'est-ce que tu sais de moi ?

Ben merde alors. Je pensais pas que ce serait aussi spécial. Qu'est-ce que t'en as à foutre ? Et pourquoi il serait question de toi ?

Rien qu'un élément ou deux ?

Pas de problème. Élément numéro un : il mesure un mètre quatre-vingts. Élément numéro deux : il pèse soixante-neuf kilos.

Tu es sûr de ça ? Avant je pesais bien plus.

Avant tu mangeais bien plus.

Ils continuèrent tant bien que mal. Le vent gagnait en puissance. Le Kid opposait son épaule aux rafales d'écume. Le sable tourbillonnait sur la plage dans le noir.

Je suppose que je n'aurai pas droit à tes numéros de cirque.

Ah non ? Et ça c'est quoi alors ?

Je ne peux pas dire que ce soit follement distrayant. On peut s'arrêter une minute ?

Bien sûr.

Le Kid se retourna face à lui.

Ce que tu veux me faire croire, dit Western, c'est que tu es venu ici pour l'aider d'une façon ou d'une autre.

L'aider de quelle façon ? Elle est morte.

Quand elle était vivante.

Merde. Mais qu'est-ce que j'en sais ? On voit une silhouette en train d'échapper aux radars alors on décroche le téléphone. Comment être sûr que le cri de la mésange noire dans les fougères n'est pas en fait la plainte des damnés ? Le monde est un endroit trompeur. Beaucoup de choses qu'on voit ne sont plus vraiment là. Rien qu'une persistance au fond de l'œil. Si j'ose dire.

Qu'est-ce qu'elle savait ?

Elle savait qu'en fin de compte on ne peut vraiment pas savoir. On ne peut pas saisir le monde. On peut juste dessiner une image. Que ce soit un aurochs sur le mur d'une caverne ou une équation aux dérivées partielles ça revient au même. La vache. C'est qu'il vente, putain. On peut se remettre en route ?

D'accord. Si tu passais un test, quel genre de test ce serait ?

Tu veux dire comme l'inventaire multiphasique de personnalité pour vérifier si on est diiiiingue ? Il agita les nageoires tout en roulant de la tête.

Ce serait ce genre de test ?

Y a pas de test donc y a pas de genre de test non plus.

Est-ce qu'elle portait un nom spécifique ? En tant que projet.

Non. On n'a jamais su où la caser. On cherchait juste à la maintenir en vie. Elle échappait au profilage. Les diodes se mettaient à clignoter Accès Refusé et on avait beau réessayer ça n'allait pas plus loin. Il y a un blanc dans le schéma. Comme une anomalie sur un spectrographe. On pourrait définir un nouveau modèle, mais on ne pourrait rien en faire. Les choses ne tournent pas comme prévu ? Tant pis, c'est comme ça. Les premiers essais ont tendance à échouer blablabla. On fait quelques corrections. On relance le programme. On ajoute au mélange quelques vérités bien senties. La vie c'est la vie. Tu as la moitié de tes gènes en commun avec un melon.

Et toi ?

Et moi quoi ?

Est-ce que tu as la moitié de tes gènes en commun avec un melon ?

Non. Je *suis* un melon, bordel. Est-ce qu'on peut avancer un peu ?

Pourquoi est-ce qu'elle ne correspondait à aucun modèle ?

Parce qu'aucun des modèles ne lui correspondait.

D'accord, mais pourquoi ?

Le Kid s'arrêta de nouveau. Écoute, dit-il. On va pas rentrer dans les détails techniques. Je sais que tu vois ça comme une sorte d'aberration spatiochimicobiologique ou je ne sais quoi mais la plupart de nos gars ne voient pas du tout les choses comme ça. Ils voient ça comme une question de croyance.

De croyance ?

Ouais. Comme on dit un non-croyant. Quelle que soit l'ampleur de tes doutes sur la nature du monde tu ne peux pas imaginer un autre monde sans imaginer un autre toi. Il est même fort possible que chacun démarre comme un prototype mais qu'ensuite la plupart des gens guérissent de leur unicité. Allez, viens. J'ai senti une goutte.

Mais pourquoi ils en guérissent ?

Par le Saint Biclou de Jésus, Bobby Bout-de-chou. J'en sais foutre rien. On ne fabrique pas les gens, on fabrique juste les modèles. C'est un dossier, rien de plus.

Tu es en train de dire que la seule différence entre elle et tous les autres gens c'est que vous n'avez pas de modèle pour elle ?

Non, c'est toi qui dis ça.

Western contempla le noir de la mer. Il avait le goût du sel sur les lèvres.

C'est un genre de modèle électronique.

Non. Hydraulique. Bordel de merde.

Et ça cartographie le territoire mental.

Sans oublier la vésicule biliaire.

La vésicule biliaire ?

C'est une blague. Sainte Vierge, pleurez pour moi.

Pardon.

Ouais, c'est ça.

Tu penses que je suis un crétin.

Tu *es* un crétin. Ce que je pense n'a rien à voir

là-dedans. Tu veux bien qu'on avance un peu ? On va se faire mouiller. Nom de Dieu. C'est normal que les brises nocturnes qui soufflent du détroit hurlent comme ça ?

Ils poursuivirent tant bien que mal, les atours du Kid claquant au vent. On n'a pas toujours ce qu'on veut. Mais bon, on ne veut pas toujours ce qu'on a donc à l'arrivée ça s'équilibre plus ou moins. De toute façon tu ne veux pas vraiment discuter. Tu veux juste que quelqu'un te dise que c'est pas ta faute.

C'est ma faute.

Laisse-moi reformuler ça. Tu veux juste que quelqu'un te dise que c'est pas ta faute.

Peut-être que je ne sais pas ce que tu veux au juste.

Ouais. Bon, ça, c'est ma faute. Mais je t'aurais jamais imaginé si obtus.

Ils parcouraient le sable en trébuchant. Ils semblaient avoir une destination en tête. De nouveau Western s'arrêta puis pressa le pas pour rattraper le Kid.

Est-ce que tu es un émissaire ?

De quoi ?

Je ne sais pas.

Bien sûr que si, tu le sais. Sinon tu ne poserais pas la question. Cela dit, je ne suis peut-être pas le petit bonhomme bien connu et bien-aimé de tous. Héraut de l'espérance et dépositaire suppositoire des songes supposés. Peut-être que je suis son jumeau maléfique. Est-ce que tu as seulement quelqu'un à qui parler d'elle ?

Ma grand-mère. Mon oncle Royal.

Ah ouais ? T'es vraiment bien loti. L'oncle Royal au cabanon des neuneus avec ses couches et son bavoir. Et moi je serais un homme de main ? Qui ne l'est pas ? On n'est pas forcément d'accord avec tout mais quand on reçoit une mission on y va. La vache, ça caille. Sacré front froid pour la saison.

Tu crois qu'il y a un refuge sur le chemin ?

Pas pour toi. Ton problème, de toute façon, c'est que tu n'arrives pas vraiment à croire qu'elle est morte.

Je n'arrive pas à croire qu'elle est morte ?

Non, je ne pense pas.

Tu penses que je crois à un au-delà ?

Qu'est-ce que j'en saurais ?

Les premiers crachats de pluie s'abattirent.

Ça t'embêterait vraiment qu'on reste pas là à flâner ? Comment ça se fait que tu n'aies jamais pris un autre chat ?

Je ne voulais plus risquer encore une perte. Je suis à bout de perte.

Pourquoi la torche du mal est-elle toujours à l'abri du vent ? Enfin, il te reste encore toi-même à perdre.

Je sais.

C'est quoi ton opinion sur la question ? Que le plus tôt sera le mieux ?

Parfois.

Un coup de foudre sec illumina la plage déserte devant eux. La pluie devint déluge.

Qui sait ? dit le Kid. Toi et Sœurette vous aurez peut-être droit à des retrouvailles un de ces jours. Merde. Regarde-moi ce foutoir. Douleur et corruption. Toutes ces fois où elle s'esquivait derrière mon dos. Des fois elle mouchait la chandelle et elle s'endormait direct. Comme ça, en plein milieu d'une phrase. Elle aurait été un sacré numéro quoi qu'il arrive. Jésus Marie Joseph, t'as vu ça ? On pourrait presser le pas ? Tu trouves pas ça délicieux, ce goût d'ozone ? Comme un putain de milk-shake au laiton. T'es pas causant, tu sais ? J'ai entendu dire qu'après ce genre d'orage électrique des bancs entiers de poissons s'échouaient sur la côte pochés juste à point. Tu crois que c'est vrai ?

Western ralentit. Il essuya à pleines paumes son visage éclaboussé. Le Kid s'obscurcissait dans les rafales cinglantes. En trottinant toujours dans son costume clownesque.

Il était trempé. Frigorifié. Il finit par s'arrêter. Qu'est-ce que tu connais au deuil ? cria-t-il. Tu n'y connais rien. Il n'y a pas d'autre perte. Tu comprends ? Le monde n'est que cendres. Cendres. L'idée qu'elle puisse souffrir ? La moindre insulte ? La moindre humiliation ? Tu comprends ? L'idée qu'elle meure toute seule ? Elle ? Il n'y a pas d'autre perte. Tu comprends ? Pas d'autre perte. Aucune.

Il était tombé à genoux dans le sable humide. La pluie salée soufflait de la mer. Il se prit le crâne à deux mains et appela la petite silhouette clopinante qui s'estompait sur la plage parmi les rafales. La foudre flamboya au-dessus des eaux noires et au-dessus de la plage et des chênes et des avoines de mer et du mur de pins obscurci par la pluie. Mais le djinn avait disparu.

Quand il s'éveilla au petit jour la tempête était passée. Il resta allongé longtemps. À regarder la lumière grise envahir la pièce. Il se leva et gagna la fenêtre et regarda au-dehors. Un jour gris. Ses vêtements humides étaient en tas sur le sol et il les ramassa et les mit à sécher sur les chaises de cuisine. Plus tard il descendit à la plage mais la pluie avait tout effacé. Il s'assit sur une souche de bois flotté, le visage dans les mains.

Tu ne sais pas ce que tu demandes.

Ces mots fatidiques.

Elle lui caressa la joue. Pas besoin de savoir.

Tu ne sais pas comment ça se terminera.

Peu m'importe comment ça se terminera. Ce qui m'importe, c'est maintenant.

Le printemps venu des oiseaux commencèrent à

affluer sur la plage après avoir traversé le golfe. Des passereaux exténués. Des viréos. Des tyrans et des grosbecs. Trop épuisés pour bouger. On pouvait les ramasser dans le sable et les tenir dans sa paume tout tremblants. Leur petit cœur battant, leurs yeux papillotant. Toute la nuit il arpentait la plage avec sa lampe torche pour repousser les prédateurs et à l'approche de l'aube il s'endormait dans le sable avec les oiseaux. Afin que nul ne trouble ces passagers.

De retour en ville il appela Kline.
Vous êtes rentré.
Plus ou moins.
Vous voulez qu'on prenne un verre ?
D'accord.
Au Tujague's ?
À quelle heure ?
Six heures.
OK, à tout à l'heure.

Ils s'assirent à l'une des petites tables en bois du bar et commandèrent des gin tonics. Kline embua chacun de ses verres de lunettes en soufflant brièvement dessus et les essuya avec son mouchoir. Il remit les lunettes et regarda Western.

Qu'est-ce que vous voyez ? demanda Western.

Vous saviez qu'il existe un système électronique qui peut scanner votre œil avec la même précision qu'une empreinte digitale sans même qu'on s'en aperçoive ?

Et c'est censé me rassurer ?

Kline regarda la rue. L'identité, c'est tout ce qui compte.

Soit.

On pourrait croire que des numéros et des empreintes digitales vous donnent une identité spécifique. Mais bientôt la seule identité spécifique possible ce sera de n'en avoir aucune. La vérité, c'est que tout le monde est en état d'arrestation. Ou ne tardera pas à l'être. Ils n'ont pas besoin de restreindre votre liberté de mouvement. Il leur suffit de savoir où vous êtes.

Pour moi ça ressemble à de la paranoïa.

C'est de la paranoïa.

Le serveur apporta les cocktails. Kline leva son verre. Santé, dit-il.

Et bonheur. Qu'est-ce que vous avez d'autre comme bonnes nouvelles ?

Ne vous laissez pas abattre. Au bout du compte, l'information et la survie ne feront qu'une. Et plus tôt que vous ne pensez.

Quoi encore ?

Difficile à dire. L'argent électronique. Tôt ou tard, mais sans doute tôt.

OK.

Il n'y aura plus d'argent liquide. Rien que des transactions. Et chaque transaction sera recensée. À jamais.

Vous ne croyez pas que les gens s'y opposeront ?

Ils s'y habitueront. Le gouvernement leur expliquera que ça aide à lutter contre la criminalité. Le trafic de drogues. Ou les arbitrages internationaux à grande échelle qui menacent la stabilité des monnaies. Vous pouvez compléter la liste à votre guise.

Mais tout ce qu'on vend ou qu'on achète sera recensé.

Oui.

Même une tablette de chewing-gum.

Oui. Ce que le gouvernement n'a pas encore compris c'est que ce système entraînera l'apparition de devises parallèles. Et que pour empêcher leur circulation il faudra abroger certains passages de la Constitution.

Soit. Là encore, vous savez sûrement à quoi ressemble cette conversation.

Bien sûr. Revenons à vous.

D'accord.

Vous pensez qu'ils ont saisi les archives de votre père à Princeton ?

Probablement.

Vous n'en êtes plus là.

Je ne sais pas ce qu'ils ont en tête et je ne le saurai jamais. Et à ce stade je m'en fous. Je veux juste qu'ils me laissent tranquille.

Il ne faut pas y compter. Vous ne vous entendiez pas bien. Vous et votre père.

Je n'avais aucun problème avec mon père. Et je n'avais aucun problème avec la bombe. La bombe allait arriver de toute façon. Et maintenant elle est là. Pour le moment elle fait profil bas. Mais ça ne durera pas. Mon père est mort tout seul au Mexique. Il faut que j'apprenne à vivre avec ça. Que j'apprenne à vivre avec un tas de choses. Je suis allé le voir quelques mois avant sa mort. Il n'allait pas bien. Je ne pouvais rien faire pour lui. Mais ça ne justifie pas de n'avoir rien fait.

C'était un bon physicien ?

Il était brillant. Mais brillant ça ne suffit pas. Il faut avoir les couilles d'oser démanteler la structure existante. Il a fait quelques mauvais choix. Beaucoup de ses amis ont eu le prix Nobel mais lui n'avait aucune chance.

Ça compte tant que ça ?

En physique, oui.

Et votre sœur, c'était une bonne mathématicienne ?

On en revient toujours là. Il n'y a pas de réponse à cette question. Les maths, ce n'est pas la physique. Les sciences physiques peuvent être confrontées les unes aux autres. Et à ce qu'on suppose être le monde. Les maths, on ne peut les confronter à rien.

Est-ce qu'elle était brillante ?

Comment savoir ? Elle voyait tout d'un œil différent. Elle pouvait résoudre quelque chose et une fois sur deux être incapable d'expliquer comment elle avait fait. Elle avait du mal à comprendre que les gens puissent ne pas comprendre. C'est vous dire si elle était brillante.

Il regarda Kline. Je crois que jusqu'à l'âge de huit ans, disons, elle était à peu près comme n'importe quel autre gamin précoce. À tout questionner. À toujours lever la main en classe. Et puis quelque chose a changé. D'un coup elle est devenue discrète. Étrangement polie. Comme si elle avait compris qu'elle devait surveiller sa façon de traiter les gens.

Il fixa son verre. Passa le doigt le long de la paroi. On est tous enchaînés à la géométrie des Grecs. Mais pas elle. Elle ne dessinait pas de diagrammes. C'est tout juste si elle faisait des calculs.

Il leva les yeux vers Kline. Je ne peux pas répondre à vos questions. Elle avait bon cœur. Je crois qu'elle s'est aperçue très tôt qu'elle allait devoir être bonne envers les gens.

Pourquoi est-ce qu'elle s'est tuée ?

Western détourna les yeux. À la table voisine une femme l'observait. Légèrement penchée en avant. En ignorant les deux hommes attablés avec elle. Il regarda Kline.

Et après ça vous me laisserez tranquille.

Je crois.

Parce que c'est ce qu'elle voulait. Elle n'aimait pas ce monde. Elle m'a dit plusieurs fois à partir de ses quatorze ans qu'elle allait sans doute se suicider. On a eu de longues discussions à ce sujet. Qui auraient semblé bizarres si on nous avait entendus. Elle finissait toujours par l'emporter. Elle était plus intelligente que moi. Beaucoup plus intelligente.

Je suis désolé, dit Kline.

Western ne répondit pas. La femme continuait à l'observer. Les lampadaires s'allumaient dans la rue.

On était amoureux l'un de l'autre. Au début c'était innocent. Pour moi en tout cas. J'étais fou d'elle. Je l'ai toujours été. Et la réponse à votre question est non.

Ce n'était pas ma question.

Bien sûr que si.

D'un revers de main Kline balaya de la table l'eau qui avait suinté de son verre comme des larmes. Il reposa le verre. Votre père se rendait compte qu'elle était douée ?

Bien sûr.

Kline acquiesça. Il se retourna pour regarder la femme. Les deux hommes avaient cessé de parler. Kline sourit. Voulez-vous vous joindre à nous ? demanda-t-il.

Elle porta la main à sa bouche. Oh, fit-elle. Je suis confuse.

Western regarda Kline. Kline vida son verre. Prêt ? demanda-t-il.

Je crois.

Kline posa un billet de cinq sur la table. Il s'apprête à dire quelque chose, pas vrai ?

Oui.

Excusez-moi, dit l'homme.

Kline sourit et se leva. Western crut que l'homme allait se lever aussi mais il n'en fit rien. Il se contenta comme l'autre homme de les regarder passer d'un air méfiant.

Vous êtes garé où ?

Un peu plus loin. Vous voulez que je vous dépose ?

Non. Ça ira. Qu'est-ce que vous auriez fait si le type s'était levé ?

Il n'allait pas se lever.

Mais s'il l'avait fait ?

C'est une question hypothétique. Ça n'a pas de sens.

Intéressant. Qu'est-ce que ça vous rapporte, tout ça ?

Tout ça quoi ?

De fourrer votre nez dans mes problèmes.

Je devrais vous envoyer une facture.

Sans doute.

Ce n'est peut-être pas vous au juste que je trouve intéressant.

Ah ouais ?

Ou alors je me dis que quand la roue aura tourné vous voudrez peut-être m'engager.

N'espérez pas trop.

Que vous m'engagiez ?

Non. Que la roue tourne.

Ils traversèrent Jackson Square. Les calèches sur la chaussée, les mulets côte à côte. Un jour venteux dans le Vieux Carré. Un gobelet en carton les suivit dans la rue.

Vous ne pensez pas que vous êtes en train de craquer.

Non. Peut-être. Des fois.

Qu'est-ce que vous allez faire ?

Je ne sais pas.

À votre place je n'irais pas traîner au bar.

Ça n'est pas prévu. Ne vous en faites pas.

Ils étaient arrivés à la voiture. Western regarda la perspective de Decatur Street. Je pourrais peut-être vivre une vie de hors-la-loi.

Vous l'avez déjà dit.

Quoi qu'on imagine comme avenir on est toujours à côté de la plaque. Vous ne pensez pas ?

Je ne sais pas. Sans doute.

Ce n'est pas seulement que je ne sais pas quoi faire. Je ne sais même pas quoi ne pas faire.

Vous êtes sûr que vous ne voulez pas que je vous dépose ?

Western le regarda par-dessus le toit de la voiture. Il faut que je fasse quelque chose. Ça, je crois l'avoir pigé.

Kline ne répondit pas.

Je me suis dit plus d'une fois que si elle n'était pas schizophrène alors c'est nous tous qui l'étions. Ou qu'au moins on avait un problème.

Il y a des choses qui s'arrangent. Je doute que ce soit le cas ici.

Je sais.

Les gens veulent être indemnisés pour leurs souffrances. Ça arrive rarement.

Et sur cette note réjouissante.

Sur cette note réjouissante.

Il descendit la rue et franchit la voie ferrée. La rougeur du soir dans le verre des immeubles. Très haut dans le ciel un minuscule et tremblant vol d'oies sauvages. Qui traversaient à gué l'ultime vestige du jour dans l'air raréfié. En suivant le tracé du fleuve en contrebas. Il s'attarda au-dessus de l'enrochement. Pierraille et pavés brisés. La lente spire de l'eau qui passe. Dans la nuit à venir il songea que des hommes s'assembleraient dans les collines. Alimentant leurs maigres feux des actes et des pactes et des poèmes de leurs pères. Autant de documents qu'ils ne sauraient plus lire dans ce froid à en dépouiller les hommes de leur âme.

VIII

La ville était froide et grise. Des meulettes de neige grise le long des trottoirs. La date des inscriptions à l'université arriva et passa. Elle n'était pas sortie depuis des jours. Puis des semaines. Son frère lui envoya un téléviseur qu'elle resta à regarder sans le sortir de son carton. Il trôna toute la journée au milieu de la pièce. Enfin elle se décida à le déballer. Elle enfila son peignoir et ouvrit la porte et prit la télévision dans ses bras et l'emporta dans le couloir et frappa du dos de la main à la porte du fond. Madame Grimley, appela-t-elle. Elle attendit. Enfin la vieille dame entrebâilla la porte et jeta un œil prudent au-dehors.

Laissez-moi entrer. C'est lourd ce truc.

Qu'est-ce que c'est ?

C'est une télé couleur. Laissez-moi entrer.

La vieille dame ouvrit grand la porte. Une télé couleur ? dit-elle.

Oui. Elle força le passage. Vous voulez la mettre où ?

Bonté divine, mon enfant. D'où est-ce que ça sort ?

Je crois que vous l'avez gagnée. Vous voulez que je la mette où ? Ça commence à être lourd.

Dans la chambre. Oh mon Dieu. Une télé couleur ? Reviens par ici. Je n'arrive pas à y croire. Qu'est-ce qu'ils ont fait ? Ils se sont trompés de porte en la livrant ?

Quelque chose dans le genre. Où ça, alors ?

Juste là, ma chérie. Juste là. Elle tapota le haut de la commode et poussa tout ce qui y était posé. Tu es vraiment un ange.

Elle hissa l'engin sur la commode et recula d'un pas. Mme Grimley avait déjà déroulé le cordon de la prise et s'affairait à quatre pattes. Exhibant ses bas retroussés sous l'ourlet de sa robe de chambre, les veines bleues et noueuses à l'arrière de ses genoux. Une télé couleur, s'écria-t-elle. On ne sait jamais ce que chaque jour nous réserve. Elle se dégagea, la respiration sifflante, et tendit la main pour qu'on l'aide à se relever. C'est bon, dit-elle. Allume-moi cet engin. Attends. Laisse-moi faire. Ça s'arrose.

Il faut que je parte.

Ne pars pas tout de suite, ma chérie. On va regarder l'émission de Johnny Carson. J'ai une bouteille de vin.

Il faut vraiment que j'y aille. Profitez-en bien.

La vieille dame la suivit jusqu'à la porte en la retenant par la manche. Ne pars pas, dit-elle. Reste un tout petit peu avec moi.

Debout devant le lavabo de la salle de bains elle s'examina dans le miroir. Hâve et hantée. Ses clavicules perçaient quasiment la peau. Elle avait disposé ses flacons de pilules sur la tablette. Valium. Amitriptyline. Elle dévissa les bouchons et versa tous les comprimés dans un verre à eau vide et balança flacons et bouchons dans la poubelle. Puis elle remplit l'autre verre d'eau et posa les deux verres côte à côte et les contempla. Elle resta ainsi quelque temps. Elle ramassa son peignoir par terre et passa dans la chambre et s'assit au petit bureau et sortit d'une enveloppe blanche une feuille pliée et la déploya et se mit à la lire. Elle replia la feuille et la relégua avec l'enveloppe au bout du bureau et regarda par la petite fenêtre les arbres d'hiver lugubres. Si fragilement ancrés dans la ville. Elle finit par reculer la chaise et se leva et retourna dans la salle de bains et jeta toutes les pilules dans la cuvette des toilettes et tira la chasse et but le verre d'eau et alla se coucher.

Trois jours plus tard le Kid était de retour.

Tu as manqué mon anniversaire, dit-elle.

Ouais. Tant pis. Tu t'es regardée dans la glace récemment ?

Non.

T'as une sale gueule.

Charmant.

Si j'ai bien compris, Bobby-bout-de-chou et toi vous avez rompu la paille.

On n'a rien rompu du tout.

Il se mit à faire les cent pas. C'est bizarre comment marche le monde. On peut avoir à peu près tout sauf ce qu'on veut vraiment.

Ça ne te regarde pas.

Bien sûr on ne peut que hasarder des hypothèses. Dieu sait ce qui a pu se tramer à ce Noël là-bas au royaume du dieu Causal Cloaque, si c'est bien comme ça qu'on appelle ce putain de pays.

Ça ne te regarde pas.

Tu l'as déjà dit.

Et où sont donc nos chères chimères ? Pas encore matérialisées. Si j'ose dire. Est-ce que je dois regarder dans le placard ?

Tu sais combien tu pèses ?

Non. Et toi ?

Ouais. Tu bats des records. Hier t'es passée en dessous de la barre des quarante-cinq kilos.

Il s'immobilisa pour la toiser. Puis se remit à faire les cent pas. Il leva une nageoire. Ne me parle pas. Je ne veux rien entendre.

Je ne comptais pas parler.

Tu viens de le faire. À quand remonte ton dernier repas ?

Je ne sais pas. Je ne l'ai pas noté.

T'as fait quoi alors ? Abandonné tes psys à leur monde de contemplation onaniste ?

Elle se contenta de hausser les épaules.

Ben voyons.

De toute façon tu n'en aimais aucun.

Je ne sais pas. Ils avaient l'air plutôt inoffensifs. Si on oublie les mains baladeuses. Je n'ai jamais bien compris ce que tout le monde était censé en retirer. Ni ce qu'ils voyaient devant eux. Une jeune fille sur le fil. Morsures nocturnes, toux nerveuse. Mignonne, cela dit. Peut-être même baisable. Le dernier avait une dentition terrifiante, disais-tu. Je me trompe ?

Non. Donc oui.

Ouais, bref. On s'inquiète pour à peu près tout ce que tu entreprends de ton propre petit chef. C'est notre boulot. On en revient toujours à la même question. Qui tu décides d'écouter. Nous on ne passe pas notre temps à te dire que eux n'existent pas. Oh ce sont de bonnes âmes, l'avis est unanime. Mais je ne trouve pas tout ça très structuré. Ils n'ont pas l'air de comprendre qu'à l'origine de bien des malheurs il y a simplement des gens qui refusent de manger leur soupe. À ce propos, c'est quoi cette campagnarde qui ne veut plus manger de gruau ? C'est depuis quand ?

Je n'ai jamais aimé le gruau.

Tu as brisé le cœur de ta grand-mère.

J'ai brisé le cœur de ma grand-mère en refusant de manger du gruau.

Oui.

C'est ridicule.

Ça et le fait de dire le goûter au lieu de la collation et le dîner au lieu du souper. Toi et ton frère. Qu'est-ce qui te fait sourire ?

Rien. C'est juste que je me dis parfois que j'aurais trouvé ma vie plutôt marrante si je n'avais pas eu à la vivre.

Marrante.

Ouais.

Le Kid s'immobilisa, le menton appuyé sur une nageoire. Elle s'agenouilla en chemise aux pieds du Logos même, dit-il. Et mendia lumière ou ténèbres plutôt que ce néant sans fin.

Je m'en fiche que tu lises mon journal tu sais. Mes lettres. Et quand j'écris je ne parle jamais de moi à la troisième personne.

Ouais, bon. On est amis. On peut bien s'entrecorriger la grammaire.

Je vais me coucher.

Tu vas te brosser les dents et dire tes prières ?

Pas ce soir.

Je suis en train de mettre sur pied de nouveaux numéros. Je ferais bien passer les auditions ici mais je sais à quel point tu aimes les surprises. On devrait avoir du neuf sur les planches d'ici deux ou trois semaines.

J'en trépigne d'avance.

Il se remit à faire les cent pas. L'émaciation, c'est pas ce qui te va le mieux, tu sais. Outre que nous sommes confrontés à un degré de déguenillance qui nous semble sans précédent.

Je me couche.

Tu l'as déjà dit. Je crains que tu n'aies en tête de mettre les voiles.

Pour où ?

J'sais pas. Qu'est-ce qu'on peut faire pour toi ? Tu ne demandes jamais rien.

Tu n'écoutes jamais.

Tu n'as pas idée de ce qu'il y a à gagner. Des cadeaux précieux. Les plumes dorées d'un oiseau millénaire. Un calcul extrait des entrailles d'une bête depuis longtemps éteinte, une figure façonnée d'un métal inconnu.

Ça me fait une belle jambe.

Mouais.

Des artefacts irréels pour attester un monde irréel.

Bon, bon. Ça fait quand même rêver. Tu ne trouves pas ?

Non, je ne trouve pas. Bonne nuit.

Elle se rendit en train à l'aéroport de Chicago et prit le vol de vingt heures vingt pour Dallas et une fois arrivée passa la nuit dans un hôtel de l'aéroport. Au matin elle embarqua pour Tucson où deux heures plus tard elle était embauchée dans un bar appelé Autre Part. Elle loua une chambre à l'arrière d'une maison de Mabel Street puis sortit de la ville par le nord dans une voiture de location et partit randonner dans les montagnes. La journée était fraîche et ensoleillée. Allongée sur le schiste elle observa deux corbeaux dans un ciel de porcelaine. Qui s'effleuraient doucement en plein vol à trois cents mètres au-dessus du flanc de la montagne. Virant et tournoyant sur le courant ascendant. Les lentes ombres des nuages traversaient le sol du désert en contrebas. Elle planta les talons de ses bottes dans l'éboulis friable et s'abandonna au soleil de l'hiver. Lorsqu'elle regarda le ciel les corbeaux avaient disparu. Elle écarta les bras. Le vent dans l'herbe rare parmi les rochers. Le silence.

Le Kid arriva au bout d'une petite semaine. Il l'attendait quand elle rentra du bar à deux heures du matin. Il ne leva même pas les yeux. Assis dans le fauteuil de cuir usé du coin de la chambre il lisait son journal intime. Je suppose, dit-il, que l'idée de départ était de venir ici le plus tôt possible pour pouvoir discuter topologie avec Jimmy Anderson.

D'où tu connais son nom ?

C'est marqué sur le chèque. Pas fameuse, l'échelle des salaires.

On a des pourboires. C'est un bar.

Autre Part.

Oui.

Tellement approprié. J'ose espérer que ce n'est pas dans l'Ailleurs Absolu.

Nan. Enfin. Plus ou moins.

C'est là que traînent les mathématiciens ?

Oui. Church vient la semaine prochaine.

Et la fac, alors ?

J'ai décidé de ne pas y aller.

Tu prends un congé sabbatique.

Si tu veux.

Le Kid feuilletait le grand cahier à spirale. Y a pas grand-chose là-dedans en termes de calculs. Et c'est quoi ces poèmes ?

J'ai toujours écrit des poèmes.

Mouais. Je ne crois pas que tu sois là pour la poésie, Duchesse.

C'est bien la première fois que tu prends position sur

mes choix de carrière. Est-ce qu'on est à un tournant, comme dans une partie de morpion ?

Peut-être. Moi ce qui m'irrite comme un morpion, c'est l'idée que t'aies pu te barrer comme ça. Tu ne devrais pas laisser tes amis se débattre en pleine tempête.

Tu n'es pas mon ami.

J'adore quand t'essaies de me blesser. Je croyais qu'on avait fait du chemin.

Quel chemin ? Et pourquoi est-ce que toi tu ne me laisses jamais lire ton carnet ?

Bien sûr, c'est en partie imputable au sevrage des médocs. Au fait qu'elle ait répudié ses médecins. Ce sentiment de perte et de désespoir si typique des patients fraîchement rétrépsys. Depuis quand t'as pas mangé ?

J'ai mangé.

Ah ouais ? Et dormi ?

Je ne sais pas. Mercredi sans doute.

Ça fait combien de temps, ça ?

On est vendredi.

Ah ouais ? Donc combien de jours ?

Elle traversa la pièce et s'assit sur le lit et commença à ôter ses chaussures. Tu ne sais pas combien il y a de jours entre mercredi et vendredi, c'est ça ?

Pas besoin de tout savoir.

Qu'est-ce qu'il y a d'autre que tu ne sais pas ?

Qu'est-ce qu'il y a d'autre que tu ne sais pas, la singea le Kid. Sa voix était troublante de ressemblance. Je suppose que tu crois avoir découvert quelque chose. Mais peut-être bien que je te mène en bateau. Peut-être aussi que quand on n'a pas l'occasion de démarrer dans la vie en comptant sur ses doigts on part avec un handicap. Ça t'a jamais effleurée ?

Non. C'est vrai. Pardon.

Laisse tomber. Faut qu'on avance. Qu'on fasse le point sur certains des trucs que tu nous as fournis. J'ai apporté quelques notes.

Des trucs que je vous ai fournis.

Ouais.

Il extirpait des papiers de ses vêtements. Il mouilla sa nageoire du bout de la langue et se mit à les passer en revue. On commence à constater des décalages. On a tout vérifié et ça n'est pas l'aiguille donc ça doit être le graphique. Ah ouais ? Et comment ça marche ? Bon. C'est peut-être une affaire de transmission. On concocte une rectification. Nib. Inversion des polarités. L'odeur est familière mais selon nous le problème n'est pas là. Et ce qu'on prenait pour un simple graphique renferme peut-être une dimension telle qu'une étude attentive révèle un réseau qui même retourné dans tous les sens reste toujours à l'endroit ce qui soulève certains problèmes de conditions aux limites et on a la sale impression que tout le système est peut-être faussé ou bien qu'il dérive et alors à partir de quel point définir des écarts moyens dont pour l'heure nous préférons taire la nature. On a une belle grille d'abscisses et d'ordonnées et en un mot comme en mille on saura le reconnaître quand le jour sera venu mais est-ce que c'est suffisant ?

Le jour de quoi ?

Le Jugemaths dernier.

Le Jugemaths dernier.

Ouais.

Et c'est pour ça que tu es venu jusqu'ici ?

Ça pose un problème ?

S'ils te mettaient la main dessus ils t'enverraient à l'asile. Tu t'en rends compte au moins ?

Ah ouais ? Eh bien qui se ressemble s'assemble.

Et tes petits copains alors, ils sont venus avec toi ?

Ne t'inquiète pas pour eux. J'en étais où ?
Même si je le savais je ne te le dirais pas.
Peu importe. C'est une année nouvelle. Au boulot, tout le monde. Tu as pris de bonnes résolutions ?
Non.
Qu'est-ce que t'as fait pour le réveillon ?
On est allés dîner.
On ?
Mon frère et moi.
Et danser ?
Non, pas danser.
Il a peut-être appris à s'en passer. Les cheveux parfumés, le souffle à son oreille. Pas très agréable, la trique du tricard. Si j'ose dire.
Tu es répugnant.
De toute façon, j'imagine que c'était avant que tu plonges sous la barre des cinquante en termes pondéraux. Là tu n'as plus que la peau sur les os. Pas franchement le summum de l'érotisme. Même si la faim est censée affûter les sens. Tu devrais peut-être te remettre à tes calculs.
Je travaille tout le temps. C'est juste que je ne mets pas grand-chose par écrit.
Alors tu fais quoi ? Tu bulles et tu rumines les problèmes ?
Oui. Buller et ruminer. C'est tout moi.
En rêvant d'équations à venir. Alors pourquoi tu ne mets pas ça par écrit ?
Tu veux vraiment qu'on en parle ?
Ben ouais.
Très bien. Ce n'est pas seulement que je n'ai pas besoin de mettre ça par écrit. Il y a autre chose. Tout ce que tu écris devient figé. Soumis aux mêmes restrictions que n'importe quelle entité tangible. Ça bascule

dans une réalité coupée du domaine de sa création. Ça n'est qu'une borne. Un panneau routier. Tu t'arrêtes pour prendre tes repères, mais ça se paie. Tu ne sauras jamais jusqu'où l'idée aurait pu aller si tu l'avais laissée y aller. Dans toute hypothèse on cherche les faiblesses. Mais parfois on a le sentiment qu'il faut attendre. Avec patience. Avec confiance. On a vraiment envie de voir ce que l'hypothèse elle-même va extraire du bourbier. Je ne sais pas comment on fait des maths. Je ne suis pas sûre qu'il y ait une méthode. L'idée lutte toujours contre sa concrétisation. Les idées ne vont pas de l'avant à toute blinde, elles émergent avec un scepticisme inné. Et ces doutes ont leur origine dans le même monde que l'idée elle-même. Et ce n'est pas un monde auquel on ait vraiment accès. Donc les objections que tu apportes, depuis le monde où tu te débats, peuvent être complètement étrangères au parcours de ces structures émergentes. Leurs doutes intrinsèques sont des instruments directionnels, alors que les tiens sont plutôt des freins. Bien sûr, l'idée finira par trouver sa conclusion. Une fois qu'une hypothèse mathématique est formalisée en une théorie elle a peut-être un certain panache mais à de rares exceptions près on ne peut plus nourrir l'illusion qu'elle offre un réel aperçu du cœur de la réalité. À vrai dire, elle n'apparaît plus que comme un outil.

La vache.

Ouais.

Tu parles de tes exercices arithmétiques comme s'ils avaient une volonté propre.

Je sais.

Tu y crois vraiment ?

Non. Mais c'est dur de résister.

Pourquoi tu ne retournes pas à la fac ?

Je t'ai déjà expliqué. Je n'ai pas le temps. J'ai trop

à faire. J'ai postulé pour une bourse de recherche en France. J'attends des nouvelles.

Bigre. C'est sérieux ?

Je ne sais pas ce qui va se passer. Je ne suis pas sûre d'en avoir envie. Envie de le savoir. Si je pouvais planifier ma vie je n'aurais plus envie de la vivre. Je n'ai sans doute pas envie de la vivre tout court. Je sais que les personnages de l'histoire peuvent être réels ou imaginaires et qu'une fois qu'ils seront tous morts il n'y aura plus de différence. Si des êtres imaginaires meurent d'une mort imaginaire ils n'en sont pas moins morts. On croit pouvoir créer une histoire de ce qui a été. Présenter des vestiges concrets. Une liasse de lettres. Un sachet parfumé dans le tiroir d'une coiffeuse. Mais ce n'est pas ça qui est au cœur du récit. Et le problème, c'est que le moteur du récit ne survit pas au récit. Quand la pièce s'obscurcit et que le bruit des voix s'estompe on comprend que le monde et tous ceux qu'il contient vont bientôt cesser d'exister. On veut croire que ça recommencera. On désigne d'autres vies. Mais leur monde n'a jamais été le nôtre.

Quand il passa devant le Napoleon Long John et le Mioche étaient attablés en terrasse et buvaient des dry martinis dans de grands verres à pied. Palsambleu, dit l'efflanqué. Un revenant.

Juan Largo. Como estás ?

Mejor que nunca. Assieds-toi. Qu'est-ce que tu veux boire ? Je te paye un coup. Comme dit l'homme qui amène son fils au bordel.

Western tira l'une des petites chaises en bois courbé. Salut, le Mioche. Comment ça va ?

Ça peut aller.

Alors, tu fais du droit ?

J'ai été admis.

Où ça ?

Emory.

Bonne fac.

Il semblerait, oui.

Mais chère.

Oui.

T'as touché un pactole.

En effet. On te croyait perdu corps et biens.

Pas encore.

Il commanda une bière et posa ses pieds croisés sur la quatrième chaise. Tu as bonne mine, John. Le teint. Le poids. Tu es allé prendre les eaux quelque part ?

Pas exactement. À vrai dire il m'est arrivé une petite mésaventure. Tu me vois là dans les affres de la convalescence.

Qu'est-ce qui t'est arrivé ?

Un séjour à Eastern State.

L'asile des fous dangereux ?

L'enfant de Mossy Creek sourit. Il déballait un Churchill et se concentrait sur les préparatifs nécessaires pour le fumer. Il s'était trouvé dans une fête à Knoxville et selon sa coutume se servait du téléphone personnel de son hôte pour passer quelques appels longue distance hors de prix. Il était en ligne avec une petite amie à San Francisco lorsque la conversation dégénéra en une acrimonie telle qu'il finit par lui raccrocher au nez et sortir en trombe de la chambre. Sur la table basse du salon un saladier en verre était rempli de barbituriques. Une pharmacopée multicolore de pilules de toutes provenances et pour tous usages, un arc-en-ciel des dernières avancées en matière de reconfiguration chimique de l'âme humaine. Il y plongea la main pour en saisir une grosse poignée qu'il fourra dans sa bouche avant de la faire passer avec le gin tonic d'un invité et de sortir dignement.

Le serveur apporta sa bière à Western. Bobby l'inclina en direction de ses amis.

Je me suis réveillé sur la pelouse d'un dentiste, dit John. Dans Forest Avenue. Un genre de vigile me secouait le pied. Je lui ai demandé ce qu'il voulait et il m'a dit que je ne pouvais pas rester couché là. Et pourquoi donc ? me suis-je étonné à voix haute.

C'est un cabinet de dentiste. Dans deux heures les gens vont commencer à arriver pour se faire soigner les dents. Pas question qu'ils vous trouvent couché là. Je lui ai demandé s'il ne serait pas possible que je me déplace juste assez pour ne pas bloquer l'allée mais il a dit non. Il a dit que ça ne ferait pas très professionnel. Ce qui était vrai, je le conçois.

Il coupa l'extrémité du cigare. En expliquant comment il avait escaladé la colline à quatre pattes jusqu'à l'hôpital de Fort Sanders et rampé dans le hall pour s'allonger sur le carrelage frais.

À l'aide, cria-t-il.

Margaret, t'as pas entendu une voix ?

Une voix ?

À l'aide.

Tiens, ça recommence.

Elles regardèrent par-dessus le comptoir.

Qu'est-ce qui ne va pas ?

À l'aide.

Deux hommes noirs arrivèrent avec un brancard et le transportèrent aux urgences. L'interne de garde apparut et le regarda. Qu'est-ce qui ne va pas ? demanda-t-il.

À l'aide.

Qu'est-ce qu'on peut faire pour vous ?

Sheddan réfléchit à la question. Euh. Vous pourriez peut-être me filer trente milligrammes de morphine. Vous savez, les comprimés bleus ?

L'interne le dévisagea. Il finit par sortir un peu de monnaie de sa poche et la tendit à l'un des garçons de salle. Ces messieurs vont vous transporter dans ce couloir jusqu'à la cabine téléphonique. Vous allez appeler quelqu'un pour qu'on vienne vous chercher. Si vous n'avez personne pour venir vous chercher alors j'appellerai moi-même quelqu'un. Pour venir vous chercher.

Bien, chef.

Les garçons de salle le transportèrent dans le couloir

et composèrent le numéro de Richard Hardin et lui passèrent le combiné. Le téléphone sonna longtemps. Pat finit par répondre. Tu es où ? demanda-t-elle.

Aux urgences de Fort Sanders. Ils veulent me mettre en prison.

C'est bon. Je serai là dans vingt minutes.

Il tendit le combiné. Elle sera là dans vingt minutes.

Elle franchit les portes battantes d'un pas décidé, en trench de soie noire et lunettes noires, un grand sac de cuir noir en bandoulière.

Qu'est-ce qui ne va pas ? Tu peux marcher ?

Je ne sais pas. Sors-moi de là. Ce n'est pas un environnement favorable.

Ils l'accompagnèrent jusqu'au parking et les garçons de salle l'aidèrent à monter dans la voiture et refermèrent la portière. Elle le regarda. Tu veux venir à la maison ?

Je veux aller à Eastern State.

Non, John, tu ne veux pas aller à Eastern State. À quelle heure se lève ta mère ?

Je veux aller à Eastern State.

Pourquoi est-ce que tu veux aller à Eastern State ?

Il lui expliqua pourquoi il voulait aller à Eastern State. Elle l'écouta en silence. Quand il eut fini elle se détourna et mit le contact.

On va où ? demanda-t-il.

À Eastern State.

Quand ils se garèrent devant le poste du gardien le ciel virait au gris. L'homme salua de la tête et porta la main à sa visière. B'jour, m'dame. Je peux vous aider ?

Il veut se faire interner.

Le gardien se pencha pour regarder John qui fixait le vide au-delà du capot. Il l'observa une minute, puis hocha la tête. C'est bon, m'dame, allez-y.

Elle le fit admettre et remplit les formulaires et l'embrassa sur la joue et on le conduisit au bout du couloir. On l'habilla du pyjama réglementaire et on le coucha sur un lit en fer dans l'un des boxes. Quand il se réveilla l'un des garçons de salle lui secouait l'épaule.

Qu'est-ce que c'est ?

John, il y a votre père au téléphone.

À ce stade l'efflanqué avait allumé son cigare et l'examinait en le tenant entre pouce et index. Il regarda Western. Comme tu sais, mon père est mort quand j'étais au lycée. Mais je me suis dit : Après tout, il pourrait bien être au téléphone. Ils m'ont accompagné au bout du couloir et m'ont tendu le combiné. Que j'ai pris non sans circonspection – comme tu peux l'imaginer – et puis j'ai dit : Allô ? Et c'était ce connard de Bill Seals qui m'appelait de Californie. Salut, qu'il dit. Comment tu vas ?

Salut ? Comment je vais ? J'ai resserré ma prise sur le combiné et j'ai dit : Écoute-moi, espèce de gros salopard dégénéré. Qu'est-ce qui te prend de m'appeler ici ? C'est quoi ton problème, putain ? Et le garçon de salle m'arrache le combiné en disant : Allons, c'est pas des façons de parler à son père. Non mais je te demande un peu, Messire. Si j'épousais une héritière et que j'emménageais sur la Côte d'Azur ce salaud ne donnerait plus signe de vie. Mais il suffit qu'on me colle au cabanon pour qu'il m'appelle avant que l'encre ait eu le temps de sécher sur le formulaire d'admission.

Tu y es resté combien de temps ?

Six semaines. Le programme de désintox standard. Le dimanche les visiteurs arrivaient et je les attendais dans le parc pendant qu'ils remontaient l'allée avec leurs paniers de pique-nique. Je caracolais à travers la pelouse et je me précipitais contre les barreaux de la grille en hululant et en bavant comme un gibbon enragé. En tendant une patte griffue et distordue. Oh mon Dieu comme ils s'enfuyaient en hurlant. Une femme s'est précipitée dans la rue et a failli se faire renverser par un bus. C'était fort amusant. Mais ç'a été aussi une révélation. Les familles des pensionnaires. Tu n'imagines pas ce qui peut rôder dans l'arrière-pays, Messire. Des familles entières de consanguins venus voir le plus beau spécimen de leur lignée. Une espèce de microcéphale tout à fait insolite. Un nain à tête conique. Une créature sortie d'une photo de Lewis Hine. Je ne dis pas qu'il faudrait forcément les gazer mais on ne pourrait pas envisager la castration ?

Je suis censé répondre.

Laisse tomber. Bon Dieu. Moi-même, je serais sûrement traîné devant le conseil des blouses blanches.

Western but une gorgée de bière. John, dit-il. Tu es un prodige ambulant.

Oui, bref. Ce qui m'étonne, c'est ce besoin apparent de lancer des rumeurs malveillantes sur quelqu'un dont le passé réel est déjà si épouvantable.

Quoi d'autre ?

À vrai dire, j'ai effectivement deux autres nouvelles à t'annoncer. Une bonne et une mauvaise, forcément.

C'est quoi la bonne ?

Tulsa est revenue.

OK. Et la mauvaise ?

La mauvaise, c'est que c'est ça la bonne nouvelle. Je ne sais pas trop quoi faire d'elle. Je me demande si je ne suis pas réglé sur un nouveau vecteur dans ma vie, Messire. À un tournant du chemin. Je flaire une bonne fortune à l'horizon. Avec un peu de chance je me verrais très bien lové dans une modeste gentilhommière. Un veston d'intérieur en velours pour les soirées d'hiver, deux dogues anglais devant la cheminée. Une belle bibliothèque, naturellement. Un cellier bien garni. Peut-être même une Minerve noire en émail d'époque au-dessus de la porte cochère. Et je ne l'imagine pas dans un tel endroit. Elle est chouette et sexy mais franchement elle demande beaucoup d'entretien et je t'avoue que je suis las, Messire, et peu susceptible d'être moins las à mesure qu'on avancera clopin-clopant. Je ne sais vraiment pas. J'expliquais au Mioche que je voulais être correct avec elle et il a failli s'étouffer de rire. Mais je suis sérieux.

Elle est où ?

Elle dort encore.

Elle connaît tes sentiments ? Ou ton manque desdits sentiments ?

Je ne sais pas. Elle n'est pas dépourvue de finesse. Comment savoir ? On marche toujours sur un fil. Bien sûr chaque fois qu'une femme réapparaît après une longue absence on peut au moins être sûr que les choses n'ont pas bien tourné pour elle. Et elle fait profil bas. Quelque temps. Je me creuse le cervelas, comme on dit à Mossy Creek. Je ne veux pas devenir un misogyne. Je te vois sourire. Qu'est-ce qu'il y a ?

Rien. Continue.

Mais les femmes, c'est pas de tout repos. J'aurais dû copier une page de ton livre. Mourir d'amour en pleine jeunesse et en finir avec tout ça.

Je ne suis pas mort.

Ne pinaillons pas. C'est une drôle de fille. Elle se plaît ici parce qu'il y a de bons restaurants. Mais aussi quelques bonnes boutiques de déguisements.

De déguisements.

Oui. Elle rapporte des déguisements et on doit les mettre. Dernièrement on se déguisait en lapins. Le plus étrange c'est qu'elle se prenait vraiment au jeu. On forniquait dans nos costumes de lapin et elle se mettait à clapir et à taper du pied.

John, enfin.

Je sais. Qu'est-ce qu'un homme ne ferait pas par amour. N'empêche, tout ou presque est bienvenu. Il faut des plombes pour la faire jouir. J'ai l'impression d'essayer de ranimer un noyé. J'ai beau te taquiner, il y a des moments où je perçois avec une froide lucidité la sagesse de la voie que tu as choisie. Toi qui flottes à la lisière des ténèbres intactiles. Ce qui est tout à fait hors de ma portée. Supplicié sur la roue de la ferveur. En flairant timidement l'air frais des terres du soir. Fini les questions. Qui suis-je que suis-je où suis-je. Dans quel métal est frappée la lune. Quel est le pluriel de migou. Où trouver de bonnes grillades. Je cherche les défauts de ta posture. Outre ceux inhérents à la non-participation. Comme dit Jimmy Anderson, le pire n'est pas de perdre, c'est de ne pas jouer. Je dois reconnaître que la plupart des horreurs sont au moins instructives, mais avec les femmes on n'apprend rien. Pourquoi en est-il ainsi ? Je sais que je ne suis pas seul dans mon cas. Le but de la douleur n'est-il pas de nous instruire ? Aux chiottes tout ça. Je suis en panique, c'est tout. Au bout du compte on peut échapper à tout sauf à soi-même. Nous sommes deux créatures bien différentes, Messire. Je l'ai déjà dit tant et plus. Mais ce que nous avons en commun – outre l'intelligence et un mépris discret mais généralisé pour le monde et tous ceux qui le peuplent – c'est un égotisme léger et désinvolte. Si je te disais que je m'inquiète pour ton âme tu rigolerais à en tomber de ta chaise. Mais le salut, comme maint trophée, n'est peut-être qu'une affaire d'audace. Toi tu renoncerais à tes rêves pour échapper à tes cauchemars, pas moi. Je trouve que ce n'est pas une bonne affaire.

Western sirotait sa bière.

Notre ami est bien silencieux. Et toi, le Mioche, quelle est ton opinion ?

Le Mioche secoua la tête. Aucune. Je préfère savourer vos échanges. Je t'en prie, continue.

Sheddan tira sur son cigare et examina la cendre gris pâle et parfaite. Je retire ce que je viens de dire si tu veux.

Western sourit. Non, non. C'est de bonne guerre.

Donc tu corrobores.

Non. Bien sûr que non.

C'est donc non. Mais en envisageant ta situation j'en arrive toujours à de nouvelles énigmes.

Par exemple ?

Je ne sais pas. Par exemple pourquoi est-ce que ton meilleur ami est moralement un crétin. Exemple pris au hasard.

Peut-être qu'il n'est pas mon meilleur ami.

Ah non ? Qu'est-ce que tu me dis là, Messire ? Tu me surprends.

Je me déleste, John. J'ai l'intention de voyager léger.

Voyager où ?

Je ne sais pas.

Tu me fais peur. Tu vas quitter le pays ?

Probablement.

Abandonner les grands fonds ?

Peut-être.

Tu es pour le moins circonspect. Et comment envisages-tu le financement ? Si je puis me permettre la question.

J'y travaille.

Je ne peux que supposer que de nouveaux démons viennent de surgir de ton karma troublé.

Western sourit. Il vida son reste de bière.

Otra cerveza, Messire.

Non merci, John. Il faut que j'y aille.

On va dîner au Arnaud's. Tu devrais te joindre à nous.

Une autre fois.

À dire vrai, tu m'as l'air un peu soucieux.

Je vais bien.

Tu sais que tu pourrais peut-être envisager toi aussi un petit séjour au club des fêlés. En ce qui me concerne j'ai trouvé ça salutaire. De faire un break. Par ailleurs il semble bien qu'en cas d'internement volontaire – par opposition à forcé – on jouisse de certains privilèges. Comme de pouvoir ressortir quand on veut.

Je garderai ça en tête.

Ça a élargi mes horizons, Messire. Pas de doute là-dessus. Ce que j'ai découvert de plus étonnant, c'est que les déséquilibrés jouissent d'une certaine marge de liberté individuelle qui va en s'amenuisant dans le monde du tout-venant.

Western se leva. Merci, John. J'y consacrerai ma plus profonde attention. Le Mioche, ça m'a fait plaisir de te voir.

Pareillement, Bobby.

Sheddan le regarda disparaître dans Bourbon Street. Il tira sur son cigare. Qu'est-ce que t'en dis, le Mioche ? Tu crois qu'il m'a pris au sérieux ?

Non. Et toi ?

Je ne sais pas. Mais il aurait dû.

Il travailla à Tucson dans un magasin de plongée géré par un ami de Jimmy Anderson où on le payait au noir. Il vivait dans une chambre meublée et cuisinait sur un réchaud et quand il partit il avait un pick-up d'occasion et quelques milliers de dollars en poche. À La Nouvelle-Orléans il alla trouver Kline.

Et si je disparaissais tout simplement ?

Je croyais qu'on en avait déjà discuté.

Quelle serait la probabilité qu'ils me retrouvent ?

Kline tapota la gomme de son crayon contre ses dents. Il regarda Western. Ça dépendrait de quel ils on parle. On ne sait toujours pas de quoi il s'agit. Votre voiture est toujours dans son box ?

Non. Quand est venue l'heure de payer le loyer ils l'ont embarquée.

Si vous aviez un vrai magot planqué quelque part vous pourriez disparaître dans la nature. Ce n'est pas le cas.

Même avec une nouvelle identité je suppose qu'on ne peut pas utiliser de carte de crédit. Ni de compte en banque.

Ça peut se faire.

Vous m'avez dit un jour que c'était presque impossible de simuler sa mort.

C'est mon expérience. Mais bien sûr on entend uniquement parler de ceux qui ont échoué. Et en général c'est parce qu'ils tentent d'escroquer les assurances donc il y a un sacré pactole en jeu.

Si j'allais à Mexico est-ce que je pourrais quitter le pays en avion ?

Vous avez toujours votre passeport ?

Oui.

Il est valide ?

Oui. Sauf auprès du Département d'État.

Je crois que vous n'auriez pas de problème. Mais je préfère vous prévenir. Être fauché et sans amis dans un pays étranger, ce n'est pas une partie de plaisir. Et ce passeport finira bien par expirer.

C'est vrai.

En tout cas, si vous croyez que c'est juste une affaire de fraude fiscale, je serais tenté de vous dire que s'ils voulaient juste de l'argent ils enverraient sûrement une paire de gars vous prendre par les pieds et vous secouer pour voir ce qui tombe de vos poches. Il est cinq heures.

Je sais. Je ne vais pas vous déranger plus longtemps.

Allons donc prendre un verre.

D'accord.

Ils s'installèrent au comptoir du Tujague's. Western fit lentement pivoter son verre sur le bois patiné. Kline l'observait.

Vous continuez à tourner autour du pot, Western. Ce n'est sans doute pas une bonne idée.

Je sais. Je me disais juste que je ne sais même pas ce qu'est un pays.

La question n'est pas simple.

Ça me semble avant tout être une idée.

Kline se contenta de hausser les épaules.

Il faudrait vraiment devenir quelqu'un d'autre, non ?

Si.

Il suffit de se décider.

Mais c'est pas si facile.

Non.

Il y a des gens qui se cramponnent éternellement à leur épave.

Je pourrais vous étonner.

Peut-être. Mais je crois que la capacité à évaluer le danger quand on y est confronté est essentiellement génétique. Si on l'a c'est qu'elle mûrit depuis longtemps et si on ne l'a pas il y a peu de chances qu'elle vous vienne du jour au lendemain. C'est assez fréquent chez les sportifs. Et les psychopathes. Y a un tas de criminels en fuite qui se font arrêter à l'enterrement de leur mère. Leur point commun, c'est qu'ils aiment leur maman. Et le point commun des autres, c'est qu'ils veulent pas aller en taule.

Vous ne pensez pas que je ferais un bon fugitif.

Non. Mais comme vous dites, vous pourriez m'étonner.

Western sourit. Il leva son verre. Salud.

Salud.

Vous ne m'avez pas découragé.

Compris. J'ai vu des gens se retrouver acculés par l'adversité et en ressortir transformés.

Les uns meilleurs, les autres pires, j'imagine.

Peut-être simplement plus sages.

De quoi d'autre vous aimeriez parler ?

Kline sourit. Il agita les glaçons dans son verre. Vous vous voyez comme un personnage tragique.

Pas du tout. Loin de là. Un personnage tragique, c'est une personne de poids.

Ce que vous n'êtes pas.

Un poids tout court, peut-être. Je sais que ça peut

paraître idiot. Mais la vérité, c'est que je n'ai jamais su être là pour les gens qui m'ont demandé de l'aide. Ou qui ont recherché mon amitié.

Y compris votre ami ? Celui qui est mort au Venezuela ?

Vous dites ça uniquement pour savoir à quel point je suis barré. Mais la vérité, c'est que selon toute vraisemblance Oiler serait encore en vie s'il ne m'avait jamais rencontré.

Vous savez à quoi ça ressemble, ce genre de propos.

Oui, je sais à quoi ça ressemble. Vous disiez que je devrais avancer dans ma vie. Eh bien, je n'avance en rien.

Je vous crois. Hélas.

Et puis merde. Ne faites pas attention à ce que je dis. C'est juste que je broie du noir. Mes amis me manquent. Et elle avait raison bien sûr. Les gens sont capables des choses les plus étranges pour éviter la souffrance qui les attend. Le monde est peuplé de gens qui auraient dû être plus disposés à pleurer.

Je ne suis pas sûr de bien vous suivre.

Ce n'est pas grave.

Non, non. Continuez.

Western vida son verre et le posa sur le comptoir et leva deux doigts à l'intention du barman et se tourna vers Kline. Disons ça autrement. La seule chose qu'on m'ait demandée dans ma vie, c'était de veiller sur elle. Et je l'ai laissée mourir. Souhaitez-vous ajouter quelque chose à votre déposition, monsieur Western ? Non, Votre Honneur. J'aurais dû me tuer il y a des années.

Pourquoi vous ne l'avez pas fait ?

Parce que je suis lâche. Parce que je n'ai pas d'honneur.

Kline regarda la rue. La lumière dure et froide de la ville en hiver.

Il y a autre chose qui vous a glissé entre les doigts ?

On n'en saura jamais rien, pas vrai ?

Qu'est-ce que vous comptez faire ?

Je crois que je vais partir dans l'Idaho.

L'Idaho.

Je crois.

Pour quelle raison ?

Je ne sais pas. Ça a l'air d'une destination populaire chez les gens en cavale.

Ça en ferait peut-être plutôt un endroit à éviter.

Je vous tiendrai au courant.

La première nuit il la passa dans un motel aux abords de Midland, au Texas. En quittant l'autoroute quelque temps après minuit. L'air frais qui entrait par les fenêtres du pick-up charriant l'odeur de pétrole brut venue des puits. Les lumières d'une raffinerie lointaine incandescentes au-dessus du désert, pareilles à la mâture d'un navire. Il resta longtemps allongé dans le lit miteux à écouter pétarader les camions qui passaient les vitesses en s'engageant sur l'autoroute à la sortie de l'aire de repos deux kilomètres en contrebas. Il n'arrivait pas à dormir et au bout d'un moment il se leva et enfila son tee-shirt et son jean et ses bottes et descendit l'allée couverte et s'aventura dans les champs. Silencieux. Froids. Les flammes des cheminées des puits brûlaient comme d'énormes chandelles et à l'est les lumières de la ville effaçaient les étoiles. Il resta là longtemps. Tu crois qu'il y a des choses que Dieu ne permet pas, lui avait-elle dit. Mais ce n'était pas du tout ce qu'il croyait.

Son ombre projetée par les néons du motel retombait sur l'herbe rase. Les camions se firent plus rares. Pas de vent. Le silence. Les petites vipères aux motifs de tapis lovées quelque part dans le noir. Le gouffre du passé où le monde bascule. Et tout qui disparaît comme si ça n'avait jamais existé. Nous ne souhaiterions pas nous revoir tels que nous fûmes et pourtant nous pleurons ces jours. Il n'avait guère repensé à son père ces dernières années. Il pensait à lui à présent.

Le lendemain en fin de journée sur une deux-voies goudronnée du sud du Colorado il commença à dépasser des voitures arrêtées sur le bas-côté. Un peu plus loin un agent de la police locale faisait signe aux automobilistes de stationner. Le ciel était d'un rouge intense et de la fumée se déplaçait vers le sud. Il se gara et descendit. Des gens debout sur le plateau de leur pick-up regardaient l'incendie. Il remonta la route. Au bout d'un moment il sentit la chaleur. Le feu était passé au-dessus de la route et la campagne brûlait loin au sud. Trois pécaris émergèrent de la cendre en trottinant et remontèrent la route avec lui. Il mit un genou à terre et posa le plat de la main sur le macadam. Les pécaris l'observaient. Au bout d'un moment il rebroussa chemin. Il passa la nuit dans son pick-up en bord de route.

Au matin il s'assit en tailleur et regarda le soleil se lever. Il flottait rouge et ballotté dans la fumée comme une matrice de métal en fusion qu'on retire tremblotante d'un haut-fourneau. La plupart des autres véhicules étaient partis et il s'attarda en buvant un jus de tomate en boîte. Au bout d'un moment il démarra et actionna les essuie-glaces pour chasser la cendre du pare-brise.

En remontant la route il sentait la chaleur émaner de la terre brûlée. Il parvint à un tronçon de macadam qui conservait des traces de pneus dans le goudron. Il dépassa une biche morte sur le bas-côté et se gara un peu plus loin. Il descendit avec son couteau et rejoignit l'animal et fit une incision tout le long de la peau calcinée du dos et mit à nu le filet. La noisette, comme l'appelaient les chasseurs d'antan. Assis sur le hayon, il mangea la viande avec le sel et le poivre qu'il avait récupérés en sachets dans un drive-in. Elle était encore tiède. Tendre et rouge en son cœur et légèrement fumée. Il la trancha avec son couteau et la mangea dans une assiette en carton et balaya des yeux la campagne qui s'étendait en cendres autour de lui. Des oiseaux de proie tournoyaient. Milans et faucons. La tête inclinée pour scruter le sol en dessous d'eux.

Il roula vers le nord. De petits busards étaient posés sur les lignes électriques. Ils s'envolaient et tournoyaient puis revenaient se poser après son passage. Dans la soirée il s'assit sur le toit du pick-up et termina la viande et observa la campagne. Il releva le col de son blouson et regarda le vent ravager les herbes. En sillons soudains qui fusaient et s'arrêtaient. Comme si quelque créature invisible avait bondi avant de se tapir. Il sirota son thé tiède puis reboucha le thermos et déplia les jambes et sauta au sol. Mais son pied s'était engourdi et en atterrissant il s'effondra et tomba dans le fossé et resta allongé pris d'un fou rire.

Il se baigna dans un ruisseau qui coulait en contrebas. Un vieux pont de béton. On voyait l'armature à travers le parapet. Il se campa nu et frissonnant sur un banc de gravier en aval et s'essuya avec sa serviette. L'eau était froide et claire dans le bassin en dessous du pont. Une eau idéale pour pêcher l'achigan. Cette nuit-là encore il dormit dans le pick-up et se réveilla dans une lumière laiteuse filtrant des vitres criblées d'une fine pellicule de neige. En chaussettes et les pieds encore fourrés dans le sac de couchage il mit le contact et actionna les essuie-glaces. Un jour gris et le tournoiement lointain des oiseaux qui s'élevaient du lit de la rivière à deux kilomètres. Le frêle cliquètement de leurs cris. Un camion solitaire remontait la route. Vrombissant dans la côte. Il se pencha et ouvrit la boîte à gants et en sortit un sachet de biscuits salés qu'il ouvrit avec les dents et il mangea les biscuits en attendant que le moteur chauffe.

Il franchit les eaux de la Platte à Scottsbluff et se gara en bordure d'une large sèche gravillonnée et descendit pour contempler la rivière. Les collines basses d'un violet sombre au crépuscule et la Platte telle une corde d'argent élimée qui coulait vers le sud dans son lit en tresses, infiltrant les bancs de sable dans le couchant bordeaux. Il s'assit dans le gravier et sculpta avec son canif dans un morceau de bois flotté un petit bateau qu'il expédia en aval vers les ténèbres.

Il roula à travers le Montana au soleil bas d'hiver. Des champs de terre retournée. De hauts silos à grain. Des faisans traversaient la route la tête courbée comme des coupables. Sur les longues lignes droites de la route le soir il voyait les phares des camions à des kilomètres de distance. Le noir des montagnes lointaines. Rien que du bruit blanc à la radio.

Il dormit dans un motel juste après la frontière de l'Idaho. Un lit de bois verni et des couvertures en laine. Il faisait froid dans la chambre et il mit en marche le radiateur à gaz. Il passa dans la salle de bains et alluma la lumière. Un carrelage vert des années quarante. Une gravure au motif floral dans un cadre bon marché accrochée au mur au-dessus des toilettes.

Quand il se réveilla l'horloge rouge de la table de nuit indiquait 4:02. Il tendit l'oreille. Les lumières occasionnelles provenant de la route parcouraient les lattes des stores et les murs lambrissés de pin. Puis lentement refluaient. Il se leva et arracha la couverture et s'en drapa les épaules et sortit en chaussettes sur le parking. Un immense dais d'étoiles au-dessus de sa tête dans le froid. Au bout de quelques minutes il grelottait et il comprit qu'il allait lui falloir des vêtements plus chauds. Il fit demi-tour et retourna à l'intérieur.

Il passa l'hiver dans une vieille ferme de l'Idaho qui appartenait à un ami de son père. Une maison en planches à étage avec un poêle à bois dans la cuisine et sans électricité ni eau courante. Il parcourut les pièces du haut vidées de leurs meubles. Des journaux jaunis éparpillés au sol, du verre brisé. Aux fenêtres des rideaux de dentelle pratiquement réduits en poudre.

Il avait quelques couvertures et il en trouva d'autres dans une commode et il les empila dans la cuisine. Dans quelques jours il irait en ville et s'achèterait un manteau d'hiver isolant et une paire de bottes en caoutchouc. Il avança le pick-up jusqu'à la grange et le chargea de ballots de paille qu'il rapporta dans la maison pour les entasser contre les murs de la cuisine, fenêtres comprises. Avant la fin de l'hiver il transporterait d'autres ballots à l'étage pour en recouvrir le plancher de la chambre au-dessus de la cuisine.

Il y avait un lit dans l'une des pièces du bas et il retira le matelas et le traîna dans la cuisine et il posa sur le sol de linoléum une vieille lampe à pétrole Eagle et la remplit d'essence extraite d'un jerrican qu'il avait trouvé dans le débarras et il alluma la lampe et remit le verre en place et baissa la flamme et s'assit à côté.

Dans le débarras il y avait des bocaux de fruits et de tomates et de gombos mais il ne savait pas depuis combien de temps ils étaient là. Des dents de herse en fer dans une boîte en bois. Les ossements d'une souris au fond d'un bidon à lait en inox. Il trouva une hache dans la réserve à bois mais il n'avait rien pour l'aiguiser et quand il retourna en ville il en rapporta une tronçonneuse et deux cartons de livres de poche. Des romans victoriens qu'il n'avait jamais lus et ne lirait pas mais aussi une belle sélection de poésie et un Shakespeare et un Homère et une bible. Il alluma le poêle et emporta un seau jusqu'au ruisseau qui coulait dans une rigole sous la route en contrebas de la maison et il revint et fit du café et mit à tremper des haricots secs. Il rajouta du bois dans le poêle et très vite il fit presque chaud dans la cuisine.

Quand il s'éveilla au matin des souris l'observaient. Des souris des bois aux énormes yeux liquides. Quand il regarda par la porte vitrée de la cuisine il neigeait.

Parfois la nuit il était réveillé par une créature qui s'agitait à l'étage. Plusieurs fois il monta l'escalier de bois étroit, enveloppé dans une couverture, et balaya les pièces du faisceau de sa torche, mais sans rien trouver. Des empreintes dans la poussière au sol. Peut-être des ratons laveurs. Un matin il ajusta des bouts de carton dans le châssis de la fenêtre aux endroits où la vitre était brisée. Quelques nuits plus tard il les entendit de nouveau et il monta et resta aux aguets dans la pièce obscure. La fenêtre baignée de lune. Les branches noires des arbres dénudés se dessinant au pochoir sur le plancher. Et puis il entendit quelque chose bouger dans la pièce du bas. Il crut entendre une porte se refermer. Il descendit en hâte mais il n'y avait rien et il regagna son nid de paille près du poêle et il apprit à vivre avec les créatures inconnues qu'il y avait dans la maison, et elles avec lui.

Vers la fin de l'hiver un dégel inattendu. Il parcourut en bottes les routes bourbeuses. Il se nourrissait essentiellement de fayots et de riz et de fruits secs et il nageait dans ses vêtements. Il s'arrêta sur le vieux pont de bois en contrebas de la maison et regarda les eaux noires effleurer les saillies de glace. Il y avait des truites fardées dans la rivière mais il n'avait plus le cœur à tuer quoi que ce soit. Un jour il vit un vison bondir tout bossu sur le gravier. Il le siffla et le vison s'arrêta et se retourna pour le regarder puis reprit son chemin.

Une ou deux fois il vit des traces de pneus dans la neige boueuse. Les plaques de glace blanches cassées dans les ornières. Des empreintes de bottes sur les planches du pont. Il ne vit jamais personne. L'eau de la neige fondue qui avait coulé du toit de métal faisait des flaques sur le plancher gauchi des chambres du haut et gouttait jusqu'au rez-de-chaussée. Et puis le vent du nord rapporta cinquante centimètres de neige et l'aiguille du thermomètre en plastique accroché à la porte de la cuisine chuta à moins trente.

Il gardait la tronçonneuse avec lui dans la cuisine pour être sûr qu'elle fonctionne et il pataugea à travers les congères en quête d'arbres morts mais encore debout. Les troncs d'un gris pâle dans tout ce blanc. Il s'était confectionné un baume en mélangeant à de l'huile de cuisson la croûte noircie accumulée à l'intérieur de la porte du poêle et il s'en badigeonna sous les yeux. Un jour il fit sursauter un hibou perché dans un feuillu et suivit son vol long et droit et silencieux à travers les bois avant de le perdre de vue. Au matin il sortit avec un balai et dégagea assez de neige pour pouvoir ouvrir la portière du pick-up et il monta et mit la clé de contact et la tourna. Rien.

Quelques jours plus tard on frappa à la porte. Il se figea, aux aguets. Il souffla sur la lampe pour l'éteindre et se tapit dans le coin d'où il pouvait apercevoir la porte vitrée de la cuisine. Il attendit. Une ombre. Une silhouette en parka à capuche qui essayait de voir à l'intérieur. Des mains gantées plaquées contre la vitre. Au bout d'un moment l'ombre partit.

Un ermite dans une vieille maison. Plus étrange de jour en jour. Il fut vaguement tenté d'aller à la porte et de héler le visiteur mais il n'en fit rien et le visiteur ne revint pas. Il se coucha et se réveilla en sueur dans le froid. Il se redressa. À la fenêtre la lumière limpide des étoiles d'hiver et les arbres sombres coiffés de neige. Il remonta les couvertures sur ses épaules. Certains rêves ne le laissaient pas en paix. Une infirmière qui attendait d'emporter la chose. Le médecin qui le fixait.

Qu'est-ce que vous voulez faire ?

Je ne sais pas. Je ne sais pas quoi faire.

Le médecin portait un masque chirurgical. Un calot blanc. Ses lunettes étaient embuées.

Qu'est-ce que vous voulez faire ?

Est-ce qu'elle a vu ça ?

Non.

Dites-moi quoi faire.

C'est à vous de nous dire. Nous ne pouvons pas vous conseiller.

Il y avait des taches de sang sur sa blouse. Son masque se creusait et enflait au rythme de son souffle.

Elle n'est donc pas obligée de voir ça ?

Je crois que ce sera à vous d'en décider. Sachant bien sûr que ce qui est vu une fois est vu à jamais.

Est-ce que ça a un cerveau ?

Rudimentaire.
Est-ce que ça a une âme ?

Il se retrouva d'abord à court de café et bientôt à court de vivres. Il se passa de manger pendant deux jours et puis il s'emmitoufla et s'engagea sur la route en direction du village à dix-huit kilomètres de là. Il faisait très froid. La neige dans les ornières était gelée. Il marchait avec ses mains gantées sur les oreilles, les coudes battant. Quand il atteignit la première maison deux chiens surgirent de l'allée en aboyant mais il se pencha comme pour ramasser une pierre et ils firent demi-tour et s'enfuirent. Personne dans les parages. Un mince panache de fumée émanant de la cheminée en brique. Une odeur de feu de bois.

Dans les rues il eut tôt fait de constater que les gens le regardaient. Ces derniers temps il ne s'apercevait que vaguement dans la vitre de la cuisine et il s'arrêta devant le miroir d'une vitrine de magasin pour s'examiner. Un clochard hirsute aux cheveux longs et à la barbe roussâtre. Oh putain, dit-il.

La nuit le surprit sur le chemin du retour. Il traînait ses sacs de courses derrière lui dans un landau avec une roue de traviole déniché chez un brocanteur. De grandes nappes de lumière mauve et vert chloré enflammaient le ciel vers le nord. Un cerf traversa la route devant lui. Puis un autre.

Il était près de minuit quand il atteignit la maison et tira le landau à travers les congères de l'allée jusqu'à la porte de la cuisine. Il poussa la porte et tapota ses bottes contre le perron. Salut la maison, s'écria-t-il.

Il s'était acheté un peigne et des ciseaux et un petit miroir à main à la supérette et au matin il prit un tournevis et dévissa de son cadre le miroir de la coiffeuse dans la chambre du haut et le descendit et l'appuya contre l'étagère à provisions de la cuisine près de la porte où la lumière était meilleure et il se coupa la barbe aux ciseaux et se rasa avec une bassine d'eau chaude. Puis il entreprit de se couper les cheveux. Ce n'était pas la première fois et il s'en tira plutôt bien. Il balaya du linoléum les mèches coupées et les mit dans un sac de courses et fourra le sac dans le foyer du poêle et referma la petite porte. Il remit de l'eau à chauffer et se lava les cheveux et se frictionna à l'éponge, debout dans un tub galvanisé qu'il avait trouvé entre les pilotis de la maison. Le tub était rouillé et fuyait et l'eau coulait sur le linoléum jusqu'au mur avant de disparaître lentement. Il avait des vêtements propres dans un sac en toile fermé par une cordelette et il se sécha et s'habilla et se coiffa et se regarda dans le miroir.

Il avait rapporté deux souricières et il les disposa en y mettant du fromage comme appât. Les souris étaient dans la cuisine comme en pays conquis. Il baissa la flamme de la lampe jusqu'à frôler le noir et il se rallongea dans le silence. Il entendit claquer la première souricière. Puis la seconde. Il augmenta la flamme et se leva et jeta les petits corps tout chauds dans la poubelle et remit les souricières en place et se coucha. Clac. Clac.

Quand il passa à la seconde souricière la petite souris avait posé ses deux pattes avant toutes blanches sur l'arceau du piège et tentait de dégager sa tête. Il souleva l'arceau et regarda la petite créature filer en boitillant puis il balança les deux souricières à la poubelle et alla se recoucher.

Et puis un jour les souris disparurent. Il guetta leur bruit dans le noir. Il alluma la torche et en balaya la pièce. Rien. La nuit suivante il entendit un bruissement dans la paille et se redressa et alluma la torche et dans le faisceau apparut une hermine élancée dont la pointe de la queue était noire. Elle regarda la lumière en face puis disparut et reparut à l'autre bout de la pièce à une telle vitesse qu'il crut qu'il y en avait deux. Et puis elle disparut encore et ne reparut pas. Une semaine plus tard les souris étaient de retour.

Il s'était acheté des feuilles de classeur pour écolier et un petit paquet de stylos à bille à la supérette et le soir, adossé aux ballots de paille, il lui écrivait des lettres à la lueur de la lampe à pétrole. Comment commencer. Très chère Alicia. Un jour il écrivit : Mon épouse bien-aimée. Puis il chiffonna la feuille et se leva et la jeta dans le poêle.

Il y avait des chouettes sous le toit de la grange avant même que la neige ait fondu. D'en bas il balaya les combles avec le faisceau de sa torche. Deux visages en forme de cœur le scrutèrent. Pâles comme des moitiés de pomme dans la lumière. Elles clignèrent des yeux et tournèrent la tête de part et d'autre. Des brins de paille tombèrent.

Il se réveilla quelques nuits plus tard et écouta le silence. Il se leva et alluma la lampe et l'emporta dans le salon et la brandit au-dessus de sa tête. Une chauve-souris naviguait silencieusement à travers les pièces. Il gagna la porte d'entrée et l'ouvrit et la laissa ouverte au froid et retourna se coucher et au matin la chauve-souris était partie.

Il fouilla les tiroirs du buffet du salon. Une minuscule tasse à thé. Un gant de femme. Je ne sais pas quoi te dire, écrivit-il. Bien des choses ont changé et pourtant tout est pareil. Je suis pareil. Je ne changerai jamais. Je t'écris parce qu'il y a des choses que tu aimerais sans doute savoir. Je t'écris parce qu'il y a des choses que je ne veux pas oublier. Je n'ai plus rien dans ma vie sauf toi. Je ne sais même pas ce que ça veut dire. Il y a des moments où je ne peux plus m'arrêter de pleurer. Pardon. Je réessaierai demain. Je t'embrasse très fort. Ton frère, Bobby.

Il s'était défait de son habitude de parler à sa sœur quand il était à La Nouvelle-Orléans parce qu'il se surprenait à parler à voix haute au restaurant ou dans la rue. Et voilà qu'il recommençait à lui parler. À lui demander son avis. Parfois le soir quand il essayait de lui raconter sa journée il avait l'impression qu'elle savait déjà tout.

Et puis lentement l'impression s'estompa. Il connaissait la vérité. La vérité, c'est qu'il était en train de la perdre.

Il la revoyait dans le crépuscule d'hiver debout au bord du lac dans le froid. Se tenant les coudes. Les yeux fixés sur lui. Jusqu'à ce qu'enfin elle se détourne et regagne le chalet.

Il s'assit blotti dans les couvertures, la lampe près de son coude. Sheddan a dit un jour qu'avoir eu quelques dizaines de lectures en commun était un lien plus fort que les liens du sang. Les livres que je t'offrais, tu les dévorais en quelques heures. Et tu t'en souvenais presque mot pour mot.

Le temps est plus doux. Il y a un hibou derrière la maison. La nuit je l'entends. Je ne sais pas quoi te dire. Je vais m'arrêter. Je t'embrasse très fort.

Il se leva et enfila ses bottes et son manteau et s'engagea sur la route. Une lune froide aux yeux mi-clos évoluait parmi les arbres. Au loin le grincement ténu des planches du pont sous les roues d'une voiture. Les phares le long de la berge puis plus rien et le froid qui souffle et la neige soulevée des champs et puis qui retombe. Dès qu'elle vint ouvrir la porte de sa chambre à Chicago il comprit qu'elle n'était pas sortie depuis des semaines. Dans les années à venir c'était ce jour-là qu'il se rappellerait. Quand elle semblait ne se soucier que de lui. Il l'emmena dîner au restaurant allemand de la vieille ville et la main qu'elle posa sur son bras à table aspira tout le reste et ce n'est que plus tard qu'il comprit que ce jour-là elle lui expliquait ce qu'il ne pouvait pas comprendre. Qu'elle commençait à lui dire adieu.

Il se réveilla et alluma la lampe et se renfonça dans la paille en s'enveloppant dans les couvertures. À la lueur de la lampe l'eau qui dormait dans le seau posé par terre se fronça de minces anneaux puis se calma. Une présence sur la route. Une présence au cœur de la terre. Il avait le visage mouillé et il comprit qu'il avait pleuré dans son sommeil.

Il déblaya avec un balai la neige qui couvrait le pick-up et avec des tenailles il dégagea la batterie et l'emporta en ville dans le petit landau avant de la rapporter. Sept heures de marche. Deux jours plus tard il était parti.

Il passa la nuit dans un vieil hôtel de gare d'une petite ville du sud de l'Idaho où il resta éveillé à écouter le long chuintement déclinant des wagons et leur fracas d'échos métalliques comme des dépêches d'une guerre ancienne. Il se posta à la fenêtre. Il s'était mis à neiger.

Il roula vers le sud jusqu'à Logan, dans l'Utah, puis prit la route 80 pour traverser le Wyoming. Green River. Black Springs. Cheyenne. Il dormait dans le pick-up et reprenait le volant. À travers les grandes plaines. Les énormes poids lourds à remorque qui avalaient la route dans les rafales de neige. Ogallala. North Platte. Dans le crépuscule rouge des vols de grues franchissaient l'autoroute. Tournoyant et descendant vers la plaine où elles se posaient en marchant et repliaient leurs ailes et avançaient et se figeaient.

Il prit les routes secondaires vers le nord. Il croisa quelques voitures puis plus aucune. Une lune trapue en papier de riz chevauchait les fils des lampadaires. Sur la route à la sortie de Norfolk il aperçut deux lumières qui illuminaient le fossé. Il ralentit. Les lumières étaient disposées l'une au-dessus de l'autre et il lui fallut une bonne minute pour comprendre ce que c'était.

Il stationna sur le bas-côté. C'était une voiture renversée dans le fossé, couchée sur le flanc, phares allumés, moteur en marche. Une fumée blanche flottait par-dessus la route. Il coupa son moteur et prit sa torche dans la boîte à gants et descendit et referma la portière et traversa la chaussée. Il braqua sa lampe sur les vitres mais ne distinguait rien. Il monta sur l'arbre de transmission et se hissa pour regarder à l'intérieur de la voiture. Contre la portière du bas un homme recroquevillé clignait des yeux à la lumière.

Western tapota la vitre. Vous n'êtes pas blessé ? L'homme changea légèrement de position mais ne répondit rien. Western distinguait son haleine. La vitre pesait sur des brins d'herbe morte et de la boue et du gravier. Western grimpa sur le panneau et saisit la poignée et voulut soulever la portière mais elle était verrouillée. De nouveau il braqua sa torche sur l'habitacle. Coupez le moteur, cria-t-il. L'homme se couvrit le visage de ses coudes. Western éteignit la torche et attendit. Un chien aboyait au loin. Plus loin encore les lumières d'une ferme à travers le noir des bois. Il redescendit et contourna la voiture vers l'arrière et ôta une botte et s'appuya au pare-chocs et plaqua la semelle de cuir de la botte contre le tuyau d'échappement haletant. Le moteur toussa et cala et il remit sa botte et ressortit du fossé et traversa la route et remonta dans son pick-up. Il se dit que l'homme recroquevillé dans la voiture n'était pas le conducteur et il mit le contact et repartit en espérant voir surgir dans ses phares le conducteur au bord de la route mais en vain.

C'est par un vendredi soir très froid qu'il s'arrêta à Black River Falls. Il passa la nuit dans un motel bon marché en bord de route et le lendemain il était à Stella Maris dès dix heures.

L'infirmière nota son nom et leva les yeux vers lui. Vous êtes de la famille ?

Non, madame. Je suis juste un ami.

Je suis vraiment navrée d'avoir à vous l'apprendre, dit-elle. Mais Helen est décédée. Il y a un an à peu près.

Il regarda vers le bout du couloir. Ce n'est pas grave. Est-ce que je peux rendre visite à quelqu'un d'autre ?

Pas grave ?

Excusez-moi. Ce n'est pas ce que je voulais dire. Et Jeffrey ?

Elle posa son stylo et le regarda. Vous êtes son frère.
Oui.

Elle l'examina. Avec sa tenue de bûcheron et ses cheveux mal coupés. Puis elle repoussa sa chaise et se leva.

Vous n'allez pas me jeter dehors j'espère ?

Non. Bien sûr que non.

Vous avez connu ma sœur ?

Non. Mais je sais qui c'était.

À son retour elle le conduisit à la salle commune. Toujours cette vague odeur d'urine et de désinfectant. Elle lui tint la porte.

Vous pouvez vous asseoir là-bas près de la fenêtre. Je reviens dans une minute.

Lorsqu'elle revint elle tenait la porte à Jeffrey. Il était en fauteuil roulant. Western se leva. Sans trop savoir pourquoi. Jeffrey négocia la traversée du linoléum et détourna légèrement le fauteuil et leva les yeux vers lui. Western lui tendit la main mais Jeffrey se contenta de planter le coude dans sa paume et de l'actionner comme un levier deux ou trois fois et regarda l'infirmière par-dessus son épaule. Elle tourna les talons et Jeffrey regarda Western. Prends donc place, dit-il.

Il s'exécuta. Ils attendirent. Ce n'est que lorsque l'infirmière eut quitté la pièce que Jeffrey fit pivoter son fauteuil et examina Western de plus près. Tu n'as pas très bonne mine, dit-il.

J'ai connu mieux.

Je t'ai cru mort.

Non. Ça n'est pas allé jusque-là. Et vous, comment ça va ?

J'ai pensé que si tu n'étais pas mort tu l'aurais fait savoir.

Je suis désolé.

Peut-être que oui peut-être que non. Je suppose que tu es venu parler d'Alicia.

Je voulais juste revoir l'endroit. Une dernière fois.

Tu vas mourir.

Non. Mais je vais partir.

Loin ?

Assez.

Je vois. C'est compréhensible. Moi, je ne suis pas près de partir où que ce soit.

Qu'est-ce qui vous est arrivé ?

J'ai été renversé par une voiture. OK ?

Je suis désolé.

Ouais. Moi aussi. Et le chauffard a pris la fuite.

Est-ce qu'ils l'ont retrouvé ?

Est-ce que qui l'a retrouvé ?

N'importe qui.

Il va falloir être plus précis. Je suis bipolaire. Entre autres choses. Comme Amundsen.

Je ne crois pas qu'il ait atteint le pôle Nord.

Non. Mais il l'a survolé. Tu as l'air d'avoir du mal à en venir au fait.

Je savais juste que vous étiez amis, c'est tout.

Moi et Amundsen.

Euh. Non. En fait, oui. Bref, elle avait beaucoup d'amis.

N'empêche qu'à la fin elle n'a pas eu ce qu'elle voulait, faut croire. À peu près comme nous tous.

Qu'est-ce qu'elle voulait ?

Oh, allez.

Non. Vraiment. Je ne sais pas.

Elle voulait disparaître. Enfin, ce n'est pas tout à fait exact. Elle aurait voulu ne jamais avoir été là. Ne jamais avoir existé. Point à la ligne.

Elle vous l'a dit ?

Oui.

Vous l'avez crue.

Je croyais pratiquement tout ce qu'elle me disait. Pas toi ?

Vous croyez qu'il y a une vie après la mort ?

Elle, elle disait : Je ne crois pas qu'il y ait une vie avant la mort. Je me trompe ?

Jeffrey exhuma une paire de jumelles des profondeurs de sa robe de chambre et se pencha pour scruter la pelouse.

Le monde doit être composé au moins pour moitié de ténèbres, dit-il. On en avait parlé.

Elle vous manque ?

T'es cinglé ou quoi ?

Qu'est-ce que vous voyez là-bas ?

Des lézards à pois verts. Y en a pas mal dans ces bois. Ils sont énormes, ces salopards.

Sans blague.

Peut-être pas comme toi, forcément. Mais bien sûr qu'elle me manque. Comment ne pas la regretter ? J'ai cru qu'elle serait à l'abri ici. Mais non. Elle aurait dû me prévenir. Je serais parti avec elle.
Sérieusement ?
Sans hésiter.
Mais elle ne vous a pas prévenu.
Non. Ça ne veut pas dire que c'était un sujet tabou.
Est-ce que vous vous rappelez quelque chose qu'elle a pu dire à ce sujet ?
Je ne sais pas. Je n'ai jamais pensé qu'elle s'en faisait une montagne. Elle a dit un jour que ce n'était pas parce que le monde tournait qu'on ne pouvait pas descendre. Il y a une chouette dans les arbres là-bas.
De quelle espèce ?
Je ne sais pas. Je ne la vois pas. Juste les corbeaux. Je trouvais qu'elle était une personne parfaite. Pratiquement une personne parfaite.
Je n'aimais pas l'entendre dire des gros mots.
Ah ouais ? Moi, si. Tu sais ce que j'aimais ?
Non. Quoi ?
La voir rencontrer quelqu'un pour la première fois, de préférence quelqu'un qui se croyait malin. Les gens se retrouvaient face à cette enfant blonde et en une poignée de minutes on les voyait complètement perdre pied. Ça, c'était marrant.
Elle vous avait parlé des petits amis qui venaient lui rendre visite ?
Bien sûr. Je lui ai demandé comment elle pouvait croire en eux alors qu'elle ne croyait pas en Jésus.
Et qu'est-ce qu'elle a dit ?
Elle a dit qu'elle n'avait jamais vu Jésus.
Mais vous, oui. Si je me souviens bien.
Oui.

À quoi il ressemblait ?

Il ne ressemble à rien. À quoi il pourrait bien ressembler ? Il n'y a rien à quoi il puisse ressembler.

Alors comment vous avez su que c'était Jésus ?

Tu te fous de ma gueule ? Tu crois vraiment qu'on pourrait voir Jésus sans le reconnaître, nom de Dieu ?

Il a dit quelque chose ?

Non. Il n'a rien dit.

Est-ce que vous l'avez revu ?

Non.

Mais vous n'avez jamais perdu foi en lui.

Non. Le Nazaréen guérit. C'est tout ce qu'il y a à savoir. Je vais me permettre de citer Thomas Barefoot. Sa vérité ne va pas lui revenir sans effet. Elle va accomplir ce qu'il veut qu'elle accomplisse. Tu devrais y réfléchir.

Qui est Thomas Barefoot ?

Un assassin condamné à mort. Il attend son exécution au Texas. Mais bref, quand on a vu Jésus une fois on l'a vu pour toujours. Affaire classée.

Pour toujours.

Ouais. Le toujours, c'est son truc.

Et vous ne voyez aucune antinomie entre ce que vous savez du monde et ce que vous croyez de Dieu ?

Je ne crois rien de Dieu. Je crois juste en Dieu. Kant avait tout compris quand il parlait du ciel étoilé au-dessus de soi et de la loi morale en soi. La dernière lumière que verra l'incroyant ne sera pas le soleil qui s'éteint. Ce sera Dieu qui s'éteint. Chacun naît avec la faculté de voir le miraculeux. Ne pas le voir, c'est un choix. Tu crois sa patience infinie ? Moi je crois qu'on arrive au bout. Je crois qu'il y a des chances qu'on soit encore de ce monde pour le voir se mouiller le bout des doigts et se pencher pour dévisser le soleil.

Ça fait combien de temps que vous êtes ici ?

Dix-huit ans.

Il se tourna pour regarder Western puis se retourna vers la fenêtre et se remit à scruter le parc. Ouais, je pense à la même chose que toi. Et si jamais ils me foutent dehors ? Je me retrouve à un arrêt de bus avec une valise et vingt dollars en poche. Alors on essaie de ne pas trop attirer l'attention. Tout en continuant à être considéré comme fou. Pas moyen de simuler.

Est-ce que vous sentez que votre traitement vous aide ?

Enfin, merde, Bobby. Que ça m'aide à quoi ? Tu es là, tu marches sur un fil. Tu sais qu'ils veulent se débarrasser de toi. Tu fais mauvais effet. Quand des nouveaux clients se pointent avec leur parentèle on te boucle hors de vue. Et en plus t'as même pas de fric. Au fait, t'as quelque chose à fumer ?

Je ne savais pas qu'on pouvait fumer ici.

On ne peut pas. Pas dans le bâtiment. Ça n'était pas ma question.

Non. Je n'ai rien. Désolé.

Tant pis.

Il resserra sa robe de chambre et regarda par la fenêtre.

Je commence à vous taper sur les nerfs.

Pas encore. T'inquiète pas, je te préviendrai.

OK.

Tu pourrais te faire interner ici toi aussi, tu sais. J'aurais bien besoin de ta compagnie. Je crois. Et t'as rien d'autre à faire de toute façon.

Des amis me l'ont déjà conseillé. Je vais y réfléchir.

Tu ne vas pas y réfléchir. Et même si c'était le cas ça ne servirait à rien. Je vais te raconter une petite anecdote de l'asile. Il y avait une femme ici qui s'appelait Mary

Spurgeon. Vingt-huit ans. Le jour de son anniversaire. Son dernier, allait-il s'avérer. Ils lui ont organisé une petite fête avec gâteau et tout et quelqu'un avait un Polaroid et ils ont pris quelques photos dont une de Mary et Alicia. Et quand Alicia a vu la photo il y avait une tache blanche dans l'œil de Mary et elle l'a étudiée de près et puis elle a tourné les talons et elle est partie.

Elle est allée à l'infirmerie et elle a expliqué au médecin que Mary avait un rétinoblastome et qu'il fallait faire une ablation de l'œil et elle lui a montré la photo. Le médecin a regardé la photo et ils sont retournés au pavillon et il a examiné l'œil de Mary et il a appelé une ambulance et ils ont emmené Mary et elle est revenue une semaine plus tard avec un œil en moins et un énorme pansement.

Autrement elle serait morte.

Oui. Mais bien sûr les mabouls n'ont pas vu les choses comme ça. Ils ont envoyé une délégation pour demander pourquoi Alicia avait fait ça à Mary Spurgeon. Ils voulaient savoir pourquoi elle l'avait dénoncée. C'était leur expression. Regarde ce que tu as fait, ils disaient.

Et Mary elle-même, qu'est-ce qu'elle avait à en dire ?

Mary elle-même est restée muette à ce sujet. Mais bon, Mary s'était tranché les veines et elle est morte dans les toilettes communes aux petites heures du matin après avoir écrit sur le mur un poème énigmatique avec son propre sang.

Ça a dû être terrible pour elle. Elle ne m'en a jamais parlé.

Alicia.

Oui.

Ouais, bref. Y a des tas de trucs qui se passent à l'asile dont on ne parle jamais dans les journaux.

Je suppose que c'est pour ça qu'elle s'est suicidée.

Mary.

Oui.

Comment savoir ? Elle était sur un fil depuis des années. On aurait dû la mettre sous surveillance mais ça n'a pas été le cas. Ta sœur est partie une semaine plus tard.

Pourquoi elle ne m'en a pas parlé d'après vous ?

Au fond d'elle-même elle pensait peut-être que les mabouls avaient raison.

Il abaissa les jumelles et contempla le parc bien entretenu. Tu crois que la plupart des gens veulent mourir ?

Non. La plupart c'est beaucoup. Et vous ?

Je ne sais pas. Je crois qu'il y a des moments où on aimerait simplement en finir. Je crois que beaucoup de gens feraient le choix d'être morts s'ils n'avaient pas à mourir.

Et vous ?

Sans hésiter.

Je ne suis pas sûr de comprendre la différence.

Bien sûr que si.

Quoi d'autre ?

Pourquoi ? Il y a autre chose ?

Il y a toujours autre chose.

OK.

OK ?

Oui.

Il balaya des yeux le paysage. Je vais te raconter un rêve. À propos d'un homme qui était faussaire en documents anciens. Il écumait les archives. Traquait les instruments pour concocter ses faux. Une figure du vieux monde. Dans un costume sombre, qui avait vécu. Avec une courtoisie un peu miteuse qui conservait des relents d'exotisme. On disait que son cartable avait été confectionné dans la peau d'un païen et il y transportait le matériel nécessaire pour fabriquer tout type de document. Du parchemin, du vélin français, du papier d'époque avec le filigrane approprié. Des sceaux millésimés, des rubans, des signatures officielles, des becs de plume de toute provenance accompagnés d'encres d'origine organique dans de minuscules flacons pendus à sa ceinture par des lanières. Tu arrives peut-être à te l'imaginer.

Pas vraiment.

Ça n'est pas grave. À vrai dire, il me fait plutôt sourire. Ça n'a pas d'importance. Ce que serait le monde sans son trafic. Nos choix seraient restreints. Ce qui est plus intéressant, c'est sa clientèle.

Qui est sa clientèle ?

C'est l'Histoire, sa clientèle.

L'Histoire n'est pas une créature.

Bien dit. Quoique problématique. L'Histoire est une accumulation de papier. Une poignée de souvenirs qui s'effacent. Au bout de quelque temps ce qui n'est pas écrit n'a jamais existé.

Et une bonne partie de ce qui est écrit aussi ?

Eh bien. C'est le cœur du sujet.

Qui paie pour ça ?

Toi.

Moi.

Oui. Et toute révision de l'Histoire est une révision de la richesse. Et à moins de vivre dans une décharge on est obligé de contribuer.

Je vis vraiment dans une décharge.

Si tu le dis.

Et tout ça dans un rêve.

Pourquoi pas ?

Vous lui aviez raconté ce rêve ?

Pas besoin.

Pourquoi ?

C'était le sien.

Mais vous l'avez compris.

Allez, arrête.

Est-ce que l'Histoire n'est qu'une affaire d'argent ?

Avant qu'il y ait l'argent il n'y avait pas d'Histoire. Qu'est-ce que tu en dis ?

Je ne sais pas. Ça me paraît suspect. Au mieux.

La rumeur, les ouï-dire. Les mensonges. Si tu penses que la dignité de ta vie ne peut pas être effacée d'un trait de plume je te conseille d'y réfléchir à deux fois.

C'était son opinion ?

Non. C'est la mienne.

Elle a bien dû en dire quelque chose. De ce pourvoyeur.

Tu sais bien comment c'était.

Non. Je ne sais pas.

Toute histoire concrète finit par se révéler une chimère. Elle disait que même en posant les mains sur les pierres d'antiques édifices on n'arrivera jamais à croire que le monde auquel ils ont survécu ait eu un jour la même réalité que celui où on se trouve. L'Histoire est croyance.

Je ne suis pas sûr de comprendre la morale de tout ça. Et les autres rêves ?

Des rêves-rêves. À quel point de désespoir faut-il arriver pour aller à l'asile demander leur opinion aux barjos ?

Bonne question.

Tu connais le test de classement de cartes du Wisconsin ?

J'en ai entendu parler.

Les schizos sont connus pour le foirer. C'est un outil analytique. Elle, elle l'a réussi haut la main.

Qu'est-ce qu'en ont pensé les médecins ?

Ils lui ont fait passer d'autres tests.

D'autres tests.

Ben oui.

C'est ce qu'ils font en général.

C'est ce qu'ils font en général. Un jour elle a obtenu un huit au test Stanford-Binet.

Un huit ?

Oui.

OK.

Ils lui ont fait repasser le test et cette fois elle a eu cinq. En gros, le QI d'une miche de pain. Mais elle a laissé tomber.

Forcément. Elle ne voulait plus passer leurs tests. Il me semble qu'elle avait dit qu'elle passerait le Niggerstein à condition qu'ils changent le nom. Ils lui ont demandé si elle était antisémite.

Ou bien anti-Noirs ?

Ou bien.

Il abaissa les jumelles et regarda Western. Ils préparaient un article. Qui sait ce qu'ils mijotaient, les salopards.

Si vous pouviez partir d'ici où est-ce que vous iriez ?

Je ne sais pas. Et je ne sais surtout pas si j'aurais envie de partir d'ici. C'est loin d'être parfait. Mais c'est ce que j'ai. Pourquoi ? Tu comptes prendre la route ?

Je suis déjà sur la route.

Mouais. Tu regretterais de m'avoir dans les pattes. Je ne passe pas inaperçu, et pas dans le bon sens du terme.

Vous êtes recherché par les autorités ?

Je ne sais pas. Oui. Peut-être. Mais ils peuvent pas venir m'emmerder tant que je reste au cabanon. C'est de là qu'il faut partir.

Ou pas.

Ou pas. Cela dit, ça pourrait être marrant. Je n'ai personne à qui parler.

Vous l'avez déjà dit. En tout cas, je connais le sentiment.

Tu l'as déjà dit. Elle m'a expliqué un jour où je faisais une crise suicidaire qu'il y a des indulgences spéciales pour ceux qui survivent à leur avilissement. Je crois savoir ce qu'elle voulait dire. Mais si elle-même n'a pas suivi son conseil dans quelle mesure je dois le prendre au sérieux ?

Je ne sais pas.

Et si la raison d'être de la charité humaine n'était pas de protéger les faibles – ce qui de toute façon paraît assez anti-darwinien – mais de préserver les fous ? Est-ce qu'ils n'ont pas droit à un traitement spécial dans la plupart des sociétés primitives ?

Il paraît.

Qu'est-ce qu'il en dit ton pote Frazer ?

Il est d'accord je crois. Au détour d'une phrase.

Il faut faire attention à qui on élimine. Il est possible qu'une part de notre entendement se présente dans des réceptacles incapables de se soutenir eux-mêmes. Qu'est-ce que tu en penses ? Peut-être qu'il faut être fou pour penser ça.

Quoi d'autre.

Elle disait que la féminité englobait des exigences bien moins clémentes que tout ce que les hommes peuvent connaître.

Vous croyez que c'est vrai ?

Je ne sais pas. Elle l'a dit, donc ça fait forcément réfléchir. Dis quelque chose, toi.

Sur elle.

Ouais.

Quand elle avait seize ans je lui ai offert une voiture.

C'était à Tucson. Quelques semaines plus tard elle a embarqué toutes ses affaires et roulé de Tucson jusqu'à Chicago. Non-stop. C'était un bolide et elle le conduisait comme tel. Tous ses trajets elle les faisait sans s'arrêter. Quelle que soit la distance. Elle coinçait ses cheveux dans la vitre pour que la douleur la réveille si jamais elle s'endormait.

C'est typique des schizos.

De coincer leurs cheveux ?

Non. De rouler sans s'arrêter. Quel genre de voiture ?

Vous vous y connaissez en voitures ?

Non.

C'était une Dodge. Avec un moteur Hemi surgonflé. Très rapide. Que rien ne pouvait arrêter à part une station d'essence.

Tu voulais qu'elle se tue ?

Non. Je voulais qu'elle soit libre.

Tu crois que c'est ça la liberté ?

Peut-être pas. Mais une voiture rapide et une route à perte de vue peuvent procurer une sensation qu'on a du mal à reproduire ailleurs ou autrement.

Je peux te poser une question ?

Allez-y.

Tu aurais pu deviner ce que serait ta vie ?

Même pas le moindre jour de ma vie.

Mais tu ne vas pas me poser la question, c'est ça ?

Bon, d'accord. Et vous ?

Non. Bien sûr que non. Tu crois qu'on a notre mot à dire ?

Il n'y a pas moyen de répondre à cette question. Mon ami John soutient que si les choses vont relativement bien c'est de notre propre fait et que sinon c'est juste de la malchance.

Oui. D'après mon expérience quand on aspire à

quelque chose on a de bonnes chances de ne pas le trouver.

Il faut que j'y aille.

D'accord. Ça va ?

Non. Et vous ?

Non. Mais nous, on revoit nos espoirs à la baisse. Ça aide.

Vous croyez que je vous reverrai.

Ce n'est pas impossible. On ne sait jamais.

Je crois que vous savez.

Prends soin de toi, Bobby.

Vous aussi.

Il remercia la femme à l'accueil et se retournait pour partir quand elle l'interpella.

Monsieur Western ?

Oui.

Il y a des affaires ici. Les affaires de votre sœur. Je les ai fait apporter. Vous voudriez peut-être les prendre ?

Il resta à fixer le couloir en direction de la sortie.

Monsieur Western ?

Je ne sais pas. Ses affaires ?

La femme avait ramassé un carton au sol et le posa sur le bureau. Je crois que ce sont juste ses vêtements. Et quelques papiers. Vous n'avez pas à les prendre si vous n'en voulez pas. On peut toujours les donner à l'Armée du Salut. Mais il y a aussi un chèque pour vous.

Un chèque.

Oui. C'est le solde de son compte. Et il y a une autre enveloppe qu'on a laissée pour vous.

Pour moi.

Oui.

Qui ça, on ?

Je ne sais pas. Une femme.

Il prit les deux enveloppes et les regarda. L'une était libellée à son adresse de St Philip Street.

Qu'est-ce qu'il y a dans celle-ci ?

Une chaîne, et puis une bague je crois. Peut-être une alliance. Apparemment ça appartenait à votre sœur. Ça vous a été envoyé à La Nouvelle-Orléans mais c'est revenu. Ça fait un moment que cette enveloppe est là.

Et c'est une femme qui l'a laissée.

Oui.

Comment elle savait que ça appartenait à ma sœur ?

Je ne sais pas. Elle a dit que c'était son mari qui avait trouvé l'enveloppe. Elle n'a pas laissé son nom. Vous voudriez ouvrir le carton ?

Ce n'est pas la peine.

Vous voudriez l'emporter ?

Oui. D'accord.

Elle lui tendit le carton et il glissa les enveloppes dans la poche arrière de son pantalon pour le lui prendre.

Merci.

Je regrette, dit la femme. Je regrette de ne pas l'avoir connue.

Western ne savait quoi répondre. Il hocha la tête et cala le carton sous son bras et descendit le couloir et sortit.

Il s'assit dans le pick-up et posa le carton sur le siège à côté de lui. Il était scellé par du scotch et portait le nom de sa sœur inscrit au feutre noir. Il avait les enveloppes à la main. Il les regarda. Celle contenant la bague était au nom de Robert Weston. Il ouvrit l'autre et regarda le chèque. Vingt-trois mille dollars.

Il regarda par la vitre. Eh ben, dit-il.

Il remit le chèque dans l'enveloppe et contempla les arbres au-delà du parking. Il la revit traversant les bois dans la neige et sans plus pouvoir s'empêcher de penser à elle il appuya le poing contre son front et ferma les yeux. Au bout d'un moment il tendit la main et ouvrit la boîte à gants et y rangea l'enveloppe et referma la boîte à gants. Il contempla l'autre enveloppe. Le papier gardait une marque en forme de bague, la bague sur laquelle quelqu'un avait appuyé son pouce à travers l'enveloppe. Il déchira un coin avec les dents et ouvrit l'enveloppe et la renversa. La bague et la chaîne glissèrent dans sa paume. Il les regarda et puis lentement il referma sa main sur elles. Oh ma chérie, murmura-t-il.

Quand il retourna à La Nouvelle-Orléans il prit une chambre au YMCA et appela Kline depuis la cabine téléphonique à l'entrée.

Vous êtes où ?

Au YMCA.

Je peux passer vous prendre devant l'immeuble dans une heure à peu près si ça vous va.

Vers cinq heures.

Oui.

OK, à tout à l'heure.

Ils s'installèrent à la table habituelle de Kline et commandèrent des sazeracs. Le serveur appelait Western monsieur Western. Santé, dit Kline.

Santé.

Il était cinq heures et demie du soir un jeudi et le restaurant était quasiment vide. Là-bas, c'est Marcello, dit Kline en levant le menton. Il aime dîner de bonne heure.

C'est qui avec lui ?

Je ne sais pas. Vous ne buvez pas d'eau.

Pas beaucoup. Ce n'est sans doute pas une bonne idée.

Sans doute pas. Qu'est-ce qu'elle faisait dans le Wisconsin, votre sœur ?

Elle était dans un sanatorium.

Pourquoi le Wisconsin ?

Elle espérait être admise dans le centre où on avait interné Rosemary Kennedy.

Elle pensait vraiment qu'on l'admettrait si facilement ?

Oui. Ça n'a pas été le cas, bien sûr. Elle s'est retrouvée dans un endroit anciennement dirigé par je ne sais quelle congrégation de bonnes sœurs.

Le Wisconsin est donc un vivier de cabanons ?

Sans doute pas assez pour accueillir tout le monde.

Vous n'aviez pas de lien avec les Kennedy.

Non.

J'ai travaillé avec Bobby à Chicago au début des années soixante. Brièvement. De concert avec un type nommé Ed Hicks qui essayait de mettre sur pied un syndicat indépendant pour les chauffeurs de taxi. Bobby Kennedy était foncièrement un moraliste. Il n'a pas tardé à se constituer une écurie impressionnante d'ennemis et il se flattait de savoir qui ils étaient et ce qu'ils mijotaient. Il se trompait, bien sûr. Quand son frère a été assassiné deux ou trois ans plus tard ils étaient embourbés dans un imbroglio de complots et de plans secrets qu'on n'arrivera jamais à démêler. En tête de liste il y avait le projet de tuer Castro et en cas d'échec d'envahir carrément Cuba. Je ne crois pas que ça se serait effectivement produit mais c'est un bon indicateur du merdier où ils s'étaient fourrés. Je me suis toujours demandé si quand Kennedy a compris qu'il était en train de mourir il n'a pas eu un bref instant un sourire de soulagement. Après que le père Kennedy a eu son AVC ses fils allez savoir pourquoi ont cru qu'il serait possible de s'attaquer à la Mafia. Sans tenir compte de l'accord de longue date que le vieux avait conclu avec elle. Je me demande vraiment ce qu'ils avaient dans la tête. Et pendant tout ce temps JFK se tapait la petite amie de Sam Giancana – l'honorable Judith Campbell. Même si en toute justice – le terme est pittoresque – il l'avait effectivement repérée le premier. Lui ou l'un de ses maquereaux. Un certain Sinatra. Qu'est-ce qu'on peut bien dire des Kennedy ? Il n'y a personne d'autre comme eux. Une fois un ami à moi est allé à une soirée dans leur résidence de Martha's Vineyard et à son arrivée Ted Kennedy accueillait les invités à l'entrée. Il portait un survêtement jaune poussin et il était complètement soûl. Mon ami lui a dit : C'est une sacrée tenue que vous portez là, sénateur. Et Ted a répondu oui, mais moi je peux me le permettre. Mon ami – qui est avocat à Washington – m'a dit qu'avant ce jour il n'avait jamais compris les Kennedy. Qu'il les trouvait déconcertants. Mais quand il a entendu cette phrase ses yeux se sont dessillés. Il s'est dit qu'elle devait être gravée sur les armoiries du clan. Quelle qu'en soit la traduction latine. En tout cas, je n'ai jamais compris pourquoi il n'y a aucun monument nulle part à la mémoire de Mary Jo Kopechne. La fille que Ted a laissée mourir noyée dans sa voiture quand il est tombé du pont. Sans le sacrifice de cette femme ce fou furieux serait devenu président des États-Unis. Mon hypothèse c'est qu'à l'exception de Bobby toute cette famille n'était qu'une bande de psychopathes. J'imagine que Bobby espérait pouvoir racheter les péchés familiaux. Même s'il devait savoir que c'était impossible. Il n'y avait pas le moindre centime dans les coffres qui finançaient toute l'entreprise qui ne soit pas souillé. Et puis ils sont tous morts. Assassinés, pour la plupart. Ça n'est peut-être pas du Shakespeare. Mais ça n'est pas du mauvais Dostoïevski.

Castro n'avait rien à voir dans tout ça.

Non. Au bout du compte il s'est avéré que non. Quand il a pris le contrôle de l'île il a jeté en prison Santo Trafficante en lui expliquant qu'il était un ennemi du peuple et que comme tel on allait le fusiller. À quoi bien sûr Trafficante s'est contenté de répondre : Combien ? On évoque différents chiffres. Quarante millions. Vingt millions. C'était sans doute plus près de dix. Mais Trafficante n'était pas ravi. La Mafia avait une longue tradition de gestion des casinos pour Batista. Castro aurait dû avoir plus d'égards pour eux. Pour la Mafia. Il a de la chance d'être encore en vie. Le plus étrange c'est que Santo a continué à diriger trois casinos à Cuba pendant encore huit ou dix ans. Il ne faut pas sous-estimer la question de la langue. Les gens oublient que la langue maternelle de Trafficante c'est l'espagnol. Bref, ça fait des années que Marcello et lui règnent sur le Sud-Est de Miami jusqu'à Dallas. Et le chiffre d'affaires de leur entreprise est vertigineux. Plus de deux milliards par an à la grande époque. Bobby Kennedy n'aurait jamais expulsé Marcello sans le feu vert de JFK, mais à ce stade la situation était inextricable. La CIA détestait les Kennedy et œuvrait à s'affranchir complètement de la présidence, mais l'idée qu'ils aient pu tuer Kennedy est absurde. Et si Kennedy comptait démanteler la CIA pièce par pièce comme il l'avait promis il aurait dû s'y mettre deux ou trois élections plus tôt. Quand il est arrivé au pouvoir c'était déjà bien trop tard. La CIA détestait également Hoover qui lui-même détestait les Kennedy et les gens ont pensé que Hoover était cul et chemise avec la Mafia mais la vérité c'est simplement que la Mafia avait un énorme dossier sur Hoover et ses penchants de travesti – avec des photos de lui en guêpière et bas résille – et qu'il y avait donc entre eux une trêve forcée qui a duré des années. Il y a autre chose bien sûr. Mais si vous me disiez que c'est Bobby qui a causé la mort de son frère adoré je serais bien obligé d'admettre que vous n'êtes pas loin du compte. La CIA a expédié notre Carlos dans la jungle du Guatemala et ils sont repartis en lui faisant bye-bye. Dieu sait ce qu'ils avaient en tête. Ils l'ont planté là – il avait un faux passeport – et son avocat a fini par se pointer et nos deux lascars ont été escortés à marche forcée jusqu'à la jungle du Salvador où on les a abandonnés à leur sort. Dans la chaleur et la boue et les moustiques. En costume de laine. Ils ont crapahuté pendant une bonne trentaine de bornes jusqu'à ce qu'ils atteignent un village. Et, Dieu soit loué, un téléphone. Quand Marcello est rentré à La Nouvelle-Orléans il a convoqué une réunion à Churchill Farms – sa maison de campagne – et il écumait de rage contre Bobby Kennedy. Il a regardé l'assistance – je crois qu'ils étaient huit – et il a dit : Je vais le dérouiller, le petit salopard. Et il y a eu un grand silence. Tout le monde savait que l'heure était grave. La preuve, il n'y avait que de l'eau à boire. Et quelqu'un a fini par dire : Et si on dérouillait plutôt le grand salopard ? Et ça s'est fait comme ça.

Je ne suis pas sûr de bien comprendre.

Si on tuait Bobby on se retrouverait face à un JFK qui aurait vraiment la rage. Mais si on tuait JFK alors son frère repasserait très vite du statut de ministre de la Justice à celui d'avocat au chômage.

Comment vous savez tout ça ?

Question légitime. Le problème des Kennedy c'est

qu'ils n'étaient pas à même de comprendre l'inflexible éthique guerrière des Siciliens. Les Kennedy étaient des Irlandais et ils pensaient qu'on pouvait toujours s'en tirer avec du baratin. Ils ne concevaient même pas qu'il existe une autre façon de faire. Pour leurs discours politiques ils recouraient à de grandes abstractions. Le peuple. La pauvreté. Ne demandez pas à votre pays blablabla. Ils ne comprenaient pas qu'il y avait encore des gens à notre époque qui croyaient sincèrement à des valeurs telles que l'honneur. Ils n'avaient jamais entendu Joe Bonanno à ce sujet. C'est ça qui rend le bouquin de Kennedy si grotesque. Même si, à sa décharge, on n'est pas certain qu'il l'ait vraiment écrit ni même lu. Je vais prendre leur poulet.

Très bien.

Je vous laisse choisir le vin ?

D'accord.

Western ouvrit la carte des vins. Je dois dire que c'est une histoire assez fascinante. Mais ce que j'aimerais savoir, je crois, c'est quel est le rapport avec mon problème.

Votre problème, c'est ce pays.

Vraiment ?

Vraiment pas ?

Il faudrait que j'y réfléchisse.

Mouais. Ça aussi c'est sans doute un problème. Vous êtes déjà persona non grata. Mais vous n'arrivez toujours pas à vous décider.

Vous pensez que je suis en danger.

Vous ne devriez vraiment pas regarder par là-bas, vous savez.

Désolé. Mais je dois dire que, à le voir, il n'est pas très impressionnant.

Non. Un mètre soixante-cinq et ventripotent. Dieu

sait combien de gens sont morts parce que c'est tout ce qu'ils ont su percevoir.

Percevoir.

Oui.

Western commanda une bouteille de montepulciano. Kline opina. Très bon choix. Il y a quelque temps j'étais assis à cette table avec un ami à moi et Carlos était à sa table habituelle avec deux autres hommes. Pas ses gardes du corps. Eux, ils s'installent toujours à l'entrée pour avoir l'œil sur tout le monde. Mais il y avait trois femmes à la table là-bas et j'ai remarqué que les serveurs se montraient d'une déférence très vieille Europe. Particulièrement envers la plus âgée des trois. Quand Marcello et ses amis sont partis ils se sont arrêtés à leur table et notre Carlos s'est incliné et a pris la main de la duègne et lui a dit quelque chose en italien et ensuite ses deux amis l'ont imité. Sans accorder la moindre attention aux deux autres femmes. Mais quand ils ont fait leur petite révérence ils avaient la main gauche sur le cœur, et après leur départ mon ami m'a demandé si c'était typiquement sicilien. Cette main sur le cœur. Et je lui ai dit que oui. Très sicilien, même. C'était pour empêcher leur calibre de tomber dans la soupe de la vieille dame.

Qu'est-ce qu'il commande en général ?

Des pâtes, je crois. Alla puttanesca. Il aime le homard aussi. Et puis des choses qui ne sont pas nécessairement sur la carte.

Est-ce qu'il va aller en prison ?

À moins d'une intervention divine. Il est inculpé pour corruption dans trois États. Je n'ose même pas imaginer ses frais d'avocat.

Western sourit. Vous êtes témoin de moralité ?

Loin de là. Ce serait plutôt l'inverse.

Comment ça ?

Son avocat s'appelle Jack Wasserman. Un spécialiste du droit de l'immigration à Washington. Il y a environ trois ans Wasserman est venu s'asseoir à ma table. Il a sorti de sa poche une pince à billets et s'est mis à compter les coupures de cent dollars sur la nappe. Arrivé à trois mille deux cents dollars il a battu la liasse comme un paquet de cartes et l'a poussée vers moi. Il a dit : Voici trois mille deux cents dollars. La somme est arbitraire. Je voudrais simplement qu'en échange vous me fassiez un chèque du même montant.

Et vous avez fait quoi ?

J'ai sorti mon chéquier.

Je ne comprends pas.

S'il recevait un chèque de moi il pourrait s'en servir comme preuve que je l'avais engagé comme avocat, et du coup nos échanges seraient protégés par le secret professionnel.

Pourquoi pensait-il que vous auriez besoin de ses services ?

Ce n'est pas ce qu'il pensait. Mais il ne pouvait pas non plus être sûr du contraire. Ce sont des gens qui préfèrent ne rien laisser au hasard.

Mais il ne faudrait pas signer un contrat ou quelque chose ?

N'importe qui peut établir un contrat et l'antidater. Mais un chèque est déposé à la banque. J'ai rempli le chèque à son nom et j'ai déposé le cash dans une banque de Floride. Ah, voilà nos plats.

Ils mangèrent en silence. Kline était un buveur frugal et ils allaient laisser une bouteille de vin à moitié pleine. Ils commandèrent un café.

Vous êtes passé au bar ?

Non. J'ai appelé.

Personne ne vous cherche.

Ils viennent vérifier de temps en temps.

Vous ne croyez quand même pas qu'ils vont renoncer, j'espère.

Non. Sans doute pas. Ils savent juste que je ne suis pas là.

Ils. Eux.

Oui.

Qu'est-ce qui va arriver d'après vous ?

À moi.

À vous.

Je ne sais pas.

Eh bien, vous n'allez sans doute pas être assassiné.

C'est rassurant.

Vous allez juste aller en prison.

J'attends toujours que vous me disiez quelque chose qui puisse m'aider.

Si seulement je pouvais.

Combien de personnes vous avez aidées à changer d'identité ?

Deux.

Elles sont où aujourd'hui ?

Aujourd'hui elles sont mortes.

Super.

Je n'y suis pas pour grand-chose. L'un d'eux était un parent proche. L'autre un toxico qui a fait une overdose. Sans doute pas accidentelle. Ils essayaient de gagner du temps mais le temps ça se paie, et plutôt cher.

Pourquoi vous les aidiez ?

Ils étaient de la famille. Toujours une source d'emmerdes.

Désolé.

Revenons aux Kennedy.

Oui. Vous ne croyez pas qu'Oswald ait tué JFK.

Ce n'est pas une question de croyance.

C'est une question d'indices ? Ou de sources bien informées ?

Les deux. On repart du début. Les données factuelles. Dans cette affaire les plus factuelles ce sont les données balistiques sur la carabine d'Oswald. Une arme bas de gamme achetée par correspondance avec une lunette bas de gamme. Il n'y a même pas de preuve qu'Oswald ait effectivement monté cette lunette. Ni même qu'il ait su s'en servir. On sait que l'une des balles a complètement manqué la limousine et heurté le bord du trottoir. Elle aurait soi-disant été déviée par un fil électrique. Ce qui est discutable bien sûr. Il n'y a aucune preuve qu'Oswald s'y connaissait en armes. Ni même en tir. Chez les marines il avait le statut de tireur de précision mais ça ne veut rien dire, sauf qu'on vous a obligé à tirer jusqu'à ce que vous touchiez une cible. Tireur d'élite est le seul titre qui veuille dire quelque chose. Je ne sais pas quel était le grossissement de la lunette. Quatre. Six. Peu importe. Ce qu'on sait c'est que c'était de la camelote. Tout comme la carabine. La carabine, c'était nous dit-on une Carcano Mannlicher 6.5. Ils n'ont même pas été foutus de la désigner correctement. Carcano, c'est la marque. Un mannlicher, c'est un type de carabine à verrou dont le fût fait quasiment la longueur du canon. Sans doute pour éviter de se brûler la main. Donc c'est comme appeler un revolver Colt un Colt revolver. Peut-être que ça se dit comme ça en italien, je n'en sais rien. Avant l'assassinat personne n'avait jamais entendu parler de cette pauvre pétoire. Le fait que ça tire une balle de calibre 25 environ n'y change rien. Depuis quelque temps déjà les munitions militaires sont devenues plus petites. Mais elles sont aussi devenues plus rapides. Et c'est la rapidité qui compte. C'est la vitesse qui tue.

L'énergie augmente linéairement avec la masse mais elle est proportionnelle au carré de la vitesse.

Oui. J'oublie toujours que vous connaissez tout ça par cœur. La Carcano a une vitesse à la bouche d'un peu moins de six cents mètres-seconde. On peut obtenir la même vitesse sur une carabine de 22 si on fait ses propres cartouches. Ce qui n'est pas forcément conseillé. J'ai étudié les photos de l'autopsie. Beaucoup de gens les ont vues. Et bien sûr il ne fait aucun doute que c'est bien Kennedy. On voit nettement son visage. Tout l'arrière du crâne a été arraché et le cervelet traîne sur la table. Les dessins, c'est une autre histoire. Ils situent plus haut la section de crâne que la balle a emportée. Mais je crois que je vais m'en tenir aux photos. Si on examine le photogramme 313 du film de Zapruder on voit un nuage de sang et de cervelle qui masque à moitié la silhouette des Kennedy. La cervelle explose comme un geyser et elle est projetée à une bonne distance vers la droite. Elle a même éclaboussé plusieurs motards de l'escorte. Une Carcano n'aurait jamais pu faire ça, pas plus qu'une carabine à air comprimé. Les photogrammes suivants montrent Jackie qui grimpe sur le coffre de la limousine et un agent des services secrets qui grimpe aussi dessus par l'arrière. Ils tendent la main l'un vers l'autre. Mais ce n'est pas ça qui est en train de se passer. La version finale a été que Jackie essayait de récupérer une poignée du cerveau de son mari retombée comme une crêpe sur le capot arrière. Et soi-disant elle y parvient. Alors elle se rassoit à côté de feu son mari couverte de sang et de cervelle en gardant soi-disant le bout de cervelle dans ses mains jusqu'à l'hôpital de Parkland où elle le remet à un médecin. Du moins selon le témoignage du médecin. Vous avez l'air troublé.

C'est vraiment une drôle d'histoire.

Oui.

C'est une histoire vraie ?

Non.

Alors quel intérêt ?

L'intérêt c'est que les gens y croient. C'est que plus il y a d'émotion associée à un événement moins son récit a de chances d'être exact. Je suppose qu'il y a des événements plus dramatiques que l'assassinat d'un président mais il ne doit pas y en avoir beaucoup. Bien sûr j'avais déjà vu le film de Zapruder. À maintes reprises. Il n'a été rendu public qu'au bout de dix ans. Et à ce stade il avait été tellement trafiqué que certaines choses n'avaient plus de sens. Je savais que Jackie avait grimpé sur le capot arrière. Mais je ne comprenais pas pourquoi. Alors j'ai revu le film attentivement. Trois autres personnes ont filmé la scène mais elles se trouvaient toutes de l'autre côté de la limousine et on ne voit pas la main de Jackie. Et puis Zapruder avait un zoom sur sa Bell & Howell. Combien de temps vous pensez qu'elle est restée sur le coffre de la limousine ?

Aucune idée.

Deux secondes huit dixièmes.

OK.

Elle n'aurait pas eu le temps de recueillir de la cervelle sur le capot. Elle s'est hissée, elle a saisi quelque chose, et elle s'est retournée et elle est revenue sur le siège arrière. On voit bien qu'elle n'est pas en train d'éponger quoi que ce soit. Elle ne regarde même pas ce qu'elle a à la main. Elle tient entre ses doigts ce qu'elle est venue chercher et quand elle veut regagner la banquette c'est cette main-là qu'elle tend et elle s'appuie carrément dessus pour se stabiliser et se propulser vers la gauche et retrouver son siège. Tout ça est immortalisé sur pellicule. Vous pouvez vérifier par vous-même.

Ce qu'elle tient entre ses doigts, c'est un fragment du crâne de son mari. Il y a au moins un témoin qui a explicitement déclaré avoir vu ce bout de crâne ballotter doucement sur le capot arrière. Comme une tasse à thé. Jackie s'était penchée sur son mari. Il était déjà touché. Quand la balle suivante lui a traversé la tête elle avait le visage à vingt centimètres du sien. C'est ce qui suit qui est franchement extraordinaire. À partir de l'instant où la tête de son mari lui explose au visage elle met moins d'une seconde à se retourner pour se hisser sur le coffre et s'emparer du bout de crâne qui est posé là en équilibre instable. Vous savez bien ce qu'elle a en tête. En tout cas vous devriez. Elle se dit que si on peut encore rafistoler son mari il faut qu'elle ait tous les morceaux.

C'est encore plus bizarre.

Pas vraiment. Malgré toutes les souffrances qu'il lui a infligées, si on cherche une preuve irréfutable de son amour et de son dévouement pour lui c'est bien là qu'elle se trouve. Sans contestation possible. Je trouve cette femme assez phénoménale.

Elle était trop bien pour lui.

Si on regarde les images filmées côté chauffeur on a l'impression qu'elle tend la main jusqu'à l'extrême bord du capot mais le film de Zapruder montre bien que ce qu'elle ramasse est à une bonne trentaine de centimètres du bord. Elle s'est précipitée parce qu'elle a cru que ce fragment du crâne de son mari allait tomber sur la chaussée et qu'un autre véhicule allait l'écrabouiller.

Western resta silencieux. Au bout d'un moment il leva les yeux vers Kline. Vous n'avez pas de femme dans votre vie.

Non.

Pourquoi ?

C'est une longue histoire.

Mais vous aimez les femmes.

J'adore les femmes.

Western acquiesça.

Kennedy a été tué avec une arme de chasse très puissante. Probablement un calibre 30-06 mais peut-être même quelque chose de plus sexy comme une Winchester 270 voire une Holland & Holland 300 Magnum. Mais en tout cas une carabine avec deux fois plus de vitesse à la bouche que la Carcano et dix fois plus d'énergie. Comme on l'a dit. Peut-être même du 223 – le calibre de l'OTAN. C'était une balle à pointe creuse. Ce qu'on appelle une balle expansive. Qui en gros allait se désintégrer. Alors qu'Oswald a utilisé des balles monolithiques. Celle qu'on a retrouvée était à peine déformée. Ce seul fait nous indique tout ce qu'il faut savoir. La tête du président a littéralement explosé. Ce qui bien sûr n'a pas été causé par la balle mais par son onde de choc. Ils ont examiné au microscope ce qui restait du cerveau de Kennedy et c'était criblé d'éclats de plomb. Mais même ça, ça n'a pas suffi à les faire réfléchir. N'oublions pas qu'on a affaire à de soi-disant experts en balistique qui n'hésitent pas à appeler des cartouches des balles. Et puisque les balles expansives n'ont pas laissé d'autre trace que ces petits morceaux de plomb alors la seule balle retrouvée était celle provenant de la carabine d'Oswald. Mais les soi-disant experts en balistique n'ont rien su en déduire.

D'accord.

On a demandé à chaque témoin de modifier sa déposition « dans l'intérêt du pays ».

D'accord, mais pourquoi ?

La raison serait peut-être simplement qu'à l'époque ce n'était pas un crime fédéral de tuer un président. Il n'y aurait eu crime fédéral que si deux personnes au moins avaient conspiré pour le tuer. Et il y avait forcément quelqu'un pour savoir ça. En cas d'association de malfaiteurs l'enquête sur l'assassinat serait automatiquement tombée dans l'escarcelle du ministre de la Justice.

Bobby Kennedy.

Oui. Mais même ça, ça ne tient pas vraiment la route. Le vrai problème c'était tout le merdier dans lequel les frères s'étaient fourrés. De Hoffa à Giancana à Castro. Et tout ça éclaterait au grand jour si on enquêtait sérieusement sur l'assassinat. Voilà pourquoi à la place on a eu le rapport Warren. Le gouvernement américain a persuadé tout le monde – tous ces témoins qui ont fini par se rétracter sur à peu près tout ce qu'ils avaient vu ou entendu – que leurs déclarations détermineraient si oui ou non les Russes allaient nous atomiser. Il y a littéralement des millions de pages de documents concernant la mort de Kennedy qui ont été remisées dans une chambre forte. Pour être accessibles quand ? La balle mortelle a très bien pu être tirée d'un point situé face à la limousine. Contrairement à ce qu'affirme le rapport Warren bien sûr. Il y a des immeubles de ce côté-là mais personne n'a pris la peine d'aller voir puisqu'ils avaient déjà le dépôt de livres où se trouvait Oswald et la carabine et les douilles. Et le vrai sniper a très bien pu tirer d'une distance indécente. Les tireurs formés chez les marines sont capables de tuer une cible à plus de mille cinq cents mètres. Il y a un ensemble d'équations à prendre en compte. Par exemple, la distance parcourue par une balle de petit calibre neutralise la vitesse de la balle, si bien que l'énergie et la force d'impact d'une balle plus lourde l'emportent sur l'avantage en vitesse d'un petit calibre. Voilà pourquoi les tireurs à longue distance préfèrent souvent le calibre cinquante. La balle a beau ralentir, ça fait quand même l'effet d'une brique volante.

Vous pensez qu'il a été tué avec un calibre cinquante ?

Non. Et je ne pense sans doute même pas que l'assassin lui ait tiré dessus de très loin. Plus le sniper était posté loin – face à la voiture le cas échéant – plus le pare-brise risquait de faire obstacle. En tout cas, si Oswald a dit qu'il avait servi de pigeon c'est parce qu'il s'est retrouvé livré à lui-même, à prendre un bus, à aller au cinéma. Qui devait être un point de ralliement en cas de problème. À attendre un chauffeur qui ne viendrait jamais. Et si ça n'était pas le chauffeur alors qui allait venir ? D'où le fait qu'il ait tiré sur l'agent de police Tippit. Ce qui sinon serait inexplicable. D'ailleurs ça reste peut-être inexplicable. Mais dès avant ça Oswald avait vu dans la lunette de sa carabine à la mords-moi-le-nœud quelque chose qui a dû lui sembler hallucinant. Le spectacle de la tête du président qui explose alors même qu'il allait presser la détente une troisième fois. Trouvez-moi un exemple d'un homme qui affirme être un pigeon sans que ce soit vrai. De toute façon, l'idée même que quiconque puisse conspirer avec un demeuré comme Oswald pour qu'il assassine un président en exercice est d'un ridicule flagrant. Ils ne s'attendaient même pas à ce qu'il touche Kennedy. Ç'a été un coup de bol.

Comment vous êtes devenu expert en armes à feu ?

Je n'y connaissais pas grand-chose avant de m'intéresser à cet assassinat. Et il ne m'a fallu que deux jours pour tout assimiler. Vous, ça ne vous prendrait sans doute qu'un jour.

Et le gars qui a organisé tout ça est en train de dîner à côté de nous. Pourquoi ça n'est pas dangereux de le savoir ?

C'est un secret de Polichinelle. Du moins dans certains cercles.

Dans certains cercles.

Oui.

Kline finit son café et reposa sa tasse dans la soucoupe.

Prêt ?

Prêt.

Sur le parking Kline commença à ouvrir sa portière mais s'interrompit dans son geste. Il s'accouda au toit de la voiture. Vous avez quel âge ?

Trente-sept ans.

Ouais. J'en ai dix de plus. Vous m'avez demandé une fois ce que je ferais si j'étais à votre place et j'ai dû dire en substance que je n'en savais rien parce que je n'y étais pas. Mais est-ce que vous avez vraiment réfléchi aux enjeux concrets de votre situation ? J'ai comme l'impression que selon vous l'état de votre vie intérieure vous dispense de toute autre considération. Vous êtes conscient du fait que vous risquez d'aller en prison ? Et même que vous y allez tout droit ?

Oui.

Vous ne pouvez plus travailler. Pas dans ce pays en tout cas. Vous n'avez pas d'amis. Ce que je pense c'est que si j'étais vous je me demanderais ce qui me retient ici. Ou pourquoi je n'ai pas pensé sérieusement à changer d'identité. Si vous n'avez pas les mille huit cents dollars je peux vous les avancer.

J'ai un peu d'argent.

Bien. Dans ce cas l'attitude que vous adoptez me paraît quelque peu crétinoïde.

Il recula et ouvrit la portière. C'est ouvert, dit-il. Sur ce parking, pas besoin de verrouiller.

Le lendemain matin il appela Debussy mais elle ne décrocha pas. Il appela le bar et Josie en revanche décrocha. Elle dit que les fédéraux passaient vérifier s'il était là toutes les deux ou trois semaines. C'est comme ça qu'elle les appelait. Les fédéraux.

Qu'est-ce que tu leur as dit ?

La vérité. Qu'on n'avait pas vu le bout de ta queue. Ils ont voulu savoir qui étaient tes amis mais j'ai dit qu'à ma connaissance tu n'avais pas d'amis. Rien d'étonnant, j'ai dit. J'ai jamais vu pire salopard traîner ses guêtres.

En gros, tu t'es cantonnée aux faits.

Y a du courrier qui t'attend.

J'enverrai quelqu'un le récupérer.

Mais dans quelle merde tu t'es fourré au juste ?

Je n'en sais rien.

Rosie disait qu'elle te croyait planqué à Cosby.

Il faudra peut-être en arriver là. Merci.

Prends soin de toi.

Il raccrocha et remonta jusqu'au Napoleon. Quand il entra Borman était derrière le comptoir. L'endroit était désert et Borman comptait sa caisse. Western l'observa. Un verre pour moi et un pour le personnel.

Borman leva les yeux et le repéra dans le miroir derrière les bouteilles. Bobby boy, dit-il. Pose donc une fesse.

Western s'assit au comptoir. Borman referma le tiroir-caisse et le rejoignit. Qu'est-ce que tu prends ?

Un club soda.

Ça roule.

Il se retourna et inclina un verre et tendit la main pour puiser de la glace pilée et le redressa sous le robinet d'eau gazeuse et actionna la manette.

Je t'ai cherché au Seven Seas. Ils m'ont dit Bobby qui ?

Il posa le verre devant Western. Je t'en prie, dis-moi qu'ils t'ont foutu dehors.

Il y a une bestiole dans mon verre.

Borman se pencha et plissa les yeux. Ouais. Je crois qu'elle est morte. T'as qu'à pas boire jusqu'au fond.

OK.

Western écarta le verre. Ça fait combien de temps que t'es ici ?

Deux-trois semaines.

Elle est où ta veuve ?

Elle menace toujours de se pointer. Je sais pas trop, Bobby. Je suis un peu partagé.

Partagé.

Ouais. Je suis pas sûr d'être fait pour le bonheur conjugal.

Sans doute pas. Quand est-ce que tu as vu Sheddan ?

Je l'ai pas revu depuis l'enterrement.

Depuis quel enterrement ?

L'enterrement de Sheddan.

John est mort ?

Il m'a paru très mort. On l'avait mis dans un cercueil.

C'était quand ?

Je sais plus. Y a trois semaines je dirais.

Tu es allé à son enterrement ?

Tu pensais que j'allais rater ça ? T'étais pas au courant, hein.

Non.

Désolé, Bobby.

Il y avait beaucoup de gens ?

À l'enterrement ? Bien sûr. Quand on leur offre ce qu'ils attendent ils viennent en masse. Tous les vieux arnaqueurs de Knoxville. Et la plupart avaient l'air presque aussi mal en point que lui.

Putain.

Désolé, Bobby. Je croyais que t'étais au courant.

Il saisit le verre et le vida dans l'évier et le remplit de glace pilée puis d'eau gazeuse et le reposa devant Western.

Toute la vieille bande du billard. J'ai été un peu surpris de les voir tous se pointer.

Ils voulaient peut-être juste s'assurer qu'il était bien mort.

Ça m'a effleuré l'esprit.

Tu peux me passer le téléphone ?

Bien sûr.

Il attrapa le téléphone et le posa sur le comptoir et Western décrocha le combiné et composa le numéro du Seven Seas. C'est Janice qui répondit.

Salut, c'est Bobby. Josie m'a dit que j'avais du courrier. Harold est là ? Alors dis-lui que s'il m'apporte mon courrier au Napoleon je lui donnerai dix dollars.

Il raccrocha. Tu as quelque chose à manger ?

Je crois qu'il reste du riz aux haricots rouges dans le frigo.

Ça fait combien de temps qu'il y est ?

Je sais pas. Je me rappelle pas l'avoir vu l'été dernier.

Alors j'en veux bien un bol.

Ça roule. Tu veux des biscuits salés ?

Allez. Et sers-moi une Pearl. C'est à qui ce journal ?

À toi.

Sheddan. Ça fait chier.

Désolé Bobby.

N'empêche, ça fait chier.

Il mangeait le riz aux haricots rouges et buvait sa bière et lisait le journal quand Harold surgit tout essoufflé.

Nom de Dieu, Harold. Fallait pas courir.

Je me suis dit que pour dix dollars je devrais me magner le train.

Qu'est-ce que tu nous apportes ?

T'as rien reçu. Juste un prospectus de Sears and Roebuck.

Tu te fous de ma gueule.

Ouais. Tiens.

Western prit le courrier et lui tendit le billet de dix. Merci, Harold.

À ton service, Bobby.

Il passa en revue les enveloppes et tomba sur la lettre de Sheddan affranchie deux mois plus tôt à Johnson City, dans le Tennessee, et il l'ouvrit en déchirant le coin avec les dents.

Cher Messire,
Je t'écris de l'hôpital pour anciens combattants de Johnson City où les nouvelles ne sont pas bonnes. Apparemment le cavalier a marqué ma porte d'une croix et quand ce mot te parviendra – si tant est qu'il te parvienne – j'aurai réduit à rien le tumulte de vivre. Déroulé la bobine, débranché les transfos et les condensateurs. Hépatite C, avec des complications liées à un foie foncièrement dysfonctionnel et aggravées par diverses atteintes à d'autres organes attribuables à l'âge, à l'alcool et à un régime éclectique et substantiel de produits pharmaceutiques au fil des décennies. Dykes est venu me voir plusieurs fois. Tu peux me croire si je te dis qu'il n'a pas eu à faire la queue. Il a confié à un ami commun que j'allais me retrouver consigné dans un tel tréfonds de la géhenne qu'on ne pourrait pas me retrouver même avec un limier ignifugé. Je crois qu'il prépare une nécrologie

détaillée pour le torchon de Knoxville où il officie.
Jusqu'à présent il n'avait accordé cet honneur
qu'à l'un des chiens de chasse de Gene White.
J'avais pensé donner mon corps à la science mais
forcément même pour la science il y a des limites.
Dykes a déclaré publiquement qu'on ne saurait
envisager d'inhumation sans une étude préalable
des risques environnementaux. On pourrait croire
que la crémation est une meilleure solution
mais dans ce cas les toxines risquent de sortir
leurs griffes et de répandre un sillage de mort
et de pestilence parmi les chiens et les enfants
exposés au vent dans un périmètre d'une ampleur
imprévisible.

Plusieurs de mes connaissances ont salué mon
flegme face à la tournure des événements mais
en toute sincérité je ne vois pas pourquoi on en
fait tout un plat. Quel que puisse être l'endroit
où on descend du train, il n'a jamais eu d'autre
destination. J'ai beaucoup étudié et très peu appris.
Je trouve raisonnable d'espérer à tout le moins un
visage ami. Quelqu'un à ton chevet qui ne te voue
pas au diable. Du temps en plus ne changerait
rien et ce que l'on s'apprête à quitter à jamais
n'a sûrement pas été ce qu'on l'avait cru être.
Il suffit. Je n'ai jamais trouvé cette vie
particulièrement salubre ni clémente et je n'ai
jamais pu comprendre ce que je faisais là.
S'il y a un au-delà – et je prie ardemment
pour qu'il n'y en ait pas – j'espère seulement
qu'on n'y chante pas. Prends courage, Messire.
Telle était toujours l'adjuration des premiers
chrétiens et sur ce point au moins ils avaient
raison. Tu le sais, j'ai toujours trouvé ton histoire

abusivement chargée d'amertume. La souffrance fait partie de la condition humaine et doit être endurée. Mais s'y complaire est un choix.
Merci pour ton amitié.
En vingt ans je ne me rappelle pas avoir entendu une seule critique de ta bouche et rien que pour ça tu mérites toutes les bénédictions. Si jamais nous nous revoyons un jour j'espère qu'il y aura quelque abreuvoir où je pourrai t'offrir un verre. Et peut-être te faire visiter. Tu me repéreras sans peine : un échalas à l'air bravache en drapé blanc fait sur mesure.

                                            Fidèlement
                                                John

IX

Dès le dernier hiver le Kid fut enclin à de longues absences. Elle se réveillait parfois avec la sensation que quelqu'un venait de quitter la pièce et elle restait allongée dans le silence. Où lentement tout reprenait forme dans la lumière grise. Une nuit, un parfum de fleurs.

Elle descendit dans le Tennessee pour ce qui serait la dernière fois. Elle appela sa grand-mère et lui annonça sa venue. Elles ne s'étaient pas parlé depuis des mois et il y eut un blanc.

Mamy Ellen ?

Elle crut que sa grand-mère pleurait.

Tu ne veux peut-être pas que je vienne. Ce n'est pas grave.

Bien sûr que si, je veux que tu viennes. Si tu savais à quel point.

Elle n'avait même pas de manteau. Il avait neigé et elle partit marcher dans les bois. Avec les bottes de sa grand-mère. Elle était emmitouflée dans des pulls et elle portait le manteau de sa grand-mère.

Ce n'est pas grave, Mamy Ellen. Je ne suis pas très sensible au froid.

Toi peut-être pas, ma fille. Mais moi, si.

Quelques flocons encore. Gris sur fond de ciel gris. Les grands blocs de pierre de la carrière parmi les arbres nus. Elle s'agenouilla dans la neige et suivit de la main une trace en forme de corde qu'elle supposa être celle d'un serpent surpris par les premiers frimas.

Elle alla jusqu'à la carrière et descendit sur la grande scène de pierre qu'elle traversa jusqu'au miroir d'eau. Une couche de glace translucide par-dessus l'eau noire. Elle écarta les bras et se fit silhouette figée en pleine danse et tâta du bout de sa botte les plaques de glace.

Au matin elle fut réveillée par des reniflements et en risquant un œil par-dessus la couette elle vit Miss Vivian blottie dans l'angle du mur. Elle se redressa en s'enveloppant de la couette. Qu'est-ce qu'il y a ? demanda-t-elle.

La vieille dame souleva sa voilette pour pouvoir se moucher. Elle empoigna les furets pelés de son étole et roula en boule le mouchoir sale et le plaqua contre son nez et regarda la jeune fille. Pardon, dit-elle.

Qu'est-ce qu'il y a ?
Tout va bien.
Pourquoi vous pleurez ?
Parce que tout ça est si triste.
Qu'est-ce qui est si triste ?
Tout.
Vous pleurez sur tout ?
C'est les bébés.
Les bébés ?
Oui. C'est tellement triste.

Elle tapota ses vêtements et en sortit son lorgnon et le porta à son œil et se pencha pour dévisager la jeune fille. Ils sont si malheureux. Même au centre commercial on les entendait pleurer.

Les bébés.
Oui.

Pourquoi ils pleuraient ?

On n'en sait rien, si ? On sait juste que c'est unanime.

Il n'y a pas de bébés heureux ?

Non. Et pourtant ils essaient, ces petits anges.

Peut-être qu'ils savent ce qui les attend.

La vieille dame se moucha de nouveau, en secouant la tête. Une couche d'argile s'effrita de son visage. C'est vraiment une énigme. Que les gens aient l'air de trouver ça normal. Ça ne te paraît pas triste ? Que personne ne s'en soucie ?

Je ne sais pas. Est-ce qu'ils pleurent tout le temps ?

Non. Je les trouve très courageux. Ils veulent être heureux.

La jeune fille l'observa. Son costume qui avait l'air brûlé. La robe vénérable d'un pourpre bruni. Comme si on l'avait oubliée au soleil. Le chapeau surmonté d'une pyramide de fleurs de cimetière. Le collant filé.

Ça va ? Vous avez froid ?

Tout va bien, ma chérie. Elle se tamponna le nez et rajusta l'étole autour de ses épaules et leva les yeux. Tu as peut-être raison. Peut-être qu'ils savent ce qui les attend. Ils semblent tous être du même avis. C'est troublant, n'est-ce pas ?

Je ne sais pas quelle vision des choses peuvent avoir les bébés.

La vieille dame opina. Je sais. Je crois que ceux d'entre nous qui approchent du milieu de la vie sont souvent attirés vers les jeunes. Sans prévoir quel crève-cœur ça va être, bien sûr.

Le milieu de la vie ?

Oui. Des gens tels que moi par exemple.

Bien sûr. Qu'est-ce qu'on devrait faire selon vous ? Pour les bébés.

Je ne sais pas. On peut essayer de les distraire. Quelque temps. On ne peut s'empêcher de penser qu'ils viennent au monde avec leur désespoir. Malgré tout, je n'arrive pas à les imaginer pleurant dans le ventre de leur mère. Même s'ils peuvent en avoir envie.

Je ne vois pas quel avantage adaptatif il y aurait pour l'espèce à partager un chagrin collectif et inné.

La vieille dame reprit contenance. Elle parut méditer ces propos. Je ne suis qu'une vieille sotte, dit-elle. Je ne sais pas au juste ce qu'on a oublié. Comment savoir sans se souvenir ? Je sais seulement qu'on ne veut pas se souvenir. Tu as peut-être raison. C'est peut-être simplement qu'ils ont peur.

Ils ont peur de tomber et peur du bruit. Et de se noyer. Peut-être des serpents. Je ne vois pas trop comment on pourrait en déduire une angoisse existentielle atavique.

Ma foi. C'est difficile pour nous de saisir la nature des problèmes que doivent affronter les bébés. Ils ne savent pas où ils sont, forcément. Ils ne savent pas à qui se fier. Ils pourraient aussi bien être perdus dans les bois. À attendre les loups.

À attendre les loups.

Oui.

Je crois que les animaux crient quand il n'y a aucun danger à le faire. Les oiseaux chantent parce qu'ils peuvent s'envoler. Si les bébés pleurent ça doit vouloir dire qu'ils ne risquent rien.

La vieille femme secoua la tête. Des bébés qui ne risquent rien, dit-elle. Oh, comme on aimerait y croire.

Vous voyagez toute seule ?

Oui. Pas vraiment par choix. Je ne me suis jamais mariée. Si c'est le sens de ta question.

Je ne voulais pas être indiscrète.

Je ne suis pas vraiment des leurs, tu sais.
Les saltimbanques.
Oui.
Un peu quand même.
Bon. On pourrait dire ça. Je suppose. Mais je n'ai jamais trop aimé les gens du spectacle.
Vous êtes assez réservée, j'ai remarqué.
C'est juste que je n'aime pas trop les faux-semblants.
Moi non plus.
Les choses qu'on dit pour plaisanter sont souvent cruelles.
C'est bien vrai.
Dans une autre vie j'aurais agi différemment.
Une autre vie.
Ce n'est pas tant que je croie que les bébés ont une opinion. Je crois qu'avant tout ils ne se plaisent pas en ce monde. Bien sûr on pourrait rétorquer qu'ils n'ont pas d'élément de comparaison. Ils n'ont jamais été nulle part. Encore moins ici. Et ils n'ont jamais vu de gens et il serait légitime de se demander comment ils peuvent savoir que ce qu'ils voient ce sont des gens. Ou si n'importe quelle créature ferait l'affaire. Ils ne se sont jamais vus eux-mêmes. Si un bébé naissait dans une maison remplie de Martiens je suppose qu'il lui faudrait un moment pour comprendre qu'il n'est pas dans la bonne maison. Et si d'aventure il se regardait dans le miroir et qu'il voyait qu'il a deux yeux alors que tout le monde en a trois ?
Vous croyez aux Martiens ?
Ce ne seraient pas forcément des Martiens. Le bébé pourrait se retrouver parmi des ours.
Un ours ou la vie.
Pardon ?
Des ours.

Est-ce que ce serait si terrible ?
Non, à moins de se faire dévorer.
Dès qu'ils viennent au monde ils se mettent à gémir. Les bébés.
Oui. Je ne crois pas que ce soit ce monde le problème. Ça peut très bien être nous. Par exemple. Peut-être que nous sommes devenus pour nous-mêmes un objet de dégoût. Pas très réjouissant comme idée, hein ?
Ça paraît improbable.
Comme tout le reste.
Tout.
Je crois. Bien sûr, ça n'empêche pas les choses les plus improbables d'arriver.
C'est bien vrai.
Tu pleurais quand tu étais bébé ?
Oui. Quand j'étais bébé.
Mais ensuite tu as arrêté.
Oui.
Alors qu'est-ce que tu as fait à la place ?
Je n'ai rien fait.
Tu es restée là comme ça.
Ils ont cru que j'avais un problème. Je levais les yeux vers eux quand ils pointaient leur tête au-dessus du berceau mais c'était à peu près tout. Ils se glissaient dans ma chambre à trois heures du matin et j'étais là, à me tenir les pieds. Ça a continué comme ça pendant à peu près deux ans et demi et puis un jour je me suis levée et je suis descendue chercher le courrier.
Ce n'est pas vrai.
Non. Mais c'est à peu près ça.
Il y avait d'autres bébés dans les parages ?
Non. Rien que moi.
À quoi tu pensais ?
Je ne me souviens pas. Apparemment je ne

m'intéressais pas beaucoup au monde. J'avais quelques peluches. Je suppose que si les nourrissons ne sont pas davantage horrifiés d'être ainsi balancés dans ce monde c'est que leur capacité à éprouver de l'horreur et de la terreur et de la révolte n'est pas assez développée. Pas encore. Le cerveau d'un enfant la veille de sa naissance est le même que le lendemain. Mais tout le reste est différent. Il leur faut sans doute un moment pour admettre que cette chose qui les suit partout c'est eux-mêmes. Après tout, ils n'ont jamais vu leur corps. Il faut qu'ils apprennent à raccrocher le visible au tactile. Les nouveau-nés ne sont sans doute pas très prompts à assigner une réalité au visible. Et assigner une réalité, c'est en gros ce qu'on leur demande de faire.

Le visible, c'est quoi selon eux ?

Ils n'en savent rien. Il n'y a pas plus noir que l'utérus. Je crois que quand ils ferment les yeux ils s'imaginent peut-être même y retourner. Ou du moins ils l'espèrent. Ils ont besoin de ce répit. Excusez-moi. Je réfléchis tout haut.

Ça m'arrive tout le temps.

Mais vous pensez qu'ils n'ont pas envie d'être ici.

Je crois qu'au bout de quelque temps ils veulent trouver un responsable. C'est ce qu'on apprend quand on apprend le monde. Bien sûr, les choses peuvent très bien arriver toutes seules. Mais c'est inhabituel.

Vous pensez qu'on a tendance à chercher un coupable quand les choses ne tournent pas bien.

Oui. Pas toi ? S'il n'y a pas de coupable comment espérer une justice ?

Je crois que je n'avais jamais vu les choses sous cet angle.

Si tu n'avais jamais été nulle part et que tu ne savais

pas où tu allais ni pourquoi tu y allais est-ce que tu serais enthousiaste à l'idée d'y aller ?

Pas tellement j'imagine.

Les bébés en viennent très tôt à croire que tout ce qui leur arrive est le fait des autres sinon à quoi serviraient les autres ? Ce n'est pas une bonne raison de pleurer ?

Ils ne peuvent pas simplement pleurer parce qu'ils ont faim ? Ou qu'ils ont mouillé leur couche ?

Certes. Mais normalement ce sont là des choses dont on se plaint, pas des choses qui font hurler de détresse.

Peut-être simplement qu'ils ne font pas encore la différence. Mon hypothèse c'est que s'ils braillent tout le temps c'est parce qu'ils peuvent le faire impunément. Du point de vue de l'évolution des espèces. Si on compte dévorer un bébé on doit comprendre qu'il est veillé vingt-quatre heures sur vingt-quatre par des créatures avec de longues lances et d'énormes gourdins.

Mais tu as arrêté de pleurer.

Quand j'étais bébé.

Oui.

Oui. Je crois même que je suis devenue très calme.

Et aujourd'hui tu pleures ?

Oui. Aujourd'hui je pleure.

Il alla dîner au Arnaud's et sirota un verre de champagne brut frappé. Il porta un toast muet à Sheddan. Qu'est-ce qu'on dit aux morts ? On a peu de choses à partager. Santé ? Est-ce qu'on doit répondre à leurs lettres ? Et eux aux nôtres ? Quand le serveur vint retirer le linge enveloppant la demi-bouteille de champagne dans son seau Western le dissuada d'un geste.

Monsieur ?

Nous préférons servir nous-mêmes notre champagne. Nous l'aimons froid et effervescent plutôt que chaud et éventé. C'est une petite manie.

Monsieur ?

Ça ira. Je me servirai moi-même si vous permettez. Je n'ai pas vu de homard au menu. Vous savez ce qu'il en est ?

Je vais me renseigner.

Il revint en disant qu'en effet ils avaient du homard et Western le commanda grillé accompagné d'une pomme de terre au four à la crème aigre avec un supplément de beurre. Le serveur le remercia et s'éclipsa. Western remplit son verre et replanta la bouteille dans la glace pilée.

Pardonne-moi, John. J'aurais dû m'y attendre. J'aurais dû m'attendre à un tas de choses. À la tienne.

Tout en sachant qu'il commettait une erreur il fit un saut au Seven Seas. Josie était au comptoir. J'imaginais pas te revoir, dit-elle.

Comment ça va ?

Bien. Tu viens de les manquer.

Tu rigoles.

Non, non. À une heure près.

Timing parfait. Pourquoi tu crois qu'ils s'obstinent à revenir ? Pourquoi ils croient me trouver ici ?

Je ne sais pas. Bien sûr je pourrais te rétorquer que tu es ici. Tu veux une bière ?

Non. Je suis bien comme ça.

Ben t'as pas l'air.

J'ai perdu du poids.

Ah ouais ?

J'ai l'air comment ?

Je sais pas.

Hâve.

Si tu le dis, peu importe ce que ça veut dire. T'as surtout l'air un peu abattu. Ou peut-être simplement pensif. Plus que d'habitude. Ce qui d'ailleurs n'est peut-être pas si exceptionnel.

Un ami est mort.

Je suis navrée de l'apprendre. Un ami proche ?

Un type exceptionnel.

Quelqu'un qui va te manquer.

Oui.

T'as du courrier qui t'attend ici. Ces mecs ne me croient pas quand je leur dis que je sais pas où t'es. Ils posent toujours la question. Mais c'est juste une façon de dire que je veux pas savoir. J'ai pas envie qu'ils me foutent en taule pour recel de malfaiteur.

Tu pourrais m'adopter.

T'adopter.

Oui. Dans ce cas je deviendrais un parent proche et tu ne serais plus légalement tenue de me balancer.

Tu te fous de ma gueule.

Je ne sais pas. Ça varie selon les États. Passe-moi le téléphone.

Elle saisit le téléphone et le posa sur le comptoir et il décrocha le combiné et composa le numéro de Kline. Pas de réponse. Il raccrocha le combiné. Puis il le reprit et appela Debussy.

Salut mon chou.

Comment t'as su que c'était moi ?

J'ai un nouveau téléphone dernier cri qui me dit qui appelle.

Qu'est-ce que tu fais ce soir ?

Je travaille.

À quelle heure tu termines ?

Une heure. Tu me proposes un rencard ?

Je veux que tu fasses quelque chose pour moi.

D'accord. C'est un truc de fille ?

Je veux que tu lises une lettre de ma sœur et ensuite que tu m'en parles.

D'accord.

Tu ne veux pas savoir pourquoi ni rien ?

Non.

Alors tu peux me retrouver ce soir ?

J'avais cru comprendre qu'on avait déjà rendez-vous.

Une heure et demie ?

Je ne peux pas être là pour une heure et demie. Il faut plus de temps pour enlever du maquillage que pour en mettre. Pour deux heures, je peux.

D'accord. Où ça ?

Choisis.

On dit à l'Absinthe House ?

D'accord.

On pourra manger un morceau si tu veux.
Je sais. Tout va bien ?
Ça va. Alors on se voit à deux heures ?
Oui.
Merci Debbie.
Il raccrocha et gagna la salle de bains à l'étage et verrouilla la porte et démonta l'armoire à pharmacie.

Il arriva en avance à l'Absinthe House et l'attendit sur le trottoir. Il savait qu'elle détestait franchir une porte sans cavalier mais il n'aurait pas dû s'inquiéter. Elle traversait Bienville Street au bras d'un gentleman grisonnant en costume. L'homme échangea avec Western une brève poignée de main et embrassa Debussy sur les deux joues et tourna les talons et retraversa la rue. Western et Debussy entrèrent. L'endroit était bondé, occupé essentiellement par des parachutistes anglais.

Bonté divine, dit-elle.

Ça n'était peut-être pas une bonne idée.

Elle lui prit le bras et regarda vers l'extrémité du comptoir. Ça va aller. Viens.

Un serveur se frayait un chemin vers eux. Les paras la sifflèrent et poussèrent des cris de loup. Regarde-moi le petit veinard qui est avec elle. Le serveur les atteignit et les évacua vers l'arrière-salle.

Merci, Alex.

Je vais vous installer ici. On peut fermer la porte.

Merci, mon chou. Alex, je te présente Bobby. Bobby, Alex.

On aurait dû réserver.

Ce n'est pas un problème, monsieur. Qu'est-ce que je peux vous servir ?

Je prendrai la même chose qu'elle.

Vous savez qu'elle ne boit pas.

Ça m'ira très bien.

Je vous apporte ça tout de suite.

Il disparut dans le vacarme et la fumée et referma la porte.

Je comptais lui demander la carte du bar.

Ce n'est pas grave. Si ça te va comme ça, ça me va aussi. Quoique je pourrais changer d'avis sur la boisson.

Tu préférerais aller ailleurs ?

Non. D'ailleurs, le bruit est l'ennemi des oreilles indiscrètes.

Parce qu'on nous indiscrète ? Ça existe ce verbe ?

Ça devrait.

Alors raconte-moi ce qui t'arrive. Mais je ne veux rien entendre d'horrible.

Il y a beaucoup de trucs que je ne t'ai pas racontés.

Je sais.

Comment tu le sais ?

Tu plaisantes, j'espère.

OK. Je crois que je suis sur le point de devenir quelqu'un d'autre.

Il était temps.

Western sourit.

Le serveur apporta leurs boissons. De grands verres d'eau gazeuse légèrement teintés de triple sec. Et des bitters, avec un zeste de citron. Western leva les yeux. J'ai changé d'avis, dit-il.

Le serveur saisit l'un des verres et le reposa sur son plateau. Western tendit la main et le reprit. Apportez-moi un double gin.

Sec.

Oui.

Debussy but une gorgée. Tu as besoin d'un soutien.

Je ne sais pas de quoi j'ai besoin.

Alors lance-toi.

OK.

Il sortit la lettre de sa chemise et la posa sur la table. Voilà la lettre. Je ne l'ai jamais ouverte. J'ai un certain nombre de lettres d'elle et une partie de son journal intime de 1972 et je vais peut-être te demander de me les garder.

D'accord. Même si je dois dire que ça me rend un peu nerveuse.

Tu n'es pas obligée.

Qui est-ce qui te pourchasse ?

Je ne sais pas. Je crois que ça ne change pas grand-chose.

Comment ça, pas grand-chose ?

Parce que quels que soient ces gens la seule option possible c'est la fuite.

Tu vas prendre la fuite ?

Oui.

Je ne te reverrai plus.

C'est une autre question. On va voir ce qu'on peut faire.

Je ne veux pas perdre ton amitié.

Jamais tu ne perdras mon amitié.

Elle sortit son étui à cigarettes. J'ai ta parole.

Oui.

Tu veux que j'ouvre la lettre ?

Attends juste qu'on m'apporte mon gin. J'irai le boire au bar. J'aimerais que tu voies s'il est question de son violon. Et de l'endroit où il peut se trouver. Et puis d'un éventuel compte en banque qu'elle aurait pu avoir quelque part.

D'accord. Ça, je peux le faire.

Le serveur posa le verre de gin sur la table et Western but une gorgée d'eau gazeuse puis versa le gin dans le grand verre et remua avec une paille. Prends ton temps. Je n'ai aucune idée de ce qu'il y a dans cette lettre.

Très bien.

Je suis désolé, Debbie. Je n'ai personne d'autre à qui confier ce fardeau.

Ne t'en fais pas.

D'accord.

Ne te laisse pas entraîner dans une bagarre.

Promis.

Je t'enverrai Alex pour te prévenir.

OK.

Je peux te poser une question ?

Bien sûr.

Ce n'est pas un problème pour toi ? De n'avoir personne ?

Western regarda sa main. À plat sur la table. Au bout de quelques instants il dit : On ne m'a rien demandé. On ne m'a pas consulté.

Tu n'as pas ton mot à dire alors que c'est ta vie.

Si j'ai perdu tous ceux que j'aimais au monde qu'est-ce que ça change pour moi d'être libre d'aller à l'épicerie ?

Et c'est comme ça pour toujours.

Oui.

Il leva les yeux vers elle. Elle était au bord des larmes.

Excuse-moi. Je ne voulais pas te faire de peine.

Bon, je n'ai qu'à lire la lettre.

Ça n'est peut-être pas une bonne idée.

Je n'ai qu'à la lire.

D'accord. Merci.

Il prit son verre et sortit par le bar et gagna la rue. Plutôt calme. Deux jeunes gars passèrent nonchalamment et le plus grand des deux le jaugea et ils jetèrent un coup d'œil à l'intérieur du bar.

Je n'irais pas là si j'étais vous.

Le plus petit se détourna de la porte. Tu n'es pas nous, dit-il.

Le grand s'était risqué à l'intérieur et il revint sur le trottoir. Allez, viens, dit-il.

Qu'est-ce qu'il y a ?

Il se tourna vers Western. Merci, mon ange.

À votre service.

Il rentra. Alex le cherchait. Qu'est-ce que vous lui avez dit ?

Je ne lui ai rien dit. Pourquoi ?

Parce qu'elle pleure comme une Madeleine.

Merde. OK. Je suis désolé.

Il se précipita dans l'alcôve et referma la porte. La lettre était posée sur la table, ouverte. Elle le regarda et aussitôt détourna les yeux. Oh Bobby.

Je te demande pardon.

Pauvre petite. Pauvre petite.

Je te demande pardon. Je suis vraiment con.

Ce n'est pas ta faute. C'est moi qui me suis mise dans cette situation. Mon Dieu. Regarde dans quel état je suis. J'ai une sœur, tu sais. Je suis désolée. Je suis en train de bousiller ta lettre. Elle ouvrit son sac et en sortit un mouchoir et épongea la lettre à l'endroit où une traînée de mascara avait coulé sur le papier.

Ne t'en fais pas pour ça.

Elle se tamponna les yeux.

J'ai failli revenir pour te dire de laisser tomber.

C'est pas grave. C'est moi qui suis un vrai bébé.

Je suis vraiment désolé.

Le serveur ouvrit la porte et jeta un regard dans la pièce. Tu vas bien ?

Tout va bien, Alex. Merci. Juste une mauvaise nouvelle dans une lettre. Ça va aller.

Il parut dubitatif mais referma la porte.

Je dois avoir une tête à faire peur. Tu veux vraiment que je te garde ces lettres ? Il y en a combien ?

Pas beaucoup. Mais je ne veux pas que tu t'en charges si ça doit te mettre mal à l'aise.

Mais je n'aurais pas à en lire d'autres.

Non.

Alors d'accord.

Je t'écoute.

Le violon est chez le marchand où elle l'a acheté. J'espère que tu sais où c'est parce qu'elle ne le dit pas.

Je ne savais pas qu'elle l'avait acheté chez un marchand. Je croyais que c'était à une vente aux enchères.

Ça vaut beaucoup d'argent ? J'imagine que oui.

Je crois. Elle l'avait acheté avec l'héritage de sa grand-mère. Je trouvais ça extravagant de gaspiller son héritage pour un crincrin. Cet argent était censé payer ses études mais elle a dit que quelqu'un d'autre les financerait. Et elle avait raison bien sûr. Et elle disait que quelle que soit la somme déboursée pour un violon Amati ça paraîtrait une bouchée de pain dans quelques années.

Où est-ce qu'elle a fait ses études ?

À l'Université de Chicago.

Et elle avait quoi ? Douze ans ?

Treize ans.

Comment elle a su quel violon acheter ?

Elle était experte en violons de Crémone, pratiquement une autorité mondiale. Elle connaissait l'histoire d'une bonne centaine d'entre eux. Elle recevait des lettres de musées qui lui demandaient son avis sur des pièces de leur collection. Elle élaborait des modèles mathématiques de leur acoustique. Des diagrammes de la propagation des ondes sinusoïdales dans la table d'harmonie. Elle a fini par élaborer un modèle topologique qui indiquait comment fabriquer le violon parfait. Les Amati étaient simplement assemblés avec de la colle et en fin de compte elle a complètement démonté le sien. Elle travaillait avec une femme du New Jersey qui s'appelait Hutchins. Et avec un certain Burgess, d'Ann Arbor. Il y a encore des gens qui essaient de la contacter. Elle n'avait vraiment pas besoin d'aide pour choisir un violon. Cet Amati était une vraie rareté. Je ne crois pas qu'il avait été mis en vente depuis des années.

Elle replia la lettre et la rangea dans l'enveloppe.

Je suis vraiment navré, Debbie. Je n'avais personne d'autre à qui demander.

Ne t'en fais pas.

Elle ouvrit son poudrier et se regarda dans le miroir. Mon Dieu, dit-elle.

Tu veux qu'on y aille ?

Il faut que je passe au petit coin. Réparer un peu les dégâts.

D'accord. Je vais demander la note.

Il n'y aura pas de note. Mais laisse un pourboire.

Cinq dollars ?

Plutôt dix.

Très bien. Merci, Debbie.

Ils sortirent par le bar mais à ce stade la soldatesque semblait trop éméchée pour leur prêter beaucoup d'attention. Il y eut bien quelqu'un pour crier à Debbie de larguer cette tapette mais ce fut à peu près tout. Western héla un taxi. Ils remontèrent Dumaine Street jusque chez elle et il l'escorta jusqu'à la grille.

J'ai l'impression d'avoir abusé de ton amitié.

Elle est intacte, Bobby. Depuis toujours. Rien ne s'efface. Tu n'abuses en rien.

D'accord.

Clara arrive dans deux semaines. Je veux que tu la rencontres. Tu vas avoir le coup de foudre.

Tu es contente qu'elle vienne ?

Très.

Elle se pencha pour l'embrasser sur les deux joues.

Tu veux que je te raccompagne jusqu'à ta porte ?

Non. Ça va aller.

Tu as quelqu'un ?

Oui. Ça ne te dérange pas ?

Non. Pas du tout. Je ne voudrais pas faire le fouineur.

Elle glissa la clé dans la serrure et la tourna et ouvrit la grille.

Appelle-moi.

Promis.

Et prends soin de toi.

Promis. Toi aussi.

Bonne nuit.

Bonne nuit.

Bobby ?

Oui.

Tu sais que je t'aime.

Je sais. Dans une autre vie. Dans un autre monde.

Je sais. Bonne nuit.

X

Il avait passé la journée en ville et il rentra le soir venu par le ferry. Debout sur le pont supérieur, à regarder en contrebas un jeune homme et une jeune fille se partager un joint. Le ferry était baptisé la *Joven Dolores*. Il le surnommait *Les Jeunes Souffrances*. La sirène retentit une dernière fois et les matelots larguèrent les amarres à l'avant et à l'arrière et ils s'engagèrent dans les eaux tranquilles du détroit. Le clapotis de l'eau contre la coque. Le clocher dominant la vieille ville fortifiée pivota lentement et s'éloigna.

Ils longèrent lourdement les îles dans le crépuscule qui s'affirmait. Los Ahorcados, El Pou. Espardell. S'Espardelló. Le phare de Los Freos. Il s'était acheté un petit carnet ligné à la papeterie d'Ibiza. En mauvaise pâte à papier qui ne tarderait pas à jaunir et à s'émietter. Il le sortit et y écrivit au crayon. Vor mir war keine Zeit, nach mir wird keine sein. Il rangea le carnet dans son filet à provisions et contempla les mouettes dans les feux de la mâture où elles viraient au-dessus de la poupe. Elles tournaient la tête, observaient l'eau en dessous d'elles et s'observaient entre elles, puis replongeaient l'une après l'autre vers les lumières de la ville.

Il s'avança pour se poster contre le bastingage, le visage au vent. Sous ses pieds le diesel palpitant dans les profondeurs des ponts. Au loin l'île de Formentera comme un long ruban de criques et de caps. Les petits chapelets d'îlots sombres. Une vedette franchissait la ligne d'ombre de la mer aux cieux comme les anciens dans leurs embarcations terrestres y avaient jadis aspiré.

Il récupéra son vélo dans la cour de la bodega de Cala Sabina et suspendit son filet au guidon et se mit en route vers San Javier et le promontoire de La Mola. Des champs de blé nouveau cinglaient doucement le noir du bord de route. La montée à travers la pinède. En forçant sur les pédales. Seul au monde.

Il y avait une serrure de fer montée sur la lourde porte en bois et une clé de fer noire forgée à la main et dressée au marteau que Guillermo ne voulait pas lui laisser. Is okay, avait-il dit. Personne ne va venir.

Bueno. Pero si va a venir nadie, por qué está cerrada ?

Ah. No sé. Pero la llave es muy vieja. Es propiedad de la familia. Me entiendes ?

Sí. Por supuesto. Está bien.

Il poussa la porte et poussa son vélo devant lui et l'appuya au mur et referma la porte et prit la lampe sur la petite table et l'alluma et replaça le verre et brandit la lampe pour y voir. Un escalier de pierre montait contre le mur du fond. Une odeur de grain moisi. La grande meule en pierre couchée dans l'ombre et les énormes rouages de bois, cette grande horloge des astres. Tout le mécanisme taillé dans de l'olivier et joint par des ferrures martelées sur quelque enclume ancienne et le tout s'élevant vers la voûte noire du moulin tel un immense planétaire de bois. Il en connaissait chaque pièce. L'arbre des ailes et le rouet de frein. L'œillard. Il gravit l'escalier à travers les ombres lampe à la main vers le grenier de bois où il dormait.

Son lit était une planche de contreplaqué posée sur

des cubes de bois et surmontée d'une paillasse cousue de toile grossière avec deux couvertures noir et gris des surplus de l'armée italienne. Il avait tendu au-dessus une bâche en plastique pour se protéger des fuites du toit et des crottes de pigeon. Il posa la lampe sur la petite table en même temps que le filet à provisions et balança ses sandales et s'étendit sur le lit. Les pigeons s'agitèrent et des brins de paille flottèrent dans la lumière jaune. Il y avait une petite fenêtre ménagée dans l'épais mur de pierre et parfois la nuit il s'y installait pour guetter les navires. Leurs feux au loin.

Il dormit et dans la nuit il fut réveillé par une pâle lueur illuminant la tour. La lampe s'était consumée et fumait. Il tendit la main pour éteindre la mèche. Une sirène de bateau. Il ne dormait jamais que quelques heures. Parfois c'était juste le vent. Parfois la porte qui tremblait en bas. Comme si quelqu'un testait le verrou. Il avait enfoncé une cale en bois sous la porte à coups de talon mais à présent il appréciait ce bruit. Il s'assit enveloppé dans une couverture et contempla le noir lointain de la mer sous sa cape changeante d'étoiles qui s'élevaient et retombaient. Il revint, cet embrasement blême de l'orage qui découpa la fenêtre et la projeta brève et tremblante sur le mur du fond. Une nappe de lumière blanchoyant en silence sur la mer étagée, les cumulus à l'horizon dessinés par les éclairs à contre-nuit et le lent reflux plombé comme du mâchefer dans une cuve et la vague odeur d'ozone. La courte saison des orages. Il se rendormit bercé par le crépitement de la pluie sur la bâche et quand il s'éveilla il faisait jour.

Dans la matinée il marcha sur la plage encapuchonné et protégé de la pluie par son bon vieil anorak anglais en toile cirée. L'air était empli de fleurs d'amandier. Elles flottaient et se posaient dans les ornières de la route et s'entassaient le long du rivage où elles chevauchaient la lente houle noire. Deux chiens dévalèrent la pente de sable dans sa direction et puis ils virent qu'ils ne le connaissaient pas et se détournèrent. De grands eskers de varech s'étaient échoués pendant la tempête et les goémoniers étaient à l'œuvre avec leurs fourches de bois pour l'entasser dans leurs charrettes. Ils le saluaient d'un signe de tête en le croisant, leurs petites mules courbées dans les brancards.

Il marcha jusqu'au promontoire sous la pluie fine. Des flotteurs de liège, des tessons de verre. Du bois flotté. Au-delà du cap les rochers marbrés qui dégringolaient vers le sable, le long bouillonnement des vagues qui refluaient. Immémorial. Inlassable. De l'autre côté du détroit la forteresse rocheuse de Vedrà tout juste visible. Les flèches de pierre, noires sous la pluie.

Les premiers habitants de l'île avaient bâti des tours. Les talayots. Et puis ils disparurent. Alors vinrent les Phéniciens, les Carthaginois. Les Romains. Les Vandales. Les cultures byzantine puis musulmane. Au quatorzième siècle la couronne d'Aragon. Sur la plage gisait un dauphin mort. La longue mâchoire à nu, la chair en lambeaux gris. Il avait amassé une demi-poignée de tessons patinés par la mer, d'un vert pâle opaque et dépoli. Il les assembla en un petit cairn sur le sable plat et humide où ils ne tarderaient pas à s'effondrer de nouveau dans la mer.

Dans les années à venir il parcourrait la plage presque chaque jour. Parfois la nuit il s'allongerait sur le sable sec en bordure de la laisse et tels les capitaines d'antan il scruterait les étoiles. Peut-être dans l'espoir de tracer sa route. Ou de déchiffrer quel projet aurait la faveur des astres dans leur lente reptation à travers l'immensité noire et éternelle. Il gagna le point d'où on apercevait les lumières de Figueretas disséminées sur le rivage d'en face. Le clapotement de la mer noire. Il retroussa son pantalon jusqu'aux genoux et s'aventura dans l'eau. La côte de Caroline par une nuit semblable. Les lumières de l'auberge et le long de l'allée. Son souffle sur sa joue quand elle l'embrassa pour lui souhaiter bonne nuit. La terreur qui lui saisit le cœur.

Sheddan avait dit un jour que le Mal n'a pas de solution de repli. Il est tout bonnement incapable d'envisager l'échec.

Et quand ils percent les murs en hurlant ?

Elle dans sa toge blanche, brandissant sa lanterne au milieu des arbres. L'ourlet retroussé dans sa main, sa fine silhouette sous le drap découpée par la bougie. Les ombres des arbres, et puis rien que le noir. Le froid dans l'amphithéâtre de pierre et la lente rotation des étoiles dans le ciel.

Voici une histoire. Le dernier d'entre les hommes seul dans l'univers qui s'enténèbre autour de lui. Qui pleure toutes choses d'un unique chagrin. Des vestiges pitoyables et exsangues de ce qui fut son âme il ne tirera rien dans quoi confectionner la moindre chose divine pour le guider en ces derniers des jours.

Des années plus tard il irait souvent à Ibiza par le ferry pour dîner à Porroig avec Geert Vis et sa femme Sonia. Il y aurait une voiture qui l'attendrait sur le quai et dans la maison ils dégusteraient l'apéritif et de bons plats espagnols de fruits de mer et de poulet aux sauces savoureuses et du bon vin rouge du continent. En fin de soirée le chauffeur de Geert le ramenait à l'embarcadère. Il s'asseyait sur une bitte d'amarrage et contemplait les lumières. Les rires qui montaient du café d'en face. Et dans le noir de la baie le plonc-plonc sourd du moteur auxiliaire d'un bateau de pêche. Vis l'exhortait à se trouver une femme. Il le disait d'un ton soucieux, en se penchant vers lui et en lui pressant le bras. Une riche touriste, Robert, chuchotait-il. Tu verras.

Quelqu'un en ville était mort. Il avait entendu le glas avant même qu'il fasse jour. Une certaine réserve chez les clients vêtus de noir de la bodega. Ils le saluèrent d'un signe de tête. Il s'assit avec son verre de vin. Des tarentes blafardes entouraient les disques de lumière projetés au plafond par les lampes des tables. À l'affût des phalènes tels des prédateurs à un point d'eau. Avec leurs pattes collantes. Des forces de van der Waals. Il salua les hommes de la tête et leva son verre. Sur le chemin du retour le ciel était clair et la lune se leva et se posa sur la route devant lui. Le parcours du long promontoire sombre où le moulin découpait sa silhouette sur le ciel. Face au vent il étudia le ballet des étoiles dans les ténèbres. Les lumières du village au loin. La montée de l'escalier, lampe à la main. Salut, lança-t-il. Cette coupe. Cette coupe amère.

Son père leur parlait peu de Trinity. Il en savait surtout ce qu'on pouvait en lire. À plat ventre dans le bunker. Les voix chuchotant dans le noir. Deux. Un. Zéro. Puis le brusque méridien blanchi. Au-dehors les rochers dissous en flaques de scories sur le sable fondu du désert. Des petites bêtes prostrées hagardes dans ce soleil soudain et impie avant de n'être plus. Et ce qui parut une immense créature violette s'élevant de la terre où elle avait cru dormir d'un sommeil immortel en attendant son heure, l'heure d'entre toutes les heures.

C'était son père qui l'avait emmenée voir tous ces médecins. Qui s'attablait dans la cuisine de la vieille ferme le regard fixé par-delà les champs sur le ruisseau et sur les bois. Il avait noté dans un carnet des choses qu'elle avait dites et qu'il n'arrivait pas à comprendre et il les lut et les relut jusqu'à ce que peut-être il finisse par comprendre que sa maladie – comme il l'appelait – était moins un état qu'un message. Plus d'une fois en se retournant il l'avait vue sur le seuil l'observer. Fräulein Gottestochter apportant des dons qu'elle-même bientôt ne revendiquerait plus.

Son père. Qui avait créé avec la pure poussière de la terre un soleil maléfique à la lumière duquel chaque homme voyait à travers linge et chair, tel un hideux présage de sa propre fin, les os dans le corps de l'autre.

Il avait cherché la tombe de son père dans tous les trous à rats du nord du Mexique mais en vain. En parlant dans son mauvais espagnol à des fonctionnaires en chemise tachée qui le regardaient sans un mot et ne faisaient même pas semblant de le croire sain d'esprit. Dans les rues de Knoxville il avait croisé une figure de son enfance qui lui avait demandé sans penser à mal s'il croyait que son père était en enfer. Non, avait-il dit. Plus maintenant.

Parfois il s'attardait dans la petite église de San Javier. Les longs après-midi paisibles. Les femmes en châle noir se forçaient à ne pas l'épier. Un bénitier de pierre aux angelots de pierre. Les planches minables derrière l'autel étaient repeintes en or et les murs plâtrés de l'église décorés de fleurs peintes que visitaient des bêtes papillonnantes, flottant dans la lumière lambrissée, une première, puis une autre. Il avait d'abord pensé à des colibris avant de se rappeler que l'espèce n'existait pas dans l'ancien monde. Il allumait un cierge et glissait une peseta dans le tronc de fer-blanc.

Il alla marcher le long des promontoires. Au loin le tonnerre roulait à travers l'horizon obscur dans un bruit de caisses qui s'effondrent. Un temps inhabituel. Des éclairs minces et vifs. La mer d'entre les terres.

Berceau de l'Occident. Fragile chandelle vacillant dans les ténèbres. Et l'Histoire tout entière un simple filage de sa propre extinction.

Au matin il y avait une araignée sur la couverture. Avec ses yeux sésame. Il souffla dessus et elle déguerpit. Il avait rêvé de son père. Plus tard dans la journée il se rappela. Une silhouette ravagée traînant la patte dans le couloir de la clinique minable. Il poussait devant lui sa potence à roulettes pleine de tuyaux et de poches. À quelques jours peut-être de la mort et d'un enterrement anonyme dans le caliche d'une fosse commune en terre étrangère. S'arrêtant et se retournant les yeux humides. En chaussons de papier et blouse blanche tachée. Où est mon fils ? Pourquoi il ne vient pas ?

Il traversa le petit port à vélo. Descendit le mince ruban de route gravillonnée de l'estuaire et longea les basses terres. Où jadis on récoltait le sel pour la cité de Carthage. Frumentaria. Le nom romain de l'île. Les lumières d'Ibiza s'allumaient vers le nord. Il s'assit sur une pierre où était fiché un vieil anneau de fer et entreprit de regonfler un pneu en essayant de devancer la nuit. Le vélo posé sur ses fourches et appuyé au muret. Il tendit l'oreille en actionnant la pompe tout près de son visage. Il sortit une rustine de la petite sacoche de cuir accrochée sous la selle.

Un jour il rencontra une jeune Américaine de Baltimore et ensemble ils se promenèrent dans la vieille ville. Ils déambulèrent parmi les pierres du petit cimetière. Il lui confia qu'il se ferait enterrer ici mais elle eut l'air sceptique. Peut-être, dit-elle. On n'obtient pas toujours ce qu'on veut. Il y avait des marques de rasoir sur ses poignets. Il détourna la tête mais trop tard. Il faut que j'y aille, dit-elle.

Le soir il ramassa du bois et des boulettes de goudron

le long de la plage et il fit un feu et s'assit dans le sable à sa chaleur. Un chien remonta la plage dans le noir. Rien que deux yeux rouges. Il s'immobilisa, s'attarda. Puis il contourna les rochers et reprit son chemin. Les flammes cinglaient le vent et il dormit enveloppé dans sa couverture et se réveilla face à un feu quasiment réduit à du charbon. Des flammes vertes minérales et des braises qui filaient sur la plage. Il remit du bois frais et écouta le lent clapotement noir des vagues dans la nuit. Des barques de roseau tirées sur le sable. L'écho du bronze ou du fer en ces nuits millénaires. Les plaintes des mourants. Si tu ensevelis la clef du parchemin quelle autre pierre sacrée te fera voir ta perte ?

N'aie pas peur, disait-elle. Les mots les plus effrayants qui soient. Qu'avait-elle vu ? Elle pour qui le sang était tout. Et rien. Un homme aux dons sans conséquence. Enfant elle inventait des jeux que même alors il avait du mal à suivre. Elle l'emmena au grenier où quelques années plus tard, pour un moment du moins, elle tiendrait bon face à un monde jusque-là inconnu. Ils s'accroupirent sous le toit mansardé et elle lui prit la main. Elle dit qu'ils étaient faits pour découvrir quelque chose qu'on leur avait caché. Et c'est quoi ? demanda-t-il. Et elle dit c'est nous. C'est nous qu'ils nous cachent.

Ce qu'elle croyait par-dessus tout c'était que les pierres mêmes de la terre avaient été outragées.

Pourquoi ne peut-on pas l'enterrer ? A-t-il les mains si rouges de sang ? Les pères sont toujours pardonnés. En fin de compte ils sont pardonnés. Si c'étaient des femmes qui avaient plongé le monde dans ces horreurs leurs têtes seraient mises à prix.

Quand il rentra au moulin il faisait encore nuit et il monta l'escalier et s'assit à sa petite table. Il resta le front contre les mains et il resta ainsi longtemps. Enfin il sortit son carnet et lui écrivit une lettre. Il voulait lui dire ce qu'il avait dans le cœur mais finalement il se contenta de quelques mots à propos de sa vie sur l'île. Hormis la dernière ligne. Tu me manques au-delà de ce que je peux supporter. Puis il signa de son nom.

Ils étaient assis au soleil d'hiver dans la chambre d'hôpital de Berkeley. Son père portait un bracelet en plastique à son poignet maigre. Il s'était laissé pousser une barbe blanche et clairsemée qu'il ne cessait de tripoter. Oppenheimer, disait-il. Forcément Oppenheimer. Il répondait aux questions avant même qu'on les pose. On lui soumettait un problème sur lequel on travaillait depuis des semaines et il restait là à tirer sur sa pipe pendant qu'on exposait le problème au tableau noir et il regardait une minute et il disait : Oui. Je crois voir comment résoudre ça. Et il se levait et il effaçait tout ton travail et il posait les bonnes équations et il se rasseyait et il te souriait. Je ne saurais pas te dire à combien de gens il a fait le coup. Quel que soit le problème. Si on parle de maths pures alors peut-être Grothendieck. Gödel bien sûr. Von Neumann n'était pas du même calibre. Ni Einstein d'ailleurs. Il était meilleur physicien bien sûr. Il avait une extraordinaire intuition physique mais il avait du mal à résoudre ses propres équations. Son problème, c'est que plus tard il a essayé. Il pensait que ce serait un raccourci. Et je crois qu'il s'est complètement fourvoyé à cause de ça. Après la relativité générale il n'a plus rien fait de valable. Oui, je l'ai connu. Si tant est que quiconque ait pu le connaître. Gödel peut-être. Les amis qu'il s'était faits en Europe. Besso. Marcel Grossmann. Avant qu'il devienne Einstein.

Le soir il allait à vélo à San Javier et buvait un seul verre de vin à la bodega.

Un vieil homme marchait sur la route en traînant les pieds dans ses espadrilles. Son sourire dévoilait une unique dent jaunie. Les coquelicots du bord de route lumineux comme des fleurs de papier. Ce soir-là il emporta ses couvertures sur la plage et dormit dans le sable. De quoi as-tu peur ? disait-elle. Qu'as-tu à craindre qui ne soit déjà advenu ?

Le patron de la bodega était un nommé João qui parlait bien anglais. Il l'avait appris en travaillant dans des hôtels de la Costa Brava. C'était son ami Pau qui venait de mourir. Un homme âgé qu'on voyait toujours assis en silence à l'une des petites tables en bois avec son verre de vin. La peau des joues sombre et tirée et patinée, les poignets brunis qui se détachaient sur le blanc de sa chemise en coton. Il sirotait son vin avec une certaine gravité et il avait une longue cicatrice blanche sur l'avant-bras qu'on voyait quand il retroussait ses manches. Elle provenait d'un tir de mitrailleuse de calibre 30 et il en avait quatre autres au bas du torse. On lui avait lié les mains dans le dos alors qu'une première balle lui avait déjà cassé le bras avant de ressortir. Il disait que c'était aux philosophes de décider s'il avait reçu cinq balles ou seulement quatre.

Il vous les avait montrées ?

Non.

Il était trop modeste.

Je crois qu'il avait honte.

Pourquoi il aurait eu honte ?

Je ne sais pas. C'est ce qu'il me semble. Je crois qu'il ne trouvait pas ça si noble d'être collé contre un mur et abattu comme un chien. Ce qu'il m'a raconté en revanche, c'est son réveil parmi les morts. Quelque part dans la nuit. Les cadavres qui commençaient déjà à puer. Le réveil dans la nuit sous un amas de corps et la fuite en rampant. Il a rampé jusqu'à la route et d'autres patriotes l'ont trouvé. Je crois qu'il avait honte. C'était un autre monde. Il s'était battu pour une cause perdue et ses amis étaient morts dans le silence et dans le sang tout autour de lui et il avait survécu. C'est tout. Il a attendu des années que Dieu lui dise quelle était sa mission. Ce qu'il devait faire de sa vie. Mais Dieu n'a jamais rien dit.

Western demanda à João ce que lui-même en pensait mais João se contenta de hausser les épaules en disant qu'il n'en savait rien. En tout cas, ne me parlez pas de Dieu. On n'est plus amis. Quant à être collé contre un mur et abattu à la mitrailleuse c'était quelque chose que Pau n'avait jamais surmonté. À la longue il n'était plus que ça. Voilà de quoi on parle. Par exemple. Tout le bien du monde ne suffit pas à effacer une catastrophe. Seule une pire catastrophe parvient à l'effacer. Il ne s'est jamais marié. On le traitait avec respect, bien sûr. Mais en fin de compte il faut se rappeler qu'il a été abattu pour rien. Les vaincus ont leur cause et les vainqueurs ont leur victoire. Est-ce qu'il y a eu des moments où il a regretté de ne pas être mort avec ses camarades ? Sans aucun doute. Il venait du Nord. D'une petite ville. Qu'est-ce qu'il connaissait à la révolution ? Il était arrivé ici il y a des années. Il n'avait pas de famille. Il était sacristain à l'église. Sacristain ? C'est bien le mot ? Je ne sais pas pourquoi il était venu ici. Il avait une petite chambre. Il sonnait les cloches. Je ne sais pas pourquoi il était venu ici. Peut-être qu'il était comme vous.

À Ibiza la procession de la Semaine sainte. Des trompettes et des tambours et des lanternes. Des pénitents masqués. Descendant la vieille ville. Les pénitents étaient vêtus de noir et dissimulés sous leurs chapeaux coniques et derrière eux le cortège funèbre transportait sur une civière le cadavre de son Dieu mort à travers les rues pavées. Les stigmates noirs de ses paumes de plâtre ouvertes.

Il s'attabla à une terrasse et prit un café. Quelqu'un l'observait. Il se retourna mais déjà l'homme s'était levé et s'approchait. Bobby ? dit-il.

Oui.

Tu ne te souviens pas de moi.

Je me souviens de toi.

Qu'est-ce que tu fais ici ?

Je prends un café. Assieds-toi.

Je vais juste récupérer mon verre.

Il revint avec son verre et un guide touristique au format de poche et il tira la chaise et s'assit. J'en croyais pas mes yeux. T'es tout seul ?

Oui.

Qu'est-ce que tu fais ici ?

Je vis ici.

Tu vis ici ?

Oui.

Qu'est-ce que tu y fais ?

Pas grand-chose. Je vis, c'est tout.

Tu te fous de moi.

Western haussa les épaules.

Ça t'arrive de retourner à Knoxville ?

Non.

T'as su que Seals était mort ?

Oui. J'ai su. Et aussi Sheddan.

Et Darling Dave ?

Non. Ça, je ne savais pas.

J'arrive pas à croire que tu vis ici. Laisse-moi t'offrir un verre. Putain, d'où ils sortent tous ces clébards ? Qu'est-ce que tu prends ?

Je vais prendre un verre de vin blanc.

Un verre de blanc, ça marche. Il est où le serveur ?
T'as qu'à le siffler.
Le siffler ?
Oui. Tiens, le voilà.
Ça se dit comment ?
Vino blanco.
Vino blanco, por favor.
Le serveur acquiesça et s'éloigna à pas feutrés.
Elles sont à qui ces bestioles ?
Les chiens ? À personne. C'est juste des chiens.
Y en a un qui a pissé dans le sac à main de ma femme.
Il a fait quoi ?
Pissé dans son sac. On déjeunait en terrasse et quand on a été servis elle a enlevé son sac de la table et l'a posé sur le trottoir contre sa chaise et cette saloperie est arrivée et a levé la patte et a pissé dedans. Sans raison. Elle a essayé de le laver à l'hôtel mais ça puait tellement qu'elle a dû le mettre à la poubelle. Avec presque tout le contenu. Ça fait combien de temps que tu vis ici ?

Un an à peu près. C'était très fréquenté par les pilotes de course. Dans les années soixante-dix.

Ils continuent à venir ?

Non. Je suppose que l'île n'est plus ce qu'elle était. Avant il y avait quelques criminels fascinants qui vivaient ici. Un faussaire de première classe. Un des plus grands. Un pianiste classique qui avait assassiné sa femme. La police a fini par tous les rafler. Ici les Américains se contentent de rester entre eux et de picoler. Je ne recommanderais pas l'endroit.

Et toi alors ?

Je vis dans un moulin. J'allume des cierges pour les morts et j'essaie d'apprendre à prier.

Tu pries pour quoi ?

Je ne prie pas pour quelque chose. Je prie, c'est tout.
Je te croyais athée.
Non. Je n'appartiens à aucune religion.
Et tu vis dans un moulin.
Oui.
Tu te fous de ma gueule dans les grandes largeurs.
Non.
Le serveur apporta le verre de vin. Salud, dit Western.
Salud.
Qu'est-ce que tu bois, toi ?
Un Fernet-Branca.
Problèmes d'estomac.
Ouais. Avec un goût pareil, c'est forcément bon pour la santé.
Western sourit. Il but une gorgée de vin.
Tu te fous pas de ma gueule.
Non.
Bon. T'as toujours été une énigme. Comme tu le sais sans doute. Est-ce que t'es une énigme pour toi-même ?
Évidemment. Pas toi ?
Non. Pas vraiment. Je crois que je ferais mieux d'y aller. Ma bourgeoise doit m'attendre. T'es sûr que tout va bien ?
Tout va bien.
Ouais. OK.
Il rentra au moulin à vélo dans le noir. Le feu arrière actionné par la roue s'obscurcissant dans la lente ascension de La Mola. Il laissa le vélo à la porte et marcha jusqu'à la falaise et resta debout dans le vent. Le clapotement noir de la mer et les lumières de Figueretas le long de la côte en face. Un léger goût de sel dans l'air.

Sheddan viendrait le visiter une dernière fois puis plus jamais. Ils étaient assis dans un théâtre vide. C'est toi, John ? demanda-t-il.

L'efflanqué était avachi dans les rangées du haut. Il resta un moment sans répondre. Puis il dit : C'est bien moi, Messire. Enfin, façon de parler.

Un souffle unique dans le silence. Il tendit l'oreille. Que dire ? C'est bon de te voir, John.

Merci, Messire. C'est bon d'être vu.

Nos petites conversations m'ont manqué.

À moi aussi, ô combien.

Comment tu as échoué ici ?

Dans un théâtre.

Oui.

Je ne sais pas au juste. C'est peut-être lié au fait qu'un théâtre ne peut jamais être plongé dans le noir complet. Ce que peu de gens savent.

Un théâtre n'est jamais dans le noir complet ?

Non. Tu vois la lampe derrière toi ?

Oui ?

Elle est toujours allumée. Quoi qu'il arrive. Tu sais comment on l'appelle ?

Non.

On l'appelle une sentinelle.

Et donc. Il y en a une dans tous les théâtres ?

Oui. Dans tous les théâtres.

Et elle est toujours allumée. De jour comme de nuit ?

De jour comme de nuit. Oui. On ne prend aucun risque.

Non.

Des années d'errance résumées dans le souvenir d'un instant. Un théâtre vide, comme tu l'as sans doute remarqué également, est vide de tout. C'est une métaphore du monde déserté du passé. En tout cas ça semble un lieu paradoxal pour venir aux nouvelles. Vas-tu bien ?

Je crois.

Pourquoi es-tu ici ?

Je ne sais pas vraiment.
Rien n'a changé.
Non.
Tu ne seras pas vexé si je te dis que je trouve ça réconfortant ? Toi l'homme au sphincter d'acier. À la fermeté si noble.
Non.
Je suppose qu'au bout du compte nous n'avons à offrir que ce que nous avons perdu. Ce n'est pas que j'aime les paradoxes. Simplement ils apparaissent de plus en plus comme l'ultime réalité factuelle. Cette remarque n'a rien de neuf j'imagine.
Non.
Mais laisse-moi poursuivre.
Bien sûr.
Tu me qualifiais de visionnaire du cataclysme universel. Mais ça n'avait rien d'une vision. C'était au mieux un espoir. C'était toi le visionnaire. Tu avais les outils pour ça. Je n'avais pas le cœur endeuillé, Messire. Voilà ce qui manquait. Je t'ai toujours envié. Pour ça entre autres choses. Bon Dieu qu'il fait froid ici. Je n'arrive plus à me réchauffer. Tu m'avais traité de Belzébouseux.
Traité de quoi ?
De Belzébouseux. Tu ne t'en souviens pas.
Je m'en souviens. Ça ne t'a pas fait rire.
Non. Face à un Dieu bidon, on se contente de hausser les épaules. Mais un Satan bidon, c'est forcément ridicule. Sans compter l'insinuation de péquenauderie.
Excuse-moi.
C'est bon, je passe l'éponge.
Merci. Quoi d'autre ?
Ah.
Que ne le dis-tu.
Que n'aurais-je dû le dire. J'étais perdu dans mes

pensées, métaphore ô combien appropriée. J'ai peu de doléances, Messire, mais je n'ai pas été bien traité. Somme toute. C'est un peu tard pour me plaindre je suppose. En un sens tu n'as jamais vu en moi qu'un intellectuel de salon et comme tel tu m'as dédaigné. Et c'est vrai que je ne me suis jamais éloigné de mon éducation. Comme je l'ai certainement déjà dit. Je suis resté capable d'apprécier un bon verre de babeurre bien frais. Mais ça n'est pas une mauvaise chose.

Non.

J'aurais aimé être mieux vu de toi. Je ne crois pas avoir manqué de générosité. Même si c'était avec l'argent des autres.

Non. En effet.

J'ai toujours cru que tu finirais par te noyer. Ça n'a pas été le cas.

Non.

Je rêvais souvent de toi. L'un de mes deux rêves récurrents. Tu étais seul au fond de l'océan dans ta grenouillère en caoutchouc. À fuir quelque subduction béante. Tu te débattais dans ces profondeurs hadales comme un homme qui patauge dans du mucilage tandis que les empreintes de tes semelles de plomb se refermaient lentement dans le limon derrière toi. Les plaques tectoniques grinçaient. Les nuées de vase s'élevaient lentement pour t'engloutir. Ta torche avait rendu l'âme et tu en étais réduit à chercher ton chemin à la lueur spectrale des antiques fumerolles qui s'exhalaient au loin tels des candélabres. Il y avait plus que de la poésie dans ta fuite devant ces diaboliques lampes océanes dont la sulfureuse matrice a peut-être bien négocié l'émergence de la vie au commencement d'antan.

Tu me l'avais raconté.

Vraiment ? J'avais oublié. Dans le souvenir les rêves

et la vie se fondent en une étrange égalité. Et j'en suis venu à soupçonner que le sol que nous foulons relève moins de notre choix que nous ne l'imaginons. Et dans l'intervalle un passé à peine entrevu est projeté dans nos vies comme un investissement douteux. L'histoire de ces temps sera bien longue à démêler, Messire. Mais s'il y a une assise sûre à notre entendement c'est que nous sommes viciés. Au tréfonds de nous-mêmes c'est ce que nous savons.

Tu crois qu'on se fait horreur.

Oui. Certes bien en deçà de ce que nous méritons. Mais oui.

Le monde est si mauvais que ça ? À quel point ?

À quel point. La vérité du monde constitue une vision si terrifiante qu'elle fait pâlir les prophéties du plus lugubre des augures que la Terre ait jamais portés. Une fois qu'on l'a admis, l'idée que tout cela sera un jour réduit en poussière et éparpillé dans le néant devient moins une prophétie qu'une promesse. Alors laisse-moi à mon tour te poser cette question : Quand nous et toutes nos œuvres aurons disparu ainsi que leur souvenir et la moindre machine dans laquelle ce souvenir pourrait être encodé et stocké, et quand la Terre ne sera même plus cendres, pour qui donc cela sera-t-il une tragédie ? Où trouver un tel être ? Et qui le trouverait ?

Je ne sais pas, John.

Le trou que fore chaque vie se referme comme un collet. Une ultime pointe de lumière et puis plus rien. Nous aurions dû discuter davantage.

Nous avons beaucoup discuté.

Nous serions peut-être parvenus à synchroniser nos rêves. Comme les étudiantes d'un même dortoir ont leurs règles en même temps. Nonobstant les railleries ponctuelles je suis contraint d'avouer que malgré moi j'ai toujours admiré ton art de porter le deuil à une telle élévation. À un statut qui transcende jusqu'à l'objet pleuré. Non, Messire. Écoute-moi jusqu'au bout. C'est l'idée même de perte. Elle subsume la catégorie de tout ce qu'il est possible de perdre. C'est notre crainte la plus élémentaire, et on peut lui assigner l'objet qu'on veut. Elle n'envahit pas ta vie. Elle a toujours été là. Dans l'attente de ta complaisance. Dans l'attente de tes concessions. Et pourtant j'ai l'impression de ne pas t'avoir rendu justice. Comment distinguer ton histoire du tout-venant. Il est certainement vrai qu'il n'y a pas de terrain commun de la joie tel qu'il en existe pour le malheur. On ne peut jamais être sûr que le bonheur d'autrui ressemble au nôtre. Mais quand on en vient à une communauté de souffrance on ne peut guère douter. Si nous ne recherchons pas l'essence, Messire, alors que cherchons-nous ? Et je te concéderai que nous ne pouvons débusquer une telle chose sans y laisser notre marque. J'irai même jusqu'à t'accorder que tu as pu tirer les cartes les plus noires. Mais écoute-moi bien, Messire. Si la substance d'une chose est déjà incertaine sa forme ne peut guère prétendre à plus de poids. Toute réalité est perte et toute perte est éternelle. Il n'y en a pas d'autre. Et cette réalité que nous tentons d'explorer doit d'abord nous contenir nous-mêmes. Or que sommes-nous ? Dix pour cent de biologie et quatre-vingt-dix pour cent de rumeur nocturne.

C'était quoi l'autre rêve ?

L'autre rêve, le voici. Un cheval sans cavalier qui se présente à l'aube aux portes d'une ville. En quelque autre pays, en quelque autre temps. Le message qu'apporte le cheval ne remonte qu'à un jour de galop, pas davantage. Naguère le cheval ne rêvait que juments et prairies et eau claire. Il rêvait soleil. Mais ces rêves ne sont plus. Son monde est désormais de sang et de massacre et de cris d'hommes et de bêtes qui échappent à sa compréhension. Le cheval se tient aux portes tête inclinée tandis que le jour point. Il porte une cotte de mailles noircie de sang et il a un paturon replié sur le pavé. Personne ne vient. Le message n'est pas transmis. Cette scène est peut-être un tableau. Je n'en sais rien. Je ne sais pas ce qu'elle signifie. Je l'ai peut-être vue dans un livre. Quand j'étais enfant. Mais voilà ce que j'ai rêvé. J'aimerais avoir d'autres mots à t'offrir, Messire. Se préparer pour tout combat consiste essentiellement à se délester de son fardeau. Si on se lance dans la bataille chargé de son passé on est sûr de courir à la mort. L'austérité élève le cœur et concentre la vision. Voyage léger. Quelques idées suffisent. Tout remède à la solitude ne fait que la différer. Et le jour est proche où il n'y aura plus de remède du tout. Je te souhaite des eaux plus calmes, Messire. Ça a toujours été mon vœu.

Merci, John.

Je dois partir. Jamais plus nous ne nous reverrons.

Je sais. Je suis désolé.

Moi aussi, ô combien. Fais en sorte qu'on ne parle pas de moi, Messire. Les gens ne diraient que des horreurs.

Je sais. Je ferai de mon mieux.

Il s'appuya au petit comptoir de bois pendant que João lui servait du vin. Son chat est mort et pète le feu. João posa la bouteille sur le comptoir et repoussa vers Western sa poignée de pesetas. Salud, dit-il.

Salud. Gracias.

J'aurais dû être plus généreux en parlant du vieux Pau. Je pense beaucoup à lui.

Je n'ai pas trouvé que vous manquiez de générosité.

On ne peut pas parler au nom des morts. Qui connaît leur vie ? En tout cas il est dans la nature des hommes de s'imaginer que les vaincus ont forcément fait quelque chose pour mériter leur défaite. Les hommes veulent que le monde soit juste. Mais le monde est muet à ce sujet. Gagner une guerre ou une révolution ne légitime pas une cause. Vous voyez ce que je veux dire ?

Oui.

Vous connaissez les œuvres de Carlos Roche ?

Non.

C'était mon frère. Aîné. Il est mort à la guerre.

Je suis navré.

Il n'y a pas de quoi l'être. C'est lui qui a eu de la chance.

De mourir à la guerre ?

De mourir à la guerre. De mourir sans avoir cessé de croire. Oui.

De croire à quoi ?

À quoi. Comment vous dire. De croire en lui-même, un homme dans un pays qui avait pris les armes pour une cause qui était juste pour un peuple qu'il aimait et pour les aïeux de ce peuple et leur poésie et leur souffrance et leur Dieu.

J'en déduis que vous ne croyez pas à tout ça.

Non.

Vous ne croyez en rien ?

João pinça les lèvres. Il essuya le comptoir. Comment dire. Un homme croit toujours à quelque chose. Mais je ne crois pas aux fantômes. Je crois à la réalité du monde. Plus les angles sont durs et coupants plus on y croit. Le monde est ici. Il n'est pas autre part. Je ne crois pas que ça circule. Je crois que les morts restent sous terre. Je suppose qu'à une époque j'étais comme le vieux Pau. J'attendais un signe de Dieu et je ne l'ai jamais eu. Et pourtant il est resté croyant et pas moi. Il me regardait en secouant la tête. Il disait qu'une vie sans Dieu ne pouvait pas préparer à une mort sans Dieu. À ça je n'ai pas de réponse.

Moi non plus. Il faut que j'y aille.

Hasta luego, compadre.

Un petit mulet dansait dans un champ fleuri. Il s'arrêta pour le regarder. Il se dressait sur ses pattes arrière comme un satyre et battait l'air de sa tête. Il hennit et tira sur sa corde et rua et se figea pattes écartées et regarda Western puis se remit à sautiller et à brailler. Il avait marché dans un nid de guêpes mais Western ne savait pas quoi faire pour l'aider et il reprit sa route.

Il trouva une pièce de monnaie sur la plage. Un disque de bronze difforme presque décapé par les siècles. Il le mit dans sa poche. Tant de vestiges de mondes éteints sur ces avant-postes. Comme les ossements de navires dans les rochers des mers du lointain Nord. Les ossements d'hommes.

Il commanda à Paris un recueil des articles de Grothendieck et à la lueur de la lampe il tenta d'en cerner les enjeux. Au bout de quelque temps il commença à y trouver du sens, mais ce n'était pas ça le problème. Ni même que les textes soient écrits en français. Le problème, c'était la nature même du monde comme nombre. Il tenta de remonter la piste. De trouver un début logique. Riemann et sa géométrie ténébreuse. Ses satanés symboles comme elle les appelait. Les cartons remplis de notes de Gödel en sténo Gabelsberger.

Le temps avait tiédi et par ces nuits il se dépouillait de ses vêtements qu'il laissait pliés sur ses sandales à la plage et il s'aventurait dans l'eau noire caressante et plongeait et nageait par-delà la crête des vagues lentes et il se retournait et se laissait flotter sur la houle et contemplait les étoiles dont quelques-unes s'arrachaient à leurs amarres et parcouraient la grande salle du minuit dans leur chute d'une ténèbre à l'autre.

Il n'avait aucune photo d'elle. Il tenta de revoir son visage mais il savait qu'il était en train de la perdre. Il songea qu'un jour peut-être, dans quelque échoppe poussiéreuse, un inconnu encore à naître tomberait sur sa photo dans un album scolaire et serait pétrifié par sa beauté. Reviendrait à cette page. Sonderait encore le fond de ces yeux. Un monde à la fois ancien et jamais advenu. Quand elle eut quitté la carrière il resta assis seul jusqu'à ce que les flammèches dans leurs boîtes de conserve aient expiré l'une après l'autre. Alors il n'y eut plus que la nuit de la campagne, son silence. Le lointain bourdonnement d'un camion sur la route.

Il écrivit dans son petit carnet noir à la lueur de la lampe à pétrole. La miséricorde est le domaine de l'individu seul. Il y a des haines collectives, il y a des deuils collectifs. Des vengeances collectives et même des suicides collectifs. Mais il n'y a pas de pardon collectif. Il n'y a que toi.

Nous versons de l'eau sur l'enfant et nous le baptisons d'un nom. Pour le fixer non dans nos cœurs mais dans nos griffes. Les filles de l'homme se terrent dans la pénombre des placards pour inscrire des messages sur leurs bras à la lame de rasoir et le sommeil n'a nulle part dans leur vie.

Une fois passé le long été de sécheresse il s'éveilla une nuit pour voir la haute fenêtre au mur du moulin se détacher des ténèbres. Une fois puis une autre. Assis à la fenêtre il contempla au loin par-delà les plus noires limites de la mer le tonnerre silencieux et l'éclat frissonnant derrière les nuages dentelés de lumière.

Il était à la bodega, assis à la petite table de bois

abrasée. À lire les journaux que Vis lui avait envoyés d'Ibiza par le ferry. João gagna le bout du comptoir et en rapporta un autre courrier qu'il tendit à Western. Western regarda la lettre. Elle portait le cachet d'Akron, dans l'Ohio, et elle était sale et tachée et donnait l'impression d'avoir été piétinée. Un momento, dit-il. João se retourna et il lui rendit la lettre.

No es suyo ?

No.

Il retourna l'enveloppe dans sa main et l'examina. Es su nombre, dit-il.

Western se renfonça sur sa chaise. Il dit qu'il ne connaissait plus personne en Amérique et qu'il ne voulait plus recevoir de correos de là-bas. João soupesa l'argument. Il tapota l'enveloppe dans sa paume. Enfin il dit qu'il la garderait parce que les gens changent parfois d'avis.

Il pédala jusque chez lui dans le crépuscule. La tour était sombre et humide quand il entra et appuya le vélo contre le mur. Il monta les marches la lampe à la main et la posa sur la table et s'assit et écouta le silence. Parfois la nuit quand les vents soufflaient sur les promontoires il sentait quelque chose bouger au plus profond de l'antique machinerie, un grognement sourd émanant des arcanes du lourd bois d'olivier et puis de nouveau le silence hormis le vent qui encerclait la tour et agitait la paille au sommet.

Tard un soir il vit devant lui sur la plage une petite silhouette drapée contre le froid. Il pressa le pas mais ce n'était qu'une vieille femme qui marchait sur le sable. Tout juste un mètre vingt. Il la dépassa et lui souhaita une bonne soirée et puis il s'arrêta et demanda si elle allait bien et elle lui dit que oui. Elle dit qu'elle allait rendre visite à sa fille et il acquiesça et reprit son chemin.

Il savait qu'il espérait toujours voir le petit bonhomme à demi oublié reparaître à ses côtés. Penché face au souffle salé, les mains dans les poches et les habits claquant au vent. Il l'avait vu une ultime fois en rêve. Loupiot de Dieu emmailloté et maugréant, clopinant obstinément dans la salbande stérile d'un désert sans nom où la froide mer sidérale se brise et bouillonne et où les tempêtes hurlent crachées par les flots sombres et bouillonnants de l'alcahest. Clopinant sur les galets de l'univers, ses frêles épaules tournées contre les vents stellaires et l'attraction de lunes inconnues noires comme des pierres. Solitaire coureur des rivages se hâtant pour distancer la nuit, infime et sans ami et valeureux.

Il grimpa dans le grenier et s'assit à la fenêtre de la tour enveloppé dans sa couverture. Des postillons de pluie sur le rebord. Au large, un orage d'été. Comme les lueurs d'une canonnade lointaine. Le crépitement sur la bâche qu'il avait tendue au-dessus de son lit. Il augmenta la flamme de la lampe posée près de son coude et sortit le carnet de sa boîte et l'ouvrit. Puis il se figea. Il resta immobile longtemps. À la fin des fins, avait-elle dit, il n'y aura plus rien qui ne puisse être simulé. Et ce sera l'ultime abolition des privilèges. Tel est le monde qui vient. Il n'y en aura pas d'autre. Le seul autre possible, c'est la stupeur qu'on lit dans ces silhouettes grotesques gravées au feu dans le béton.

Les ères des hommes s'étirent de tombe en tombe. Des comptes sur une ardoise. Le sang, les ténèbres. Les enfants morts qu'on lave sur une planche. Les strates de pierre du monde avec leurs empreintes fossiles inconnaissables en forme et en nombre. Les ultimes pétroglyphes de mon père, et les gens sur la route nus et hurlants.

L'orage passa et la mer sombre s'apaisa froide et

lourde. Dans les eaux fraîches et métalliques les formes martelées des grands poissons. Le reflet dans la houle d'un bolide en fusion fendant le firmament comme un train enflammé.

Il se pencha sur sa grammaire à la lueur de la lampe à pétrole. Le toit de chaume crissant dans la cloche de ténèbres au-dessus de sa tête, et son ombre sur le plâtre grossier. Tels les clercs de jadis peinant sur leurs parchemins dans leurs cellules de pierre froide. Les facettes de leurs lampes faites d'écaille de tortue bouillie et grattée et modelée sous une presse et les mappemondes fortuites qu'elles projetaient sur les murs des tours, pleines de terres inconnues des hommes comme de leurs dieux.

Enfin il se pencha et enveloppa de sa main le verre de lampe et souffla sur la mèche et s'allongea dans le noir. Il savait qu'au jour de sa mort il la verrait, qu'il verrait son visage et pourrait espérer emporter cette beauté dans la nuit avec lui, ultime païen sur terre, en chantonnant tout bas sur sa paillasse dans une langue inconnue.

Sources et remerciements

Les citations de *Hamlet* malmenées par le Kid au premier chapitre et par John Sheddan dans sa lettre empruntent à la traduction d'Yves Bonnefoy (Club Français du Livre, 1957 ; Gallimard, 1978).

Le traducteur tient à remercier tout d'abord Cyrielle Ayakatsikas pour son inestimable et exemplaire relecture, et pour sa confiance ; Thierry Cadeddu, Marc Chémali et Flore Coulouma pour leurs précieuses contributions ; enfin et toujours davantage Calypso, son souffle, sa flamme, sa vie.

Les Éditions de l'Olivier remercient chaleureusement Violaine Bellée, Brice Lacrampette et Paul Viviant pour leur regard expert.

DU MÊME AUTEUR

Le Gardien du verger
prix Faulkner 1965
Robert Laffont, 1965
Éditions de l'Olivier, nouvelle traduction, 1996
et « Points », n° P685

Méridien de sang
Gallimard, 1988
Éditions de l'Olivier, nouvelle traduction, 1998
et « Points », n° P827

L'Obscurité du dehors
Actes Sud, 1991
et « Points », n° P567

Un enfant de Dieu
Actes Sud, 1992
et « Points », n° P611

De si jolis chevaux
(La Trilogie des confins I)
Actes Sud, 1993, 2001
et « Points », n° P490

Suttree
Actes Sud, 1994
et « Points », n° P489

Le Grand Passage
(La Trilogie des confins II)
Éditions de l'Olivier, 1997
et « Points », n° P751

Des villes dans la plaine
(La Trilogie des confins III)
Éditions de l'Olivier, 1999
et « Points », n° P961

La Route
Éditions de l'Olivier, 2008
et « Points », n° P2156

No Country for Old Men
Éditions de l'Olivier, 2007
et « *Points* », n° *P1829*

La Trilogie des confins
Éditions de l'Olivier, 2011

Stella Maris
Éditions de l'Olivier, 2023
et « *Points* », n° *P6258*

**Les Éditions Points s'engagent
pour la protection de l'environnement
et une production française responsable**

Ce livre a été imprimé en France, sur un papier certifié issu de forêts gérées durablement, chez un imprimeur labellisé Imprim'Vert, marque créée en partenariat avec l'Agence de l'eau, l'ADEME (Agence de l'environnement et de la maîtrise de l'énergie) et l'UNIIC (Union nationale des industries de l'impression et de la communication).

La marque Imprim'Vert apporte trois garanties essentielles :

- La suppression totale de l'utilisation de produits toxiques
- La sécurisation des stockages de produits et de déchets dangereux
- La collecte et le traitement de produits dangereux

RÉALISATION : NORD COMPO À VILLENEUVE-D'ASCQ
IMPRESSION : CPI FRANCE
DÉPÔT LÉGAL : OCTOBRE 2024. N° 151544 (3057784)
IMPRIMÉ EN FRANCE

Le préquel de *Le Passager*
à retrouver également chez Points

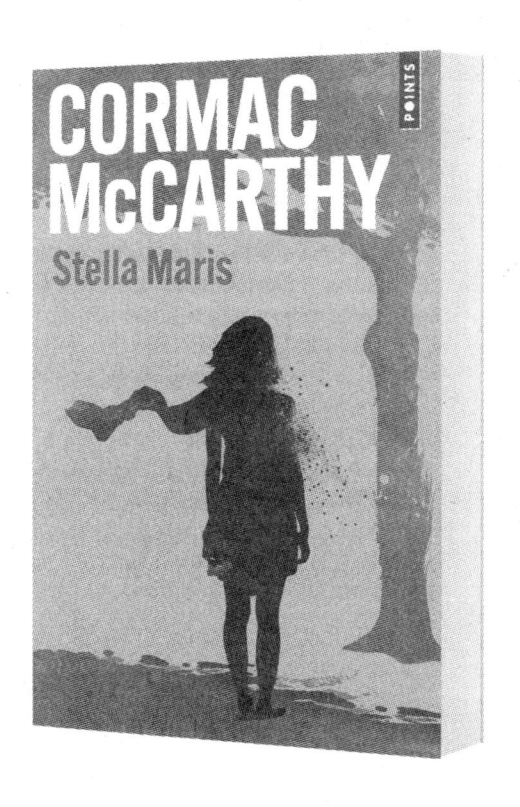

« Un grand livre pour conclure
une œuvre magistrale. »
Le Point